浙江文化艺术发展基金资助项目
PROJECTS SUPPORTED BY ZHEJIANG CULTURE AND ARTS DEVELOPMENT FUND

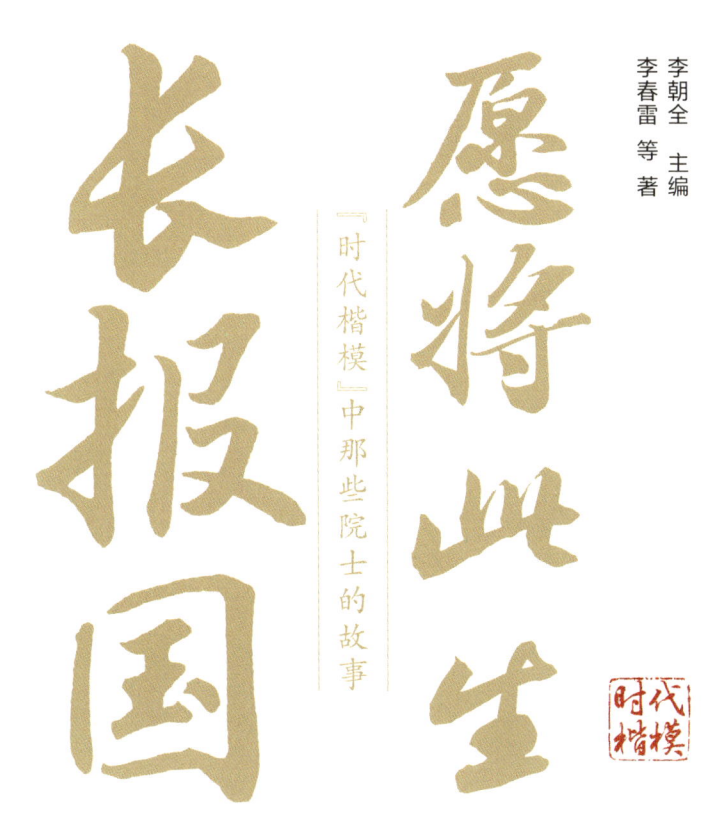

李朝全 主编
李春雷 等著

愿将此生长报国

"时代楷模"中那些院士的故事

浙江教育出版社·杭州

图书在版编目（CIP）数据

愿将此生长报国 / 李朝全主编；李春雷等著. -- 杭州：浙江教育出版社，2023.12（2024.7重印）
ISBN 978-7-5722-6851-9

Ⅰ．①愿… Ⅱ．①李… ②李… Ⅲ．①纪实文学－作品集－中国－当代 Ⅳ．①I25

中国国家版本馆CIP数据核字（2023）第219962号

愿将此生长报国
YUAN JIANG CISHENG CHANG BAOGUO

李朝全　主编

李春雷　张雅文　陈晓琳　张文欣　杨新英　著

项目策划	吴颖华		
责任编辑	吴颖华　苏心怡	责任校对	余晓克
助理编辑	石　妍	责任印务	陈　沁
美术编辑	韩　波	封面设计	观止堂_未氓
营销编辑	滕建红		

出版发行　浙江教育出版社
　　　　　（杭州市环城北路177号　电话：0571-88909724）
图文制作　杭州兴邦电子印务有限公司
印刷装订　浙江海虹彩色印务有限公司
开　　本　710mm×1000mm　1/16
印　　张　26
插　　页　5
字　　数　450 000
版　　次　2023年12月第1版
印　　次　2024年7月第2次印刷
标准书号　ISBN 978-7-5722-6851-9
定　　价　68.00元

如发现印、装质量问题，影响阅读，请与本社市场营销部联系调换，电话：0571-88909719

"时代楷模"与科学家精神

"时代楷模"是由中宣部集中组织宣传的全国重大先进典型，自2014年首次推选以来，迄今已推出了100多个个人和集体。在这些"时代楷模"身上，充分体现了"爱国、敬业、诚信、友善"的价值准则，充分体现了中华民族传统美德，他们都是具有很强先进性、代表性、时代性和典型性的模范人物。可以说，"时代楷模"就是我们这个时代的品德楷模、人生模范，就是当代英雄、新时代的英雄。他们为人民大众树立了为人处世、干事创业、成就人生的崇高榜样，也为大家树立起了高尚品德的标杆，代表着新时代的精神高度。

本书讲述"时代楷模"中5位院士的精彩故事。这5位院士分别是植物病理学专家朱有勇、雷达专家刘永坦、水稻遗传学家卢永根、炼油工程技术专家陈俊武和核动力专家彭士禄。他们在各自不同的科技领域做出了杰出的贡献，为国家进步与人民幸福事业奉献终身，是全国广大科技工作者的先进代表和科学家模范。他们集"时代楷模"和科学家的优秀品质于一身，既是普通人学习的榜样，又是科学家精神最集中、最典型的代表。

"时代楷模"精神和科学家精神，二者是有机统一的，都充分吸收了中华传统美德对于个人安身立命、修齐治平的精华，都有力地践行了社会主义核心价值观对于个人修养及品德的要求。科学家精神的主要内涵是"胸怀祖国、服务人民的爱国精神，勇攀高峰、敢为人先的创新精神，追求真理、严谨治学的求实精神，淡泊名利、潜心研究的奉献精神，集智攻关、团结协作的协同精神，甘为人梯、奖掖后学的育人精神"。可见，科学家精神的内涵和"时代楷模"的推选标准都强调爱国、敬业、奉献、协作、友爱等品质，都推崇"时代楷模"科学家对于国家和人民的责任感、使命感和服务效力的自觉。当然，科学家精神还包含求真求实、追求真理、勇于创新创造的科学精神，包含集体合作、培育后人的精神。这些精神内涵也是"时代楷模"精神的外延与拓展，是科学领域"时代楷模"身上具备的崇高品质。

党的二十大报告中指出，要弘扬科学家精神，加快建设国家战略人才力量，努力培养造就更多大师、战略科学家、一流科技领军人才和创新团队、青年科技人才、卓越工程师、大国工匠、高技能人才。

科技是第一生产力，人才是第一资源。科技强国，人才兴国。在以中国式现代化全面推进中华民族伟大复兴的新征程上，科技和人才是举足轻重的两个车轮、两只翅膀。毋庸置疑，科学家是国家之宝。"时代楷模"科学家既是了不起的科学家，又是可亲、可敬、可感的普通人，是人人可学、人人能学的榜样。弘扬科学家精神，尤其是弘扬"时代楷模"科学家身上所体现的优秀品质，讲好杰出科学家的故事，让科学家的感人事迹成为人民大众喜闻乐见、耳濡目染、家喻户晓的故事，相信必将有助于激励全体人民团结奋进，为实现中华民族伟大复兴凝聚磅礴力量。

青少年儿童是国家的未来。讲好"时代楷模"科学家的故事，对广大青少年儿童更能起到鼓舞和启示作用，能够极大地激发年轻一代的爱国热忱，激励他们为中华之崛起而刻苦学习，培育其献身科学、报效祖国的高远理想与抱负。

诚如此，则编著者之昭昭心愿已然实现矣！

李朝全
2023年6月于北京

目 录
CONTENTS

1　农民院士
——植物病理学专家朱有勇

本是同根生	004
"嫁给"农业	012
蒿枝坝	033
亲亲土豆	041
遍地都是"金娃娃"	051
天作之合	062
三七的春天	084

2　为你而生
——新体制雷达专家刘永坦

不可忘却的童年	103
少年当立志	110
做一个有担当的中国人	115
做一个对祖国有用的人	118
风雨人生	122
蹉跎岁月并不蹉跎	129
迟来的春天	141
我永远爱她	150
为你而生	162
挺起中国的脊梁	173

3 布衣院士
——水稻遗传学家卢永根

一声啼哭	193
一心向党	200
一腔热血	206
一往情深	213
一脉相承	216
一望无垠	225
一世师表	231
一生爱国	237
一命之荣	242
一盏明灯	250
一身正气	254
一泓清水	259
一片丹心	264
一捐惊世	269
一缕青烟	273
一代楷模	282

4 从"神童"到院士
——炼油工程技术专家陈俊武

书香门第	家世渊源	287
刻苦攻读	京华云烟	294
追梦石油	克难攻坚	303
混沌岁月	艰难向前	314
奋勇攻关	春花烂漫	322
风范自蕴	人生灿烂	329
春风化雨	老树新花	338
尾　声	春秋故事	352

5 愿将此生长报国
——中国核动力事业的"拓荒牛"彭士禄

吃百家饭长大的孤儿	359
研制中国核潜艇的"彭大胆"	372
中国核电事业的开拓者和奠基人	386
核动力事业的"拓荒牛"	396
根植红色血脉的传承人	400

1 农民院士
——植物病理学专家朱有勇

李春雷

时代楷模 朱有勇：中国工程院院士，云南农业大学名誉校长，云南省科学技术协会主席，我国著名的植物病理学专家。他主动来到深度贫困的"民族直过区"承担扶贫任务，带领村民发展特色产业，改变了当地贫困落后的面貌。他立足农村实际推动科技成果转化，创办院士科技扶贫指导班，为云南少数民族贫困地区培养了1000余个科技致富带头人。他扎根边疆，挂钩联系澜沧拉祜族自治县以来，与少数民族群众同吃同住同劳动，受到各族群众真心爱戴和社会各界高度赞扬，被亲切地称为"农民院士"。曾获国家科学技术进步奖二等奖，先后获得"全国模范教师""全国优秀共产党员""全国杰出专业技术人才"等荣誉称号。

时代楷模 科技之光

农民院士

植物病理学专家朱有勇

作者简介

李春雷：国家一级作家，中宣部"文化名家"暨"四个一批"人才。现为中国作协全委会委员，中国报告文学学会副会长，河北省作协副主席。

主要作品有：散文集《那一年，我十八岁》，长篇报告文学《钢铁是这样炼成的》《宝山》《摇着轮椅上北大》等40余部，短篇报告文学《木棉花开》《夜宿棚花村》和《朋友——习近平与贾大山交往纪事》等200余篇。

曾获鲁迅文学奖（第三届和第七届）、中宣部精神文明建设"五个一工程"奖、徐迟报告文学奖（蝉联三届）、全国优秀短篇报告文学奖等。

2020年6月，我第一次去云南省澜沧拉祜族自治县采风。

这里属于云贵高原，又位于怒山山脉的深处，偏僻且高远，清爽又安谧，天空蔚蓝如慈笑，地貌峥嵘似愤怒。细细瘦瘦的山路，白白胖胖的云雾，香香甜甜的野风，花花绿绿的杂树。阳光雪亮，穿透力强悍，投射在皮肤上，火辣辣。

傍晚时分，我们走进一个名为老达保的拉祜族山寨。

一座两层老木屋，爬满了茂密的青藤，屋顶上置放着一枚金色葫芦。晚餐的时候，男主人吹起芦笙，女主人踏着舞步，献上了一曲悠扬的经典二重唱：

阿哥阿妹的情意长，
好像那流水日夜响。
流水也会有时尽，
阿哥永远在我身旁。

阿哥阿妹的情意深，
好像那芭蕉一条根。
阿哥好比芭蕉叶，
阿妹就是芭蕉心。

燕子双双飞上天，
我和阿哥（妹）打秋千。

秋千荡到晴空里，
好像燕子云里穿。
……

哦，这纯净如天籁的爱情歌曲，在晚霞和晚风中，犹如杨花柳絮，缓缓地在屋内飘浮聚散，栖落在四壁，吸附于屋顶，似乎绽放出一朵朵五彩缤纷的鲜花，弥漫着袅袅娜娜的芳香，迷幻且醉人。

这是电影《芦笙恋歌》的主题曲《婚誓》。

这，或许是华人世界里最著名的爱情歌曲之一了吧。

陪同采访的当地宣传部工作人员告诉我，这首歌就诞生于此。

我立时惊诧，旋即明白：唯有此间山水风情，才有如此妙音仙乐！

的确，舒缓的曲调、美好的爱情，陶醉了一代又一代中华儿女。

但是啊，这毕竟是电影故事。

生活和现实，却是另一番样子。

本是同根生

公元 10 世纪之后，拉祜族先人从大理、楚雄一带分东西两路南迁。东路顺哀牢山西侧和无量山东侧南下，西路则经弥渡、巍山到达今临沧地界，然后迁到澜沧、勐海一带，逐步形成了今天以澜沧拉祜族自治县为主要集聚区的分布格局。

赤脚少年

1955 年 11 月 16 日，朱有勇出生在云南省个旧市卡房镇。

这是一个贫穷又偏僻的少数民族聚集地，位于红河边，离市区23公里，去昆明则有320公里之遥。

这里地处云贵高原南端，地势高耸，属于深山区。幸好有一条公路穿境，还不算闭塞。镇上有火把冲河、田心河流经，用水较为便利。那是小镇的血脉，更是斯民的乳汁。

卡房一带锡矿丰富，是世界上最早生产锡金属的地区之一。《汉书·地理志》载"南乌山出锡"。南乌山，即卡房、老厂一带矿区。卡房还是中国青铜文化源头之一，这里有著名的黑马井汉墓群、冲子坡古矿冶遗址，出土的汉铜俑灯系国家一级文物，人物造型和装饰具有鲜明的西南少数民族特征，是青铜文化的典型代表。

这里居住着彝、汉、苗等民族，其中少数民族占比过半。彝族的火把节、苗族的踩花山、汉族的舞龙舞狮，还有芦笙舞、烟盒舞、竹竿舞、对山歌、吃火草烟等风俗，颇具少数民族特色。

五彩斑斓的少数民族服饰，风情各异的少数民族舞蹈，是朱有勇童年里深刻的记忆，也是灵魂里永远的芳菲。

记忆深刻的，除了民族风，还有贫穷。

朱有勇的父母共生育6个孩子，只存活了5个，其中第二个儿子在3岁时夭折。那还是新中国成立初期，孩子半夜发高烧、面色红肿、大声啼哭，但由于山高路远、没有药物，父母只能用民间土方子施治。两天后，孩子高烧不退。眼睁睁地看着孩子哭声逐渐微弱，在自己怀里死去，朱有勇的母亲哭成了泪人。

朱有勇排行第四。父母给他取名"勇"，是冀望儿子有勇有谋，成为一个健壮儿郎，能靠自己的力气生活，一辈子不再饥饿贫困。

家穷无鞋。因常年赤脚在山路上奔跑，小小的朱有勇脚底板磨得又厚又粗、灰黑生硬，似猫爪，如猪脚，像牛蹄，格外耐磨，即使走在尖削的石子路上，也浑然不觉。

朱有勇9岁那年，母亲给他买来了人生的第一双鞋——塑料凉鞋。他高兴地抱着鞋子，绕村跑了一圈，再小心翼翼地穿上。习惯于自由的双脚被软软的塑胶套住了，别别扭扭，极不舒服。

不穿鞋可以，但吃不饱不行啊。

那时候，生产队只种玉米、水稻和马铃薯。农作物品种不多，产量也不高。水稻每亩只有一两百公斤的收成，而马铃薯长得像鹌鹑蛋、羊粪球，亩产只有六七百公斤。由于吃食少，朱家一天只吃两顿饭，午饭就省去了。每天中午放学时，朱有勇的肚子饿得"咕咕"叫。没有办法，他只能眼巴巴地望着西天，盼着太阳快快落山，吃晚饭。

朱有勇10岁那年，村里来了几位农科所的技术员，教村里人插秧。

插秧，不是祖祖辈辈都这么插吗？在保水田也好，雷响田也好，都要插上"梅花秧"——秧苗不规则，像花瓣一样散开。

技术员说："插'梅花秧'不高产，要改为双行调栽。"

村里人半信半疑，照着样子插秧。

到收获时，产量果然翻了一番！

全村人惊呆了。

朱有勇也惊讶得睁大了眼睛：科技如此神奇！

生产力

中学时期，朱有勇果然长成了一个健壮小伙子。

读高中时，正值"文革"时期，学校教学不太正常。放学后，他就帮着家人在自留地里干农活。

周末或假期，朱有勇和大人一样，在生产队里出勤务工。大人每天挣10个工分，他能挣6个工分。年底，大家依照工分领取粮食。

过完春节，就开始准备种马铃薯。

土地肥力不足，必须多多施加农家肥。村里有一个公共茅厕，但家长们都严禁自家的孩子前去"贡献"，因为家中自有粪屋。他们都在家里搭起一个茅草房，房里挖一个深坑，坑里填一些每天做饭时产生的灶灰，坑上放置两块石板或两块木板，以便双脚踩踏。拉的粪便，与下面的灶灰一起发酵。

这又臭又脏的一堆堆、一坨坨，正好做肥料，是农家的宝贝呢。

为了营造这些宝贝，男人们每天早起的第一件事，就是用木桶收集自家的牛尿，用竹箕收集自家的牛粪和猪粪，然后将牛粪和猪粪混杂在一起，再加上人屎和灶灰，担到晒谷坪里晒干，就是农家人上好的肥料了。如果在上面泼上牛尿或人尿，肥力就更足了。

村民们不分男女老幼，在路上见到猪屎、狗屎、牛屎、人粪，都会如获至宝地兜回去。有时，男人恰巧没带木桶或箩筐，便会脱下自己的帽子来盛装，甚至用双手捧回去。

有人问："不臭吗？"

答曰："臭什么？宝贝呢！"

这时候，问的人和答的人，往往都会心一笑。

朱有勇的父亲，还常常到已经废弃的破房子边锄旧墙，将之敲碎，作为花生的肥料。

父亲说，这种墙泥里有石灰，用来种花生，花生会多籽且饱满。但旧墙太硬，像水泥，抡圆了鸡公锄，一锄下去，往往会震得双手发麻，却锄不下鸡蛋大小的一块来。黄昏时，锄头落处，火星四溅。

父亲说，撒下石灰粉，不仅有利于花生生长，还能防田鼠，因为石灰有呛味儿，甚至能把田鼠的眼睛烫伤。

这，也许就是最原始、最纯朴的杀虫法。

朱有勇经常协助父亲施肥。施肥时，他在胸前挂一个粪箕，装满干粪。先用锄头挖一个坑，再用手投一把干粪，接着放进种子，而后敷土。一天下来，灰头土脸，汗渍模糊，只有一双眼睛，愈加黑白分明。

青黄不接时，总有几天断粮。

特别是小麦收获前，饿得最厉害。

在小麦收割后、水稻播种前，有一段空当，只能种土豆。土豆三四月种，六七月收。

他们种的是马牙科土豆，只能长到拳头般大小。这个土豆品种怕下雨，若是连逢三五天阴雨，肯定患染晚疫病，叶子枯萎，犹如遭遇霜冻。正常年景可亩产1吨，遇雨则收成减半。

朱有勇想，谁能治好这个病，谁就是科学家。

谷物收成少，土豆相对产量高。于是，村民们都以土豆为主食。每每干完累活儿，朱有勇一口气就能吃掉十几枚土豆。

有一次，伙伴们无聊，比赛吃土豆。朱有勇竟然吞下一木桶土豆，得了头奖。

狗街知青

1974年7月，朱有勇高中毕业，被安排到附近的狗街生产队当知青。

狗街全是苗族人，寨子里共54户，190多人。

看到知青们一个个白白净净、洋洋气气、玉树临风，村民们心里犯疑："这些白面书生，会干农活？"但那个年代，知青们虽然娇贵，但也蛮能吃苦。他们和村民们同吃同住同生产，很快就融入了这火热的生活。

尤其是朱有勇，干起活来，比地道的农民更地道。

他体重50公斤，却能挑起100公斤的担子。犁地技术甚是纯熟，他轻声呼唤着黄牛，带有几分亲昵，像和老朋友在交谈。他绝不吆喝恶骂，这个19岁的知青，压根儿没有吆喝的粗野，他的语速和步子均是不疾不徐。黄牛呢，也不急不躁地拖着犁，尾巴左甩一下，右甩一下。土垄乖乖地向两边翻开，像一波波浪花，似一道道山脉。有时候，播下种子了，要把这些垄沟耙平，他便扶起牙齿耙，呼唤着黄牛，一转一转地，不知不觉间，一大片起起伏伏便被耙平了，像一块平展展、毛茸茸的地毯。

村民好奇地问："你使了什么魔法，牛这么听你的话？"

他笑一笑，做一个鬼脸。放工后，别人都呼啦啦抛下犁耙，下河游泳、树下打牌，或找个阴凉处，帽子盖脸，呼呼地睡觉。而他，总是牵着黄牛，找一片嫩草地，让牛吃饱。牛歪着嘴、埋着头，安闲地咀嚼着，有时抬头看他一眼，满眼感谢。他轻轻地抚摸着牛头，笑着与它对望，而黄牛也咧开大嘴，满脸憨厚。有时黄牛看不见他，便会六神无主地"哞哞"叫。

有了这样的情感基础，黄牛自然听他的话，看他眼色，任他使唤。这时候，别人再牵这头黄牛去耕地，如果不客气，并加以吆喝，它肯定会踢腿摇头撒野，不情愿、不合作。

他和黄牛，是一对打不散的好朋友！

生产队队长

这个有"两下子"的知青——朱有勇，很快就在寨子里走上了"仕途"。

第一年，他被任命为生产队出纳，掌管财务大权；第二年，他担任了生产队队长。

那一年，他刚刚20岁！

朱队长上任后，除了召集全寨人开会、宣传党的方针政策之外，主要精力就放在生产上，努力搞活生产。

除常规的农业生产之外，他还在琢磨开辟"财路"。

在这个边陲之地，他迸发出一种初生牛犊不怕虎的精气神。

最终，他拿出了三大绝招：包工，修路，做饭甑子。

那时，育龄妇女们顺其自然，怀孕就生，一年一胎，几乎每家都生养八九个孩子，少的也有四五个。

妇女产后，只休息七八天就下地干活。孩子呢，用背带捆一下背在背后，大一点了就放在田间地头任意爬，像泥猴。

不赚工分，年底就分不到粮食啊！

反正是集体出工，吃大锅饭，个个掖着力气，不肯多干。

妇女们孩子多，时时需要喂奶，干活效率低下；男人们呢，懒懒散散，干公家活更提不起精神，常常干一会儿抽一锅烟。大半天下来，水田汪汪的，秧还插不到一半。

朱有勇心急如焚，但着急也不能怒骂呀！

于是，他想出了一个法子：包工计件。

他把需要作业的田地划分成片，分到每个人头上，谁先干完谁先回家。

他找来一个车轮的废钢圈，挂在村中心的皂角树下。到了上工时间，他就抡起锤子，敲响钢圈。"当——当——当"，洪亮的声音响起，像口令，似号角。

一会儿工夫，全寨子的劳力都出来了，站在周围。

然后，他就用苗语部署任务，把当天的工作分成若干单元，让各自的小组长带队，谁先干完谁就收工。

虽然工分没有增加，但工作已经分配到了每个小组每个人的头上，干不完不计工分，早干完早回家。于是，妇女们急急地安置好各自的孩子，男人们也不在田边抽烟了。每人心里都有一条鞭子：快干，快快干，干完回家！

同一块田地作业，过去要干三五天，现在只需要一天。

包工计件成功！

此后，生产队要播种啦，除草啦，朱有勇都按这个办法分配。这样一来，再不见"一个人干，两个人看，三个人找麻烦"的情形了。原来的生产效率像一辆慢腾腾的老爷车，现在却变成了一个急匆匆的轻骑兵。

干活顺畅了，人力富余了，不正好搞副业吗？

狗街和周边的公路都是石子路，经不起人车行、牲畜踩、雨水冲，小碎石陷进泥沙里，或散落到路边，路面常常变得坑坑洼洼。附近有一个养路段，时时组织人力，给坑洼地方填补碎石。

朱有勇每天走在石子路上，盯着路面。别人也盯着路面，只是为了挑选不硌脚的路面走路；而朱有勇，透过路面，却看到了背后的"财路"——烂路多，运碎石的车子不够，这不正是赚钱的好门路吗？

朱有勇提议生产队买回两辆马车。这两辆马车，每天给养路段拉碎石，每车每月可赚回100多元。

两辆车，月赚200多元。

这在当时可是一笔巨款。

苗族老百姓淳朴、憨厚，他们习惯于身边的事物，田地、花草、天空，年年一样，祖祖辈辈一样。

而朱有勇，有一双聪慧、善于发现的眼睛。许是知识给了他更广阔的视野，许是队长的职责让他有了压力进而增长了智慧，他如同老鹰一般，竭力地搜寻着种种可以致富的目标。

狗街有很多木棉树，当地叫攀枝花，粗粗硬硬，挺拔苍劲，在落光叶子的春天，会突然爆出一朵朵火焰般的红花。

苗族人取红花煮水喝，可下火；收集果子裂出的棉絮，做枕头。

那枝干除了做柴火，还有其他用途吗？没听说过。

朱有勇深思几天，终于发现了"新大陆"。

他告诉大家："攀枝花树干可以做饭甑子，有气孔，天生的好材料呀！"

攀枝花树干锯回来了。他组织寨子里的几个木匠，把树干截成段，挖去树心，内外加工，做成一个木桶状的有屉无底的蒸笼。

朱有勇惊叹："苗族乡亲手艺真好，一把砍刀，就能做出漂亮的饭甑子。"

那时没有电饭煲，用这个蒸米饭、苞谷，轻便透气，还结实耐用。

饭甑子源源不断地做出来。朱有勇鼓励村民拿到集市上出售，小的七毛，大的一块五。镇上的居民争相购买，半天时间，全卖光了。

这在当时是一种十分冒险的做法，随时都有可能被"割资本主义尾巴"。但由于出售者都是贫下中农，竟然也没有惹出风波。

饭甑子做出名气了，公社、供销社找上门来收购。供销社需求量大，即使以优惠价批发，也是利润滚滚。

原本，生产队一个劳动力工分值一毛六，包工、修路、做饭甑子这"三板斧"发力后，每个工分涨到了六毛三！

这样，年底的时候，家家户户都可以分到钱了。工分少的人家，可分到三五十元；工分多的人家，则可以分到三四百元。

朱有勇这个知青生产队队长，一下子成了狗街的红人。

他走在大街上，村民们都会簇拥上来，主动向他献计献策，商量生产队的事情。

"嫁给"农业

拉祜族分布在中国、缅甸、泰国、越南、老挝等国家。

葫芦，是拉祜族民众的图腾。拉祜族也称"朋雅佩雅"，意为"葫芦的儿女"。拉祜族古语"比蒂朋雅"，意为"人们都是从葫芦里出来的"。

拉祜族最盛大的节日之一——葫芦节，就源于葫芦崇拜。

彷　徨

每天清早，朱有勇扛锄头出门，种地、管理生产队、发展副业，天黑才回家。

每个工分涨到六毛三了，约是原来的4倍，但他似乎还不满足，还要继续寻思副业的新路子。

知青生活是从哪天开始的，好像不记得了；到哪天结束，也没有想过。

1976年3月，一纸文件下来，第三批招工回城。

名单中，竟然有他！

因为表现突出，他被破例招工了。

村民们纷纷拥进朱有勇的小房子，问："你要走了吗？你要走了吗？"语气火急火燎，眼神溟溟濛濛，仿佛要与亲人分别。

夜晚的火塘，炭火红红，朱有勇提着马灯，一家一家地登门告别。满满斟一碗酒，仰头喝下。

恋恋不舍中，他离开劳动近3年的狗街，结束了知青生活。

回城后，朱有勇被分配到个旧市贸易公司，担任售货员。

公司楼高7层，是个旧市的地标。

他在一楼卖糕点。吃上了国家粮，月工资36.3元，很多人向他投来艳羡的目光。

工作稳定，生活丰盈，心情愉悦。一年以后，朱有勇的体重增长了20多斤，精瘦单薄的身材变得精壮挺拔，脸上的"太阳黑子"也随之消失，变成了一个文质彬彬的英俊青年。

1977年10月下旬，22岁的他突然收到一个好消息：国家要恢复高考了！

他狂奔回家，把课本全部找出来。厚厚的一摞书，按初中、高中分类，每本书都包上书皮。

高考中断十多年了，朱有勇何曾想过还有机会上考场呢？

加油！加油！

最早上班的是他，先复习一章；最迟下班的也是他，再复习一章。每天凌晨和夜晚，从他的宿舍窗户透射出的灯光，就像天边的星星，远远的、小小的、闪闪的，那是执着的、穿透夜空的光明！

12月10日，复习一个多月后，朱有勇走进考场。

考点破旧，没有大门，考场的窗户玻璃也残缺一半。每个考场都坐满了人，年少的，年长的，信心满满的，惶惶不安的。他们大多是堆积了十多年的高中生啊！

离开学校好几年了，复习才一个多月，能考上吗？朱有勇内心打鼓。

但，这是宝贵的人生竞技舞台，不能退，只能进！

写、写、写……高考试卷上，易答题，一丝不苟地解答；难题，琢磨一番，也答完了。

考完的那天晚上，他做了一个奇怪的梦：自己要到田野里去，路过一片草地，平地如毯，草叶短短。他迈开轻快的步子，走过去，谁知一脚踩下，陷了进去……他猛地惊醒过来，头上冒汗，心怦怦跳。

在那之后，几乎相同的梦，每晚都重演。

这是等待录取结果的焦虑吗？朱有勇不知道。

一个多月后，一封加急信函发来：录取通知书！

朱有勇的手微微颤抖，撕了几次信函的封口，才打开。

云南农业大学！

他内心冰凉，如坠冰窖。

那时，随着年龄增大，他已经捐弃别的梦想，最大的愿望就是考上理工类大学，将来当设计师、工程师。

当时的云南农业大学，由于前些年国家"备战备荒"的政策需要，搬到了昆明市郊外寻甸县的山沟里，距离县城还有十多公里。他在农村生活了21年，到城里一年多，已经感受到了城市的现代和新鲜气息。城市里有书店、电影院，有马路，有楼房，有万家灯火。他想在城市里编织自己的浪漫梦想！

他计划复读再考。但很快获悉，凡考取的学生，如不服从专业调配、不入学，不得再参加高考！

考上云南农业大学，已然不易。根据当时的录取概率，相当于一个考点只录取一人！

不是理工类大学，但终究是大学啊。朱有勇赶紧收拾行装，到云南农业大学报到，就读植保专业。

以前一边劳动一边零散看书，现在却是脱离工作、专心读书，这是一辈子最好的机会了！

他抛弃失落感，倾心学习。书包里永远带着几样东西：一支蜡烛、一盒火柴、一册课本、一个饭盒。

夜晚11点，宿舍熄灯。朱有勇就点亮蜡烛，继续读书。

清晨，他早早起床，背诵英语。口袋里藏掖着一张张纸条，上面写满了英语单词。只两个月时间，就把整本英语书背诵得滚瓜烂熟。

课本背诵完了，再背词典吧！于是，一页一页，把整本英语词典也全部背了下来！

英语、遗传学、化学，每本课本，他全部能背诵，统统会默写。

他这个能背词典的"学霸"，自然是优秀学生，是课代表，每次考试都在95分以上。

临近毕业的最后一年，他光荣入党。入党名额全班仅两人。

品学兼优的"学霸"，留校任教。

"水稻癌症"

在云南农业大学，朱有勇遇到了一生的恩师——段永嘉。

段永嘉，吉林省四平市人，1910年3月生，1931年考取日本北海道大学，求学6年，主攻植物病理学专业。学成后归国，时值抗日战争全面爆发，他辗转江苏、广西等地，教授农学。1944年，受云南大学校长邀请，执教农学院。1971年，昆明农林学院与云南农业劳动大学合并成立云南农业大学，段永嘉出任植保系主任。

段永嘉，一身学者气，平时梳分头，整齐光亮，冬季时常穿一件毛呢大衣，在粗布、土布堆里卓尔不群。

他性情豪爽，教学严格，待人亲热，身教重于言教，经常手把手地传授。

这位国内农学界著名的植保专家，在植物病毒学领域尤为擅长。

当时，云南农业大学计划组建云南省植物病理重点实验室。实验室研究植物病毒，过去仅靠显微镜，对小部分病毒常常会"看漏眼"。如果购进透射电镜和扫描电镜，两者匹配，可将研究标志视野扩大100倍，也能够发现更多的病毒。但这套设备价格昂贵，需要100多万元，这在当时无疑是一笔巨款！

段永嘉以科学的洞察力，力争让学校购入了这一套先进设备。由此填补了云贵川藏病毒观察设备的空白，为实验室的未来研究打下了基础。

朱有勇就读云南农业大学后成为段永嘉的课题组成员，跟随段永嘉研究稻瘟病。

稻瘟病俗称"水稻癌症",又名稻热病、火烧瘟、叩头瘟等,由稻瘟病原菌引起,贯穿水稻的整个生育期,危害秧苗、叶片、穗、节等。其分布遍及世界稻区,是稻作生产中的主要病害。稻瘟病流行年份,水稻一般减产10%～20%,严重时达40%～50%,局部田块甚至颗粒无收。

全世界研究水稻病毒的课题,大部分围绕此展开。

农民按照老做法,长期、大量地喷洒农药。而大量喷施农药,会导致病原菌拼命地抵抗、变异,病原体抗药能力越来越强。结果,毒了田地,毒了稻米,毒了吃稻米的人。

1977年,我国科学工作者在上海市测验人体内"六六六"农药的含量,发现受测者每公斤体重农药含量达9.52毫克。这一浓度,比日本的高3.7倍,比印度的高5倍,比美国的高100倍。

科学家偶然间合成的DDT,在二战期间开始大量使用。几十年间,人类越来越多地使用农药,用药也越来越猛。结果,虫子死了一只来了一群,死了一群来了一片。

农药灭虫,是一个美丽的肥皂泡。

稻瘟病,是一个世界难题!

读硕士研究生期间,朱有勇跟随导师,更进一步地摸清了云南省稻瘟病的主要特征和分布情况。

他们在近千个品种里,用7个不同群生理小种的稳定菌株,划分品种类群,再挑出30个广谱抗病品种,供抗病育种部门使用。

面对这个复杂深奥的世界,朱有勇十分好奇,又十分茫然。云南的父老乡亲们世世代代种水稻,哪知道背后还有这么多玄机呢?

实验室里,他总是第一个到来,最后一个离开。

段永嘉教授特别喜欢和爱护这名勤奋的学生,经常广泛而深入地向他讲解,帮他打开一扇又一扇知识门窗。为了让朱有勇进一步开阔眼界,段永嘉还经常介绍他与日本著名稻瘟病学家交流探讨。

至于中国农业科学院和昆明植物研究所的专家们，朱有勇更经常是他们的座上宾。

白天，太阳是灯；夜晚，灯是太阳。

朱有勇日夜兼程！

世界难题

1986年，朱有勇还在读研期间，便开始研究并寻找控制病虫害的理论支撑。

有一次考试时，段永嘉教授突然抛出一个难题让大家回答：追溯世界农业发展历史，依赖化学农药的历史不足百年。那么在几千年前的传统农业时代，人类是用什么来控制病虫害的呢？

又是农药，又是病虫害难题！

可不用农药，怎么防治病虫害呢？

朱有勇和其他同学一样，面对考题发呆，不知如何回答。

硬着头皮，他漫无边际地写满一页。

最后，朱有勇获得了1分的"辛苦分"。

这答不出来的题目，却引发了他终生的兴趣。

世界各国科学家都主张选育抗病虫害品种，这是该领域科学研究的方向。正是沿着这个方向，朱有勇和大家一起苦干多年，在稻田里尝试了近千个品种，积累了丰富的抗病毒资料和资源。

段先生的问题，恰恰给朱有勇指明了另一条路——利用生物多样性，控制病虫害。

这是一个冷门的研究方向。因为当时的农业科技，就是瞄准农药的高端研发和推广，希望农民全面掌握各种农药知识。

朱有勇原本认为，利用水稻本身的抗性，或许可行。于是，他进行了一系列利用遗传多样性控制病虫害的试验，但均没有效果。

他迷茫了。

是的，100只小猪，如果都是同一对猪父母所生，那么一只生病，就会轻易地传染给另一只，结果全生病了；但如果这100只小猪，是不同的品种，那么总体病害就不大容易流行。

万亩水稻也一样，群体不要太一致，即使一个品种发生病虫害，其他品种总体还是健康的。否则，打农药也控制不住。

理论可以成立，但现实就是行不通。

有一次，朱有勇在红河州石屏县调研。

走进一个名叫张桂寨的村庄，他突然发现田里有一个奇怪的现象，农民把糯稻和杂交稻种在一起，长势良好。

当时，红河州普遍种植杂交稻，稻瘟病十分厉害。张桂寨也是以种杂交稻为主，却毫无病态。难道这与间种糯稻有关系？

看到田间高高低低的水稻，朱有勇眼前一亮：高的是糯稻，比杂交稻要高出一大截，如果单独种植，容易倒伏。

他问农民："你们为啥这么种呢？"

农民说："我们也不懂，老一辈传下来的。"

朱有勇敏锐地感觉，这背后大有玄机。

混混沌沌许多年，朱有勇一下子有了新发现！虽然还不太清楚，但他觉得越来越接近真相了。

那个晚上，他高兴得睡不着。

把这个种植经验重复出来，重复出来！

只有能够重复并推广的经验，才是科学。

他开始做田间试验。

他选中了距离昆明300多公里的一块田地，那里雨水少，能尽快出结果。在朋友的帮忙下，他租下了一块3亩的稻地。

他开始做试验，每隔2行、4行、8行杂交稻，种上1行糯稻。

很快，他就发现效果最佳的是4行杂交：杂交稻为糯稻挡风，致使糯稻不倒伏；糯稻又给杂交稻作屏障，阻挡稻瘟病的孢子传播，起到了物理隔离作用。

一年种一季水稻，每年朱有勇都一棵一棵地亲自插秧。

他会每周去调查一两次，看看稻苗是否发生病虫害，产量能否有保障。一年下来，来回数十趟，没有科研经费，全是自掏腰包乘坐长途客车。

可是，第一年种植结果并不理想，第二年依然如此，病虫害仍然严重。

第三年，控病还是不稳定，在10%至80%之间摇摆。虽然有一点儿效果，具有统计学上的意义，但无法获取直接的结论。

第四年，仍然无解。

连续7年，试验均以失败告终。

求学海外

在石屏县期间，朱有勇每年大年初四就下乡了，蹲在田间，盯着试验田。

那时展开的水稻多样性研究，还停留在遗传多样性和品种间的关系研究方面。他每天观察哪个品种生病，哪个品种不生病，进行相克相生的理论分析，并未到达生物多样性的高度。

试验七连败，朱有勇十分迷茫。

在导师和同行的建议下，他设想出国留学。

当时，世界先进国家的农学研究已进入分子生物学时代，而我国还是传统观念和手段。

他把目光投向澳大利亚。

他要到那里学习分子遗传学，通过基因了解生物遗传的多样性。

1994年4月，朱有勇赴澳大利亚悉尼大学，成为该校的一名访问学者。

对方提供给他的研究课题是棉花病虫害。

这跨界课题，像一个迷宫，玄幻却又真实，迷乱却又有序。那个世界，人类目力不及，只有思想能够抵达，却又与现实世界的真理相通相接。

中国古代哲学家庄子所言"道在蝼蚁"，至理也。在悉尼大学，朱有勇忙着做病虫害防治实验，也做分子遗传学实验，还与国外同行广泛地交流。

完善的实验设备、多元的学术信息，让朱有勇像一尾投身大海的鱼儿，像一只置身桑园的蚕儿。

这些研究，筑牢了他的学术基础，拓宽了他的学术板块，开阔了他的学术视野，激活了他的学术思维。

他一株一株地研究棉花的病毒基因，终于弄明白：棉花致病的根本，在于抗病基因的相异性。

理论上打通了，可联想到自己在国内的稻田试验连续7年失败，朱有勇还是想不通。

有一次，他去聆听几位专家讲座。国际水稻研究所植物病理学专家Hei Leung表达了一个观点：生态学试验田，至少要100亩！

犹如一道闪电，猛然掠过大脑。

朱有勇眼前一亮，恍然大悟：我的试验田，只有区区3亩地，根本没有形成小生态！

朱有勇多想在云南开辟100亩试验田，在那里大展拳脚啊。

但是，此刻的他身处海外。

彼时，他已在澳大利亚研究两年多，开始作博士论文。

正在这时，他接到了导师段永嘉教授的电报。

段永嘉教授已经牵头成立国家级的云南省植物病理重点实验室，但他已年过八旬，有意让朱有勇回国挑大梁，共同攻关稻瘟病。

一周一封电报，老师催促朱有勇回国。

一日为师，终身为父啊。

本来在澳大利亚的课题需要4年才能完成，但朱有勇决定提早结题，尽快回国！

科学家有祖国

在澳大利亚，朱有勇各方面条件均属优秀，申请绿卡十分容易。

与他同时期出国的学者，由于国内科研和生活条件有限，不少人选择继续留在国外。

但朱有勇深深知道，这终究不是自己的祖国啊！

澳大利亚导师听闻朱有勇决定回国的消息后，大吃一惊。

在导师眼中，这位来自中国的科学家，正值壮年，沉着稳重，对事业全情投入。他多么希望朱有勇能够留在澳大利亚，帮助自己的实验室攻克世界难题啊。

导师苦苦挽留："没有再考虑的余地了吗？"

"没有了。"朱有勇态度坚定，"我要回到我的祖国去。"

导师叹了一口气："俄国著名生理学家巴甫洛夫曾说，科学没有国界……"

朱有勇想了想，回答说："但巴甫洛夫还说，科学家却有祖国。老师，谁不属于自己的祖国，谁就不属于全人类呀！"

"可我发现你很喜欢澳大利亚。"

"没错，但是我更爱我的祖国。"

"我深表遗憾！澳大利亚太需要你这样的人才了。"

"中国是一个农业大国，我们12亿人的吃饭问题，更需要我回去加入研究。"

"可是，以你们中国现有的条件，你搞科研会很受束缚。"

"我的祖国会越来越重视农业科学工作，农业科技推广体系会越来越健全。我相信，我坚信！"

……

不仅有澳大利亚方面师友的不舍，还有来自国内友人的不解。

不少朋友问他："你在澳大利亚工作两年后，还可以转到美国、加拿大，有更好的科研条件。当一名外籍华人科学家，有机会像李政道、杨振宁那样获诺贝尔奖。这是千载难逢的好机会，你干吗回来呀？"

朱有勇默然不语。

他的心，只有祖国知道，只有土地知道。

1996年10月的一天，晴空万里。

朱有勇带着家人，从悉尼飞回北京。

我爱云南

回国后，朱有勇被任命为云南省植物病理重点实验室常务副主任。

当务之急，就是去红河州石屏县张桂寨村周围，寻找合适的大块试验田。

这里距离他老家个旧市比较近，地缘人缘有利。

经过反复踏勘，朱有勇心中有了目标。于是他通过旧友，找到张桂寨村所属乡的书记和乡长。

朱有勇的"胃口"比较大，需要一次性征用成方连片的600亩甚至更多的土地，这涉及几个村的数百户人家。工作难度，可想而知。

吃饭的时候，乡里和村里的干部们满面愁容。

桌上摆着小酒杯，大家文文静静地客套着、浅饮着。

看到大家心存顾虑，朱有勇站起来，主动端起酒杯，与众人碰杯。

乡长和村主任们看着这位儒雅的科学家，不知深浅，进退两难。

乡长是一个爽直刚硬的中年汉子。他看着朱有勇，手里拿过一只碗，满满地倒上白酒，正好一瓶。而后，试探着说："你如果能喝下这碗酒，什么都好商量。"

众人的眼光，齐刷刷地看着朱有勇。

朱有勇的确有"勇"，此时，他的勇气直冲头顶。只有他自己知道，当年在苗寨当知青时练就的酒量和酒胆，就是当下最锐利的武器。

他也直勾勾地看着众人，而后，庄重地端起这碗酒，一饮而尽。

所有人都惊呆了。

于是，大家彻底放开，整个酒桌，变成了一片欢乐的海洋。

是的，有时候，在民族地区，风俗淳朴、人心直爽，最好的办法就是以酒交心、以酒交友。就像现在，朱有勇与乡长喝，与村主任喝，喝下的是白酒，打通的是感情。原来，乡长、村主任以为他是国外回来的洋博士，高高在上，与他们是两路人。却不想，他也是泥腿子出身，也有好酒量。他是洋博士，更是泥博士、土博士，是咱泥腿子的好兄弟！

一番酒战，直至夜半。酒酣人醉，一切简单。

酒醒后的乡长和村主任们，在最短的时间内帮助朱有勇协调、租赁了1000亩土地。

朱有勇团队立即介入，开始试验。

果然立竿见影！

第一年，稻瘟病消失了，产量增长30%。

的确，同类同种的农作物易于相互传染，形成多米诺骨牌效应，而糯稻间作，品种相异、高矮搭配，平面和曲面又截然不同，就好像防火墙一样，截断了病害的相互流动。

试验成功后，朱有勇决定大面积种植。

他给农民提供秧苗，让他们种杂交稻，每隔4行、6行插糯稻。

农民们将信将疑，勉强种了2000亩。

结果，与小田试验一样，仍是稻瘟病消失，亩产量大增。

大面积种植，亩产增加30%，这在农业上是一个奇迹。

于是，当地政府大力推广。

第三年，也就是2000年，红河州种植5万亩。

如果利用科学办法，找出不同农作物相克的差异性，并施用于农业生产，就可以不用或少用农药，这就是科学的最佳发展方向。

譬如，花生和玉米病虫害不同，在花生中间种上玉米，双方的病虫害相克，病虫害传播就会受到阻碍。还有，玉米的玉米螟、钻心虫很难杀死，过去人们用筷子捆上布条，蘸敌敌畏杀虫，费力又低效。如果把玉米和马铃薯种在一起，马铃薯开花后引来细腰蜂吃蜜，细腰蜂吃饱就交配、产卵。细腰蜂腹部末端有带毒的螫针和产卵器，产卵时，先用螫针把螟蛉幼虫刺晕，再把产卵器刺入螟蛉体内产卵。这样，孵化出来的幼虫，即以螟蛉为食。

这就是相生相克。

看似简单，背后却是无法言说的科学大智慧啊！

朱有勇说："我们取得的研究成果，得益于我国传统的栽培技术。"

作物多样性控制病虫害理论应用体系的诞生，也正是从土地和传统栽种中获得了启示。

"和国外、国内先进发达地区相比，在云南搞科研或许会有一定局限性，但云南丰富的生物多样性却是其他任何地方都不能比拟的。如果能克服困难，学会因势利导，在这里一定能做出最好的成绩。"说起云南，朱有勇饱含深情。

"我们发现，如果在玉米地里种甘蔗，那些玉米螟就不吃玉米了。因为比起玉米来，甘蔗更甜，它们就都吃甘蔗去了，而这对甘蔗却没有任何影响。我们正在研究究竟是哪种物质在吸引玉米螟，为什么在甘蔗上没问题，在玉米上会有问题。这个问题一旦解决，对云南农村来说可是一件大事。所以说科学就像剥洋葱，剥一片，找到一个谜题，解决一个问题。或许穷尽一生，都没办法把这个洋葱剥完，但这是科学永远的方向！"

朱有勇坚信，自己所从事领域的一切未解之谜，都能在云南这方山水中找到科学答案，并造福人类！

世界顶尖论文

朱有勇带着课题组，在红河州展开了全面、深入的研究。

在朱有勇回国后的3年时间里，他带领团队除了在张桂寨村进行实地种植，还试验了200多个水稻品种，进行了400多次小区试验……

农艺性状、经济性状、农户种植习惯，他们都要细细研究比对。

朱有勇身形周正，但个头不高，他笑言是童年的饥饿影响了自己的身高。云南的好山水，养了他一身好皮肤。长年的日晒雨淋，虽然使他的脸庞黝黑发亮，但衣裤遮住的半截手脚却白亮亮的，黑白两重天！

埋头搞起研究来，时间总是不够用。朱有勇不仅把节假日的时间用上了，连回家吃饭的时间也被压榨了，直接在食堂解决，省得来回路上费时、做饭费时。他女儿放学后，往往要到实验室找他，一起吃食堂。

朱有勇感觉自己又回到了知青年代，虽然一脚水一脚泥，但是一步一个深脚窝，步步有收获。

作物多样性是如何控制病害的呢？这里面的机理有若干：遗传多样性、协同作用、病害防火带、稀释作用等。

怎么能让老百姓记得住、用得上呢？

他编成顺口溜："天拉长、地拉宽、站好队、换好位。"

作物的品种搭配怎么让老百姓更好地理解呢？他打比方："这和男女找对象一样。只有找到匹配的，家庭才能和睦兴盛；如果双方不搭配，三天两头吵架，没几天就离婚了。"

他生在农村，上山下乡在农村，当了教授还是在农村。他生命的根、科研的根，长在农村，长在农民的心田！

20世纪90年代末期，农业耕作追求短平快，几百万亩都是一个品种，机械化种植。从播种到收割，一套方案搞定，病虫害发生严重。

水稻品种多样性恰好破解了这个难题。

水稻品种资源多，种植多样化，改变了田间微气候环境、微生态环境、稻瘟病病菌菌系结构。

稻瘟病控制住了！

随着科研成果在理论上的成熟和在实践上的大面积推广，朱有勇的研究结论形成论文《水稻遗传多样性控制稻瘟病理论》，于2000年8月17日全文发表在世界著名的《自然》杂志上，并作为封面文章被重点推荐。

权威的学术期刊，重磅的封面头条！

《自然》杂志还配发专题评论："朱有勇及其同事经过深入的研究，获得了十分重要的研究成果，即利用水稻品种多样性基本控制了最主要的水稻病害——稻瘟病的流行，克服了单一品种化的弊端，为简便和持续地解决农业生产中出现的问题提供了佐证。"

农民院士朱有勇

意义深远，价值无量。

国际著名学者评述"这一研究成果为水稻病害的控制提供了一种生态的方法，在大面积栽培中更加有效，这将为中国和世界水稻的稳定生产做出贡献"。

这一成果，标志着中国在此领域的研究已跃居世界领先地位！

"傻瓜"技术

能在世界著名刊物发表权威论文，是多少科学家的梦想！

但也有不少外行人不解："不就是种4行杂交稻，再间种1行糯稻，这就成了顶尖论文？太简单了吧？"

还有人不服气："是他运气好，看到农民这么种，然后重复出来。这是傻瓜技术。"

对，"傻瓜"技术！

正如傻瓜相机，随意按一下，照片就出来了，傻瓜也会用。但研究出傻瓜相机的人，是傻瓜吗？

非也！

石屏县张桂寨村的水稻间种，种了多少年、多少代，但为什么没有谁具备科学的敏锐性，从科学的层面去研究呢？又有谁透视内里深奥的道理呢？

大道至简！

朱有勇研究出的"傻瓜"技术，不止一个。

云南种的葡萄容易得病，得病就打农药。但打了农药，又容易被雨水冲掉，造成病菌广泛传播，既达不到防病效果，还导致农药残留。

"病菌靠雨水传播，搭个雨棚就解决了。"朱有勇轻描淡写。

这也是"傻瓜"技术！一点就破，但只有朱有勇点破了！

他的"傻瓜"技术，是多少年学习、思考、苦恼、追求的结果。

就像牛顿通过苹果落地悟出万有引力定律，看似简单，实则艰难。那是深厚学养的长久累积，那是沉重苦恼的持续发酵，那是绝望灵魂的突然闪光。

回想起来，不得不庆幸，朱有勇在澳大利亚的留学生活，开阔了他的视野。过去，他只是从细胞、病菌的角度研究问题。留学回来后，他开始从分子生物学的层面构建运用体系，揭示内在本质，并申请了一个全新课题：稻瘟病繁殖分子体系的构建。无疑，这迈出了一大步！

随着论文的发表，水稻品种多样性持续控制作物病害理论和技术体系全面搭建起来。

从2001年开始，这项技术在云南、四川、江西等十多个省、自治区、直辖市广泛推广。

水稻可以，那么玉米、马铃薯、小麦、大麦呢？

朱有勇愈战愈勇，继续发明了多种作物控病技术。几年之内，仅在云南省就推广种植4000多万亩运用新技术的作物，使农民增收40多亿元。

与此同时，朱有勇团队的研究更加令人瞩目。他所在的实验室资质，也连续跃升四级：

一是云南省植物病理重点实验室。

二是教育部农业生物多样性与病虫害控制重点实验室。

三是农业生物多样性应用技术国家工程研究中心。

四是省部共建云南生物资源保护与利用国家重点实验室。

这些研究，代表了国家最高水平，被寄寓中国农业绿色发展的最高期望！

校长辞职

2002年5月，朱有勇被组织任命为云南农业大学副校长。

学校要给他举办履任仪式，朱有勇拒绝了。

新官上任，仪式可以简单，但不能缺少呀！

学校办公室按照常规，布置会场。鲜花不摆了，只放了桌椅，期待新任副校长作履职发言。

学校班子成员都到了，却迟迟不见朱有勇。到办公室找他，也不见人影。

莫非在实验室？

办公室主任急得满头冒汗，推开实验室大门。果然是他，朱有勇！其侧影如塑像般，专注、凝重。

朱有勇的心里眼里，哪还有实验室之外的世界呢？

办公室主任定定地站立着，不忍打扰……

履新仪式吃了"闭门羹"。

接下去的两年，闭门羹成了家常便饭。

"嘿嘿，当副校长两年，我更多的时间是泡在实验室里。"多年后，回忆起那段经历，朱有勇颇有些不好意思。

但是，由于朱有勇科研成果突出、品行高洁、声望高隆，2004年6月，组织任命他为云南农业大学校长。

现在，他不能不考虑一下自己的工作内容了。

过去，他的最高职位是实验室主任，担任副校长时，基本是挂名，主要精力还是搞科研。但校长是行政一把手，如山的事务都需要他拍板定夺。可他对于这一切工作实在陌生，每天需要批阅的文件，已是不计其数，况且还有太多太多的琐碎事务。

磕磕碰碰、苦恼烦闷，终于，他学会了放权。

他召集几位副校长开会，严格分工之后，给各自制定目标，而后说："目标在这里，责任在这里，权力在这里，各自负责，干得好奖励，干不好找你麻烦。"

给了经费自主权，压了责任，副校长们不敢松懈。文件呢，也基本由副校长把关，朱有勇负责最终审阅。

重担卸下了，朱有勇又回归实验室。那里有土壤、种子，有数不清的新奇奥秘在向他眨眼，向他微笑，向他招手……

"当校长，占用了很多科研时间。实际上，我十分之一的时间在做校长，十分之九的时间在实验室。真是后悔当初没有坚决地推掉校长职务。尝试过之后，才进一步发现自己更适合搞科研，并不适合搞行政。"

其实，朱有勇担任校长两年后，便萌生退意。

的确，走进实验室，他的身心自然地亢奋起来，而在会场上、在学校行政"一把手"的岗位上，他总感觉束手束脚，仿佛芒刺在背，根本无法做到左右逢源，常常不知话题从何说起。

和农业打交道容易，与人打交道难啊！

他坦承，其时如果自己坚持不做校长，也未尝不可，但自己也是一个俗人啊，当时对校长这个职位存有新鲜感。毕竟在世人看来，这是一个正厅级的职位，是一个风光的角色呢。

但现在，他厌倦了，他要辞职。

只是，当他试着向组织说明心志的时候，却遭到了领导的明确拒绝。

2011年12月，他当选中国工程院院士，填补了云南省农业系统有史以来的空白。此时，他终于有足够的理由辞去校长一职了。

12月底，他公开提出"辞官"申请。

众人一片哗然。

亲友更是大跌眼镜："大学校长，'一把手'，多少人想当还当不了，你怎么到手的'官'却不要了？"

上级领导也纳闷了："在学校大发展时期，你在学科建设方面干了很多实事，大家都认可。你刚刚56岁，远不到退休年龄，为什么不干了？"

确实，2002年，云南农业大学盖起了植保大楼，建起了国家生物多样性工程中心，负责国家生物资源的开发与利用。朱有勇没有辜负恩师段永嘉先生的期望，把国家生物多样性工程中心做起来了，而且做成了全国权威的高地。

……

不过，朱有勇去意已定，连续写了5封辞职信，写给省教育厅，写给省委组织部。

2013年，58岁的朱有勇，终于辞去了云南农业大学校长一职。

他，完完全全地回归实验室！

蒿枝坝

1956年，为了创作反映拉祜族人民翻身解放题材电影《芦笙恋歌》的主题曲，作曲家雷振邦来到澜沧县山寨体验生活。

在这里，雷振邦不仅熟悉了拉祜族人民的生产生活、思想感情、风俗习惯等，还真正感受到了拉祜族民歌与民间音乐的特点。于是，他借着灵感的闪电，创作出了一首情歌——《婚誓》。

这首歌迅速风靡全国，其浓郁的民族风格深入人心，成为拉祜族人民美好爱情生活的形象代言。

"我来干"

2015年11月中旬的一天，北京。

朱有勇刚刚走下飞机，就打了一个冷战。在昆明登机之前，他特意脱下薄T恤，换上衬衣，又外加一件夹克衫，但仍然抵不住北京的寒风。于是，他赶紧穿上一件大衣，匆匆向中国工程院赶去。

走进会议室，院领导们已经在等候。在场的20多名院士，大多居住在北京，研究领域涉及多个学科。从事农业研究者，只有他一人。

会议主题除了讨论已经开始的云南省会泽县扶贫相关事宜外，更重要的是上级给中国工程院又增加了一个扶贫点，初步选在云南省澜沧拉祜族自治县。今天开会的目的，就是确定派驻人选。

2013年，中国工程院开始在会泽县挂钩扶贫。那里有丰富的矿产资源和水力资源，工程院依托技术优势，为当地提供矿山和水电站工程服务。

澜沧拉祜族自治县与会泽县，一个是滇西南亚热带少数民族地区，一个是滇东北高寒山区，都是深度贫困县，贫困率均超过50%。

在会泽县的扶贫，中国工程院以出"智"为主，在矿山、电站、交通上给予技术扶持，并没有院士"全日制"的驻扎。

而此次澜沧拉祜族自治县的精准扶贫，上级要求扶贫人员真正驻扎扶贫点，直至其完全脱贫。

从城市到农村、从首都到边疆、从实验室到野外，谁都知道这意味着什么。

生在农村，有过知青经历且长期从事田野试验的朱有勇院士，比别人体会更深。

穿土布、吃粗粮、爬山路，他不怕。农民谁不想富有呢？但祖祖辈辈以打猎为主的猎户们，对农业种植没有多少经验，又缺少资金、缺少技术、缺少视野、缺少文化，要让他们全部脱贫，一户也不落下，谈何容易！

他犹豫。

这个地方，或山水土地资源欠缺，或地处偏僻，或人心懒散，或基础设施薄弱，种种贫穷的掣肘，自己能破解吗？

他顾虑。

习惯了高校的工作和生活，备课上课，开会讨论，查阅资料，研究实验，收集数据，写作和修改论文，等等。这一切，只需耗费脑力将实验与理论贯通，而真正要走进农村，使科研结果落地生根、开花结果，让农民全部脱贫，太难了！

院士们大多七八十岁了。平常开会时，年轻的朱有勇谦让贤长，总是习惯地坐在后排。今天，依然如此。

满头白发的院士们，听完院领导讲话，气氛热烈，纷纷发言。有几位老先生公开表态，愿意下乡蹲点。

朱有勇看看左右，左边的院士76岁，右边的院士也72岁了。院士们的平均年龄是73岁，而自己才60岁。

60岁，如果是普通老百姓，已经退休颐养天年了，但在院士群体里，却是年轻人。朱有勇想，如果我不去，让70多岁的老先生住在农村，那我脸面上挂得住吗？这就打破自己做人的底线了！

而且，自己还是党员，还是云南人！

朱有勇举起手说："我来干！"

澜沧，你好

会议结束几天后，朱有勇第一次来到澜沧拉祜族自治县。

该县隶属普洱市，位于云南省西南部，因东临澜沧江而得名，总面积8807平方公里，是全省面积第二大的县。县城勐朗坝，海拔1054米。全县下辖20个乡（镇），165个村委会（社区），2702个村（居）民小组，总人口49.16万人。少数民族主要包括8个世居少数民族：拉祜族、佤族、哈尼族、彝族、傣族、布朗族、回族、景颇族，约占全县总人口的79%。

作为中国唯一的拉祜族自治县，这里无疑是拉祜族民众最集中的居住区。

据史志记载，这一带的拉祜族居民，世代居住在山腰之上，其社会形态属于原始社会，或类似于奴隶社会。千百年来，他们在生产劳动和采集捕猎活动中，广泛使用木锄、木锹、木槌等木制工具。直到近代，拉祜族才向其他民族学会了冶炼，开始制作锄、镰刀、斧头、钐刀等铁质工具，但犁头等大宗农具，还是要外出购置。中华人民共和国成立后，他们才走出森林，直接跨越封建社会，一步进入社会主义社会。

这就是社会学家们所命名的"直过民族"。

从此，拉祜族人民的生产、生活方式有了根本性的改变：由打猎为主变为农耕为主，在文化上全面实行"双语"（汉语＋拉祜语）

教育。

但是，由于历史和现实的种种原因，特别是地理偏僻等客观条件的制约，几十年来，拉祜族和其他一些少数民族一样，经济社会的发展状况并不理想。

年纪大了，离开实验室，把所有的科研项目丢下，去当农民……谁说朱有勇没有过矛盾与彷徨呢？

他是院士，可也是生活在现实世界的人！

最初几天，朱有勇也曾苦恼和迷茫。他每天在乡镇政府开会座谈、调研，晚上又赶回县城招待所，实在太累了。他无奈地对学生们说："我说话他们听不懂，他们说话我也听不懂。我60多岁了，又重新当了知青。"

但是，几天之后，朱有勇心底发生了变化：自己是云南人，又是农业科技工作者，这些年走过不少山区农村，却从未见过这般贫穷。

越往深山里走，感觉越强烈。这不是自己小时候走过的路吗？又细瘦又坎坷，像骨瘦如柴的病人身上的一条条青筋、一根根肋骨。

党和国家把自己培养成待遇丰厚的教授、科学家，而自己栖身在城市的象牙塔里，竟不知山外万重山，人外万重人，还有老百姓过着和自己童年一样的苦日子。

在竹塘乡的几个村落，朱有勇更是吃惊。这里如同原始社会，猪羊鸡狗满地跑，老百姓躲在树后，偷偷地看着他。中午，在村干部家里吃饭，桌上除了特意准备的肉食和白酒之外，竟然没有绿色蔬菜。茶杯和饭碗上，到处飞舞着苍蝇。

虽然十分贫穷，但老百姓却十分热情。

朱有勇一行人要离开寨子了，村里的拉祜族群众换上民族服装,手拉手唱起歌来,依依不舍。

虽然刚才交谈时,互相听不明白,但一旦唱起歌来,却又那么清晰真切。那歌声,从内心淌出,纯净如天籁,伴着忧伤的眼神和闪光的泪花。

一刹那,朱有勇定住了,犹如石化,任由歌声浩浩荡荡地涌进心田……

> 我会唱的调子像山林一样多
> 就是没有离别的歌
> 我想说的话像茶叶满山坡
> 就是不把离别说
> 最怕就是要分开
> 要多难过有多难过
> 舍不得哟舍不得
> 我实在舍不得
>
> 你没有看那风景像山花一样多
> 还有多少思念的河
> 你留下那情像火塘燃烧着
> 还有好多酒没有喝
> 最怕就是要分开
> 要多难过有多难过
> 舍不得哟舍不得
> 我实在舍不得
>
> 最想的就是你再来

要多快乐有多快乐

　　舍不得哟舍不得

　　我实在舍不得

　　……

　　朱有勇用手掌紧紧地捂住双眼，但泪水还是涌出手指的缝隙，滴在衣服上。

　　他，已经好多年没有这样流泪了。

青山与金山

　　第二天，朱有勇来到竹塘乡蒿枝坝村。

　　蒿枝坝，是云山村下属的一个自然村，分3个村民小组。

　　"坝"的拉祜语意为"芳美的草地"，并非汉语的"大坝"。过去，拉祜族民众长期居住在山腰上。十多年前，由于国家民族事务委员会和上海市黄浦区的帮扶，他们才搬到山脚的平坝上。虽然每家每户有了房子，但生产和生活依然如故，改善不多。

　　村四周，是高高低低的山峰，像沉默的将军，似羞怯的少女，若愁苦的父亲，更多的则像一个个毛茸茸的猴头。山名呢，也很怪：坡倮架、米娜谷、那戈节扩、山神扩……山上长满了桦树、多依树、栎树，更多的是思茅松。小村的旁边是一条募乃河，这是全村的水源。街道两旁，长满了野生的牵牛花。

　　进村的路，比他预想的还要遥远。由于昆明市到澜沧县尚未通航，他和学生们只能开车过来，开了整整11个小时。一路上虽然上坡下坡、隧道桥梁，但总算通畅。可从澜沧县城到蒿枝坝，那简直是弯弯绕弯弯、兜兜又转转，15公里的路程，汽车需要行驶两个多小时。

　　朱有勇恍若回到了知青时代的狗街。

40年了，依然如初！

走进寨子，正在路边晒太阳的村民们怯怯地看着他，有的躲在墙角，有的藏在树后。朱有勇上前打招呼，他们都不敢直视，眼神躲躲闪闪。哦，他们是从森林中走出来的民族，本能地回避生人。

朱有勇随机走访了几户人家，发现这些人家家里猪屎牛粪、肥料茅草到处都是，杯子碗碟上满是污渍，爬满苍蝇。屋内除了一张床、一口锅、几件衣服、几袋苞谷、几只鸡等几件简单物品之外，再没有什么值钱的家当。

村干部告诉朱有勇，蒿枝坝人均年收入只有1000元左右。

离开蒿枝坝的路上，朱有勇面色凝重。

他说："这里这么穷，怪我们没有深入下来，没有真正来为老百姓做些事情！老百姓享受不了我们的科研成果。作为院士，这就是失职！"

蒿枝坝只有几十亩水田、几百亩旱地。虽说是旱地，但靠近小河，抽水抬水都可以浇灌。

这青山，大有可为啊。

这青山，与科技成果结合，便是金山啊。

那一刻，他下定决心：我的扶贫点，选定蒿枝坝！

科技小楼

朱有勇扶贫，并非一个人在战斗。

随着朱有勇蹲点蒿枝坝，中国工程院也将驻点确定在云山村，并派驻了第一书记。而且，朱有勇的身后，还有一个"豪华团"，包括他的十多名硕士和博士研究生。他们会随时听从导师的召唤，前来支援，既是驻点扶贫，也是现场实习。

为什么看上蒿枝坝呢？

朱有勇向学生们说出了自己的思路：蒿枝坝属于竹塘乡云山村，这一带是全县拉祜族民众最密集的居住地，达3.8万人。在这里扶贫，更具代表性，也更具带动性。

的确，蒿枝坝共54户，其中建档立卡贫困户达39户，是一个极具典型性的贫困村。

本来，中国工程院在别的地方扶贫，工作站设在县城，工作和生活条件相对便利一些。但朱有勇决定一竿子插到底，直接驻扎蒿枝坝。

县领导十分不安，院士是"国宝"，而且年过六旬，要照顾好啊。

学生们也担心：这里能行吗？吃饭都成问题啊。

朱有勇呵呵一笑，胸有成竹。

蒿枝坝二组的村头，有一座两层小楼，塔形屋顶，深紫瓦片，淡黄墙壁，瓦顶下挂着一个金葫芦。

这是十多年前上海市援建整村易地搬迁时配备的村民活动室。由于村民们更喜欢蹲在墙根晒太阳，并不来这里活动，所以整座小楼基本已荒废。

朱有勇第一次来到蒿枝坝考察时，曾在这里歇脚。空楼仅有的几张桌椅上覆盖着一层厚厚的尘土，上面写满了小鸟的爪印。

当时，他就对这座小楼情有独钟。

现在，他要把这里改造成一个家。

朱有勇行动起来，学生也紧紧跟上。清扫、擦拭、搬桌椅、抬床板、钉纱窗……一楼用作将来的学员培训室；二楼隔出几个房间，作为卧室；楼道里开辟出一个小小客厅，供开会、讨论、做饭、接待来客之用。

3天后，这座原本空荡荡的小楼，摇身变为一座"科技小楼"。

但要正常使用，何其难也。动手做饭，电压低，电器不能使用，又没有灶台。

吃饭，便成了第一难。

没办法，只能先到老百姓家就餐。东家西家轮流去，类似过去的农村工作队在农家吃派饭。正好，这样既可以学说拉祜语，又可以快速地了解村情。

一日三餐之后，朱有勇塞给户主100元。有些人家坚决不肯收，就留下一条烟或两瓶酒。

在与拉祜族人的接触中，朱有勇更加惊奇地发现，他们还留存着浓郁的原始共产主义遗风，即平均主义。分配什么东西都要一碗水端平，没有尊卑，无论长幼。比如递烟，如果在座者有老人、妇女和小孩，也同样要给他们。这种习俗，来自过去打猎时的按人头分配。

白天，朱有勇步行上山，检测土壤、考察水源、熟悉地形。晚上回来洗澡，擦擦身体，毛巾都变成了黄色。

没几天，他就学会了十几句拉祜话。

走在大街上，他会主动用拉祜语与村民打招呼："诺达！（nawl dar！你好！）"

"贾噢拉？（cad-ol lad？吃了吗？）"

"日夺噢啦？（dzir dawl-ol lad？喝酒了吗？）"

朱有勇一边说一边给村民递上一根烟，在场所有人都有份儿。

村民们兴奋起来了，也不再躲避他了。

双方的心，慢慢地靠近了。

亲亲土豆

地球上最早种植马铃薯的是约8000年前的印第安人。

马铃薯传入中国，在十六七世纪。

云南是我国较早种植马铃薯的省份之一，在1848年已有多个品种，但均为常规种植，即夏季种植。

精准选择

科技小楼的后面，有一棵高大的合欢树，柔枝散开，花儿球状，猩红猩红、粉紫粉紫，梦幻一般娇俏。

窗子里，总有一双眼睛，紧紧地盯着合欢花，久久不曾离开。

这是朱有勇的眼睛。

一双沉思的眼，一颗沉重的心。

他在科技小楼住下后，很快就对这里心生欢喜了。半山清风，轻雾缭绕，看着养眼，嗅着养肺。夏天，凉爽如秋；冬天，则温暖如春。

这些日子，朱有勇一直在行走，在观察，在调研。

澜沧县8000多平方公里，其中河谷地区占15%、山区占50%、半山区占30%，到底应该发展什么致富产业呢？

当然，最简单、最直接的途径，就是帮助农民外出务工。他也可以帮忙在昆明等城市找到若干合作单位，大量吸收农民，可当地农民天性保守，不乐意外出。这项辅助计划，行不通。

第二个思路是重点发展养殖业，养猪、养牛或养鸡。他也曾经设想向每个贫困户捐献两头猪仔和十只雏鸡，但乡村干部告诉他，此地一些农民较为懒散，缺少相应的科学知识和耐心，只适合家庭随意散养，不适合较大规模养殖。当地农民喜欢肉食，有些人待家畜稍稍养殖肥大，就宰杀了。在他们看来，卖掉不如吃掉。

看来，还是要靠种植业，发展冬早蔬菜。

可选择什么品种呢？

番茄、辣椒、荷兰豆、圣女果等，附近县域都有种植，且品质上佳。但此地位置偏远、交通不便，而这些蔬菜又大多不易保鲜、易腐烂。

突然，他发现一个极为奇特的现象：此地没有马铃薯！

原来，本地不太适宜种水稻。自古以来，热季种植只以玉米、甘蔗为主。马铃薯，竟然没有进入这片区域。秋天玉米和甘蔗收获之后，便不再生产，直到第二年春天。大片土地，就成了冬闲田。

朱有勇想，自己这些年的一项重要研究成果就是冬季马铃薯种植，技术早已成熟，亩产可达三四吨。这项技术已经在别的地区推广，只是未能到达这里，真是可惜啊。

马铃薯的特点是生长季节怕下雨，而澜沧县的冬天，温度最低12摄氏度，几乎无雨。这样的气候，非常适宜马铃薯生长。而且，马铃薯是"懒"庄稼，田间管理要求不高，正适合这里的群众种植。

他越想越兴奋，澜沧当地的条件简直就是为马铃薯量身定做的！

想到这里，朱有勇不禁对着合欢花笑出声来……

"哑巴"与"喇叭"

蒿枝坝村的冬天，暖暖的。

有多暖呢？如同北方的阳春。

但在蒿枝坝，人们冬天就不怎么种地了，顶多是往地里撒一把油菜籽，任其随意生长，有多少收多少，看天吃饭。于是，几乎所有的庄稼田都成为闲置地。

靠山不吃山，只能贫穷，四壁空空，衣服洞洞。但当地拉祜族兄弟似乎也很满足，这不是比住半山腰强吗？不比祖上强吗？祖上可是连衣服也穿不齐整呢。靠打猎填肚子，饱一顿饥一顿。到了父母辈，还是打赤脚，穿茅草蓑衣。现在还有什么不满足呢？至少衣食无忧。

于是，冬闲的日子，男人喝几杯自家酿制的苞谷酒，坐在墙根聊天。女人聚在一起做针线活，带带孩子。孩子们呢，则追着公鸡乱跑，或骑着肥猪当骑大象。公鸡受惊了，"咯咯"地叫着，从东家门口飞到西家屋顶。孩子们也跟着跑过去、跑回来……

家乡有安乐，何必要外出。他们只想守在故乡，整天整天地晒太阳。而且，跑到山外，路途遥远，路费垫不起，还常常受欺骗，被拖欠工钱。不如待在山里，吃一样的干饭，穿一样的衣服，晒一样的太阳，烤一样的火塘，看一样的青山。

十多年前，国家安排的对口帮扶单位——上海市黄浦区曾斥巨资，给每家每户免费建造了一幢60平方米的房子，让他们从半山腰搬迁下来。

可是，由于没有产业，这里仍是没有出路，只有贫穷。

科学与传统，开始了一场拉锯战。

什么？冬天种洋芋（当地方言，即马铃薯、土豆）？村民们说什么也不肯相信。

他们吃过洋芋，但从来没有种过，叶片长啥样也不知道。于是，他们一致表示反对。

有人说："澜沧种洋芋，不可能！"

有人说："咱们是红土地，太瘦，不是黑土地。洋芋长不了。"

还有人说："冬季种洋芋？从没听说过！"

……

别说蒿枝坝不相信，整个澜沧县都不相信。因为这片土地上，从未种过洋芋。

无奈，朱有勇决心以身示范。

2015年12月上旬，朱有勇在云山村党支部的协调下，在蒿枝坝村头租种农民的5亩地，示范种植马铃薯。

他带着两名学生干活，还发动村民给他们"打工"，人工费每天80元。

12月中旬，他们从昆明运来种薯，放在温暖处催芽。几天后，薯芽萌动，用刀将薯块儿切开，每块儿各带一个芽眼。用草木灰搅拌，晾干后种下。

入土半个月，种薯发芽。叶呈卵圆形，类似蒿子叶。

一个月后，株苗像儿童发育一样，迅速长至"少年"，有三四十厘米高。

2月，地温渐高。马铃薯开花了，一簇簇，像喇叭筒，或紫或白，烂烂漫漫。但这些花啊，只是绽放美丽，却与果实无关。每一朵花凋谢之后，结成一枚青胎，似珊瑚球，又像青樱桃，要及时掐掉。

3月，阳光正好，暖气熏人，是马铃薯"长身体"的时候。"娃子们"在地下日日夜夜地歌唱着、膨胀着，才过一个多月，俱已"成年"。

4月上旬，原是当地人开始春耕的时候，而现在却破天荒地要收获了。

全村人都来围观。

朱有勇和学生们热情地招呼着村民们，唯恐人少不热闹。

果然，一镢头下去，白白黄黄的马铃薯滚出来，圆圆的，胖胖的，像葫芦，似倭瓜。

选一个最大个头的家伙，过磅，接近2公斤！

亩产竟然达到4.47吨！

天啊！

往日疑虑重重的村民们，此时全变成了"哑巴"。

旋即，"哑巴"又变成了"喇叭"……

"博士后"

2016年11月，蒿枝坝二组组长刘扎丕接到通知：朱院士将在村里举办马铃薯培训班，要他上门组织二组村民前去旁听。

马铃薯培训班学员60名，来自全县，有本村、本乡的，还有外村、外乡的。

朱院士能种出葫芦大的洋芋，这消息在县里疯传开来。所以，他免费举办培训班，报名者蜂拥而至。这60名学员都是朱院士亲自面试挑选的"进士"。

寨子里有人开起玩笑，说这是考上了"云南农业大学"。

为了能"考中"，学员们都颇费了一番脑筋。酒井乡坡头老寨的马正发带来一个他种植的重达3斤的芒果，轮到他面试时，他便向院士展示"成果"；竹塘乡大塘子村的李娜努面试没有通过，硬是不离开，在门口兜兜转转，最后感动了朱院士，答应收她为"徒"。

刘扎丕接了任务，便早早起床，挨家挨户告知。

这寨子是整村搬迁，房子一样大小，整整齐齐。若说有差异，就是依着山势，地基高低不同。

走过三五家，让他意外的是，家家空无一人，莫不是还没有起床？

房前屋后寻了一遍。刘扎丕发现，有人喂鸡，有人扫地。原来，个个都在干活儿，哪有谁在睡懒觉？

这朱院士真不得了，把寨子几百年的"懒气"一扫而光。

以往啊，晒太阳的、嗑瓜子的、喝酒的、睡懒觉的，除了不干活，什么都干。现在完全颠倒过来了！

最后一个旁听学员，找了好久才找到。原来，他跟着朱院士晨跑去了。

开班之前，朱院士给每个正式学员发放了一套仿军装的迷彩服。

大家齐刷刷穿上，顿时面目一新，感觉自己变成了一名"战士"。

朱院士请乡政府武装部干部给学员们进行军训："立正、稍息、向前看、齐步走！一、一二一、立定！"

口号响亮，脚步齐整，精神大振。

往日松散惯了的学员，牢记上课纪律、作息制度。

军训结束后，就是理论课，由朱院士和他的博士研究生讲授。而后，课堂就移到了田间地头。

远远望去，一片花花绿绿的迷彩服，分不出谁是农民，谁是院士。

……

几天时间，学员们与朱院士都混熟了。

有一个小伙子斗胆开起了玩笑："朱院士，你说比博士更厉害的是博士后。你是博士，你的学生也是博士，那我们跟在博士后面学种地，不就是'博士后'了吗？"

还有的说："听说黄埔军校好厉害，我们参加第一期，算不算'黄埔一期'呢？"

"哈哈哈，哈哈哈！"田垄上响起一片片笑声，震醒这沉寂了千万年的青山和穷山。

"黄埔一期"

黄惠川博士是"黄埔一期"的授课老师。

从封闭的教室上课，到"天似穹庐"的野外上课；从给本科生上课，到面对一班农民学员，他感觉不习惯，太不习惯了！

但很快，他就感觉到了上"田课"的滋味：农民想学种马铃薯，你教的就是种马铃薯，针对性强，效果自然是吹糠见米。在大学里，常有学生打瞌睡。但在这里，一双双眼睛都在直勾勾地盯着你。自己有压力，也有动力，便会想尽办法地教会他们怎么切口、怎么起垄、怎么浇水……

说到底，还是朱院士给他立了标杆。

因为他就是受朱院士的吸引而"从农"的。

黄惠川，白族，1988年8月生于云南省大理白族自治州，2004年考入中国农业大学，专业是应用化学，方向是研制和施用农药。

2007年春天，中国农业大学有一个学术活动，请名家来作报告，其中一位名家就是来自黄惠川家乡云南的朱有勇教授。黄惠川心想，自己所学专业是如何研制和施用农药，而朱有勇教授正好相反，提倡不用农药，利用生物多样性来控病，这不是砸自己饭碗吗？

可是，听课之后，黄惠川的观念发生了颠覆性的改变。

2008年考研，他本来可以报考本校，留在北京，但思考再三，还是选报了云南农业大学朱有勇的硕士研究生。

获得硕士学位后，他又攻读博士学位，始终跟随朱有勇。

在云南农业大学，朱有勇是最受学生欢迎的教师之一。

朱有勇理论、实践功底深厚，视野开阔，授课形成了鲜明的"朱氏风格"：科研带动教学，教学与生产科研紧密结合。

他的课堂，一"位"难求。

普通植物病理学、农业植物病理学、分子植物病理学、生物多样性与农业生物多样性、遗传多样性与植物病害控制理论和实践……一线教学的长期打磨，使他的每个课题都精彩纷呈。其中，最受学生欢迎的还是朱院士讲授植物病理教学素材——这可是朱院士积累了20多年的系统完备的宝藏啊！

宝藏还不止一个，朱有勇还给学生加了"一宝"：利用生物多样性控制植物病害课题。

这是立足于云南丰富的生物多样性资源，结合自身科研工作，拥有自主知识产权，领先世界的国际学科前沿知识。

在大学里，博士研究生平时能见到院士已经很不容易，但在这里，农民们却有机会天天听院士授课，与院士切磋。

这，真是全国唯一了！

院士是干啥的

张小八的家，和蒿枝坝所有的房子都是一个样式。

不同的是，他从山上扒下一块青石板，摆在家门口，充当凳子。干零活、聊天、歇凉，屁股不离青石凳。

他也是朱院士的学生，上完课回来，就在家里练习切割种薯。

一块种薯，天生长有深深浅浅的芽眼，像人类脸上的酒窝、腹部的肚脐，那是土豆再生长的胚胎。张小八对着种薯横一刀，种薯的"眼睛"没有了；再竖一刀，种薯的"头"也断了。

他双手笨拙地操作着，如张飞绣花。

正在这时，他忽然发现身边围了一圈人，有朱院士，还有几位博士老师。原来，朱院士上完课后，经常家访，给学员查漏补缺。

朱院士呵呵笑着，接过张小八的刀，把种薯放在砧板上，"嗖嗖嗖"几刀，4个芽刚好切成4块，芽头、芽眼一个不缺。

他再拿一个，来个慢动作，并讲解说："你看看洋芋底面，数数有几个芽眼。以芽眼为中心，几个芽眼，就切几块，保证每一块上面都有芽眼。"

朱院士还秀了一把"裸切"的绝活：不用砧板，左手两指捏住种薯，右手持刀，手起刀落，力度刚好剖开薯块，丝毫不会碰到手上。

张小八惊叹:"搞科学,院士厉害;练刀功,也厉害呀!"

村里的一些少数民族群众,并不知道"院士"这个称号所代表的荣誉和分量。

"院士是做什么的呢?"

"院士和战士一样,都是当兵的吧。你看朱院士满脸笑容,不像当官的。"

有一次在田地里,一个农民壮着胆问朱有勇:"我们都叫你院士,是不是级别叫小了?是不是应该叫院长?"

朱有勇听罢,开心大笑起来:"你们不是说院士就是战士吗?我就是一名战士,一名老战士。"

院士是干啥的?

院士就是做给群众看,带着群众干的!

朱有勇生在农村,知青当农民,大学读农业,工作教农学,当院士仍是"农民院士",一辈子与"农"结缘,研究稻谷,研究马铃薯。

前沿的科学技术,国内顶尖的院士专家,与偏远、贫困的"直过民族"相碰撞,在中国西南边陲一隅,悄然引发一场深刻的变革。

青山绿水间,一条科技扶贫的新路正在铺开!

与群众走近了,科技小楼更热闹了。

朱有勇的屋里,准备了两套待客用具:一套大水杯,一套小酒杯。晚上有村民上门,先递上烟,然后倒满水、斟满酒,聊天。

拉祜族男人都爱喝酒。平时,聚会就要喝酒。晚上串门聊天,也要喝几杯。还有独特的饮酒习俗:双方碰杯之后,要一口喝尽。如果实在不能喝尽,碰杯时就要用手指抵着对方的杯子,以免听到响声,那样,对方会眨眨眼,笑一笑,也算是理解和宽容。

与喝酒相伴随的,就是歌舞,这更是拉祜族人与生俱来的风俗了。

喝酒之后，人们站起来唱歌、跳舞，男女老幼，全无羞怯。

有一天清晨，朱有勇开门晨跑，猛然发现门口放着一个瓦罐，原来是不知谁送来的刚炖好的甜笋煮鸡。这是当地人招待贵客的特色菜。

还有一天中午，朱有勇换下汗水湿透的衣服鞋袜，就赶着出门下地了。傍晚回来时，发现有村民已帮他把衣物洗净晒干后又送了回来。

朱有勇抚摸着那满是太阳香气的衣服，心底暖融融的……

遍地都是"金娃娃"

几乎没有人相信，冬季马铃薯会成为澜沧县农家的"新媳妇"。

这尊贵的"新媳妇"，通过朱有勇"做媒"，"嫁"入澜沧，又反客为主，正在成为这片土地上的"新主人"……

苦孩子的哭与笑

1984年3月，张六金生于蒿枝坝一组。刚刚出生一个月，父亲便因病撒手西去。更加不幸的是，父亲的丧事刚办完，母亲也离家出走了，从此杳无音信。

在此之前，他的爷爷奶奶也早已去世。

好可怜的孩子！

一位本家大伯心疼这个侄儿，把他抱回家。可大伯家里还有5个孩子啊，都吃不饱肚子。更加悲催的是，几年后，他这位本家大伯也因病去世了。

张六金的苦日子，可想而知。

从12岁开始，张六金就外出打工。他先是到一家餐馆，老板管吃管住但不给工钱。几年后，他又到一家私人企业。那是一个采石场，悬挂在半山腰，四周都是裸露的岩石。小小的张六金负责引燃雷管炸药的导火索，极其危险。"咚"的一声，石破天惊、地动山摇，张六金死死地捂住耳朵，还是耳膜嗡嗡，撕裂般疼痛。大石块、小碎石马蜂般飞过来。他趴在远处的岩石后，瑟瑟发抖。

点一天炸药，工钱5元。

炸一天岩石，浑身臭汗，满头石粉。好累啊，好险啊，终于又活着回来了。回到窝棚，他和粗犷的工友们一起，抽烟喝酒，放纵一番。

转眼张六金到了适婚年龄，但谁肯嫁给这样一个无家无业的孤儿呢！好在天无绝人之路，蒿枝坝三组有一户人家没有儿子，只有两个女儿。于是，两相情愿，张六金成了上门女婿。

女方也穷啊！张六金的岳父有病，不能干重活，常年要吃药。家里5亩地，一年只种一季玉米，收成稀稀落落，勉强可以温饱。

孩子出生后，住房变得紧张起来。但要盖房，谈何容易啊！

2012年，张六金东挪西借、南躬北誓，终于筹款2500元，盖起了3间土坯房。

大儿子4岁时，小儿子又出生了。孩子都是小天使，可爱极了。可小儿子长到两岁的时候，右手掌上长出了一个小黑斑。黑斑随着孩子的身体，慢慢长、慢慢长，竟然长到1厘米见方，像一枚饱满的黑豆，紧绷绷，似乎一触即爆。黑斑不能触碰，一不小心碰上，小儿子就痛得大哭。

去乡卫生所，去县医院，医生都摇头："这里治不了，你们去昆明大医院吧。"

2015年3月，张六金夫妻贷款1万元，带着小儿子赶往昆明。

他们上午10点动身，一路颠颠簸簸，到昆明的时候已是晚上10点了。

第二天，辗转找到医院。医生告知：住院费和手术费需要3万元。

3万元，简直是一个天文数字！

夫妻相顾无言，只好放弃治疗。

回家的路途中，夫妻俩几度抱头痛哭。小儿子看着他们哭，更是号哭不止。四面青山同情地看着他们一家人，也在陪着叹息，陪着痛哭……

2016年，张六金听说村里来了一名科学家，号召大家种马铃薯。他不相信，就没有响应。

第二年，他看到别人种土豆发财了，便偷偷跟着栽种。他没有文化，也没去参加院士的马铃薯培训班，只是模仿别人，起垄挖坑下种。土豆收获时，别人每亩赚1万多元，可他的5亩地，总共只赚回1.4万元。

虽然如此，也比往年收入好多了。

2018年冬天，张六金下定决心，好好种土豆。为此，他东询西问，多方取经，掌握了一个个技术要领。

那一天，他整翻了土地，小心翼翼地播下种薯。这时，朱有勇正好从田边走过。

"呵呵，你切种薯的方法不对路啊，我切给你看。"说着，朱有勇走到垄前，接过张六金的刀子，"切1个芽口没保证，最好切两个。"

朱院士低头切薯，单腿跪在垄上。

他说："每株种20至25厘米深，每株相距40厘米。起垄不能太密，大约在1.2米。每亩的株数最好是4667株……"接着，又告诉张六金浇水的注意事项。

这一年，张六金的5亩土豆，赚回2.4万元。

随着收入的增加，张六金的生活也发生了一系列根本变化。

由于他家已被确定为建档立卡贫困户，并被列为农村危房改造项目户，可获得国家补助。另外，他还可以申请无息贷款2万元。有了这些，再加上种植土豆赚的钱，2018年秋后，他拆除土坯房，盖起了一座两层小楼。

也是在这一年，村扶贫第一书记告诉他，小儿子的手术可以在澜沧县人民医院进行了，并帮助他联系了医院，办理入院手续。

手术十分顺利，诊断是良性血管瘤，共花销9000多元。

由于张六金是建档立卡贫困户，再加上国家医保等优惠政策，这9000多元费用，大多可以报销，自己只需要承担479元。

"479元？只有479元？"张六金反复问。

"对，没错！"

夫妻俩相视而笑，接着又抱头痛哭。

只是这一次，流下的是幸福的泪水。

2019年春天，土豆出售后，他们不仅还清了所有债务，还用9000元购买了沙发、电视、电视柜等，把新房"武装"了起来。另外，他们还用6800元买了一辆摩托车。

"得吃了"

酒井乡坡头老寨有33户人家，马正发单家独户地住在半山腰。

他有一句口头禅："得吃了！"

庄稼有了好收成，办成一件漂亮事，儿子考了好成绩，他都会乐呵呵地说："得吃了！"

可是，这个短头发、高颧骨、黑黝黝的40多岁汉子，好久不得吃了。

独门独户的房子周围，全是他的土地。山场、旱地、水田，加起来虽然有100多亩，但能种庄稼的只有20亩左右。其他的土地，租给别人种桉树，每年每亩租金15元，简直就是拱手相送。

两个孩子、媳妇、岳父，全家5口人，全指望这20来亩庄稼地。马正发是一个典型的勤快人，为了改变家境，他在其中18亩地里种苞谷、红薯和蔬菜，另外两亩地摸索种芒果，早熟的、晚熟的、嫁接的等，达20多个品种。单是一棵芒果树上，就能长出好几种果子，桂七芒、青皮芒、凯特芒、红象牙芒、贵妃芒，有青色的、鹅黄的、粉红的。

别人称赞他。他笑一笑说："别看我整天都在忙碌，可都是穷忙活，粮食只是够吃，芒果产量不高，而且路又远，卖不动，还不得吃。"

的确，马正发一年的收入，除了供孩子读书和家人看病开销之外，也仅仅够温饱。

两个孩子都肯读书，将要陆续参加高考。如果考上大学，学费和生活费从哪儿来呢？

还有岳父，年纪大了，近些年经常生病住院，几乎把家底都掏空了。

朱有勇在蒿枝坝创办马铃薯培训班的消息传开后，马正发听说不用交学费，就主动去报了名。

他是一个精明人，面试的时候，担心不能被录取，就带上一个自个儿种植的大芒果，以证明自己是一个科学种田人。

果然，竞争十分激烈。每个乡镇录取名额是2人，但报名者都有30多个。

朱院士看着马正发的大芒果，很感兴趣，问："你家的地靠近河水吗？"

"是的。"

院士高兴了："你平时喜欢种蔬菜、种果树吗？"

"我种了20多年。"

"很好!"院士又赞了一句,"你想致富不?"

"我怎么不想致富?我穷得不得了。"

……

过了几天,通知书到了。

马正发所在的马铃薯培训班共60人,来自全县各乡镇。学时累计100天,刚好是从种植到收获的一个生产周期。

第一年,马正发就"得吃了"。

他的地亩产2.5吨,虽然比不上别人的亩产2.7吨,但他觉得已经很多很多了。

2018年,马正发下大力气,精心耕种,亩产达3.6吨,最大的一个马铃薯重1.8公斤,总收入达到6万元。

马正发越干越有劲儿。2019年,收入超过9万元。

收获时节,他的地头引来好几家收购商。这些商人有的来自湖南,有的来自四川。销路呢,除了国内,还销往缅甸。

缅甸不出产土豆,是一个大市场啊。

马正发出名了,寨子里的乡亲们经常登门拜师。

朱有勇叮嘱他:"这个片区,你是带头人。你学得好,要毫无保留地教给别人啊。"

马正发高兴地说:"院士不收我学费,我怎么能向别人要钱?只要他们好好学,我肯定分文不取、倾囊相授。"

全寨33户,有28户报名。未报名的有4户在外地打工,还有1户是残疾人。

马正发申请了100亩的免费种薯和肥料。朱院士欣然同意,照单全付。

他拿着花名册,按照亩数,给28户挨家挨户送去。

我是"薯王"

上允镇下允村帮蜡组的卫成金,是一个实实在在的苦命汉子。

他有多穷呢?

父母生下8个娃娃,成活5个。卫成金是老大,生于1976年。在他13岁那年,父亲生病去世。过了两年,母亲也患癌症,不治而亡。

15岁的卫成金,带着4个孤儿弟妹,吃稀饭、住烂房,艰难度日。

房子有多烂呢?前些年云南地震,他家房屋倒塌了。地震过后,当地政府派人来核查灾情、补偿损失。别的受灾户都补贴了七八百元,卫成金却没有。他去申诉,工作人员说:"你家的房子本来就是倒塌的,与地震关系不大。"

千辛万苦,卫成金终于长大成人。

苦命人卫成金是一个能干的汉子,风里来,雨里去,干得一手好农活。

2016年,听说朱有勇院士在蒿枝坝创办马铃薯培训班,他很想报名,但家里活计太多,脱不了身。

他鼓动邻居去参加,可邻居担心冬天种不出洋芋。他说:"洋芋本来就喜冷凉嘛,为啥种不出呢?我试验过的,只是不高产罢了。"

第二年,卫成金主动报名。他态度端正、基础扎实,顺利被录取。

他上课认真听讲,老师讲授的知识全部刻记在脑子里。

切种薯,每块种薯保证1~2个芽口,15~20克重。起垄时,土要扒深,土质要细,薯才结得多。还要往土里撒上少许石灰粉消毒,然后才种下去。

种下之后，浇水也有讲究。水分不够，洋芋就长不大。浇水多少，要看土质。土质粗糙，每周浇水1次。如果天气干热，每周要浇水3次；如果下雨了，就赶紧去排水，否则幼薯会烂掉。

下种时须一次性下足肥料。如果肥力不够，就要追肥一次。

天天和田地打交道，种地几十年，卫成金早已是老手。结合老师教的方法再种洋芋，他也并不手生。况且，下允村土质好、水源足呢！

冬洋芋虽说是"懒"庄稼，但种植也有窍门：最好在阳历10月10日至12月20日之间种下。如果晚于这个时间，由于温度升高，冬洋芋要么不结果，要么结果少。

2017年冬天，卫成金种了9分地，收获3.3吨，全县亩产最高。他拿到市场批发，每斤1.3元，卖了8000多元。第二年，仍是9分地，收获4吨，更是全县最高产，销售款逾万元。

别人问他有什么秘诀，他浅浅地笑着："朱院士的经验，都是真经，只要你不折不扣地执行，好好浇水，好好管理，哪有不高产的道理？"

他的几个弟弟妹妹，在他的带动下，也都种起了马铃薯。

这些马铃薯啊，没有让他们失望，个个长得虎头虎脑、敦敦实实。

2018年4月，卫成金接到马铃薯培训班老师的电话，要他去参加"薯王"评比。

原来，朱有勇院士为了进一步鼓励农民种植马铃薯，提出要在全县评选"薯王"，谁能种出全县最大的洋芋，奖励5000元。

卫成金赶了几十公里山路，来到蒿枝坝。

参赛的人很多，来自四面八方，共120多人。人人怀抱着马铃薯，像是抱着一个个金娃娃。不用说，都是各自家里最大的那一个。这东西，谁也不能造假，谁也不会造假。

谁的洋芋最大？

众目睽睽，现场称量。

马铃薯比赛

纪录刷新了一遍又一遍，大的，更大的，最大的——1.75公斤！

卫成金微笑着上台了，古铜色的脸庞上泛着金光，心底更揣着钢铁般的自信。

他举起自家的马铃薯——1.95公斤！

"薯王"！朱有勇兴奋地走上前，拍着他的肩膀，现场就奖励他5000元。

朱院士教授的办法，简直是土里生金。

卫成金打算扩大种植规模，但自家地亩数太少。

他盘算着，决心流转土地，大干一场。

两个大学生

有人说拉祜族人懒散，冬天只是晒太阳。

"不是的！那是你们不了解。只要有盼头，拉祜族人比谁都勤快！"说这话的人，叫刘里保。

刘里保，1973年7月生，蒿枝坝二组村民。他皮肤黝黑，身材魁梧，精明强干。

说他精干，也的确精干。他有两个儿子，近年相继考上了大学。这在寨子里，是独一份。老乡们啧啧称赞，他自己也满脸微笑。但很快，这满脸微笑，又化为声声叹息。

因为学费，昂贵的学费！

刘里保两口子有10亩地，种水稻、种玉米，年收入只有三四千元。秋后收完玉米，田就闲置了，直到第二年春天。这个空当，刘里保就去周围村里打零工，妻子呢，就在家里养猪。

夫妻两人忙碌一年，收入也不过1万元。

两个儿子都很争气，大儿子考上云南民族大学，二儿子考上红河学院。学费年年靠贷款，最多时超过5万元！夫妻的收入，只能供应伙食费。

虽然压力巨大，但刘里保无怨无悔。自己只读过3年小学，名字也写不好。没文化，太吃亏，再怎么难也要让孩子读书呀。

和大部分村民一样，朱有勇第一次号召大家种马铃薯的时候，没有人相信。直到他的5亩示范田收获之后，村民们才一拥而上。

第一年，刘里保试种一亩，收入2000元。

紧接着，他扩大到5亩，收入2万多元。

2020年，他干脆把全部土地都种上了马铃薯，收入超过5万元！

种了洋芋，家里还养了10头猪、60只鸡。一年下来，存款七八万。

……

如今的刘里保，再也没有叹息了。不仅债务全部还清，两个儿子都可以安心地读书了。

金娃娃

冬种洋芋能赚钱！

喜讯传开，澜沧县推广种植了2万多亩马铃薯。

短短几年时间，朱有勇带领澜沧县拉祜族群众，形成了从种植、管理，到收获、售卖，再到开设网络店铺、直播带货的一个从生产到销售的完整扶贫链条。

有记者做过调查：每年3月至5月，北京市饭馆里醋熘土豆丝的原材料土豆，85%左右来自云南。

冬季马铃薯的热销，是因为打了一个时间差：它正好在春节前后上市，是独一无二的鲜货。若是5月份，山东、福建的春季马铃薯上市，价位就下落了。

其实，作为朱有勇的重要研究成果之一，冬季马铃薯种植技术体系从2008年开始，已走向云南省多个州市。截止到目前，已累计推广种植200多万亩，而它的市场，已经遍布北方各大城市。

那袅袅的飘香，是云南的问候，是澜沧的味道。

在澜沧县农村，人均收入3700元即可脱贫。

而在这里，家家都有土豆田，家家都有"金娃娃"！

土豆、土地，沉默土地上的农村。

太阳、阳光，雪亮阳光下的农业。

生命、生活，现代生活中的农民。

一切都在发生着变化，一切都在变得富裕且美丽……

天作之合

冬季马铃薯正在走进千家万户，给当地老百姓带来滚滚财源，但朱有勇并不甘心，更不知足。

2016年11月的一天，朱有勇和学生们在竹塘乡考察。步行累了，便走进附近的松林中休息。

谁知，朱有勇刚刚坐在地上，浑身竟然霍地产生了一种触电般的感应。

他不由自主地大喊一声！

三七是什么

中国人大都听说过三七。

三七，又名金不换、南国人参，是一种药食同源的名贵药材。

三七属多年生草本植物，因其生长期为3至7年，且每株3个叶柄，每个叶柄上有7枚叶片，故而得名。

这个名字最早出现在李时珍的《本草纲目》中："……三七……或云本名山漆，谓其能合金疮，如漆粘物也，此说近之。"关于效用，李时珍特别指出："云有奇功……能治一切血病。"这里的"山漆"，即三七。

三七和人参，同属五加科人参属，外貌极其相似。

其实，这两种植物的主要有效成分都是皂苷。

皂苷是一组结构多样的天然化合物，广泛存在于植物茎、叶和根中，由皂苷元、糖等组成，具有特殊的生物活性，在保肝活性、免疫调节、心血管系统治疗等方面具有显著功效。

现代医学研究证明，三七中皂苷的含量最高可达10%以上。所以，在人参家族成员中，三七被称为"参中之王"。

20世纪80年代之后，国际医学界对皂苷的研究进入活跃期，不仅一些复杂的皂苷结构得到证实，而且以往结构鉴定中的许多错误也得以纠正。

的确，传统中药对药材的药理比较"模糊"。

旧时人生病，找郎中，吃草药，病好了。但是，这些草药中具体什么成分起关键作用？这些成分是什么物质、什么分子？都不得而知。

这些，正是中药现代化的瓶颈！

中草药和植物药为什么能够治病？说到底，就是因为其中含有某种特殊的"活性分子"。要实现中药现代化，提高中药的质量和疗效，首要问题就是如何精准地提取这些"活性分子"，并科学地激活和使用这些"活性分子"。

众所周知，这些"活性分子"通常含量低、结构多样且不稳定，极难分离纯化，进行工业化大规模提纯，更是难上加难。

药用植物标准提取物，是以现代提取分离技术为依托，在植物原料药和植物提取物基础上发展起来的一种新兴高技术产业。1965年，德国医学家经过20年的努力，以全球第一个植物标准提取物——银杏叶为原料，上市销售天保宁。该药一问世，便引起了全世界的强烈反响。

1991年，瑞士医学家研发、生产了世界上第二个植物标准提取物——人参提取物G-115。以G-115为原料生产的人参胶囊Ginsana（金生）上市第一年的销售额就超过1亿美元。人参这个在中国《神农本草经》中被列为滋补上品的古老植物，通过现代分子研究，焕发出夺目的光彩，正式进入世界健康产品主流市场。这也让我们认识到，在传统加工工艺的基础上，应用现代制药工程的提取、分离和纯化技术，促进中药标准提取物产业化，是中药现代化和中药产品进入国际市场的基础。

中国医学专家则把研究重点瞄准了三七。

三七是皂苷含量最高、最适合工业化生产的天然资源，其茎叶、花蕾、果实、果梗等都含有皂苷成分，只是每个部位的含量有所差异，构成也有所不同。

三七皂苷的工业化生产，为医药品、保健品以及化妆品等产品提供了新型天然原料，是一个无限光明的领域。

作为"化瘀止血、活血镇痛"的特效药，三七是360多种中成药制剂的关键原料，涉及1300多家中药生产企业、近千亿规模产值。

这样说吧，现在，国家中药界官方的永久保密配方只有两个——云南白药和片仔癀，而它们的主要成分中均有三七。

然而，正是这味名贵药材，却在不经意间陷入了一场关乎兴亡继绝的危机。

因为，野生三七已经灭绝！

三七对自然条件要求极其苛刻，不耐寒、不耐热，只能生长于18℃～25℃，而且，阳光照射的强度和长度也多有限制，稍有不适，随时死亡。几十年来，由于人类过度采挖和生态变化，野生三七已荡然无存，只能人工种植。

人工种植也需要格外呵护，因为三七异常娇弱，时时生病，极易夭折。据专家介绍，三七对水土和气候条件要求十分苛刻，只能生长在北纬23.5度附近地区。此外，三七还受制于"连作障碍"：由于其特殊生物特性，种过三七的土地，15年之内不能再次种植，否则极易发生病害，作物会大幅减产，甚至绝收。

2005年以前，中国95%以上的三七出产于云南省文山壮族苗族自治州一带。因"连作障碍"所限，2006年以后，产区逐步向外地迁移。由于都是大田种植，为了增加产量和抑制病虫害，种植户们不得不使用化肥和农药。

其结果可想而知，三七品质大大降低。

与此同时，传统的种植模式依然延续，新技术研发与推广不力，良种缺乏、抗性退化等问题突出，三七危机不断加剧。

而与之相反的是，近年来，随着医学界对三七的开发和人类生活品质的提高，三七类产品的市场需求量正在以每年20%左右的涨幅快速递增。全国需求量从过去每年5000多吨迅速涨至超过30000吨，无论是市场需求还是应用范围均已超过人参产品。

医药专家认为，如果出现三七原料荒，我国中医药相关联行业将面临重大危机，众多治疗心脑血管疾病的中成药将成为无源之水。

这，更是一个世界性难题！

救救三七

2007年5月的一天，朱有勇正在云南农业大学实验室埋头水稻研究，文山壮族苗族自治州政府的有关领导登门拜访："朱教授，请您救救三七吧。文山如果不能种三七，损失太大了！"

朱有勇苦笑一声："可我是搞水稻的，对三七，是外行啊。"

文山壮族苗族自治州的苦恼和危急，也惊动了云南省委。此后不久，省委常委会专题研究这个问题，特意邀请朱有勇列席。会上，省委领导要求云南农业大学介入关注，予以解决。

朱有勇随即走进文山壮族苗族自治州，现场调查。

一趟文山行，使朱有勇的心灵受到极大震撼：云南白药，是中医的名牌，更是云南的名片。如果三七从文山消失，那么云南白药怎么办？中医的脸面放哪里？我是农业科学家，三七是特殊农作物，这个难题，不能回避！

朱有勇下定决心，向三七进军！

于是，他在文山壮族苗族自治州一户农民的三七地里设置试验田，开始试验。

三七的生产周期是3年。通过一个周期的观察和研究，朱有勇终于在理论上对三七有了比较全面的了解和掌握。

2011年，朱有勇又在云南农业大学位于昆明市郊外寻甸县的现代农业教育科研基地（大河桥农场）试验田里划出50亩土地，专门用于攻关。

为什么三七不能连续种植呢？

以往权威观点认为，这是因为三七内含丰富、耗尽地力。可是，为土地补充足够的所需营养之后，为什么仍然行不通呢？

朱有勇决心调整路线，从反方向研究。

他从水稻的系统理论中受到启示：经过人类几千年的干预和影响，水稻的遗传特性已大大改变，变成矮秆且耐肥，并且形成了一个基本驯化的遗传和生长体系。而三七的人工种植历史太短了，过去野生在深山密林和乱石缝隙中，都是纯粹的自然环境，没有化肥，更没有农药。人工种植时间太短，并没有从根本上改变三七的野生特性，如果像对待水稻一样，施以大水大肥，会使它富营养化，从而导致"胎死腹中"的结果。必须特别照顾其野性，否则，效果适得其反。

朱有勇终于找准了思路！

只是，这是一个全新的方向和未知的世界，需要大量的试验去探索，去支撑，去丰富，去建构，去破解。

在试验田里，朱有勇头戴草帽，带领十多名博士研究生和硕士研究生，日夜研究，苦心孤诣。

他们每年需要做1000多种试验，平均每天三四种。真可谓快马加鞭，争分夺秒！

要想解决这个国际难题，处处是难点。土壤、微生物、肥料等配比十分复杂。即使是水和肥料，其分量也需用天平精准称量，再一个个地做实验排除。

关键是土壤。朱有勇把各种土壤、微生物和微量元素进行配比，做实验，但这种配比不能立马见效。对三七，可要耐着性子，因为它种下后需要生长，只在每年3月发芽。这也就意味着，每年只能做1次实验。

从种下到收成，才算完整的一轮试验。水稻周期是3个月，马铃薯周期是100天，而三七呢，最少要3年。

另一个难点是消毒。

土壤中潜藏着多种病原菌和真菌，孰益孰害？孰敌孰友？

朱有勇想：高温，总能把"敌人"一网打尽吧？

他和学生一起，把种过三七的土壤，像蒸米饭一样，以每100公斤为单元，放进蒸锅。蒸，狠狠地蒸！

蒸了几千锅，终于可以凑成半亩地。

在这"凤凰涅槃"的土壤里，再次栽种三七。天天期盼，直到第二年3月的某一个蒙蒙亮的清早，三七冒出了嫩芽。

继续观察，嫩芽正常发育，长势良好。

土壤中的病原菌种类太多了，到底是哪一种掌控着三七的命脉呢？

再次进行分类试验。

又是数千批次的土壤配方。

每一种配方土，都试种一块试验田，观察土壤效果。

愚公移山，遥遥无期！

苦恼，像群山，绵延不绝；像海洋，烟波浩渺。

朱有勇，在日日夜夜里，于风风雨雨中，坚守在试验田和实验室里。

日子黑黑白白，季节青青黄黄，希望闪闪烁烁，心态明明灭灭……

拯救中药

2011年9月,由于极度劳累,朱有勇患上了荨麻疹,浑身起疙瘩,发痒难耐。

看了几家西医,都是打激素,总也不见效果,只得改寻中医。

一位知名的老中医眯着眼睛、捻着胡须,细细地望闻问切之后,开了药方。

他去抓药——天啊,拎了满满3大袋!

回家熬药,不得不动用大电饭煲和大药罐。

是不是开错药了呢?

老中医长叹一声:"现在药材效果不行,要加大剂量才见效。否则,量少治不好病啊!"

朱有勇每天喝一大锅中药。黑黑苦苦的汤药,把肚子都喝成了孕肚,病情却还是依旧。

最后,只得再次借助西药,经过几个疗程,才得以告别病痛。

朱有勇一向身体健康。他每天坚持跑步10公里,数十年不曾生病。他身材匀称,敦实硬朗,头发乌黑泛光,面色红润,连这个年龄常见的鱼尾纹也没有几丝。

这次生病,牵引出了他的"心病"——中医怎么了?

自古以来,东西方国家都在用草药治病,但提炼升华为一套完整的医学防治系统的,唯有中国。

《黄帝内经》曰:"圣人不治已病治未病。"

中国人用中药,有两千余年文字记载历史,《神农本草经》为证。

中药极具内涵,阴阳五行、生克制化、寒热温凉、性味归经,不单可治疗,还可预防、保健、养生、康复。

我国中药资源丰富。第三次全国中药资源普查显示，我国中药资源共有12807种，其中植物来源11146种，动物来源1581种，矿物来源80种；第四次全国中药资源普查又发现了至少163个新物种。但常用药材的蕴藏量、分布并不均衡，黑龙江、吉林、辽宁、河南、四川、甘肃、广西、贵州、云南等地较为丰富。

随着现代科技的发展，中国中药在世界上一枝独秀的局面正在被打破。近年来，"洋中药"频频占据国内高端市场，被认为安全有效、质量稳定、品牌信用高，这让中医发源地的中国中医学家们情何以堪。

那么，老祖宗给我们留下的瑰宝呢？

众所周知，中医的瓶颈，关键在于药材——道地药材匮乏。中药材历来讲究原产地，一旦改变了环境，药效就会大打折扣。

几十年来，由于生态破坏和过度的人工采挖，野生原始的中药资源几近枯竭。人工种植后，不但土壤环境改变，而且由于大肥施加、大水浇灌，导致药效明显下滑。更严重的是，随意喷施农药，引起药毒残留、重金属含量超标。甚至，很多无良商家为提高卖相而使用硫黄，造成硫超标。

有人疾呼："中医将亡于中药！"

与此同时，日、韩等国严格控制流程和工艺，生产优质中药产品，提高国际中药市场占有率。

中医在内忧外患的困境中，需要正本清源，刻不容缓！

朱有勇对团队成员说："中药是我们中华民族的瑰宝，沦落到这个地步，我非常痛心，非常悲哀。我们是农业科技人员，有责任扭转这个局面！"

药材好，药才好！

如欲拯救中医，必先挽救中药！

让老百姓用上放心中药，是关乎13亿国人的大事。

这关乎中医的生死存亡，这涉及民族尊严和人民福祉，这更是国家的文化战略！

原来是你

千万次寻觅，不舍昼夜。

2013年春天，朱有勇和学生们终于初步认定，"连作障碍"的症结，或许是一种依附在三七根系上的特殊真菌——皂苷类自毒物质。

三七中最具价值的活性物质，就是三七皂苷，但让生物学家和医学家们意外和惊诧的是，三七皂苷并不是三七的主体成分，而是它的次生代谢物。更吊诡的是，这个次生代谢物在生长的同时，又会产生一种特殊的自毒皂苷。这是一种极其怪诞的分泌物，三七根系一旦感觉环境不适，就会不断地分泌这种毒素，遗留在土壤中，专门杀害新一代三七种子的胚芽。

这真是自然界中罕见的奇葩。

乘胜追击！

朱有勇带领学生们定制了一个大锅炉，把锅炉产生的大量蒸汽，用铁管网连通到0.1亩田地的土壤之中，再给土地盖上棉被。这样，"被窝"把蒸汽捂住，能保持80多摄氏度高温，持续杀毒1小时。

就这样，连续蒸土。而后，他们在杀毒处理过的5亩土地上种上三七。

第二年3月，三七发芽了，一株株健健康康。

"连作障碍"的头号敌人，终于锁定！

当晚，朱有勇给大家买回一箱啤酒。平日"苦大仇深"的十多张脸，笑肌都松开了。

但是，如何杀灭大田里的自毒物质呢？

总不能用这种最原始的蒸汽消杀法吧。如果这样,三七的种植成本太高了,还是不适宜大面积推广。

必须寻找一种净土。

这又是一个难题!

但无论如何,"连作障碍"的难题已攻克了一半。

与此同时,他们对三七从育苗、种植、管护到收获的各个阶段,都进行了细致研究。

每一个步骤都是一个缜密的小世界呢。

细菌性原斑病反映在叶片上。黄斑一旦出现,必须马上剪除病叶。否则,几天后,便会相互传染,根部溃烂,病死一片。

立枯病又名"烂脚瘟",病原菌是一种半知菌,危害种子、种芽及幼苗。种子受害后腐烂,呈白色;种芽和幼苗受害后,均呈黑褐色,不治而亡。防治办法是播种前进行土壤处理,发现病株及时拔除,并在周围撒施石灰粉。

三七炭疽病是一种真菌病,主要通过雨水,使叶片交叉感染。针对此病,主要防治办法是搭防雨棚,避免雨水交融。

更多的是虫害,如何用生物相克法,进行无毒灭虫呢?

朱有勇借鉴当年水稻生态治虫经验,反复地进行多方位、原生态模拟试验。他要把自己变成一只害虫,走进它们的世界,熟悉它们的嗜好,探寻到最精准的诱杀方式。

虫害主要发生在开花季。最常见的是一种小虫——蛞蝓,俗名鼻涕虫,极喜欢啃食三七的芽头。怎么办?经过反复实验,朱有勇他们终于找到了这种小虫最喜欢的味道。于是,他们将白菜的溃烂叶放在地沟里,引诱、聚歼蛞蝓。然后,把菜叶和虫尸拿出去,集中深埋。

短须螨,又名"火蜘蛛",常群集于叶背,吸食汁液并拉丝结网。防治办法是整地时把枯枝落叶清理干净并烧毁。发现病情后,要用生石灰水喷施杀灭。

还有蝴蝶。平时见到蝴蝶翩翩，是一种浪漫和风情。但对于三七来说，蝴蝶不是良缘，而是妖孽。蝴蝶喜欢在三七的叶片后面产卵，几天后便是一簇簇小青虫，分头吞食三七的鲜叶。此时，见到蝴蝶，格杀毋论！

……

朱有勇感叹道，种了一辈子地，从来没有遇到过三七这么娇生惯养的品种。它喜阴喜湿，但又不能太阴太湿。而这个阴湿环境，恰好又是病原菌和害虫嗜好的。

三七好比林黛玉，娇美又娇贵，瘦弱更病弱，稍微不高兴，便悲观又丧气。

经过多年深入研究，2015年底，三七种植的整套技术体系终于成熟了，其中包括26项专利。

消息传出，业界震动。

不少企业纷纷上门，希望购买专利。其中一家企业提出：独家出资10亿元，买断成套技术。

朱有勇说，我们是国家公职人员，是国家经费扶持了这个项目。我们要把专利技术奉献给国家！

是的，他要把这一套专利技术，无偿地赠给云南，赠给云南的父老乡亲！

相遇思茅松

在澜沧拉祜族自治县，九成的贫困户生活在深山里。

远远地看，层层叠叠的大山，呈黛青色，宛若一重重、一幅幅张开的扇面，贴在天边。人们呢，就生活在这扇子的夹缝中。若是一山连着一山，还能留藏住雨水或泉水，慢慢汇积成小溪或水库，山坡上和山下便可种庄稼；若是山一重隔着一重，雨水都流走了，山上长不成大树，抓不着水土，山下的土地也都成了雷响田。雨季，还是田的样子；干季，龟裂了，庄稼活活旱死。只好种耐旱的玉米，再养几只鸡。在这片干巴巴的田地上，人们只能靠玉米和鸡勉强填饱肚子。

朱有勇是农家出身，又担任过农业大学校长，更是农业领域的院士，深知中国农村的实情。扶贫对他来说，不仅是工作，是事业，更是生命。

他要为当地百姓探寻一条致富之路！

在平坝乡村扶贫，可以在种植和养殖上想办法，他最终选定了冬季马铃薯，总算是有了突破。可对山里的农民，用什么来扶贫呢？

他们受教育程度更低，以前靠山吃山，可以砍树换钱，现在国家实行严格的山林保护政策，一棵树都不能砍，真是连山也无法"吃"一口了，只能眼巴巴地受穷。

2016年11月的一天，朱有勇带领着几名学生在深山里考察。

他头顶草帽，卷了半边裤腿，扛着锄头，脖子上还搭一条毛巾，走在田间地头，"吧嗒吧嗒"地抽着水烟，和农民聊天。

谁知道他是院士呢？只以为是农民。

一行人来到竹塘乡大塘子村后山。这里是一片成年思茅松林，一棵棵松树挺拔清秀，直插云天。阳光细细碎碎地筛下，投画于地面，深深浅浅、浓浓淡淡、摇摇晃晃，一阵轻风徐徐吹来，<u>丝丝清凉吹拂着每一寸皮肤、每一根汗毛，神仙般惬意</u>。

学生们兴奋地抱着松树，用手机自拍。

朱有勇看着这满山蓊蓊郁郁的思茅松，自言自语："这林子多好啊！"

1986年和1988年，原思茅地区（2007年易名为普洱市）曾两次进行大面积的飞机播种造林。仅在澜沧县，就有8个播区，播种面积达3.77万公顷，撒下思茅松种子达168.75吨。2000年前后，国家实行退耕还林政策，本地的大片山坡地，再次进行人工种植。经过这么多年的成长，松树已经蔚然成林。

朱有勇蹲下来，用手拨开泥土，抓起来，看一看、搓一搓、闻一闻。蹲累了，干脆一屁股坐下来。好家伙，太舒服了，松针绵软，像毛毯。

贴近大山的心跳，仿佛电闪雷鸣，猛然激活了他的思维和灵感：众里寻他千百度，蓦然回首，梦想却在，思茅松下！

这里，不正是三七最需要的生存环境吗？

多少天来的苦恼，一下子消散了！

三七，最喜欢生长在海拔1500至1800米，北纬23.5度附近区域，微生物要丰富，土壤要纯净。特别是太阳光线，仅需正常光照的10%～20%。若是人工种植，必须搭建遮阴大棚。而在这松林之下，自然遮阴，天作之合。

而且，他的灵感火花再次"噼噼啪啪"地点燃，那就是另一个主角——松针的出现！

在文山壮族苗族自治州，朱有勇发现老百姓在大田里种植三七时，都要在地面上覆盖约2厘米厚的松针。为什么不用稻草、玉米叶或别的杂草？从来没有人问过为什么。

原来他认为，这只是为了照顾三七的习性而设置的一种仿原生状态，或者是为了遮阴和保暖。现在看来，并非仅仅如此。

它最少还有三个天然好处：干季保湿，雨季压草，而且新的松针含有松油，可以驱虫。

松树与杂树对三七生长的影响不一样。杂树下有很多毛细根，中药材大多是草本植物，无法与木本植物争营养。松树只有主根，没有毛细根，而三七扎根最深只有15厘米，所以两者不会相互争营养。

其实，不仅是松针，还有松针下面的腐殖土，更是宝贝。腐殖土中含有肉眼看不见的大量微生物，极宜于野生中药材生长。

过去道地药材药效好，都是山货。现在是人工种植，追求高产，施以农药化肥。产量上去了，药效却下来了，为什么？依赖大水大肥的药材经过光合作用，合成丰富的碳水化合物；而野生名贵药材呢，依靠的是野外原生环境，其主要成分是次生代谢产物。

由于已经实验成熟的三七成套技术是基于大田种植的，当时朱有勇也曾设想让三七返归林下种植。但在什么林下？阔叶林、针叶林，还是杂木林？并不确定。

后来，他的思路又转向仿野生种植。

现在看来，为什么要仿野生种植呢，直接进行野生种植，不是更彻底吗？

而澜沧的思茅松林，正是最理想的三七野生环境。

如此简单，就在眼前。

看来，这就是他与澜沧的缘分！

千里有缘！

当天晚上，他兴奋地召集团队开会。

学生们担心说："三七太娇贵了，在试验田里还不易成活，放到野外不可控的环境里，哪能成功？以前试过给它们'搬家'，不都以失败告终吗？"

朱有勇笑一笑："以前是从生地搬到生地，现在是搬回老家，回归林下，最接近原生状态。我们可以试试嘛。"

于是，他们在竹塘乡附近的几个村庄，物色了几座山，选择不同土壤类型、坡向、海拔和光照条件的8个地块，共计8亩地，正式开始现场试种。

先行先试

这娇贵的家伙，果然试种成功了！

2017年3月，出苗整齐、健健康康；6月，抽枝散叶、长势良好；7月，正常开花、全无异常。再扒出根系观察，毛茸茸、精气旺盛。

预期效果和实验效果完全一致！

朱有勇马上决定，固定现有技术参数，进一步跟踪观察，并扩大种植面积，将试验田开辟为300亩。

这300亩试验田，全部租用农民林地，不仅给农民提供租金，还提供技术培训和就业机会。

2017年10月，就在第一块试验田所在地的竹塘乡，朱有勇正式开办第一期三七种植培训班，同时免费提供种苗和有机肥料，让学员在自家林地里开始试种三七。

在澜沧县的十多块试验田里，朱有勇的十几个学生日夜驻守。他们一边完善和提升着三七种植技术体系，一边现场培训农民。

朱相林和尹兆波是两名"90后"小伙子。他们是朱有勇的学生，也是澜沧县三七种植的技术"教授"。

为了尽量清晰地描述三七故事，2020年6月，我采访了他们。

这两个人聊起三七，话题特别多。更特别的是，两人的爱情、家庭竟然都和三七有着直接关系呢。

朱相林，1994年8月生，云南省曲靖人，是一个典型的农村娃子。他从小聪明灵动、爱好广泛，遗憾的是中学时期太叛逆，没有专心学习，高考时只考取一所机电类大专。大专毕业后，难以找工作。他的叔叔是云南农业大学教授，也是朱有勇院士团队的成员，便对他说："你农村出身，脑瓜也好，可以来院士团队学习管理三七。"于是，2016年，朱相林便进入朱有勇实验室，专门从事三七相关研究。朱有勇决定在澜沧县建立推广基地后，朱相林跟随而至。

朱相林在三七种植培训班上，看上了一个勤学、漂亮的女学员，两人从相恋到结婚，水到渠成。

尹兆波从2016年读硕士研究生开始，一直追随朱有勇。他的妻子原本在别的大学攻读硕士学位，在他的动员下，他妻子硕士毕业后考取了朱有勇的博士研究生，专门研究三七。夫妻两人，双栖双飞在昆明和澜沧拉祜族自治县之间。

朱院士乐呵呵地说："我的学生，好多都是成双成对地跟着我。"显然，这是他研究三七的另一类价值极高的"次生代谢物"。

作为前线技术员，朱相林和尹兆波就住在山上，日日夜夜地盯着三七，现场收集各种数据。

水多了会死，水少了也会死。阳光照射只能是正常光照的10%~20%，超过这个限度，定然生病。三七的"祖先"，原来就长在松林下，大田种植需要搭建黑色遮阴棚，现在让它返回林下，就像刚刚出生的婴儿，极其娇弱，需要倍加呵护。

教农民种三七，朱相林和尹兆波牢记朱院士的5条"金经"：

一是整地。必须选择斜坡，疏通排水。若在平地，有小窝积水，三七就不能成活。

二是壮苗。必须选择健康的幼苗，才能走过一个轮回，因而必须建立自己的育苗基地，幼苗品质更可靠。

三是控水。三七极娇弱，旱也怕，涝也怕。旱了要浇水，而在雨季，又不能多水，土壤湿度必须保持在38%左右。因此，雨季时还需搭建防雨棚。

四是光线适中。冬季，思茅松落叶了，光线强烈，也要搭棚遮光；等到春季松针长出了，才能将棚拆掉。

五是土壤。土壤太沙不行，营养流失；太黏也不行，渗水缓慢。所以，土壤沙度、黏度分别要保持在30%、70%左右。

村里的拉祜族老乡说，三七给朱相林老师带来了桃花运。

最初的试验田，选在东主村。

朱有勇选派了4名学生驻守现场，每天详细监测，记录温度、水分、苗情，观察病虫害。

朱相林永远记得，他入驻那一天是2017年5月8日。那时，三七已出苗，正是病虫害萌动的关键时期。他马上进入状态，把每天的观察所得详细写成日志，并进行分析和预测，直到年底。大半年的现场监测结果，连同别的几块试验田数据，初步形成了一套适合澜沧县当地林下三七种植的技术体系。

技术体系形成后，朱有勇决定马上开办培训班，向当地农民免费传授技术，启动林下三七种植推广计划。

2017年10月，第一期林下三七种植培训班在大塘子村开班，共60个学员。

考虑到三七种植的"连作障碍"问题，朱有勇又开办了一个中药材种植培训班，教老百姓种植滇黄精、滇重楼、白及等中药材。这些药材俱喜阴，同样适合在思茅松林下生长，周期也是3～4年，可以与三七轮种。这样，既可彻底解决三七的"连作障碍"问题，又可充分利用林地。

培训时间为1年，分集中教学和实际操作两部分。

与马铃薯培训班教程一样，集中教学4次：第一次教如何选地、整地、起垄，第二次教如何籽条移栽、种苗种植，第三次教如何避雨和防治病虫害，第四次教如何采挖和储藏。

培训种植带动很快。当年年底，仅仅是学员培训的实验基地就已经扩展了100亩。

就在此期间，朱相林的眼睛乍亮了。

班里有一个女学员，名叫李娜莫，澜沧县职高毕业，20岁，是大塘子村人。姑娘不仅长得漂亮，干活和说话也漂亮。她家里有20亩地，全靠她和母亲打理，前一年种了冬季马铃薯，赚了一笔，对院士更加崇敬，现在对种植三七尤为热心。

朱相林心里赞叹：多么漂亮又能干的女孩啊！几个月的时间里，他的眼光总是黏在她身上。

别人看出了名堂，就怂恿朱相林："这个姑娘不错呢，也没有对象。你喜欢就勇敢追求，我把她的微信号给你，你们先聊聊。"

这一聊，就擦出了火花。

等到李娜莫从培训班毕业的时候，两人已经谈婚论嫁了。

朱有勇看着这一对因三七而结缘的年轻人，脸上笑眯眯，特意给他俩塞了一个大红包。

两个人推辞不掉，心底甜蜜蜜。

是啊，朱相林怎么忘得了，这几年，朱院士像极了严父、慈父。自己在工作上出现差错，他会严厉批评；在生活上，他又亲切关怀。有一次，自己生病了，朱院士听说后，马上前来看望，并留下600元，让购买营养品。

朱相林是外地人，以前孤身一人。现在，他猛然认识到，这里就是家乡呢。

不是吗？自己在这里有了爱人，乡政府也安排了公租房。更主要的是，自己的事业就在这里，而且前景光明。

朱相林每天在地里奔忙，浑身充满力气。

2018年10月，两人结婚。李娜莫也把家里的20亩林地全部租给了院士团队。

神仙草

三七整地，10月份就开始了。

三七对光照、土壤、种苗、水源等要求很高，必须选择倾斜度小于15度的斜坡作为种植地块，方便排水。它只需要10%～20%的阳光，而思茅松刚好能把80%～90%的强光遮掉。

林地里，地线虫多，大多寄生在灌木和野草的茎叶上。所以整地时，林下的小灌木要特意保留，让给虫子吃。至于野草，如果不淹没三七，也留着。因为三七叶子有异味，只要有嫩草，虫子便会回避蚕食三七。

草木留好后，要用小型微耕机打地，打出20～30厘米的深度，把林下的腐殖土搅拌进来。而后根据林地地势起垄，垄宽1.4米，高度为30～40厘米，每隔15米留一条排水沟。

而后，便是育苗了。

三七自娘胎起，便很娇贵。

三七种子一般在11月份成熟，浆果状，近于肾形，外壳坚硬，长6～9毫米。去掉红色果皮后，把种子颗粒用清水漂一遍，淘汰浮在水面的秕种。再把沉在水底的饱满种子捞起来，放在遮阴棚里，把表面水分阴干。而后，把种子包起来，进行"后熟"。

什么是"后熟"呢？

朱相林解释说："其实，三七种子在收获时并没有真正成熟，因为胚芽还没有形成，如早产的婴儿。此时，若种子掉落地面，必死无疑，这便是三七在野生状态下难以存活的主要原因。种子采摘之后，还在继续生化，为发芽做准备。经过后熟的种子，才是真正成熟的种子。"

育苗之前，要先人工打磨掉外壳，露出柔软的红包衣。去掉红包衣之后，要赶紧保湿。保湿，等于给这个"婴儿"一个"保温箱"。"婴儿"继续在"保温箱"里发育一个月，才算孕育成熟。

育苗播种，就是把处理好的种子放入压孔板压好的孔洞里，株行距5厘米×5厘米，深1厘米。

播完种子，用垄边的腐土盖上孔洞，再覆盖松针，以保湿、保暖。

种子沉睡一个多月后，睁开眼睛，胚芽发芽了。

幼苗在苗圃里成长1年。到年底时，身高约15厘米，下面是块茎，重3克左右。这时，把叶子剪掉，便是籽条。

第二年2月，把籽条从苗圃里移栽入大田。此时，更要小心翼翼。斜坡地块，先种低处，避免高处的三七稍有病恙而向下传染。

移栽1个月后，小苗慢慢恢复，开始缓缓生长。4月份，叶片全部舒展。7~8月，开绿花。此时的花，并不能结果，须摘掉，但三七花阴干或烤干后用来泡水，是极好的饮品。10月份之后，三七苗身高长至50厘米，叶枯而落。此时，须剪除主茎，敷盖松针。

第三年，三七根部再发新芽、再抽新枝，身高超过第二年。7月份，再开花，花瓣绿色，球状，花蕊光亮，如透红珍珠。10月底，三七终于成熟，可以采挖了。

此时，已经生长3年的三七，块茎膨大，一般重30~50克，最重的可达60克左右，有"疙瘩七"或"萝卜七"之称。

总之，这便是神仙草，是天地的精华、人间的尤物。

野生三七的亩产干品是多少呢？40到50公斤。

而大田种植的三七，亩产可达200公斤以上。

澜沧县的6月份就要来了。这是雨季，极易发生根腐病。

这时，就要用生石灰灭菌。遇上病叶，要手工摘除，并且还要把病叶拿到很远的地方埋掉。

另一个重要工作是防虫。不同的昆虫，有着不同的爱好，适用不同的防治方法：用糖醋液诱杀，用黄板、蓝板粘除，还有电击法、性诱计等。

只有一个要求：不使用一粒化肥，不使用一滴农药！

朱相林天天待在思茅松下，那稀稀落落的太阳光，也把他晒得黑黢黢的。

每天朝夕相对，老百姓和朱相林熟络了，都喊他"朱老师"。

这老师多能干啊，大塘子村有三七种植地100多亩、育苗地50多亩，还有轮作滇黄精、滇重楼、白及的地块300多亩。这么大的面积，老百姓有什么难题，他都能帮忙解答，而且随叫随到。

朱相林的"麾下"，有100多名农民，每人每天工资100元左右。

为了提高效益，朱有勇要求学生们学说拉祜语、学唱拉祜歌。

的确，拉祜语与汉语有着明显的区别，比如：汉语有四声，而拉祜语是六声调。

"狗"是"迫"，"鸡"是"阿"。

"你好"是"诺达"，"干杯"是"多拜"。

"你干得不错"是"达贾"。

……

拉祜族人平时看似散淡，但几杯酒下肚，就变成了另外一个人，变得欢快起来、热情起来，就开始唱歌了。

这几年，各个山寨里流行一首爱情歌《朵朵麻栗花》：

夜清清，

人欲睡，

山寨的夜晚静悄悄。

弯弯的山路哟，

去向那远方，

心中的阿妹哟,
阿哥想你哟。
风儿轻轻,
吹拂着麻栗花,
阿哥的芦笙还在吹响。
山间的流水哟,
日夜流淌,
心中的阿妹哟,
永在哥心上。
哎,拉祜,
哎,拉祜。
美丽的姑娘哟,
你像麻栗花一朵朵。
哎,拉祜,
哎,拉祜。
燕子双双天上飞,
麻栗花开在身旁。
风儿轻轻,
吹拂着麻栗花,
阿哥的芦笙还在吹响。
山间的流水哟,
日夜流淌,
心中的阿妹哟,
永在哥心上。
哎,拉祜,
哎,拉祜。

美丽的姑娘哟，
你像麻栗花一朵朵。
哎，拉祜，
哎，拉祜。
燕子双双天上飞，
麻栗花开在身旁。
哎，拉祜，
哎，拉祜。
美丽的姑娘哟，
你像麻栗花一朵朵。
……

歌声中，大家自然地融在了一起。

在共同劳动中，朱相林进一步认识到，这是拉祜族人的特色，不是懒惰，而是节奏慢，是慢生活。

其实，向往富裕、向往美好、向往文明，本是每一个人的天性呢。

三七的春天

芦笙，是拉祜族最普遍的乐器。

拉祜族人吹奏芦笙，不是为了追求音乐、追求艺术，也不需要特别的节日或理由，更不拘泥于什么场合，而是语言的另一种表达方式。在劳作的山林间，在赶集的路上，高兴时，悲伤时，都可以拿出芦笙，吹奏一段。吹奏时，也不一定遵循固定的乐谱，而是乐由心生、信口吹来。

于是，满腹的喜怒哀乐，顺着芦笙，飘散进空气中，就变成了满天曲调悠扬的民歌。

闭路与出路

经过两年的全面实践，林下三七种植技术进一步完善与成熟。

从经济利益上看，或者从精准扶贫的角度来看，这是一个更根本、更彻底、更长远的脱贫致富项目。

但是，这么一个好项目，在最初的时候，只是一个笼统概念，一个美好设想。如何去实施，如何去实现，都是一个前所未有的难题。因为林下种植三七与大田种植冬季马铃薯，完全是两个概念。

难题的主体，分两个方面：

一是林下三七种植，技术含量高，资金投入大，见效周期长，与种植冬季马铃薯正好相反。分散生产经营的农民，因为风险太大，根本不敢种植。即使敢于种植，那技术如何保证呢？质量如何保证呢？将来如何出售呢？这些都没有把握。所以，这个项目根本不适合农民单独和分散种植。

二是三七利润巨大，极易引起众多企业蜂拥而上，盲目投资，不可控制。企业家们分头行动，各自租地种植，各自竞价收购，肯定会造成市场混乱。如果那样，农民利益无法保证，三七质量无法保证，而拯救中药的美好理想也将全部泡汤。

怎么办！

怎么办？

隔行如隔山。朱有勇是一位农业科学家，搞技术内行，做产业却没有经验。可现在，他不得不跨界思考与企业家合作的事情。

苦思冥想！

在此期间，他曾与数十位经济学者和企业家交流，试图通过招商方式与一批企业在技术、生产、收购、加工等方面进行合作，但由于各方利益难以平衡保证，整体操作性和可控性弱，未能形成成熟方案。

2018年4月，云南省省长和副省长前来澜沧县考察林下三七种植情况。看过现场之后，大家心里都很高兴——困扰多年的三七种植难关正在逐步破解。但大家又隐隐担忧：破解的仅仅是技术问题，后期的诸多难题呢？

考察结束后，两位省政府领导和朱有勇一起，在车上深聊了两个多小时。

省领导毕竟更熟悉社会和经济管理，而且见多识广。他们建议，为了从根本上保证农民利益和三七质量，必须单独设计一个闭路系统，涵盖产、供、销和加工全过程，产品以成品品牌的形式进入市场。

闭路系统？

朱有勇眼前一亮！

在其后的两个月内，朱有勇在县委、县政府的支持下，与各方多次协商，终于组建了一个以三七种植技术系统为核心的生产经营联盟。

大体思路是：朱有勇团队无偿提供全部三七种植技术并进行全程质量监控，当地政府负责在生产区内进行水电路建设和改造提升，企业家负责投资、生产全过程，农民负责出租林地并提供有偿劳动服务，制药集团负责统一收购、加工。

这是一个看似笼统开放却又严密可控的整体系统。

为了保证联盟的神圣和严肃，朱有勇与所有合作企业签订了合同和承诺书，规定必须严格按照院士团队的质量要求，不施一粒化肥，不用一滴农药！

企业作为投资主体，每亩必须投入2万元以上；农民们呢，既可以出租林地，坐收租金，又可以在林地打工挣工资。这样，每家的林地就变成了扶贫车间。3年后，三七的最低亩产量达40公斤，按每公斤2000元计，每亩收入8万元以上。这些收入，主体归投资者，其中15%归院士团队，作为技术管理费和专利费，另外8%返回村委会，壮大集体经济。这样，多方得利，合作共赢。

这是一个颠覆性的技术，完全改变了传统中药材种植方式，让中药材真正回归原始状态。

即使是外行人也能明显地看出，朱有勇设计的这种模式，让农民可以旱涝保收：出租林地有租金，每天干活有工资。

最让人惊奇的是，朱院士还做出了一个特殊约定：企业营利收入的15%部分，原本应归属院士团队。这是天经地义，理所应当的。但朱院士声明，这笔收入本团队分文不取，全部转让给澜沧县老百姓。

这可是一笔巨款啊。

这样，林下三七的整个生产过程，有院士团队的全程监控，品质得到保证。同时，三七收获后，统一销售给联盟公司，所销售的每一种产品，必须由院士团队验证。这样，进入制药厂的三七产品质量便加上了双保险。

如此这般，三七之幸！

如果中国所有的中药材都能这样，则为中药之幸！

药材好，药才好。

中医昌盛，根本在此！

寻找企业家

闭路理论形成了，如何深化和实施？

按照朱有勇的规划，"十四五"末即2025年，澜沧县一带的三七种植面积要达到10万亩。

政府全力支持，农民全力配合，当务之急，就是寻找合作的企业家。

这些企业家必须热爱中医，具有天地仁心。

消息传出，企业家们纷纷报名和拜访。朱有勇也主动邀请，从中物色最佳合作伙伴。

某大型知名制药企业，应朱有勇之邀，前来现场考察。朱有勇全程陪同，亲自讲解，真诚谋划。最让对方董事长感动的是，当他的汽车抵达现场时，早早迎候在路边的朱院士，竟然走上前来为他拉开车门。

院士的诚心使该董事长深受震撼。很快，该企业决定：第一期投入5亿元，进行三七种植；同时，再投入5300万元，在澜沧拉祜族自治县建造中药材加工基地。

很快，便有十多家相关企业陆续进入。

2019年1月，某集团在澜沧县租赁土地2500亩，开始种植三七、白及、黄芪、重楼等中药材。土地租赁期10年，一次性付清，大田每亩年租金600元，林下土地每亩60元。

大田土地主要用于育苗。

租金交付后，该集团马上派出数十位工程技术人员，进行基地建设，深度改良土壤。

为什么要改良？

原来的土地，由于长期种植水稻和玉米，多施化肥，造成一定程度的土地板结，更严重的是，比照三七种植要求，农药残留超标。

如何改良呢？

第一年，先让土地撂荒，放任野草恣意生长，任由牛羊恣意啃食。秋后，用机器收割野草。野草就地晒干后，再点火焚烧，不仅可以杀死土壤表皮真菌，草木灰还是天然的肥料。而后，深翻土地，阳光消毒。接着，每亩土地加施4吨有机肥、4吨羊粪，用履带式旋耕机将其耙进土里。最后浇水，任其融合发酵。

第二年春天，在改良后的土地上开始人工起垄：高30厘米、沟宽30厘米、畦面1.2米。同时，在整个垄上搭建多层黑色遮阳网。

网下平展如毯的畦面，便是三七的温床。

忘年之交

赵泰，男，1995年6月生于天津，加拿大约克大学毕业，专业是金融管理，2017年回国。

他的父亲是一位做农业进出口贸易的企业家，在业内颇有盛名。赵泰在国外上学时，也开始学做生意，小有所成。但在国外，由于文化背景不同，他时时感觉无法融入。

他回国之后，在深圳开办公司，进行农业科技研发。

2018年7月，赵泰听说朱有勇院士的三七成果面世了，便想着在这方面发展。于是，他专程前来拜访。

在朱有勇位于蒿枝坝的科技小楼里，两人相遇了。赵泰畅谈着自己的人生理想和追求，朱有勇听后十分认可，眼神里有一种父亲般的温暖。23岁的小伙子，总还是年轻，高谈阔论，言辞滔滔，说到高兴处，竟然谈起了区块链。当时，这还是一个新名词，很少有人真正理解其内涵和意义。

几天后，两人再见面时，赵泰十分惊奇地发现，朱院士的手边有一本书，竟然是《区块链》。

他的内心，骤然沸腾。

在这次谈话中，有一个细节让赵泰印象深刻。朱有勇在谈到三七的未来时，充满激情地说："在我们的手中，要恢复中药材的世界地位！"

这是一个神圣的使命。

赵泰怔怔地看着朱有勇，暗暗地下定决心。

从8月开始，赵泰就在澜沧的大山里调研，寻找合适的林地。

2018年12月，赵泰在竹塘乡和糯福乡一次性租下250亩林地。而后，在朱院士团队的指导下，每亩投入2.5万元进行全面改造。两个月之内，全部种满三七。

第二年，他又新租土地500亩。

2020年底，再次扩种200亩。

作为一个晚辈，对于朱有勇，赵泰有着别样的认识和崇敬。

他说，西方科学家用显微镜解决微观世界难题，有的解决了，有的根本解决不了。而朱院士，站在一个山头观察另一个山头，用大视野、大格局思考，从而解决了微观世界里根本解决不了的难题，比如水稻稻瘟病，比如三七的林下种植技术。这是东西方文化的不同，也是一般科学家与卓越科学家的区别。

在澜沧县创业几年，赵泰早已把这里当成了第二故乡。

他每年的用工量都在6000人次以上，服务着第二故乡的父老乡亲。

海归人士创业当老板，容易居高临下、自以为是，对员工不够尊重，赵泰却相反，他把每一个员工都当成自己的亲朋好友，用真情爱护他们。

在他临时雇用的人中，有一个农民家住糯福乡娜阿妈寨，妻子得了白血病，家境十分困难。赵泰听说后，主动前往探望。这个农民的家里，只有几件简单的家具，连坐处也没有。一家人都不会说普通话，赵泰就请村干部做翻译，详细了解情况。

原来，这家人只有几亩稻田和一头水牛，3个孩子刚刚上学。前些年，家里的两位老人又先后得病，欠下3万元债务。更雪上加霜的是，2019年，女主人连续发高烧，并伴随皮肤瘀斑、牙龈出血等症状。医院检查后，确诊是白血病！虽然是建档立卡贫困户，国家有大病医疗保险，但毕竟还需要自己负担一部分，而且交通费、营养费、生活费等，也是一座座大山。

听到这里，赵泰坚定地说："你家的困难交给我来解决吧。"村干部把赵泰的心意翻译给他们听之后，这家人感动得大哭。

很快，赵泰陆续送来6万多元。

还有两个农民，孩子考上了大学，赵泰也分别奖励他们1万元。

采访时，我专门参观了赵泰在附近建造的三七加工基地。

那曾是一座废弃的厂房，被改造成一家中药材加工厂。从深圳等地运来的各种现代化设备，正在悄悄地适应着这里的环境，并已经开始了神圣的工作。

在这里，赵泰首先开发出了三七花茶——林林七。

这是澜沧拉祜族自治县三七种植的第一个成品品牌。

虽然只是外围产品，却是一个可喜的突破。

农业工人

在现场采访时，我还遇到了两名受聘于三七种植基地的农民。

杨扎体，拉祜族，1969年9月生，糯扎渡镇改新村人。全家有20亩田地、60亩松林。田地只种玉米、甘蔗、水稻，仅仅够吃饭。全家的住处是3间空心砖建造的平房，简陋不堪，摇摇欲坠。2016年，儿子结婚了，很快生下了孙子。全家5口人，挤住在一处破房内，极不方便，更不安全。

2018年春天，杨扎体进入某公司的三七苗圃基地做地块管理工作，负责35亩苗圃。

三七苗圃，全部覆盖黑色纱布塑料棚。每个棚最大的可达180

亩，最小的也有30多亩。棚内用水泥桩支撑，顶部用铁丝网联结，再加盖黑色遮阳网。由于三七对阳光照射极其敏感，需要严加控制，所以遮阳网必须准备三层，根据季节和阳光烈度，随时进行调整。

杨扎体日常的工作就是除草、施肥、浇水、采挖等。

他和妻子两人承包这35亩苗圃的管护工作。按照严格的生产计划，每亩每月的基础劳务费为157元。这样，夫妻两人每月的工资为5495元。如果工作各方面达标和优秀，每月还有500元至1000元的奖励。

公司每月都要对员工进行评分。如果连续3个月评分不及格，就要被辞退。

杨扎体告诉我，公司已经有3个人被辞退了，所以他必须用心干活，不能像过去那样懒散。

苗圃里时时长草。拔草时，要小心翼翼地连根拔起，不然，拔断一根，就会再长出数十根。干季时，要把拔除的青草直接放在松针上，晒干后使其变成肥料；雨季时，要把青草放进小筐里，带出棚去。因为阴雨天，草会复活，另外，草叶腐烂后易滋生真菌。

开花季节的主要工作，就是采摘三七花。这个时候，花朵常常招引一种小虫——蓟马。这种害虫像蚊子一样长有一种可刺吸的细针，不仅吸取花和叶的汁液，还会传染杂病。很多病害，就是由这种小虫叮咬后引发的。

三七的病害还有细菌性原斑病。一旦发现，要马上剪除叶片。如果延误，几天内根部溃烂，三七就会病死一片。

还有炭疽病。这是一种真菌病，必须及早发现，及早处理。

有些病菌较为复杂，那就要用一种由生石灰和硫黄合成的液体，进行涂抹或喷施。但这种液体，每年每公顷最多只能使用6公斤。

遮阳网分3层，要根据阳光情况随时增减。夏天，在晚上或遇阴天，要全部打开，让小苗们尽情地呼吸自然空气。太阳出来后，又要酌情遮阴。风大了，更要覆盖严密。这些小苗，就像娇弱的女子，热不得，凉不得，饥不得，饱不得，涝不得，旱不得，阳光晒不得，大风吹不得。

工人们每人每月可休息4天。

每天干完活之后，还可以在基地打零工，比如突击栽苗、整地、施肥等。这样，每天能再赚80元。

工作，严格有序。

杨扎体在这里受聘3年了。每天用心工作，每年收入不菲。

2019年，他家里盖起了一座两层小楼。

38岁的石小平也是拉祜族，糯福乡戈地村人。

他只读过两年小学，家里3口人：他和妻子，还有一个16岁的儿子。他有6亩田、40亩松林。过去收入少，加上父母生病，办丧事，欠债多多。2018年初，他进入公司时，身上背着8万元债务。

他和妻子承包某企业统一规划的40亩地，在院士团队和基地技术人员指导下种植三七。

两口子每月固定收入6780元，再干些零活，还能赚几百元。

公司在基地附近建造了几栋临时住房，能洗澡，能做饭，室内有空调、厕所，全免费。

石小平过去爱喝酒、抽烟，现在全戒掉了。

他干活特别认真。拔草时，要连根拔起。施肥时，要把松针扒开，把有机肥撒到畦面上，用手把土表皮与肥料融合，再将松针放回原位。

工作好，收入自然有保证。

2020年12月，他把所有债务还清了，还有了1万元的积蓄。

他当然高兴了,决心跟着院士永远干下去。

唯一让他不高兴的是,孩子不爱读书。

儿子初中毕业了,成绩不好,无意读高中,心想反正也考不上大学,有些自暴自弃。石小平本来考虑让儿子出去打工,听说朱院士要在县城创办职业技校,便又想让儿子去那里读书。

他想,下一次见到朱院士时,要征求一下院士的意见。

想到这里,石小平微微地笑了。

第一次拍卖

2019年10月9日上午,一场特殊的三七竞卖会在澜沧县大塘子村举行。

朱有勇团队首批种植的林下三七,终于到了采挖季节。

本次采挖和竞卖,在其中一块面积为一亩的林地上进行。

10月的澜沧,气候依然炎热,但在数十米高的思茅松遮蔽下,山林间空气湿润,凉爽宜人。

前来参加最新一期三七种植培训班的农民学员正在上开学"第一课"——采收三七。

"知道为什么叫三七吗?因为有三根茎七片小叶,种植时要三成光,七成阴。""三七全身都是宝,采收时要从周边挖起,要保持叶子和须根完整。叶子和须根也有很高的药用价值和经济价值。"……

朱有勇团队成员、云南农业大学植物保护学院院长朱书生教授一边示范,一边讲解。学员们很快掌握了技巧,完整地挖出一株株带着泥土芬芳的新鲜三七。

采收结束,一亩地出产新鲜三七160公斤。

这些三七,很快被送到竞拍现场,成为竞拍品。

这是一种特殊产品,这是一个全新方向!

上午9时，云南省副省长和云南省科技厅厅长都来了，同时到来的还有30多家药商。

中国工程院驻云山村党支部第一书记何朝辉主持拍卖会。

"竞拍物为林下有机三七扶贫试验示范基地三年生鲜品。鲜品以每公斤250元起拍，竞买人可举牌应价，加价幅度不低于50元。"何朝辉刚刚介绍完毕，现场参加竞拍的企业和个人已经跃跃欲试了。

一筐筐叶片鲜绿、根系繁茂、主根饱满的新鲜三七，立时成为现场的主角。

随着拍卖开始，应价一路向高。

竞拍者踊跃举牌，价格很快突破800元。

一转眼，已经飙升到了2100元。

而此时，竞价环节才进行了不到两分钟时间。

正当商家们摩拳擦掌，准备进一步竞价时，朱有勇果断叫停了竞标。

鲜品每公斤2100元，换算成干成品，就是每公斤约8400元，已经比市面上的普通三七价格高出很多了。

"感谢大家对林下三七的认可，这个价格已经很高了。"朱有勇解释，"价格炒高了，老百姓就用不起了，这不是我研究三七的初衷！"

扶贫是要培育出一个健康的产业，而过早过高的炒作反而会伤害刚刚起步的产业生态。

因此，朱有勇先前将自己的发明专利捐献出来，给企业和个人无偿使用。唯一的条件是，如果有企业要加盟种植林下三七，除了遵守约定之外，还必须将最终利润的15%捐献出来，分给当地村民。而这15%的利润，原本应该是朱有勇团队的技术入股收益。

朱有勇进一步说明："三七价格不能虚高。只有普通收入者都用得起，只有农民通过扎扎实实种植、生产和销售，能够持续获得利润，这个产业才能兴旺！"

整个现场，掌声雷动。

未来山民最富裕

朱有勇坚信：现在国际上之所以对中医缺乏充分肯定，其根本原因在于药材质量低劣。只要中药品质真正提升，价值就会大大体现。

2020年9月，朱有勇正式公布了三七的种植标准。

许多外围企业垂涎欲滴。这林下三七，就是金子呀！可看了纸上资料，还是学不会，育种、移栽、管理、浇水等环节，极尽玄妙，即使照葫芦画瓢，也难得其真谛。

技术含量如此之高，操作如此之精细，小学未毕业的拉祜族老百姓却学会了！

朱有勇和他的团队下了多少功夫，天知道！

他们每年培训60名学员，每名学员可以管理200亩地。

这些农民学员都是专家，都是三七的朋友、三七的使者。

每当走在林子下，摸摸油亮的叶子，嗅嗅绿色的花蕾，看看绣球一样的果子，朱有勇习惯于笑呵呵的面容就会变得凝重，思绪飞得很远很远。

现在，对朱有勇而言，几亩、几百亩、几万亩都是一个概念。

2021年三七种植面积已达2万多亩，未来几年在澜沧种植10万亩，已是呼之欲出。

可种三七，仅仅是考虑种三七吗？

不！

朱有勇清楚，中国人口多土地少，粮食紧张，18亿亩是耕地红线。若不珍惜土地、科学利用，真有守不住红线的危险，造成粮食危机。

如果那样，将是中国的最大危机！

国家缺土地啊！

现在，全国种植中药材用地约7000万亩，仅云南省就达800万亩。如果大部分中药材能够回到野外山林种植，便可腾出土地五六千万亩。

纾民之困，解国之难，意义何其大！

绿水青山就是金山银山！

林下三七，在澜沧县的种植"版图"逐年扩大：

2016年11月，只有8亩地，局限在1个村子。

2017年，面积扩大到300亩，发展到7个村子。

2018年，种植3000多亩，22个村子参与。

2019年，种植面积扩大到9700多亩，发展到100多个村子，并已有10多家企业进入，共投资2亿元。参与的技术人员和农民，超过5000人。

2020年，流转农民土地2万多亩，共有2889户1.04万农民从事三七产业。

林下三七事业，正在澜沧县红火起来！

……

云南省现有耕地面积不足1亿亩，但林地面积达3亿多亩，其中近1亿亩适宜林下中药材种植。

盘活林业资源，是云南省偏远山区群众巩固脱贫攻坚成果、投身乡村振兴的重要途径。

而三七，便是一只领头雁，一只报春鸟！

尾　章：阿哥阿妹的歌声

小康社会，几千年来就是中国仁人志士和政治家们的社会理想。

从《诗经》《礼记》，孔子、朱棣，到近代的康有为，无不如此。但由于历史局限和种种原因，这一直都只是一个美好的、遥远的梦想。

小康社会，更是中国共产党成立以来全心全意的百年追求。从建党到新中国成立，从新中国成立到改革开放，特别是党的十八大，更是正式把全面建成小康社会作为奋斗目标。

而今，8年脱贫攻坚，已经全胜。

2021年7月1日，在中国共产党成立100周年之际，中共中央总书记习近平代表党和人民庄严宣告："经过全党全国各族人民持续奋斗，我们实现了第一个百年奋斗目标，在中华大地上全面建成了小康社会……"

这是中华民族历史上前所未有的伟大壮举！

经过8年的脱贫攻坚，澜沧拉祜族自治县的经济总量整体翻了一番。

这几年的增量，正好是过去5000年的存量。

脱贫攻坚已经完成，乡村振兴全面起步。

本来，朱有勇的工作任务已经结束，但他显然还没有回城的意思。

这里是他的第二故乡，是他的人生归宿，是他的立体论文！

近日，我在蒿枝坝采访的时候，朱有勇正在举办第五轮院士培训班。

本轮培训，已经拓展为10个专业班，不仅保留了传统的马铃薯班、三七班、蔬菜班等，还有最新开设的畜牧班、电商班等。

几百名学员从全县各地赶来，会聚在蒿枝坝，清一色身穿迷彩服、头戴迷彩帽。男子精神抖擞，女子英姿飒爽。

特别是那些女学员，腰杆挺得直直，眼睛睁得圆圆。这哪里是一个个农妇，简直像一排排女兵。

第二天早上，我在村头散步。

早上6点，蒿枝坝正从朦胧的晨曦中缓缓醒来。青山、翠竹、田野、雾岚，宛若一幅幽静的田园画。

忽然，前面的小路上响起"嗒嗒"的脚步声，旋即跑来几个身影。

我正愣怔，朱有勇院士已经向我打招呼了："嘿，早上好！"

我刚刚明白过来，脚步声已经跑远了。

正在惆怅时，又一阵脚步声传来，原来是编组的学员队伍。他们服装整齐，步伐整齐，眼神整齐，口号整齐，像战士一样！

是的，他们白天认真上课，晚上分散住进农户家。吃饭呢，则是在秀情农家乐和扎丕农家乐。早餐是一锅热腾腾的猪肉汤和米粉。午餐是炖猪肉、炒腊肉等，五六道菜，自助餐，香香辣辣，红红火火。

我离开的那天晚上，朱有勇门前的科技小院里，点起了一堆篝火。大家自觉地围成一圈，手拉手，踩着节奏跳舞。

夜色黑麻麻，山风清爽爽。刚吃完饭的朱有勇，也自然地进入人群中，咚咚嗒、咚咚嗒，跳得欢畅！

芦笙吹起来，情歌《婚誓》在空中缭绕着……

……

秋千荡到晴空里，
好像燕子云里穿。

弩弓没弦难射箭，
阿妹好比弩上的弦。
世上最甜的要数蜜，

阿哥心比蜜还甜。

鲜花开放蜜蜂来,
鲜花蜜蜂分不开。
蜜蜂生来就恋鲜花,
鲜花为着蜜蜂开。
……

那是生命的情缘,那是生活的浪漫。
整个蒿枝坝、横断山、澜沧江,都在唱起来、跳起来……

2 为你而生
——新体制雷达专家刘永坦

张雅文

时代楷模 刘永坦：中国科学院院士、中国工程院院士，哈尔滨工业大学教授，雷达与信号处理技术专家，我国对海探测新体制雷达理论和技术奠基人。他胸怀祖国、服务人民，始终致力于我国对海远程预警技术研究和装备发展，为祖国筑牢"海防长城"；他追求真理、勇攀高峰，率先在国内开展新体制雷达研究，带领团队成功建成了我国首部具有全天时、全天候、远距离探测功能的对海新体制雷达；他学为人师、行为世范，坚守学术道德和科研伦理，甘为人梯、奖掖后学，把为学、为事、为人统一起来，培养了一大批科技领军人才。

时代楷模 科技之光

为你而生

新体制雷达专家刘永坦

作者简介

张雅文：曾是国家一级速滑运动员，现为国家一级作家，黑龙江省作协副主席。

著有《生命的呐喊》《盖世太保枪口下的中国女人》《为你而生——刘永坦传》《与魔鬼博弈——留给未来的思考》《百年钟声——香港沉思录》等20余部作品。

曾获鲁迅文学奖、中宣部精神文明建设"五个一工程"奖、徐迟报告文学奖、中国传记文学奖、飞天奖、华表奖等多项大奖。多部作品被改编成影视剧。多部作品被译成外文出版。

2015年6月24日，习近平将其反战小说英文版《盖世太保枪口下的中国女人》作为国礼，赠送给来访的比利时国王菲利普。

不可忘却的童年

母亲，用爱国诗篇启迪他幼小懵懂的心灵；残暴血腥的杀戮，则给他幼小的心灵刻上永恒的记忆，使他一生都在苦苦地追求人生的意义。

我仰望着浩瀚的星空，不由得百感交集，一种从未有过的自豪感油然而生，为我的祖国，也为我自己能采访一位令众人仰慕、对国家做出巨大贡献的科学家而深感荣幸。

作者与刘永坦夫妇合影

2019年1月8日，我在电视上看到一个激动人心的场面，刘永坦院士走上人民大会堂的领奖台，习近平总书记为他颁发奖章和获奖证书。

刘永坦院士在获奖感言中讲道：

尊敬的习近平总书记，尊敬的各位领导、同志们：

上午好！

我是哈尔滨工业大学的刘永坦。今天是科技界的盛会，作为一名普通教师和科技工作者，能够荣获国家最高科学技术奖，习近平总书记为我颁发奖章和证书，这是一种无上的光荣，更是一份沉甸甸的责任。这份殊荣不单属于我个人，更属于我们的团队，属于这个伟大时代所有爱国奉献的广大知识分子。我是代表所有奋斗在科研一线的工作者，站在这里接过这份荣誉、这份使命！

向海而兴，背海而衰。历史一再警示我们：没有强大的海防，就没有稳固的国家安全。历史也一再告诉我们：核心技术靠引进是要不来的，必须靠我们自己的智慧和奋斗拼出来、干出来！上个世纪80年代，作为改革开放第一批出国人员，看到国家落后，和发达国家存在巨大的差距，更加激励我立志科技报国，发愤图强。回国后，我和我的团队开启了这项与国际同步的对海新体制雷达的研制工作，一干就是一辈子。没有任何成熟理论和技术可供借鉴，我们就自力更生，凝聚国内优势力量，组建团队，建立自己的雷达实验系统，从理论到实验反复验证，成功破解了制约新体制雷达性能发挥的一系列国际性难题，建成了我国首部具有全天时、全天候、远距离探测功能的对海新体制雷达，使我国成为世界上极少数拥有这一核心技术的国家。

同志们，我亲身经历了国家从站起来、富起来到强起来的伟大历史进程。我们始终坚信，国家需要是最强大的动力和信心，只要国家需要，我们就一定能干好。正是这种信念牵引着我们一路爬坡过坎，不放弃，不动摇！感谢党给予我的培养，国家给予我的平台，时代给予我的机遇，团队给予我的支持。如今，一批年轻人正意气风发地投身于科技强国的接力跑，正在一棒接着一棒往下传！

我相信，建设科技强国的宏图伟业一定会在不远的将来实现，我们科技工作者也一定会不辱使命，紧密团结在以习近平同志为核心的党中央周围，在爱国奋斗、建功立业的时代浪潮中，创造出更多让人民激扬振奋、让世界刮目相看的奇迹，在建设中国特色社会主义现代化强国、实现中华民族伟大复兴中国梦的新征程中做出新的更大贡献！

谢谢！

这份获奖感言，打动了与会者，全场报以雷鸣般的掌声，也深深地打动了我这颗作家的心。

我在想：一个人靠什么样的信念，支撑着坚韧不拔的毅力，苦苦奋斗40年，才完成了这项宏大的科研项目？

刘永坦1936年12月1日出生于南京，正值中华民族危难之际。

当他还在襁褓中，世界就向他露出了狰狞的面孔。他还是一个懵懂无知的幼童，就目睹了人类最血腥、最残暴的杀戮……

他出身高级知识分子家庭，父母双方的家庭都是书香门第。

刘永坦的祖父是中学数学教师。父亲刘鹏超出生于湖北武昌，毕业于浙江高等学校，曾在武汉电力公司任工程师，后到南京中央政府交通部任技师，全家搬到了南京。

外祖父家五代教育世家，母亲沈汝静从小便受到良好的教育，曾就读于湖北师范学校，毕业后当了小学老师。结婚后，辞去工作在家相夫教子。

父亲给他取名永坦，是希望世界永远太平、未来皆是坦途，希望儿子将来做一个正大光明的坦荡君子。

可是，残酷的现实很快就击碎了父母的良好愿望。刘永坦还在襁褓中时，母亲就抱着他在拥挤的人群中不停地逃难，先从南京逃到武汉，又从武汉逃到宜昌，再从宜昌逃到重庆……

在他人生最早的记忆里，留给他的是可怕的一幕：一架飞机飞过来，冲江里突然扔下一个茄子样的东西，"轰隆"一声，"茄子"爆炸了！一条船被炸翻，好多人被炸死了，鲜红的血把江水都染红了。

残酷而血腥的画面，刻在他幼小的记忆里，永远无法抹去。

日寇入侵南京前夕，父亲所在的交通部发了为数不多的遣散费，让他们自寻出路，搭船去重庆。

父母只好抱着他从南京逃往武汉，再从武汉逃到宜昌的外祖父家。

外祖父家里有好多好多书，四面墙的书架都摆满了书，每次找书都得爬梯子。

刘永坦的外祖父早年留学日本，回国后终生从事教育事业。舅舅沈刚伯，公派留学英国，回国后在大学任教，1948年携家人去台湾，曾任台湾大学文学院院长。因其对中国史学及中西文化有着独特贡献，被选为"中央研究院"院士。

在外祖父家避难的这段幼年时光，他虽然不识字，但从外祖父、舅舅和父母那里，学会了手不释卷，养成了终生爱读书的好习惯。

在外祖父家避难期间，母亲生下了一个小弟弟。

在刘永坦的记忆里，父亲性格内向，沉默寡言，即使跟母亲也很少交流。

一天晚上，父亲却对母亲说，自己出生于1901年，正是八国联军入侵北京不久；小永坦出生于1936年12月，又是日寇入侵……

父与子，遭受着同样国难当头的命运。

父亲担心：儿子将来的命运会怎样？多灾多难的国家，又会怎样？

刘永坦从大人的交谈中，从一次次逃难的经历中，从目睹的血腥杀戮中，渐渐认识了世界。

他们逃难逃到重庆，住在重庆郊区白水寺附近。那里离市区较远，能避开日本飞机的大轰炸。

5岁的刘永坦开始上学了，是在交通部创建的一所简易的扶轮小学。教师是从交通部职员中挑选出来的。

教室很简陋，桌椅破旧，学生年龄不一，刘永坦是年龄最小的一个。

一位男老师给学生上的第一堂课，是在黑板上写下大大的两个字"中国"。

他记住了这两个字。

老师教的第一句："我是中国人！"

他记住了："我是中国人！"

老师教的第二句："中国人要保卫我们的国家！"

他又记住了："中国人要保卫我们的国家！"

老师教的第三句："决不容日寇来侵犯！"

他看到老师说这话时，用力挥舞着拳头。

半个多世纪过去了，他依然记得老师教的这三句话："我是中国人！中国人要保卫我们的国家！决不容日寇来侵犯！"

在刘永坦的童年记忆里，给他印象最深的是重庆大轰炸。

父亲在城里上班，一周才回家一次。母亲每天都为父亲提心吊胆。

这期间，刘永坦的几个同学去市里时被炸死了，他很难过。

当父亲再次回到家里，刘永坦破天荒地鼓起勇气问父亲："爸爸，日本鬼子总来轰炸我们，我们为啥不开飞机打他们？"

父亲长叹一声："唉！我们中国打不过人家。"

他不服气："我们中国为啥打不过？为啥不开飞机冲他们开炮，把小鬼子的飞机统统打下来？"

父亲却再没说什么。

在全家逃难的这段岁月里，母亲一直坚持对刘永坦和弟弟进行启蒙教育。

刘永坦白天上学，晚上在家里就跟弟弟一起站在母亲面前，对着小油灯，背诵古诗词。弟弟太小，开始总是看着他的嘴巴跟着他学，后来居然背得比他还快，经常受到母亲的表扬。

半个多世纪过去了，那段战乱时光，留给刘永坦美好记忆的就是母亲——她温柔、善良，讲话从来都是轻声细语，脸上永远挂着亲切的微笑，既高雅，又大方，显出一种知识女性的大家风范。

每当夜幕降临，母亲就坐在小油灯下，一手搂着弟弟，一手搂着小永坦。碰到有月亮的夜晚，母亲便望着窗外明亮的月亮，用温柔而带着淡淡乡愁的声音，教他们哥俩背诵李白的诗："床前明月光，疑是地上霜……"

重庆是山城，雾大，很少见到月亮。

而母亲却经常喃喃自语："月是故乡明……"

每当听到母亲吟诵这样的诗句，他幼小的心灵虽不懂什么叫乡愁，却受到母亲的感染，心里也会荡起一丝淡淡的说不清的东西，不由得想起自己的出生地南京。

母亲教他们背诵杜甫的《春望》："国破山河在，城春草木深。"教他们背诵陆游的《示儿》："王师北定中原日，家祭无忘告乃翁。"教他们背诵岳飞的《满江红》："怒发冲冠，凭栏处、潇潇雨歇……"

每当背诵《满江红》时，很少情绪激昂的母亲，却显得满腔激愤，紧握着他和弟弟的小手，母子三人异口同声地背诵着："莫等闲、白了少年头，空悲切！"

那时，他年纪小，还不懂得母亲的良苦用心。长大以后，才读懂了母亲那份崇高的母爱——母亲的教诲像春雨润物，悄无声息，默默地滋润着幼子的心，她用独特的方式教育两个懵懂无知的幼子，什么叫家国情怀，什么是民族大义。

母亲，用爱国诗篇启迪他幼小懵懂的心灵；父亲，用家国情怀筑就他一生的脊梁；而残暴血腥的杀戮，则给他幼小的心灵刻上永恒的记忆，使他一生都在苦苦地追求人生的意义。

日本投降后，同学们都要跟随父母离开重庆，回到原来的居住地。

这天上午，老师来向同学们告别，说他第二天就要走了，今天来给同学们上最后一堂课。

老师在黑板上写下了一行寄语："同学们，少年强则中国强！希望你们发奋努力，为中华民族之崛起而奋斗！"

写完，老师问大家，谁还记得上第一堂课时，老师给同学们讲了什么？同学们面面相觑，没人能回答上来。

刘永坦站起来，一字一板地说道："老师说'我是中国人！中国人要保卫我们的国家！决不容日寇来侵犯！'"

老师严肃地说道："希望同学们不要忘记这段时光，不要忘记重庆，更不要忘记重庆的敌机大轰炸！从1938年2月开始，日寇飞机对重庆进行了200多次大轰炸，出动战机9500多架次，投下炸弹21000多枚，投下炸药4300多吨，炸死炸伤老百姓3万多人，炸毁房屋3万多幢，30所大中学校被炸毁。同学们，希望你们永远铭记这一切。"

老师临走时，摸了摸刘永坦的脑袋，冲他笑了笑。

这就是他所经历的童年——充满杀戮与恐怖。

刘永坦说，他一生没有恨过任何人，但对日本鬼子却充满了刻骨铭心的仇恨！

少年当立志

少年，沉迷于虚幻世界。

父亲，用家国情怀筑就他一生的脊梁。

爱幻想是少年的天性，更是科学家成长的摇篮。

少年时代的刘永坦，是一个爱幻想的孩子。

1947年，他和弟弟跟随父母回到阔别多年、被日寇践踏得面目全非的南京。

11岁，他考上了国立中央大学附中（今南京师范大学附中。该校曾数易其名，1949年更名为国立南京大学附中，1950年改称南京大学附中，1952年更名为南京师范学院附中）。父母在南京城南安置了新家，以前的房子早已被日寇夷为平地。

不知从什么时候开始，刘永坦的心被一个虚幻的世界迷住了，他对书本、对老师的讲课再也不感兴趣，上课就偷偷地看武侠小说。《三侠五义》《三国演义》……他尤其沉迷于还珠楼主的《蜀山剑侠传》，几十套，一本接一本地看，并把自己幻想成武林人物：一剑法宝在手，打遍天下无敌手！一心想成为大侠，替天行道！他还找了几个朋友像桃园三结义中刘、关、张那样，举杯盟誓，有苦同受，有难同当，有福同享，替天行道，共同完成拯救国家之大业！

他最要好的朋友是大画家傅抱石的儿子傅小石。他俩是同桌，他不愿上美术课，就让傅小石帮他完成美术作业；傅小石则提出数学考试时，让他帮答数学卷子！

可是，两人的"校园结义"还没等实施，就被美术老师发现了端倪，两人的"校园结义"就这样夭折了。

这天，父亲下班回来，照例要检查他的学习，让他背诵古文《孟子·告子下》。

他最讨厌背诵那些古文，但不得不硬着头皮嘟嘟囔囔地背起来："……故天将降大任于是人也，必先苦其心志，劳其筋骨，饿其体肤，空乏其身，行拂乱其所为，所以动心忍性……"

刘永坦长大以后才明白，当年父亲是用严格的教诲，向他传承着中华民族的精髓，启迪他那懵懂无知、毫无分辨力的心智，为他今后的人生指出一条路……

初中一年级第二学期末发生的一件事，令他刻骨铭心，幡然醒悟，并确立了一生苦苦追求的目标。

那是一个傍晚，父亲要检查他期终考试的成绩，他磨磨蹭蹭地从书包里掏出卷子，怯怯地递到父亲面前……

父亲扫了一眼试卷，破天荒地骂了一句粗话，那是父亲第一次，也是唯一一次骂他。

"混蛋！"

父亲冷冷地盯着他，把他书包里的书全部倒到桌子上，一堆

《蜀山剑侠传》像罪证一般，乖乖地"瘫倒"在父亲面前——

父亲立刻明白了这个聪颖过人的儿子为什么数学考试只考了60分。要知道，父亲和爷爷可都曾是数学教师。

父亲问他："哪来的书？"

他嗫嚅道："租的。"

"哪来的钱？"

"妈妈给我坐汽车的钱，我没坐车……"

父亲和母亲不约而同地交换一下眼神。他们知道，从城北的学校走回城南的家，要走一个半小时。

父亲又问："为什么看武侠小说？"

"想当大侠，替天行道……"

父亲半天没说话。

晚饭后，父亲让他去书房。

他心想：坏了！肯定要挨板子了！他长这么大还从未挨过打呢。

进了书房，父亲与他面对面地坐下。

父亲不苟言笑的脸上，越发显得严肃："今天，我要跟你进行一次正式的谈话。"

他赶紧坐直身子，像个小大人似的，等待着父亲的发落。

接下来，父亲既没有提武侠小说，也没有说考试分数，而是跟他谈起重庆大轰炸时发生的事。

父亲说："重庆接连遭到日军的大轰炸，你曾问我，我们中国为啥不开飞机把小鬼子的飞机统统打下来？我没有回答你，觉得你年龄太小，跟你说了你也不明白。现在，我可以告诉你了。1937年日本全面进攻中国时，中国根本没有飞机，而日本有两千多架飞机，而且他们还有飞机制造厂。当时，中国聘请美国退役空军军官陈纳德将军为顾问，帮中国组建了第一支空军。陈纳德又从美国动员来一批志愿飞行员，组成了有名的'飞虎队'。那时，咱们中国不但没有空军，也没有海军……"

说到这里，父亲沉默了。

小永坦瞪大眼睛默默地盯着父亲，觉得父亲能对自己讲这些，是对自己莫大的信任，心里格外珍惜。

父亲再开口时，语气显得愈发沉重，而且越讲越激愤。

"你知道，我们居住的南京，从东吴开始，连续六个朝代都在这里建都，可南京却是中华民族遭受外寇侵略的耻辱之地。"

"唉！"父亲长叹一声，"翻开中国近百年的历史，透过血淋淋的纸背，你会发现，篇篇都写满了被列强欺凌的血与泪、屈与辱！而最屈辱的一幕，就发生在我们所在的南京。"

从未看到父亲如此激愤过，他感到十分震惊，下意识地握紧了拳头。

父亲说，1842年8月，英国从长江口开来26艘军舰，用几十门大炮逼迫清政府签下了第一个丧权辱国的不平等条约《南京条约》。从此，就像打开了潘多拉盒子，各国强盗纷纷跑来啖食中国人的血肉，来瓜分中国的土地！他们向中国发动了第二次鸦片战争、中法战争、中日甲午战争、八国联军侵华战争……所有的战争，中国没有一次赢的，都以失败而告终。

父亲说，在这充满耻辱的几十年里，清政府被迫签署了大大小小数百个不平等条约！个个条约都写满了"割地赔款"，都写满了丧权辱国，都铺满了中国人白花花的血汗白银！仅《辛丑条约》，列强就从中国索要了4.5亿两白银，本息合计高达9.8亿两！

"9.8亿两啊！唉……"

父亲重重地长叹一声，一拳砸在桌子上，半天没了言语。

他从未见过父亲如此愤怒，他发现父亲的眼睛里直冒火，他吓坏了，他怕……

但是，父亲并没有冲他发火，而是走近窗子，指着窗外灰蒙蒙的天空，以悲愤而无奈的语气，又说起1937年12月那场大屠杀。

"日本鬼子对我们南京城血洗了6周，杀死我们几十万同胞，南京城到处都是尸体。我们要不搬走，肯定也被杀害了！"

父亲瞅着窗外，问他："你知道为什么日本鬼子一心要灭掉中国吗？"

他懵懵懂懂地摇摇头，又试探着说："因为……因为中国人打不过他们……"

父亲点点头，郑重道："你说得对！就是因为我们的国家太落后、太软弱了。世界是弱肉强食的世界，光仇恨是没用的！也许，我跟你说这些，你现在还不明白，但你早晚会明白的！"

他还小，还不懂得这些残酷的生存法则，但他为父亲能对自己说这些大人话而被深深地触动了。后来，他上了大学，才逐渐明白了父亲的良苦用心，才了解了那段残酷的历史。

那时的中国，无视世界各国的纷纷崛起，一直沉浸于闭关锁国、宫廷斗争、军阀混战的局面之中，在世界性的工业革命大潮面前，视工业革命为"洪水猛兽"。直到1949年新中国成立，中华民族才终于站了起来，开始重视工业和科技的发展。

最后，父亲终于谈到正题，语气也缓和了许多："要想国家不受列强欺辱，那不是你的侠客梦所能解决的。你现在应该好好学习，打好文化基础，尤其要学好数、理、化，有了本事将来才能为国家做点实事。你想当侠客，替天行道，那不过是小孩子胡闹而已。你想想，你一个娃娃家，能打过谁？"

他满脸通红，不敢抬起头来。

父亲最后说了一句："记住，要干点正事！少年强，中国强。少年是中国的希望……"

他这才抬起头来，目送着父亲的背影走出门去。

这是他一生中，父亲同他进行的唯一一次长谈，令他刻骨铭心，永生难忘。

父亲后来被提升为高级工程师。1952年，邮电部从江苏邮电管理局抽调一批优秀人员，去支援西安新成立的西安邮电学院。父亲被调到西安邮电学院教授高等数学，一个人在西安直到退休。因工作出色，父亲被评为全国邮电系统先进工作者，当选为西安市政协委员。

这次父子长谈后第二天，刘永坦就把租来的武侠小说全部退掉，从此把兴趣转到了学习上。

没过多久，他的数、理、化就在全班名列前茅，几乎科科满分。唯独语文不好，总是六七十分。

他喜欢数学，他觉得在深奥的数学海洋里一个人静静地畅游，就像在大海里游泳一样，无比快乐。

他非常感谢自己的父母。父母对这个迷上武侠小说的叛逆少年没有责骂，更没有伤害少年敏感而脆弱的自尊心，而是采取一种理性的引导，对他进行一次深层次的、启发性的谈话，使这个不谙世事、靠幻想支撑心灵的少年走上了正路。他决心做一个父亲所说的"为国家干点正事"的人。

做一个有担当的中国人

少年立下宏愿：我也要当一名科学家！

一天，他放学回家，发现桌子上放着几本少年读物，书有些陈旧，都是些有关科学家的故事：爱迪生如何发明电灯，牛顿如何从苹果坠落而产生万有引力的灵感，培根读书名言名录，等等。

他问母亲："妈妈，谁买的？"

母亲问他："喜欢吗？"

"太喜欢了！"

这些书，一下子就把他引入了一个让他充满兴趣的神奇世界，为他打开了一扇全新的科学之窗。

受过高等教育的母亲看到孩子因看武侠小说而耽误了学习，深感自责，认为自己应该引导孩子读好书，引导他爱科学。所以，她便到旧书摊给孩子淘来一些少年读物。

这些科普读物开阔了他的视野，把他的兴趣引向了科学之路。

从此，爱迪生走进了他的心灵。

他的小脑袋里塞满了各种疑问：电灯为什么会发亮？摸不到、见不着的电是从哪来的？电灯、电话、无线电是怎么发明的？……

他将爱迪生和爱因斯坦的名言抄在小本本上，作为自己的座右铭。

"我不认为我是天才，只是竭尽全力去做而已。"

"人只有献身于社会，才能找出那实际上是短暂而有风险的生命的意义。"

科学家成了他的人生楷模。

1950年，新中国成立初期，百废待兴。

这个翩翩少年，跟随新中国的脚步，带着勃勃生机，怀着为祖国干一番事业的宏大抱负，迎来了生命中的第一次机会——

14岁的刘永坦，以优异成绩考上了南京大学附中（今南京师范大学附中）高中班，成为班上年龄最小的学生。这也是他初中就读的学校。这是一所历史悠久的中学，被誉为"中国基础教育发展的缩影"。学校有严格的校训、校规，其校训来源于明代洪应明所编写的《菜根谭》一书："嚼得菜根，做得大事"，意指人能吃得苦中苦，方能做成大事。

从这所学校里，走出了巴金、胡风、陈梦家、李国鼎、彭珮云等许多著名作家、学者、政界人物，还有50余位院士。"杂交水稻之父"袁隆平、"中国潜艇之父"邓三瑞等都曾是这所中学的学生。

刘永坦总是沉浸在他的科学世界里。

看到同学家有一个矿石收音机，刘永坦立刻对这种能说话的小匣子产生了兴趣。于是，他向母亲要钱跑到旧货市场买来一些小零件，自己鼓捣组装起矿石收音机。不懂的就去翻书自学，买不起新书就到图书馆去翻旧书，"超外差"的原理等大学课程才会涉及的知识他都是自学的。

经过数月的努力，刘永坦的矿石收音机终于组装成功。他第一次体会到知识的力量，也体会到自己动手成功的喜悦。

高二那年，刘永坦听到老师议论学校没有广播站，总务处准备请人创建一个有线广播站。

经过认真考虑，他勇敢地走进了总务处长的办公室，毛遂自荐，大胆地表示他想帮学校创建一个广播站。他在组装收音机过程中，有了创建广播站的信心。

15岁的刘永坦，在学校的支持下，大胆地接下了这项从未接触过的"工程"，遇到问题就查资料，经过数月的努力，终于成功了。

第一次广播时，全校的师生都沸腾了，每间教室里都响起了经久不息的掌声！

这次创建学校广播站的成功，对刘永坦一生有着非同寻常的意义。

做一个对祖国有用的人

童年的经历，父母对他的人生启迪，使他从小立下宏愿，要为多灾多难的祖国做点儿事。

1953年，刘永坦以优异的成绩考上了有着"红色工程师的摇篮"之称的哈尔滨工业大学（以下简称哈工大）。17岁的他满怀鸿鹄之志，踏上了北去的征程。

一个寒气袭人的秋日，一群背着行囊、满怀壮志的韶华学子，经过几天几夜的倒车，终于来到有着"东方莫斯科"之称的哈尔滨，来到了"红色工程师的摇篮"。

然而，等待他们的是：西大桥的沙曼屯，一片枯黄的荒地，几排简陋的小平房宿舍，一铺土炕睡七八个人，一个公用马桶……

新中国刚成立不久，百废待兴。彼时，哈工大的办学条件很差，全校只有两三栋教学楼，周围一片荒凉。

但是，全国各地奔来的青年教师，怀着建设新中国的勃勃雄心，用青春和热血谱写了一曲曲壮丽的青春之歌，不断书写新中国高校教育的辉煌篇章。

他们创办了24个新专业，为哈工大乃至全国高等教育创建了一批新学科，为国家工业化建设解了"燃眉之急"。这批哈工大的开拓者，被称为哈工大的"八百壮士"。

这给刘永坦以莫大影响，使他一生都在践行着"八百壮士"的精神。

全班三十多名同学，刘永坦年龄最小。

到校第一年是预科，专攻俄语。教俄语的是一位丰满漂亮、身穿布拉吉（连衣裙）的苏联年轻妇女。她受过高等教育，有着良好教养，丈夫是哈尔滨铁路局的工程师。

　　学生们用刚刚学会的俄语不太熟练地唱起了苏联歌曲《三套车》《喀秋莎》。这种特殊的外来文化像清澈的小溪，使学子们受到一种从未有过的、外来新鲜文化的滋养。后来，学子们开始阅读那些改变了几代中国人的俄文小说《钢铁是怎样炼成的》《静静的顿河》……

　　哈尔滨是一座多种文化交融的城市，充满了包容性，也充满了传奇性。在20世纪二三十年代，哈尔滨被称为"流亡者的天堂"。

　　在流亡者中，有许多艺术家、诗人、作家。他们创建起亚洲第一个交响乐团，成立了中国第一个芭蕾舞团，演出《天鹅湖》《浮士德》等剧目。

　　他们给哈尔滨带来了高雅的文化，带来了最早的外来文化启蒙，使哈尔滨成为享誉中外的"音乐之城"。

　　刘永坦发现，哈尔滨街道的名称很有意思，什么司令街、法院街、护军街……当他得知这些街道名称的来历之后，不禁感慨万千。他所居住的南京，曾是中华民族的耻辱之地，没想到在哈尔滨他所就读的大学校园附近，居然也留有中华民族耻辱的记忆，这些街道名称是俄国为自己的侨民起的。

　　这一切，使他进一步明白了弱肉强食的丛林法则，明白了父亲的叮嘱。他告诫自己：一定要努力学习，将来为这个多灾多难的国家干点大事！

　　他对自己的学习提出了要求：严格！严格！再严格！

　　只有严格，才能学得扎实，才能打下良好的基础；只有严格，才能学到本事，将来才能干大事！

预科一年，很快就过去了。

他的俄语学得很好，苏达克老师经常赞扬他，冲他竖大拇指："嗬罗稍！嗬罗稍！"

他很有语言天赋，高中时英语就学得好。再说，他一心想学好俄语，以便将来有机会能去苏联名列前茅的工科大学——莫斯科鲍曼工业大学——留学。

不仅是他，当时所有的中国青年都对苏联充满了向往。

当时，全国高校外请专家最多的就是哈工大，有几十位。所以，哈工大被称为不用出国就可以享受留学待遇的大学。

预科结束后，进入本科，刘永坦被分到了电机系。

全班三十几人，所授的课程除数学、物理、化学之外，还有理论力学、材料力学、电工基础等。

很快，门门功课名列前茅的刘永坦，成了全班最受欢迎的人。他周围永远围着一帮来向他求教难题的同学，同学们都叫他"小老师"。

他很喜欢"小老师"这个称呼，同学来请教他，他心里美滋滋的，总是不厌其烦地给大家讲解。

来向他请教最多的是一名来自成都的女孩，名叫冯秉瑞，班上的文娱委员，全班六名女生之一。她跟刘永坦同岁，也是1936年的，不过她是10月出生，比他大两个月。冯秉瑞身材瘦小，长着一双美丽的大眼睛，头上扎着一个红色蝴蝶结，讲一口叽里呱啦、同学们都听不懂的四川话。

第一年预科，冯秉瑞被班长分到刘永坦的后排座位，预科结束分班，他俩又被分到一个班，还成了同桌。

于是，冯秉瑞带着永远问不完的问题，还带着一颗对刘永坦崇拜的少女之心，走进了"小老师"的心灵。

那是1956年5月27日，星期天。

冯秉瑞约刘永坦出来散步，说有重要事情找他商量。

见面后，刘永坦问冯秉瑞什么事。

冯秉瑞从裤袋里掏出一封信递给刘永坦，他微微一愣，迟疑着，不知信里是什么内容。

冯秉瑞吞吞吐吐地说："一个男生写给我的……我不知该咋办……你是我最要好的朋友，所以就来找你商量……"

原来，当年从成都来哈尔滨的途中，一名考上哈尔滨外专的男生，在车上一直哭，后悔不该来哈尔滨。冯秉瑞极力安慰他，说祖国需要我们，我们应该听从祖国的召唤。

这番话给了男生很大鼓励。现在那男生快毕业了，给冯秉瑞写来一封求爱信，她却不知该如何回复。

看完信，绝顶聪明的刘永坦笑了，识破了她的小伎俩。

他问她："你爱不爱他呀？"

"不爱！"

"那你就告诉他嘛，我不爱你！"

"可我……"

说这话时，她的眼睛盯着他，似乎在问他："你还不明白呀？我爱的是你，可你……"

好一会儿，她终于鼓起最大的勇气说出了那句压在心底很久的话："我、我喜欢的是你……"说完，脸"唰"地红了，转身跑去。

冯秉瑞出身于成都一个知识分子家庭，兄妹七人，她是老四。母亲从事教育工作，曾与父亲创办"成都开明书店"。父母最大的心愿就是把七个孩子都供上大学，他们深知知识能改变命运。大姐为了减轻家里负担，只读了中专就工作了，其他六个孩子都考上了大学。

说来有趣，这对恋人的性格截然不同。

一个沉默寡言，一个快言快语。一个心怀大志，一心想为国家干大事；一个单纯、善良，就想做一个普通人。她在他面前，永远有一堆问不完的问题，而他永远耐心地为她解疑释惑。

风雨人生

人生就像坐过山车，时而巅峰，时而波谷。

巅峰时，阅尽人间春色；

波谷时，饱尝人生苦涩。

不管到哪一步，都要像松柏一样高洁！

1956年9月，对刘永坦来说，无论是学业还是爱情，都是一个美好的开始。

爱情自不必说了，心爱的姑娘就在哈尔滨等待着他呢。

学业上，他被哈工大选送到清华大学学习两年。

哈工大共选送了六名学习优秀的学生，刘永坦就是其中之一。能走进举世闻名的清华大学学习，他当然格外珍惜。

清华，有着寓意深远的八字校训——"自强不息，厚德载物"。

清华大学师资雄厚，是中华民族精英的摇篮，多少对国家、对民族做出卓越贡献的著名人物，都出自这座美丽的清华园。

刘永坦非常珍惜在清华学习的这段宝贵时间，全身心地投入学习之中。

在哈工大那三年，他打下了很好的基础，养成了"严格！严格！再严格"的学习作风。到了清华，教师的教学风格与哈工大完全不同。这里没有人手把手地教你，也没有人要求你如何学习，全靠个人的努力。

在清华大学这段时间，他夜以继日地苦读，泡实验室，向教授请教，以无尽的知识填充着他那永远填不满的"胃口"……

无眠时，他也会忆起甜蜜的爱情。它就像一缕幽暗的夜来香，只有在夜深人静时，才会悄悄地飘到他身旁，让他一个人静静地品尝。刘永坦和冯秉瑞无话不谈、心心相印。在他面前，她毫无保留地敞开她那颗纯洁得如同孩子般的心，向他请教各种问题；他躺在寂静的清华校园宿舍里，提笔给她写信，把心中的思恋倾注于笔端。

他俩通了好多封信。只可惜，那些记录他们炽热爱情的珍贵书信，一封都没留下，都在"文革"中被造反派搜走了。

但对刘永坦来说，再炽烈的爱情也俘虏不了他那颗"忠贞"的心——他时刻牢记着父母的教诲："不管你将来学什么，从事什么职业，都希望你能为国家干点事。"

在清华学习的两年时间，很快就结束了。

1958年9月，刘永坦回到哈工大，却得知恋人冯秉瑞毕业了，被分配到成都。因留在哈尔滨的名额只有最后一个了，一名女学生想留在哈尔滨，冯秉瑞主动把名额让给了她，自己则被分配到了成都电讯工程学院，也就是后来的成都电子科技大学。

刘永坦知道，哈尔滨距离成都三千多公里，当时要坐几天几夜的火车，两人见一面都不容易，要调到一起，更不知是哪年哪月了。但他什么都没说，从此，书信又成了彼此情感的寄托。当5年多之后冯秉瑞调回哈工大时，她已是一个孩子的母亲了。

刘永坦回到哈工大，被派到北京参加教学与科技成果展，当解说员。哈工大新设计出一台会下棋、会说话的计算机，当时很是轰动。

之后，他又投入创建无线电系的工作，给新生补课。当时，师资力量短缺，每个教师都要承担好几门课的教学任务。无线电学是新开设的学科，他只能硬着头皮在教学中边教边学。

接下来，刘永坦经历了国家最艰难、最困苦的岁月，而且陷入了两地分居、疾病煎熬等一系列困境。

1959年，哈工大为了进一步提高教师水平，增加对新知识、新概念的认识和了解，决定派刘永坦去成都电讯工程学院进修。当时，成都电讯工程学院在无线电教学方面是全国数一数二的大学。

这对刘永坦来说，当然求之不得，终于能与恋人见面了。

刘永坦在成都电讯工程学院进修期间，学生们经常看到这位进修教师挺着瘦弱的身躯出现在一间间教室里，坐在学生中间，全神贯注地听课。不久，这位进修教师出现在讲台上，以教师的身份向学生们讲授他刚刚听过的课程。

这是刘永坦向学校提出来的，学校求之不得。

学生们发现这位教师讲课极其认真，理论很深，阐释问题却条理清晰、易懂。找他请教问题，他从来都是热情相待。渐渐地，同学们喜欢上了这位不苟言笑的进修教师。

1960年3月3日，星期四。

刘永坦与相爱多年的恋人，终于走进婚姻殿堂，开始了他们相濡以沫、平凡而伟大的生活。

婚礼极其简单，他们借住在冯秉瑞父母家的一间小屋里，没有嫁妆，没有婚戒，也没有酒席，只有几包糖、几盘小点心，用以招待成都电讯工程学院前来祝贺的教师及亲友。

晚上,刘永坦对冯秉瑞难为情地说道:"我心里实在过意不去!我们结婚,我啥子都没得给你买,连你喜欢的蝴蝶结都没买……"

冯秉瑞却娇嗔地笑了:"我们相爱就是最好的礼物,这比啥子都幸福!如果并不相爱,你给我一座金屋,又有啥子幸福嘛?岂不像蹲监狱一样喽!"

刘永坦笑了。

从此,爱的小舟载着他们,驶向不可预测的漫漫征途,风雨同舟。

1960年4月10日,蜜月刚刚结束,这对爱人就要分别了。刘永坦进修结束,要回哈尔滨了。

他俩挥泪告别,一个在车厢里,一个在车厢外。列车在长鸣中缓缓驶去,两人相隔越来越远,但两颗心紧紧相连。

当刘永坦带着进修归来的收获及满腔热情回到哈工大,准备好好干一场时,一场大病却不期而至。

1960年,困难时期,每人每月供应22斤半粮票,人人脸上都写满了枯黄的菜色,甚至变得浮肿。饥饿袭击着每一个脆弱的生命。当时,百姓的餐桌上,豆腐渣、糖渣子、豆饼都成了好东西,树叶、树皮都被用来填饱肚子。

1961年秋,刘永坦发现自己开始持续低烧,伴随着咳嗽、胸闷、气短,咳痰里带着血丝。

到医院一检查,被确诊为肺结核。

医生让他马上住院治疗。他不想离开学校,说有好多授课计划还没有实施呢。

医生严肃地说道:"那不是你想不想离开的问题,而是必须离开！以免传染他人！肺结核传染很厉害！从今天起，你必须与他人隔离！"

听到这话，刘永坦半天没言语。

三年困难时期，严重营养不良，肺结核、肝炎成为高发疾病——高感染率、高传染率、高死亡率！

学校让他先住院治疗，然后回家长期休养。

可是，去哪里养病呢？这成了一道难题。

冯秉瑞得知爱人患了肺结核，让他去成都，由她来照顾。他不想去，不愿给岳父母一家添麻烦。他很想回到母亲身边，可又怕传染给老人。

母亲得知儿子患了肺结核，立即发电报催他回南京，回到妈妈身边。

于是，他回到了阔别多年的南京家里，回到了贤惠善良、有着很高文化素养的母亲身边，享受着世界上最伟大的母爱。

母亲想尽一切办法给他增加营养，弄来小鱼、黄豆、胡萝卜，专门做给他一个人吃。

他感到格外亲切，好像回到了童年，回到了战争年代逃难时期母亲教他背古诗词的情景中。

母亲说："永坦，妈告诉你，眼前的困难都是暂时的，一切都会好起来的。'千淘万漉虽辛苦，吹尽狂沙始到金。'有妈在，相信你身体很快就会好起来！"

"妈妈，谢谢你……"

当年，母亲用独特的方式教他有家国情怀；而今天，母亲又以特殊的母爱，来安抚大病卧床的儿子。

在母亲的精心呵护下，一年之后，刘永坦的肺结核好了，又重新回到了工作岗位。

但是，人生难测。

他那颗单纯而忠诚的心，并不被人赏识，反而成为某些人含沙射影的对象。

不知从什么时候开始，他感到一种令人压抑的冷言冷语，经常在他耳边鼓荡，像小铁锤似的敲打着他那看似迟钝、实则十分敏感的神经。

"在我们教研室里，有的人以为自己业务好，就觉得了不起了，以为自己很高贵。我告诉你，我们要培养的是无产阶级的接班人，而不是那些只专不红、一心想成名成家的人！"

虽然没点名，但他知道是在说他。

他知道，有在台湾的舅舅和在旧政府任过职的父亲，自己显然不属于根正苗红的工农阶级。但他的世界属于他所追求的学问。他不愿长期生活在这种压抑的环境当中，他相信天生我材必有用，到哪都能找到一份工作。

他决心离开哈工大，调到成都电讯工程学院。既能解决夫妻两地分居问题，又能离开令人压抑的环境。而且，妻子在1962年11月生下了他们的第一个宝宝，他也渴望着一家人团聚。成都电讯工程学院非常欢迎他，马上要派人来哈工大商谈他的调转事宜。

可是，系主任靖伯文得知刘永坦要调走，却拍案而起，说道："当年萧何月下追韩信，我靖伯文今天就来个月下追刘永坦！追到天边我也要把他追回来！"

靖伯文深知刘永坦的业务能力，是全系数一数二的优秀教师，把这样一位优秀教师放走，是哈工大的损失，也是他这个系主任的失职！

靖伯文找刘永坦谈话，再三挽留，并提出给刘永坦解决两地分居问题，把冯秉瑞调到哈工大任教。

刘永坦提出，他可以留下，但要调到雷达专业，换个环境心情能轻松些。

学校很快就同意了。

就这样，刘永坦没调到成都，而冯秉瑞却于1964年3月调到了哈工大，在计算机系任助教。夫妻俩终于团聚了，住进了哈工大二部的家属宿舍。

这期间，刘永坦因请病假、提出调转等事宜，失去了多年来唯一一次涨工资的机会。从1958年大学毕业，他一直挣着每月56元的工资，直到"文革"结束后重新调工资才涨上来。他的职称是助教，连讲师都不是。

但对刘永坦来说，工资、职称、待遇，一切一切，好像都跟他没什么关系。他不管钱，钱多钱少对他来说似乎没有什么概念，更不会影响他的工作。

这恰恰是刘永坦一个脱俗的高贵品质。否则，整天陷入争权夺势、斤斤计较、升官发财当中，怎可能为国家打造一支"雷达铁军"呢？

刘永坦转到雷达专业之后，负责讲授雷达原理及通信信息论。雷达是哈工大新设置的专业，没有课程讲义，没有统一教材，只能由教师自己编写。刘永坦查阅大量的俄文、英文资料，编出一套雷达原理及通信信息论的教学大纲，深受学生欢迎。

1965年夏天，科学界开始抓科研项目，尤其重视军事方面的科研项目。刘永坦敏锐地意识到：中国开始抓科研了，哈工大应该抓住这一千载难逢的机会。

他获悉，当时中国飞机机载雷达正处于转型期，想由过去传统的机载雷达改造成单脉冲新体制雷达。多家研究所都在研究这一项目，但难度很大。他深知雷达在军事方面的重要作用，雷达就是军人的千里眼啊！雷达的转型升级，将为国防及其他方面带来巨大的影响。

于是，他找到哈工大雷达专业主任崔汝豫，说出了自己的想法："单脉冲新体制雷达如果改造成功，将对国防有很大贡献。我觉得我们哈工大应该拿下这个项目，为国家干点儿事情！"

崔汝豫非常赞同，两人一拍即合。他们立刻行动，去北京找国防科委负责项目的领导，详述了他们的决心和方案。

他们的方案得到了国防科委的高度赞赏，很快获得了批准，由刘永坦负责这一项目——研制机载单脉冲雷达。

他有生以来第一次接到国家交给的科研项目，像父亲所说，第一次为国家做点有用的事，他非常珍惜这难得的机会，工作起来格外卖力。

然而，天有不测风云。

当他把全部身心投入单脉冲雷达科研项目，潜心设计方案，查阅了解美国单脉冲雷达专利的特点，一心想攻克机载单脉冲雷达这一研制项目时，却被他人无端诬陷。

蹉跎岁月并不蹉跎

伟大的人格必有伟大的胸怀，伟大的胸怀必将支撑起伟大的人生！

风雪迷漫时，博大精深的五千年文化，能否照亮他的漫漫人生路？

那段历史，不是刘永坦个人的经历，而是我们国家和民族共同的经历。

那场运动到来时，很少有冷静而理性的旁观者。只有那些饱读诗书、阅尽沧海桑田之人，才能以智者之态，面对无法预测的世间风云。它彰显出在遭遇困境时，个人的伟大人格及坚定信念。

刘永坦就是为数不多的旁观者之一。外面是一片"破四旧""砸碎旧世界"的鼓噪声，他却一心扑在科研项目上，钻研单脉冲雷达方案，查资料，买元件——哈尔滨没有，就带着一名年轻教师去上海买。

但是，树欲静而风不止。

刘永坦带着年轻教师去上海购买单脉冲雷达所使用的元件时，正赶上1967年上海闹"一月夺权"，满街大字报。

刘永坦和年轻教师在街上浏览着大字报。当走到一幅毛泽东和林彪在井冈山会师的画像前，见上面写着一行醒目的大标题："毛泽东跟林彪在井冈山会师，奠定了中国革命的基础！"

看到这幅违背历史事实的宣传画，从不爱多言的刘永坦说了一句："净胡扯！明明是朱老总同毛主席在井冈山会师，怎么变成林彪了？"

年轻教师赞扬了一句："刘老师，您的记忆力真好！"

随后，又看到一幅江青是"文化大革命"伟大旗手的宣传画，年轻教师又问他："刘老师，您知道江青吗？"

"啊，她过去是电影明星，叫蓝苹。后来她改造得挺好，现在是'文化大革命'的旗手了。"

没承想，这寥寥数语，竟给他带来了噩运。

回到哈工大，几张年轻而陌生的面孔，怒气冲冲地出现在刘永坦面前，命令他交代自己的反革命罪行！

刘永坦一脸茫然，不知这"反革命罪行"来自哪里。

来人说："你侮蔑我们伟大的文化旗手江青同志，侮蔑毛主席的伟大助手林彪同志……"

刘永坦这才恍然大悟。

他没有为自己辩解。他知道，跟这种荒诞烧焦了理智的胡闹学生，没有道理可讲。

他只是看着这些满脸稚气、戴着袖标的年轻人，把他的书从书架上全部扔到地上，寻找"反革命"罪证。一个学生抱起一摞书准备去外面焚烧，刘永坦终于忍不住开口了。

他说："古往今来，读书人视书如命！你们把书烧了，教书的没有书可教，请问，我们中华民族五千年的文化，靠什么去传承？你们这是对中华文明的亵渎，是对我国几千年文化的践踏！"

这番话把几个涉世未深的年轻学生给震慑住了。

一个伶牙俐齿的女学生却说："我们不需要传承那些封建糟粕！我们就是要砸烂'封资修'！砸烂一切旧世界！"

"这些书都是属于工科的，并没有'封资修'的糟粕！"

对方立刻反驳："虽然自然科学没有属性，但科学家是有国籍的！"

就在双方激烈争论时，有人把一摞书悄悄地放到了地上，其他人也纷纷效仿，从而使这些很有价值的书得以幸存，没有化为灰烬。

临走，他们留下一道令刘永坦最为痛心的命令："刘永坦！从今天起，你被停职反省了！不许你再参加单脉冲雷达小组的工作！我们决不许国防科委把这么重要的国防项目，交给一个阶级异己分子负责！"

他们高呼着"革命无罪，造反有理"的口号，雄赳赳、气昂昂地走了。

夜深了，屋里一片静悄悄，满地狼藉。

冯秉瑞陪着5岁的儿子睡去了，刘永坦却呆呆地坐在书堆旁。

他最担心单脉冲新体制雷达项目受到影响，那是国家给哈工大雷达专业的第一个科研项目，他不能令国防科委失望。

此刻，刘永坦感到从未有过的无助。他不知如何认识当前的形势，更不知什么时候能让他重新开始单脉冲雷达研究。

他坐在书堆旁，下意识地抚摸着书籍，就像在抚摸自己的孩子，感到一丝寥寥的慰藉。

夜深人静，万物空灵。他心情沉重，但并不凌乱。

他抚摸着书籍，仿佛在与书对话，与五千年的中华文明交谈。在人生迷茫之际，多年来的知识储备，不断撞击着他那颗多思而聪慧的大脑。

首先闯进他脑海的，是他童年时最讨厌、父亲经常逼着他背诵的那段古文："故天将降大任于是人也，必先苦其心志，劳其筋骨，饿其体肤，空乏其身，行拂乱其所为，所以动心忍性……"

在这痛苦、迷茫、找不到出路的夜晚，这段话带着父辈的良苦用心，带着它博大精深的深邃思想，不知不觉地潜入刘永坦的心灵，使他领悟到人生的真谛：人生在世，任何困难都可能遇到，只有经受住大灾大难而永不放弃之人，方能成就一番大业。

父亲，我的父亲！

刘永坦心里喊着父亲，第一次真正理解了不苟言笑的父亲的良苦用心。

在这痛苦而茫然的夜晚，他仿佛听到母亲的教导："人要高瞻远瞩，不要被眼前的浮云遮住双眼，挡住了远大目标……"

记忆的闸门一旦打开，五千年的文化所带来的冲击，使他眼前豁然开朗。他扪心自问：我热爱党，热爱国家。我根本不是什么反革命！再说，哈工大两百多名教师都被打倒了。他们不少人是当年的"八百壮士"，他们怎么会都成了坏人？这到底是怎么回事？

人贵于思考，他开始冷静地思考。

古往今来，任何一个国家、一个社会，都离不开知识分子。国家花那么多钱培养大学生，不可能让他们荒废了学业。一个民族若是不读书、不学习，长期这样胡闹下去，那将是多么可怕的事情！中国共产党几十年艰苦卓绝的斗争，无数先烈流血牺牲，不就是为了让受苦受难的中国百姓过上好日子吗？不就是为了让中国人不再受外国列强欺凌，做一个有尊严、有文化的人吗？

多少年来，他从未像今天这般清醒。

一个声音在坚定地告诉他："请相信，一切都是暂时的！请相信，中国共产党一定能认识到眼前的挫折，一定能带领中国人民走出坎坷，走向革命正路！"

从此，环境再恶劣，都不曾动摇他那份坚定的初心。

第二天，刘永坦偷偷地找到好朋友曹志道，叮嘱他一定要完成单脉冲雷达项目。

临别时，两人紧紧地握手，彼此心照不宣。

曹志道不负众望，后来单脉冲雷达项目果然取得了成功。

1968年夏天，运动升级了。

对刘永坦的"改造"也开始升级，他被戴上"反革命"帽子，被关进教室反省，交代罪行，不许回家，只能去食堂打饭。

夫妻不许见面，他和妻子只能偶尔在食堂里打饭时无意中遇见，两人的目光穿过攒动的人头，远远地交会一下，互报平安。

刘永坦知道妻子怀了第二个孩子，很挂念她。她也挂念他，怕他挨批斗吃不消。

这一天，冯秉瑞带着儿子在食堂里排队打饭，儿子小钊忽然发现父亲远远地站在另一个窗口前，跟一帮"牛鬼蛇神"站在一起排队打饭。他急忙大喊一声"爸爸——"，撒腿就向父亲跑去，却被眼疾手快的冯秉瑞一把拽住。

她急忙把儿子拽出食堂。孩子委屈地哭喊起来："妈妈，你为啥不让我见爸爸？妈妈，我要见爸爸！"

冯秉瑞急忙叮嘱儿子："小钊，以后再见到爸爸千万不要喊他！妈妈以后再告诉你！好娃儿，听话！"

孩子既委屈又懵懂，哭着冲母亲点点头。

造反派多次批判冯秉瑞，要她交代刘永坦的"反革命"言论，命令她与刘永坦划清界限。这位倔强、正直的四川女子，不但不交代丈夫的"罪行"，反而进行强烈反驳。

"他从来都是热爱党、热爱毛主席的！他为啥子成了反革命？他是我丈夫，我为啥子要跟他划清界限？"

她态度不好，造反派把她也关了起来。孩子只好被送进托儿所全托。

一家三口分别住在3个地方。冯秉瑞挺着微微鼓起的肚子，被关在一间教室里。她多次向造反派提出强烈要求："我要求见刘永坦！我告诉他我要打胎！我不能再为他生一个小'反革命'，再晚就来不及了！我要求立刻见到刘永坦！"

可是，无论冯秉瑞怎样"撒泼"，造反派都不肯松口，不让她见刘永坦。

几个月后，冯秉瑞一个人挺着临产的肚子，带着大儿子，踏上南去的列车，到南京的婆婆家待产。

1969年6月18日，一个顽强的小生命冒着盛夏的炎热，在爷爷奶奶家里降生了。

当时，国家规定56天产假。

产假马上要到期了，冯秉瑞背着婆婆偷偷地买了回哈尔滨的卧铺票，准备把大儿子留给婆婆，自己抱着二儿子回哈尔滨。

婆婆却不许她把孩子带走。婆婆说："秉瑞，娃儿还小，你又没有奶水喂他，你会把娃儿饿死的！再说，永坦还在反省，你带这么小的娃儿回去怎么生活？……把两个娃儿都给妈妈留下，你一个人放心地走吧！这里有我呢。"

"妈妈——"儿媳抱住婆婆呜呜大哭，只说了一句，"妈妈，遇到您是我前世的造化……"

母亲为他们抚养了3个儿子，也为哈工大培育了3名高才生。直到1989年去世，老人还惦念着她的3个大孙子。

离开婆婆的前一天夜里，两个女人手拉着手，哭了半宿。两个宝宝，一个还不满7岁，一个才50来天，都留给了70岁的婆婆。

刘永坦在学校的锅炉房里度过了两个冬天。

他每天跟工人一起，24小时轮流值班，跟工人一起挑煤、挑灰、烧锅炉……

工人们发现刘永坦文质彬彬，从不多言，从不偷懒，没事就捧着一本外文书，觉得他并不像反革命分子。他们问刘永坦，为啥被打成反革命分子？

听到刘永坦被打成反革命分子的原因，工人们忍不住骂起了粗话："这叫什么他妈的反革命？纯属是小孩子撒尿过家家！净他妈整人！"

工人简单，没有野心，不用担心他们搜集你的"材料"。

时间在毫无价值的空耗中，走到了1970年春节。

1970年除夕，对哈工大两百多名被打入"另册"的教师来说，是一个难忘的不眠之夜。

刘永坦家里更是如此。

没有一丝过年的气氛，而是一片乱糟糟的忙碌。收拾东西，整理行装，第二天起程，必须离开这座生活了17年的城市，去农村插队。

前一天，刘永坦刚在大会上被造反派批判完，随后又参加了哈工大两百多人下乡插队的欢送仪式。

在那个特殊的年代，哈工大是"重灾区"。两百多人被打成"黑帮"，分别被下放到各个县的公社所属的生产大队，进行劳动改造。

在两百多名下乡插队的人员中，刘永坦是最年轻的，才33岁出头。

即日起，他们的城市户口、档案等，全部迁出哈尔滨，迁到插队所属的公社。

刘永坦内心很痛苦，人生有限，这样空耗下去，人的一生岂不是白过了吗？

他对妻子说："把书全部装进木头箱子，统统带走！"

"为啥子带这么多书？"

"这还用问吗？"

"好好好！一切都听你的！"

夫妻俩整整忙了一夜，把家里最值钱、最有价值的书，全部装进了九只木头箱子。

他觉得，在这乱云飞渡、是非难辨的年代里，只有书能给他带来慰藉。守着这些书，他心里觉得踏实，没有虚度。

他一直默默地坚守着心中的那份希望。

第二天是1970年的大年初一。

早晨,他们在哈工大一位朋友家里吃了一顿饺子,然后告别朋友,坐上一辆不记得哪个单位派来的敞篷汽车,拉着九箱子书及行李,匆匆地上路了,向一百多公里外的五常县光辉公社新华大队第三生产队驶去……

汽车开到五常县光辉公社门前停下来,一位长相纯朴的公社书记让他们下车把箱子卸下来,装到一辆马车上,说汽车还要去接别人。

在赶马车的农民兄弟的帮助下,九只木箱及行李装上了大板车,他们坐在摇摇晃晃的大板车上,向着未开化的山区驶去。

马车来到一个只有几十幢矮趴趴草房的破旧村落,来到他们的新居——两家一个厨房的东西屋草房,另一户人家也是哈工大下乡插队的,还没到呢。

屋里空空如也,只有一铺炕。

热心的农民过来帮他们卸车,还闹出一个天大的笑话。村民以为九只木头箱子里装的全是钱和粮食,说他家的钱几辈子都花不完。

到了晚上,有人蹑手蹑脚地趴在刘永坦屋外的窗户下,却看到了这样的一幕——

他们住的草房是新盖的,土坯搭的炕不结实,一上人就塌了,根本无法睡觉。无奈,刘永坦和妻子只好在木头箱子上过了一夜。

这一戏剧性的情景,越发引起村民们丰富的想象力:他们是怕有人来偷他们的钱,所以……

一连几天,刘永坦家里的人络绎不绝。刘永坦夫妇以为农村人热情,对来人都是热情招待。

这天,来了一帮半大孩子,流着鼻涕,瞪着单纯而无知的大眼睛,傻呆呆地盯着几只木头箱子。

刘永坦怕书受潮，打开箱子把书拿出来摆到炕上，一帮孩子急忙凑近那些书……

刘永坦以为孩子对书感兴趣，问他们："你们上学了吗？"

孩子们摇摇头。

"那你们……"刘永坦不解。

一个男孩子说："俺们听说你家里有好多好多钱。"

"钱？啊？"刘永坦这才恍然大悟，忍不住笑起来，忙打开所有的箱子，拿出一堆外文书给孩子们看。

孩子们发现不是钱，呜哇喊叫着跑开了，跑出去当"小喇叭"了。

一个红脸汉子扯着大嗓门跑到刘永坦家里哈哈大笑："哈哈哈……俺们觉得这箱子死沉死沉的，寻思肯定是值钱东西！原来，净是一些破书！你们来农村插队，搬来这么多破书干啥？又不能当饭吃，不能当钱花。"

刘永坦无法回答，只是苦笑着摇摇头。在农民眼里，最重要的肯定不是书，而是如何填饱一家人的肚子，但对一个有追求的知识分子来说，书就是他的生命，是他漫漫长夜里一盏指路的灯，尤其在迷茫之时，书是他最大的精神慰藉。

村民们发现这两个读书人，为人和善，既没有坏蛋的恶相，又没有瞧不起农村人的高傲，感觉很亲切，就主动过来帮他们干活，生产队还给他家送来烧火的柴草。

就这样，在那个寒冷的春节，两位教师跟其他"黑帮"一样，开始了真正的插队生活。

他们插队的五常县光辉公社，是地方病大骨节病的高发区。大骨节病是一种多发性、变形性骨关节疾病。在这里，上了年纪的人几乎都得大骨节病，走路一瘸一拐，严重的可致身体变矮。当时并没有找到发病原因，当地农民祖祖辈辈饱受大骨节病之苦。

来插队的教师认为这种大骨节病与水土有关。据他们所知，中国北方是地方病的高发区，克山病、大骨节病、"大脖子病"和严重缺碘导致的孩子痴呆等，都是水中矿物质或微量元素超标或不足引起的。

教师发现这里的饮用水发红，煮出来的白米饭都是红色的，觉得肯定是矿物质超标。

教师们一起商量如何解决用水的问题。

想来想去，最快捷、最切实际的解决方案，就是各家都去公社买回来一口大缸，在缸里加上一些细沙、木炭，对矿物质超标的井水进行沉淀、过滤，再在水缸中部打个洞用来接水。

用过滤后的水煮出来的米饭果然不红了，第一次变成了白米饭。

教师们向农民们推荐此方，可大多数农民都半信半疑，不相信矿物质超标，更舍不得花钱买那口大缸。

对插队的教师们来讲，一切都要从头学起。

挑水、砍柴、用大锅烧柴草做饭，插秧、薅草、收割、捡粪……

最让刘永坦吃不消的是插秧。五常县是水稻产区，男人负责水田，女人负责旱田。按规定，清明节之前，男人就必须下水田插秧了。

北方的清明时节水凉得透骨，当地农民已经习惯了插秧生活，插秧前，要喝白酒，以使浑身发热。刘永坦不会喝酒，妻子给他买了一双胶皮靴子。可是，当他挽起裤腿走进冰冷的稻田里时，还是感到针扎一般的刺骨。

薅草也让刘永坦头疼，他认不清哪些是稻子，哪些是稗子。蹲在地里一根根地认真辨认，累得他腰酸背疼，患上了腰椎间盘突出症。他向一个农民小伙子请教："你怎么薅得那么快？"

对方的回答却令刘永坦瞠目结舌。

"你们这些读书人真是笨！那么认真干啥？又不是给你自家干活，给生产队干，一个工分就两毛钱！俺告诉你吧，稗子叶子上有一道白杠，稻子叶子上没有！知道了吧？"

不光是刘永坦，来插队的几位哈工大教师都是极其认真，累得腰酸腿疼，却始终没法一眼辨清是稻子还是稗子。

夜深了，妻子已经进入梦乡，刘永坦则捧着一本英文或俄文书，坐在烛光下，并用报纸将烛光遮好，聚精会神地进入他的世界……

他坚信，国家早晚有一天会走上正轨。一个民族不读书、不学习，长期荒废学业，怎么能有前途呢？

只有捧起书，他才觉得这一天的时光没有虚度，才觉得他的生命是在有价值的追求中度过的。

后来，各地农村开展"一打三反"运动，打击农村基层的大、小队有问题的实权人物，就是把贪污违法的实权人物弄下去，换上正派的人来管钱、管物。

这些插队教师被分别派到各公社的大队、小队、兽医院、卫生院等部门查账。他们很快就把账目弄得清清楚楚。他们所到之处，凡是贪污违法做手脚的账目，都被一一查了出来，200元、300元、500元……

一个小队会计，居然贪污了800元！那时候的800元，能买一幢不错的房子了。

小队会计跪倒在刘永坦面前，哭着向他求饶。

刘永坦只说了一句："这事归上级处理。"

临走，刘永坦看到窗外站着一帮破衣烂衫的半大孩子，瞪着一双双解恨的眼睛，死死地盯着那对瘫倒在地的会计夫妇。

当刘永坦离开这个村子时，村里的农民都跑出来为他送行，远远地冲他喊："刘老师，你啥时候还能再来呀？"

迟来的春天

春天终于来了。

要知松高洁，待到雪化时。

他们到五常县插队的第三个年头，1972年四五月间，达子香开花的时节，哈工大传来了一个令人振奋的消息。

哈工大发来紧急通知：要求插队的第一批人员，马上回哈工大参加学习班学习。刘永坦、冯秉瑞都在第一批名单之列，而且刘永坦是被学校点名急招回去的重点人员。

于是，这些插队教师回到了离别两年多的哈工大校园，被分配到几个不同的学习班。

学习班上，主持者讲话，要大家正确对待各自的问题，正确对待"文化大革命"，并对插队教师分别宣布了重新处理结论。

上级对刘永坦的处理结论是："敌我矛盾，按人民内部矛盾处理。"

听到这一结论，刘永坦释怀了。

对他来说，只要能重返校园、重新回到讲台，那些莫须有的"罪名"都无所谓，都不攻自破了。

开完会，教研室主任把刘永坦留下来，跟他进行了一番推心置腹的长谈，希望刘永坦能正确对待过去的事情，尽快回校，系里有重要的教学任务及科研项目在等待着他。

自从1966年全国中断大学招生以来，到1972年，6年来第一次重新招生，招来的都是工农兵学员。大批学生要来学校报到，可是哈工大两百多名教师还在农村插队，所以急需把这些人请回来给学生上课。

另外，雷达专业还有一项重要的科研项目——研制雷达的核心部件脉冲压缩器——期待着刘永坦的参与。

在刘永坦插队期间，雷达专业的十几位教师在研究中屡遇难点，始终无法攻克。所以，教研室主任找刘永坦谈话，希望他能以国家事业为重，不计前嫌，尽快接手这一科研项目。

刘永坦从相关资料中了解到：脉冲压缩器是一项全新的、跨学科的科研项目。目前国际上一些先进国家已经开始使用，但中国才刚刚起步，研制难度很大。他觉得自己目前的知识储备及能力还远远不能驾驭这一科研项目，还需加倍努力。

但他深知脉冲压缩器是雷达的核心部件，而雷达则是国防各个领域的"眼睛"。无论是漫长的海防线，还是广阔的天空，雷达对国防建设都起到极其重要的作用。插队这两年多，他一直忘不了被造反派强行中断的科研项目——将传统机载雷达改造成单脉冲新体制雷达。

现在，新的任务，新的挑战，又摆在他的面前。

其实，他的内心无时无刻不在期待着哈工大的召唤，期待着祖国的召唤！

他觉得时间浪费得太多了，现在，终于等来了为国家干点事的机会。

刘永坦寡言少语，但骨子里却有一种执着，有着喜欢向自己、向某项科研项目挑战的个性。

"好吧，我愿意跟大家一起来啃这块硬骨头。"

听到刘永坦说出这句话，教研室主任脸上露出了惊喜的笑容，伸出手来，紧紧地握住了刘永坦那双结了薄茧的手，真诚地说："谢谢你，刘老师！谢谢你对我工作的支持！"

刘永坦却难得地笑了笑，什么都没说。

"你什么时候能来上班？"教研室主任急忙问道。

"明天。"刘永坦回答。

"明天？"

刘永坦点点头。

"你要回五常县农村搬家，明天能来吗？"

"能。"刘永坦心里却说："我们的学业已经荒废了这么多年，抓紧时间干点正事吧！"

"那我明天等待你的到来。"

刘永坦再次点点头。

刘永坦走在既熟悉又陌生的校园里，不禁想起了陈毅元帅的诗作："大雪压青松，青松挺且直。要知松高洁，待到雪化时。"

待到雪化时，6年的大好时光已白白地耗掉了，可惜呀！现在，决不能再让生命无端地空耗下去了。

回到家里，关于回不回哈工大教学的问题，冯秉瑞和刘永坦却持截然不同的态度，两人因此发生了矛盾。

"我不回来！我还没改造好呢！"冯秉瑞像连珠炮似的开炮了，"我要在农村继续劳动改造！你愿意回来你自己回来好了！我觉得在农村挺好，不挨骂，不挨批，农民很善良……我没有你那么大的抱负，我只是一个普通女人，只想平平安安地过普通日子！我不想再挨批斗，不想……"

这位善良、乐观，从来以丈夫为重的四川女子，第一次向丈夫耍起了脾气。

刘永坦劝她："你不要计较那句结论嘛。人家已经给我平反了，已经让我回来讲课，还让我接手一项非常重要的科研项目。"

"既然给你平反了，为啥还要留个'敌我矛盾，按人民内部矛盾处理'？他们随时可以抓住你的小辫子，对你进行批判！你愿意回来你自己回来好了！我坚决不回来！我把孩子都接到农村去。"

刘永坦知道，妻子渴望找一片远离尘世的净土，像农民那样平平淡淡地过一辈子。

他受过这么多年高等教育，还没有报效国家就去当一辈子农民，他绝不甘心！他只好将一句掷地有声的话语重重地扔到妻子面前，使冯秉瑞顿时哑口无言。

"难道你就希望我在农村混一辈子吗？"

她当然不希望智慧超群、才华横溢的丈夫在农村白白地浪费一辈子。她知道丈夫满怀鸿鹄之志，一心想报效国家。可是，她怕丈夫回到哈工大又被造反派批判。

她只好嘟哝一句："你愿意回来你自己回来好了。我不耽误你。"

于是，刘永坦留在了哈工大。冯秉瑞一个人回到了五常县的家，迟迟不肯回哈工大。后来，在插队教师的一再劝说下，她才跟随最后一批插队教师搬回哈工大。

刘永坦早已一头扎进了紧张的教学及雷达脉冲压缩器的课题项目之中。

他除了教学以外，还要进行雷达脉冲压缩器的科研项目。

冯秉瑞除了教学，还承担起全部家务及教育孩子的责任。

1973年8月14日，他们又生了一个宝宝，同样是一个聪明过人的男孩儿。

刘永坦把全部精力投入工作，恨不得把一分钟掰成两半用。因此，他实在没时间顾及孩子和家庭。

刘永坦说，雷达脉冲压缩器这一科研项目的确很难，很复杂。它涉及物理学、数学公式、计算机语言、基层电路方案、大型计算机计算等，就他当时的知识储备及能力还远远不够，好在他凭借自己不错的英语水平，查阅了大量有价值的相关文献，这使他在科研项目的攻关中受益匪浅。另外，他也得到校内、校外好多学科教师的大力帮助，使他的研制工作能够顺利地进行下去。

当时，一切都要从零开始：买照相机、刻录机；自行刻录数据，用打孔机打孔；设计数学计算公式；自学用计算机语言处理数据。哈工大没有计算机，全哈尔滨只有松花江边的研究所有一台计算机，他每次使用计算机都要跑到研究所，边学计算机操作，边用计算机语言处理数据。他因此成为哈工大最早学会使用计算机的人……

可以想象，他在苦思冥想中，送走了多少个无眠的夜晚，又迎来了多少个绞尽脑汁的清晨！

足足苦斗了五年，刘永坦的科研项目终于成功了。

用他的话说，虽然不算完美，但总算可以交卷了。

春天，带着一股不可抗拒的大自然活力，从遥远的天际涌来，冲破漫长而坚硬的寒冬，把温暖送到沉闷已久的世界。饱尝了严冬的人们，欣喜地迎接着这久违了的春天——

1976年，"四人帮"倒台。

1977年，全国正式恢复高考。

1978年，中国"科学的春天"来了。

1978年3月18日,中国科学史上的第一次科学盛会——全国科学大会,来到这沉寂已久的科学世界。它标志着中国科技工作经过"文革",终于迎来了"科学的春天"。

在这次科学盛会上,中央领导提出了新的观点:"科学技术是生产力";新中国的脑力劳动者、知识分子,是工人阶级的一部分,摘掉了长期以来扣在知识分子头上的"资产阶级知识分子"的帽子,为我国科技发展扫清了障碍;提高全民族的科学文化水平,是亿万人民的切身事业,号召全国人民向科学技术现代化进军。

时任中国科学院院长郭沫若在全国科学大会闭幕式上的演讲稿——《科学的春天》一文中,喊出了一句空前的口号:"我们民族历史上最灿烂的科学的春天到来了!"

"科学的春天"来了,成为中华民族科学发展的重要转折点。而科学水平的提升,标志着一个国家的民族素质、社会经济、国防建设等诸多方面水平的提升。

一位教师的命运,也将随着"科学春天"的到来而彻底改变。

1978年6月,中央做出一个令人振奋的重要决策:中国将派出一批访问学者去西方国家考察、学习。

机会落到了刘永坦身上,改变了他的命运。他也因此改变了中国雷达在某个军事领域的运用技术,从而为中国的国防建设做出了巨大贡献……

1978年6月,哈尔滨,大雨。

刘永坦浑身泥泞,正在松花江堤上跟全校师生一起修江堤,忽然接到一个意想不到的消息:"刘永坦老师,校领导来通知,让你马上回哈工大参加英语考试!"

"考试?考什么试?"

没有任何考前准备，也不知为什么要考试，刘永坦从防洪江堤上跑下来，一身泥巴地走进了考场。

人们常说，成功是留给有准备之人的。

就人生而言，刘永坦是有准备的，尤其对英语有着充分的储备。

当年读中学时，他的英语就学得非常好，虽然到哈工大后改学俄语，但他始终没有把英语扔掉，经常查阅英文资料。

这次派出去的访问学者是去西方国家访学，必须会英语。哈工大参加英语考试的教师并不多，总共二三十人。

刘永坦的英语好，一路过关斩将，最后哈工大只有3人被选去北京参加全国考试。全国考试选拔出150人，分成6个班，从6个班中又分出两个快班。刘永坦被分到了快班，到北京外国语学院学习半年。

1978年末，又一件喜事降临到刘永坦的头上。

"文革"结束了，全国第一次评职称，哈工大破格将3名助教晋升为副教授，其中就有刘永坦。他从助教越过讲师，直接晋升为副教授。

他终于结束了自大学毕业起20年不变的每月56元工资待遇，挣到了副高工资。

出国前，刘永坦在填报志愿时，选的是英国伯明翰大学。

他之所以选择这所学校，是因为伯明翰大学在英格兰地区。

他从资料中获悉："无线电探测与测距"（即雷达），是英国人首先发明使用的。而且，伯明翰大学的研究人员于1940年2月发明了磁控管——一种能使微波发射能量超过原有发生器几十倍的新装置。

英国人首先在二战中使用了雷达。雷达站和舰载雷达都是英国首先使用的。

老师问他为什么要去伯明翰大学,他说伯明翰大学的电子系有雷达专业,符合他在哈工大从事的教学工作。

出国前,一位科学界元老给他们公派访问学者作了一场内部报告,那是一堂深刻而令人难忘的人生大课。

老先生白发苍苍,讲起话来却声如洪钟。

他首先讲到中国的百年耻辱,篇篇历史都写满了外寇入侵,烧杀抢夺,无恶不作。讲到清政府与列强签署的那些大大小小的不平等条约,个个条约都写满了"割地赔款",丧权辱国。讲到日本帝国主义一心想灭掉中国,对中国同胞采取"烧光、杀光、抢光"的"三光"政策,讲到南京大屠杀……

老先生讲,为什么中国屡屡遭受列强的欺凌,就因为我们没有跟上世界工业发展的脚步,一次次错失了工业革命的机会。第一次工业革命发生在18、19世纪,英国首先完成工业革命成为强国,而清政府却闭关锁国,拒绝先进东西。19世纪中期起,世界陆续进入"电气时代",德国、日本等国家崛起为世界强国。第三次工业革命发生在20世纪四五十年代,以原子能技术、航天技术、电子计算机技术的应用为代表,使美国发展为世界科技强国。直到新中国成立,被外寇和内战蹂躏了百年的中华民族,才终于结束内忧外困的局面。

可是,"文革"又使我们受到了极大的影响……

讲到这里,老先生停顿一下,语气越发凝重:"今天,世界科技迅猛发展,我们能否抓住这次科技大潮的机会,将决定我们的国家能否迅速发展起来,成为强国……今天,你们作为'文革'后第一批公派出国学者,是全国范围内选拔出来的优秀人才,国家对你们抱有厚望！希望你们不要忘记使命，要记住，我们的国家还很穷，很落后，我们的国力和国防还远不够强大，豺狼随时会钻进来……"

老先生说，中国的知识分子自古以来就有着强烈的爱国情怀，新中国成立以后，大批优秀的科学家怀着报效祖国的拳拳之心，拒绝国外优厚的待遇，抛弃国外的荣誉头衔，不惧威胁与阻挠，怀着"爬也要爬回祖国"的决心，毅然地回到了中国。

他讲到钱学森，被美国无端软禁、扣留了5年。当时的美国海军部部长丹·金布尔曾说：他（钱学森）太有价值了，在任何情况下都抵得上美军的5个师。我宁可毙了他，也不愿让他走！

钱学森的父亲钱均夫先生得知儿子被美国软禁，在给儿子的信中写道："相信吾儿对科学事业的忠诚、对故国的忠诚，也相信吾儿，那中国人的灵魂永远觉醒……"

老先生激动地说道："任何诱惑与恐吓，都阻挡不住祖国的召唤，都改变不了科学家那觉醒了的中国灵魂！祖国的需要，就是我们知识分子的需要！"

听到这里，学子们热泪盈眶，报以热烈的掌声。

老先生说："中国第一颗原子弹爆炸成功，就是在向世界宣告：屈辱百年的中华民族，再也不是那么好欺负的了！那一刻，多少中国人都落泪了！"

最后他说："希望你们牢记我们敬爱的周恩来总理留下的那句名言，'为中华之崛起而读书！'谢谢大家！"

老先生的这番讲话，令刘永坦内心久久无法平静，成为他一生的警世之钟。

1979年6月初。

在北京外国语学院学习了半年之后，43岁的刘永坦和二十多位访问学者一起，登上了飞往英国的航班。

这是"文革"结束后，中国第一批公派访问学者。刘永坦坐在靠窗的座位上，手里捧着一本英语书，还在恶补英语。

临走前，年迈的母亲得知他要出国，从南京打来电话，叮嘱他："永坦啊，你父亲不在了。妈还是那句话，不管你学什么，都要记住，你是中国人，学了本事要回来为国家做事……"

"妈妈，我记住了。"

出国前，妻子看到他西装革履，禁不住夸他："你穿上西服好精神哪！你知道吗，你代表的不是你个人，全哈工大只派了两个人出国，大家都眼巴巴地看着你们哟！要好好学习，不要辜负了国家的期望！"

此刻，坐在这架飞往英国的飞机上，他不经意地抬头瞅瞅，却发现，机舱里不知什么时候已安静下来，一束束灯光照在学子们手中的书本上，大家都在聚精会神地恶补英语呢。

我永远爱她

英国再好，它不是我的祖国；而我的国家再穷，她是我的祖国，她就像母亲一样需要我！

伯明翰大学，始建于1825年，是英国的老牌名校，也是英国著名的六所"红砖大学"之一。校园很美，绿树成荫，盛夏时节，鲜花盛开，像花园一般。

截至2016年底，从伯明翰大学走出了11位诺贝尔奖获得者、3名英国首相和5名外国政府首脑。"中国地质学之父"李四光，"两弹一星"元勋姚桐斌，中国金属物理、冶金史学科奠基人柯俊等人，都是从伯明翰大学走出去的杰出人才。

伯明翰大学的电子系设有雷达专业，刘永坦的合作导师谢尔曼教授是电子系系主任，也是雷达技术知名专家。

报到第一天，刘永坦怀着既紧张又兴奋的心情来到电子大楼谢尔曼教授的办公室。当他轻轻敲开办公室的门，向谢尔曼教授问好时，谢尔曼瞅瞅他，投过来的目光却带着傲慢。谢尔曼指了指桌子上一沓厚厚的有关雷达方面的文献资料，对刘永坦说："请你看看这些文献资料，写一份文献综述报告，3天后交给我！"说完，再没瞅他。

刘永坦站在那里，不知如何是好。

谢尔曼又补充一句："你可以走了。"

刘永坦捧着这沓沉甸甸的文献资料走出谢尔曼的办公室。

他觉得，谢尔曼教授要求他3天内写一份文献综述报告，不仅是在考他的英语，也是在考他雷达方面的专业知识，同时，还在考他用英语撰写专业文献综述报告的能力。

他翻开厚厚的文献资料，都是雷达专业知识，内容极其深奥，好多内容他以前见都未见过。

他这才意识到：这绝不是一个简单的撰写文献综述报告的任务，而是一次人生大考，一次决定他人生命运的大考。

大考的成败，不仅关系到他个人的脸面，还关系到国家的荣誉，更关系到他此次访学能否学到真东西。

刘永坦把自己关在房间里，翻阅这堆文献资料，思索如何写好这篇文献综述报告。

无人可请教，无人可商量，陪伴他的，只有水和面包。

3天3夜，他在房间里苦思冥想，调动他的全部知识储备和智慧，实在弄不懂的地方，就运用以往掌握的雷达知识进行推断。

他发现，好多英文内容根本看不懂，某些雷达新技术从没接触过。在雷达研究方面，英国处于世界领先地位。

3天3夜，几乎没合眼，他全力以赴，完成了这场人生大考。

第四天清晨，他用冷水洗洗脸，吃了点面包。当他将长达4页A4稿纸的英文文献综述报告恭恭敬敬地捧到谢尔曼教授面前时，谢尔曼用怀疑的目光扫了他一眼，说了一句："放在那里，你可以走了，明天答复你。"说完又低头忙自己的事了。

第二天，当刘永坦怀着忐忑的心情第三次敲开谢尔曼的办公室门时，迎接他的是一张诚恳的笑脸，一双热情的大手。

谢尔曼，这位伯明翰大学的著名教授，一改先前的傲慢态度，用一种欣赏的目光看着这位体格并不健壮的中国公派访问学者。

"刘永坦，没想到你的文献综述报告写得这么好，我非常满意！"

谢尔曼从这份文献综述报告中发现，这位头发稀少、已过不惑之年的中国学者不仅英语好，而且有着扎实的雷达方面的专业知识，是一位大有前途、很有培养潜质的学者。

谢尔曼说："刘永坦，目前，我的雷达团队正在进行一项新式雷达技术研究，就是民用海洋状态遥感信号处理机。我邀请你加入我的团队，我相信你会成为团队的骨干力量！"

"啊？"这一切来得太突然，刘永坦没有转过神来。

谢尔曼却以为刘永坦不同意，急忙说："如果你同意，我决定由你来负责这项新式雷达技术研究的核心部分。"

刘永坦知道，如果能参加导师的课题研究小组，并负责这项新式雷达技术研究的核心部分，那他此次出国求学将取得极大的收获！

但是，他那荣辱不惊的性格使他不动声色，沉稳地说道："谢谢谢尔曼教授，我很高兴接受您的邀请，同意加入您的团队，并愿意负责海洋状态遥感信号处理机研究项目的核心部分。"

"OK！太好了！欢迎你加入我的团队！不过，我要提醒你，"谢尔曼的脸色又严肃起来，恢复了教授的权威做派，说道，"你不要以为这是一件轻松、美妙的事情，跳一曲华尔兹就能完成的。我告诉你，我们所做的这项课题研究，不仅对雷达新技术有着重大突破，而且将对雷达在海上的应用有着新的突破！它是一项非常严肃、艰苦的工作！"

接着，谢尔曼又介绍了这项课题研究的团队情况，成员共有十几个人，都是各国派来伯明翰大学的留学生、教师和博士后，大部分人都是搞数学的。他们每人都有明确分工，都承担着各自的任务。刘永坦的任务是负责海洋状态遥感信号处理机的核心部分。

"你要独立完成海洋状态遥感信号处理机的核心部分的设计、计算、仿真、实验……直到最后的成功。"

说到这里，谢尔曼停下来，用深邃而严厉的目光审视着刘永坦，看他是否后悔，是否犹豫。

谢尔曼看完刘永坦的文献综述报告，就相中了这位中国学者，觉得他既掌握了雷达专业知识，又懂英语，是这批留学生中难得的人才，也是负责这项科研课题不可或缺的人选。他只是担心刘永坦会拒绝。

而此刻，刘永坦觉得，能参加这项雷达新技术的课题研究，并负责海洋状态遥感信息处理机的核心部分，这对他、对中国的雷达事业，都是一次难得的机会。无论多难，他都必须拿下。

他平静地说道："请谢尔曼教授放心，我会努力完成我所承担的任务。"

"不！"谢尔曼却挥手打断了他，"不是努力，而是必须完成！"

刘永坦只向谢尔曼点了点头。

谢尔曼伸出手来，紧紧地握住刘永坦的手，严肃地说道："你要为你的承诺负责！"

说完，他用深邃而犀利的目光久久地注视着刘永坦，想再次从对方的嘴里得到承诺。可是，他只看到刘永坦再次点了点头。

一句承诺容易，但真正担负起雷达系统一项新科研技术核心部分的设计任务，绝非易事。

刘永坦第一天走进实验室，就被眼前的先进计算机惊呆了，心里惊呼：天哪！这么高端的计算机？太先进了！

现在看来那并不算什么，只是一台普通的计算机，但在当时，刘永坦只觉得这计算机太高端、太先进了，从编程到绘图，都是他从未见识过的。

在异国他乡，看到如此高端的计算机，刘永坦不由得百感交集，想到了万里之外的祖国。

他想起出国前，那位科学界老先生讲的那番话："为什么中国屡屡遭受列强的欺凌，就因为我们没有跟上世界工业发展的脚步……今天，世界科技迅猛发展，我们能否抓住这次科技大潮的机会，将决定我们的国家能否迅速发展起来。"

他意识到：攻克谢尔曼教授分配给他的这项新体制雷达技术，才是他所面临的真正大考。

全新的雷达技术理论、全新的计算机语言、全新的思维模式，这相比于他以往所掌握的传统理论概念，几乎是颠覆性的全新认识！

但是，他必须用这套全新的数字化信息处理理论，利用新的计算机高级语言来构建他的信号专用处理系统，来完成这项科研项目——海洋状态遥感信号处理机的核心部分，也就是海洋回波处理器。

刘永坦，从他对谢尔曼教授做出承诺的那天起，就将面临许许多多从未遇到过的难题。

他不仅要学会使用一门新的计算机高级语言，还要用数字化信息处理的全新理论和计算机高级语言构建出一套完整的、他自己设计的海洋回波处理器系统。根据这套系统再设计出完整的仿真模型，待教授鉴定认可之后，方可根据仿真模型投入生产，制造出真正的海洋状态遥感信号处理机的样机。

这项海洋状态遥感信号处理机的核心部分设计，工作量很大，又是全新的技术，本应由三四个人来完成。但不知为什么，谢尔曼却将这项艰巨的任务交给了刘永坦一个人。这对刘永坦来说是极大的考验。后来他才发现，谢尔曼教授如此安排，是有另外的打算的。

英国教授交代完任务，就不管你了，让你一个人独立操作，不要你去找他，他要的只是结果。他认为你有本事就能独立完成，你没本事就自行淘汰。

从1979年9月起，一年多时间，四百多天，刘永坦几乎昼夜不分地将全部身心完全投入这项雷达新技术的研究中。

他废寝忘食，常常忘记了今天是几月几日。

他在工作中并不感到痛苦，而是感到一种自我挑战的快乐。他喜欢挑战，从小就喜欢挑战自己。这一次，为了攻克海洋状态遥感信号处理机的核心部分，他调动全部的智慧细胞，调动全部的知识储备，投入该项科研攻关。

我问他："有没有攻不下难题想放弃的时候？"

他摇摇头。

他说有时太累了，想休息，就警告自己："人生最大的敌人不是别人，而是自己的懒惰！"

每当攻不下难点，心情郁闷时，他就用科学家的名言来鼓励自己："天才是百分之一的灵感加上百分之九十九的汗水。"

1980年，刘永坦在英国伯明翰大学实验室

马克思说："在科学上没有平坦的大道，只有不畏劳苦沿着崎岖陡峭的山路攀登，才有希望到达光辉的顶点。"

他明白，任何成功都不会一帆风顺。

1980年12月25日。

经过一年多的苦斗，刘永坦终于做出了海洋状态遥感信号处理机核心部分的仿真模型，谢尔曼教授对仿真模型非常满意，下一步就该按照仿真模型投入样机生产了。

谢尔曼教授对刘永坦高度赞扬，称他无论在理论上还是在实践上都很成功，并给予他"嘉奖"，破天荒地请刘永坦及科研小组几名骨干吃了一顿西餐，庆祝圣诞，更是庆祝刘永坦科研项目的成功。而且，谢尔曼教授还授予刘永坦一个荣誉称号——"荣誉研究员"。

有了这个称号，他就可以去教员俱乐部用餐了，但刘永坦只去过一次，他说太贵了，吃不起。

这天，刘永坦在实验室里完成的海洋状态遥感信号处理机结果出来了，马上要去海边雷达基地检查实验结果。刘永坦很想去雷达基地看看，看看英国的雷达站是什么样子，更想看看自己研制的海洋回波处理机的真实效果怎样。

按规定，外国留学生不准进入雷达站的核心，但因为信号处理机必须与雷达系统联网才能完成最后的定型，刘永坦掌握着遥感信号处理机的核心部分，所以有幸获得允许。他来到大学在威尔士海边的雷达站，并参与了具体的联试工作。

这天上午，谢尔曼教授带着刘永坦及英方雷达研究人员，驱车来到威尔士海边的雷达站。

刘永坦心里既高兴，又紧张。

他全身心投入四百多天的科研成果——他所设计的海洋测试回波处理机的真正效果，是成功，还是失败？

尽管他很自信，仿真模型也受到谢尔曼的高度肯定，但仿真毕竟是仿真，距离实际应用的样机还有相当的距离。

他来到风大浪高的海边，看见海边竖立着一排电线杆样的杆子，很惊讶：这就是英国的雷达站？咋这么简单？

的确很简单，就在海边竖起几根电线杆子，而雷达站的真正监控系统，则在室内的计算机房里。

他跟随谢尔曼等人走进监控机房，随同教授等人围在一台计算机前，聚精会神地盯着计算机屏幕上所显示的从海洋深处传来的成千上万条海洋回波信息。刘永坦盯着计算机，凭着他多年的科学素养，凭着他对雷达技术多年的研究，极力捕捉着计算机屏幕上所显示的千千万万个海洋回波信息。

突然，他发现了一条特殊的回波曲线。

他立刻断定：这就是来自100公里之外的海洋回波信息，也就是这次科研项目所设定的目标。

它将证明，他所设计的海洋状态遥感信号处理机的核心部分成功了！

太好了！他心里惊呼，四百多天的苦斗没有白费，终于获得了巨大成功。他没有辜负祖国的栽培，也没有辜负谢尔曼教授的信任。

在科技发达的英国，而且是在最早发明应用雷达技术的伯明翰大学，一位中国访问学者居然完成了如此高难度的科研项目，这在伯明翰大学留学史上并不多见。

他真想告诉谢尔曼教授：我发现了那条特殊的海洋回波曲线。但他从不爱张扬，一句话也没说。

他想，这种雷达对我们中国的国防太有意义，雷达是战争的"眼睛"。当前，我们中国的雷达技术远未达到这种效果。这种新式雷达所测试的距离，是普通雷达远远达不到的，它可以捕捉到100公里以外的目标。而且，英国雷达在外面的设施很简单，就是在海边竖立几根电线杆，关键是海洋状态遥感信号处理机的设计。

就在他遐想时，只听站在身后的谢尔曼用探询的语气问他："刘永坦，请告诉我，你在回波器的显示器中发现了什么？"

刘永坦微微一愣，立刻敏感地意识到：谢尔曼问这个问题，绝非随便问问，而是抱着某种目的。

他迅速做出判断：也许，教授想知道这个中国访问学者对这项海洋回波技术的核心部分到底掌握了多少？也许，教授想知道这位中国学者到底有多高的科学素养和造诣？

他立刻提醒自己：这是在英国伯明翰大学，你绝不能让教授摸到你的底细！更重要的是，这项新发明的雷达技术，在英国乃至全世界都是先进的，并没有向世界公开。

刘永坦不动声色地笑了笑，摇摇头，继续盯着计算机屏幕。

学生在教授面前耍的这点小伎俩，从来逃不过谢尔曼的双眼。

谢尔曼从刘永坦不会说谎的表情中，早已识破了这位中国学者不但捕捉到了海洋回波的信息，而且已经准确地看出这一海洋回波信息是来自100公里之外的实验目标，而不是几十公里内的船只。

但是，谢尔曼同样含而不露，只是心照不宣地笑笑。

刘永坦如此淡定，这使谢尔曼越发欣赏这位四十几岁的中国学者，觉得他是个难得的科技人才，聪慧过人，耐得住寂寞，遇到困难从不退却，成功时却又不张扬。这正是科学家所需具备的良好素质。

从雷达监测室出来，谢尔曼及几名英国研究人员纷纷向刘永坦表示祝贺，祝贺他在新体制雷达项目上获得巨大成功。刘永坦仍然微笑着，一副荣辱不惊的表情。

实验成功了！大家都很高兴，站在波涛汹涌的海边，迎着英国难得一见的阳光，这些英国人一扫以往的内敛，露出平时并不多见的兴奋。

一位酷爱莎士比亚、留着两撇小胡子的中年人随口朗诵起《哈姆雷特》剧中的台词："啊，人是多么了不起的一件物品！理性是多么高贵！力量是多么无穷！"

这人边说边向刘永坦伸出手来，表示祝贺，却又不失傲慢地说道："祝贺您！但我相信，如果您没有来到英国伯明翰大学，没有遇到谢尔曼教授，您不可能取得今天的成就……大英帝国是工业革命的发源地，是人才辈出的国家，而你们中国贫穷、落后，根本没能力搞高端的科研项目。"

他发现刘永坦伸出一半的手又收了回去，就继续说："您说，不是这样吗？"

这番话太刺激人了。

它像针一样，深深地刺痛了刘永坦那颗强烈的民族自尊心。要在以往，从不与人计较的他会拂袖而去。但今天，在这异国他乡，居然有人公开蔑视自己的国家、诋毁国家的荣誉，他再也无法沉默了。

他冷冷地盯着一脸傲慢的英国人，一字一板地说出了一番令人震惊的话："先生，我的国家现在是很穷，很落后，但我想提醒您，世界并非永远不变。美国扣押中国科学家钱学森5年，美国海军部部长丹·金布尔曾说：'他太有价值了，在任何情况下都抵得上美军的5个师。我宁可毙了他，也不愿让他走！'这样的科学家，大概不是小科学家吧？"

说完，他拂袖而去。

在接下来的一段时间里，谢尔曼教授一连三次向刘永坦发出委婉的挽留。

最后一次，两人坐在咖啡厅里，谢尔曼再一次试探他的态度："刘永坦，你很聪明，在科学研究方面是难得的人才。你来英国仅两年，就取得了如此佳绩。如果你留在这里，我相信你会创造出更加辉煌的成就。你才四十几岁，前途不可估量。英国很重视人才，尤其重视科学研究方面的人才。"

傲慢而爱面子的谢尔曼，从未这样挽留过任何人。他想请刘永坦留下来，给自己当助手。

刘永坦坦诚而不失礼貌地说出了心里话："谢尔曼教授，我非常感谢您对我的信赖，您是我的恩师，我将永远感激您！但您知道，我的国家还很落后，尤其在科学技术方面，远不如你们英国。但是，英国再好，它不是我的祖国；而我的国家再穷，她是我的祖国！国家出资送我们出来留学，就是希望我们学成后回去报效祖国。母亲再丑、再穷，我也深爱着她，我的生命之根深深地扎在母亲的血脉当中！回到祖国，我可以大胆地为我的国家干点事情。现在，祖国正热切地盼望着我们这批学子回去呢。谢尔曼教授，对不起，很抱歉！"

"不！"谢尔曼摆手打断了他，真诚道，"不必道歉。我非常理解你的心情。不过，作为你的导师，我必须告诉你，我很爱惜才华。你应该明白，人生有限，尤其在科技高速发展的今天，科研项目不是一个人在小作坊里就可以完成的，而是要得到国家、团队等各方面的配合和大力支持，才能成功。你应该明白，科学无国界……不！我知道你要说什么。你会说科学无国界，但科学家却是有祖国的。但我想告诉你，你们中国跟你同期来的学生，有的已经同意留在英国了。"

谢尔曼看着刘永坦，等待他表态。

刘永坦却不动声色地微微一笑，说了一句："人各有志。谢尔曼教授，如果我哪里伤害了您，请您原谅。"

"不！"谢尔曼诚恳地说道，"我很佩服你，你让我看到了一位令我敬佩的中国人。"

"谢尔曼教授，我也很佩服您！您让我看到了一位尊重他人人格，并爱惜学生才华的英国教授。"

两人不约而同地起身，伸出手来，隔着咖啡桌，两双手紧紧地握到了一起。

1981年10月初，在英国伯明翰大学学习两年零四个月的刘永坦，带着巨大的收获，带着对雷达全新的认识，也带着谢尔曼教授给予他的高度评语，踏上了回国的路："刘永坦独自完成的工程系统，是一个很有实用价值、工程上很完善的设备。其科研成果无论在理论上还是实践上都很出色。他的贡献是具有独创性的。"

为你而生

在物欲横流的世界里，一个人苦苦坚守一生的东西，到底为了什么？为名，为钱，为了千古，还是为了不改的初心？

从踏上祖国大地的那一刻起，刘永坦在心里就立下了宏愿：我们一定要创建我们中国自己的新体制雷达！

新体制雷达标志着现代雷达发展的一种趋势，苏联称之为"21世纪雷达"。这种雷达不再是单一为了国防建设，而是对航天、航海、渔业、海上石油开发、海洋气候预报、海岸经济区发展等各个领域，都起到很重要的作用。早在20世纪70年代中期，中国就曾对新体制雷达进行过突击性的攻关，但由于难度太大，最终未能攻关成功。

雷达是国防的"千里眼"。雷达能看多远，国防的安全就能保多远。而且，随着世界经济的飞速发展，各国对200海里专属经济区的开发和有效保护越来越重视。

刘永坦觉得中国应尽快创建起自己的新体制雷达，用来保护我们国家的海防安全及经济利益。

刘永坦回到阔别已久的家，看见3个儿子都长高了，只有妻子还是那副笑眯眯的模样，只是鬓角过早地出现了银丝。

3个儿子腼腆地叫了一声"爸爸"，就没话了。

刘永坦打开皮箱露出一箱子书和资料，他发现孩子投过来的眼神有些失望，自己连块巧克力都没给孩子买，觉得很抱歉，只给孩子买回来一本英文版的瓦特制造蒸汽机的故事书。

刘永坦指着封面上的一行英文，说："这是英国人对瓦特的赞扬：'英国吹响了工业革命的号角，使人类进入了蒸汽时代。'这是我特意从瓦特的诞生地格拉斯哥给你们买的。"

一听是从瓦特的诞生地买来的,孩子们顿时来了兴趣,急忙围着他,问一些感兴趣的问题:"爸爸,你去过牛顿的故乡吗?""爸爸,你看没看见牛顿的那棵苹果树?"

一家五口,难得坐到一张餐桌前,好像过年似的。

回来的第二天,刘永坦就向学校领导做了汇报。

他汇报了在伯明翰大学学习和参与新式雷达技术实验的情况,之后,便提出了创建新体制雷达的想法。

他说,我国目前的雷达发展,还处于追赶别人的阶段,并没有自己创新的东西,他想用回波信号处理的核心技术原理来创建我国自己的新体制雷达。

他说,我国是一个海岸线很长的国家,海岸线总长约3.2万千米,大陆海岸线长约1.8万千米,岛屿海岸线长约1.4万千米。我们国家有这么长的海岸线,却没有对海面监控的超低空雷达,要想监控超低空海面,就只能到高山上去俯视大海,但由于地球是圆的,稍远一点就看不见了。而且,这种雷达的监控距离很短。根据目前中国的海防情况,创建新体制雷达,将对我国海岸线的超低空监控有着非常重要的意义。

他建议,哈工大隶属航天工业部(1988年,航天工业部与航空工业部合并为航空航天工业部),可向国家有关部门提出申请,由哈工大来完成创建新体制雷达的任务。他愿意承担这项虽然艰巨,但对国家、对国防建设极为有利的重要任务。

刘永坦的汇报,令在座的校领导感到震惊:他们看到了这位海外归来的学子的一颗拳拳之心,一份崇高的家国情怀,一种对国防事业强烈的责任心与使命感。

哈工大曾是"工程师的摇篮",多次承担国防建设的重大工程。

哈工大领导对刘永坦提出的建议高度重视,决定向有关部门报告，并迅速派出学校科研处处长强文义陪同刘永坦一起去北京跑项目，进行攻关。

时任科研处处长、后来担任哈工大副校长的强文义说，在刘永坦创建新体制雷达的过程中，他是从头到尾的亲历者与见证者。

刘永坦团队从无到有，从学校成立仅6人的电子工程研究所发展到拥有几十人的"雷达铁军"；从新体制雷达项目立项到攻关，到实验成功，到创建海边基地，到产品最后验收……一路走了几十年，雷达团队所经历的种种艰难困苦、鲜为人知的失败与挫折、所经历的一个个关键节点，强文义都是亲历者。

强副校长说，刘永坦是一位杰出的雷达专家，他的可贵之处还在于，没有人给他布置任务，更没有人让他承担起这份责任，一切都由他发自内心的强烈的国家使命感和责任感所驱动。

为了拿下这个项目，强文义和刘永坦一趟趟地跑北京，记不清跑了多少趟，也记不清见了多少人，只记得一次次地走进国防科工委，走进海军装备部、航天工业部，一次次递交关于创建新体制雷达的报告，一次次阐释新体制雷达的重要性，汇报创建新体制雷达的重要意义。

但是，对一项新科技的认识、对一项新技术的投资，绝不是一件简单的事情。

尽管百般呼吁，却迟迟没有进展。

强文义说，他欣赏刘永坦的情怀，欣赏他的聪明，更欣赏他那种百折不回、不成功誓不罢休的韧劲。

刘永坦这么做到底为了什么？名誉、地位、金钱，还是……

这也是我采访中，一直在探寻的问题：刘永坦有着怎样的精神世界？

构成一个科学家人生支柱的有两大要件：一个是他苦苦追求的

科学事业，一个是他的精神世界。其中，精神世界是他追求科学的强大动力。二者相得益彰，构成了科学家的世界，也构成了一个科学家的宇宙。

刘永坦从出生那一刻起，他的灵与肉就不再属于自己，而是属于给了他生命的"母亲"——中国。

列强残暴的杀戮给他幼小的心灵刻上了永恒的记忆，使他一生都在苦苦地追求着一个命题，那是父母从小就告诉他的："你长大以后要为多灾多难的国家干点儿正事！"

这大概就是刘永坦崇高的精神世界吧。

这期间，与刘永坦要好的同事劝他："刘老师，这么重大的国防项目，国家是不会轻易投资的。我劝你还是死了这条心吧，别浪费大好时间了！再说，这种科研项目风险太大、周期太长，弄不好，把几年的大好时光都白白地搭进去了，到头来一事无成！"

也有人私下里议论："中国的新体制雷达项目还不成熟，没有外国的先进技术可借鉴，哈工大不具备攻克这种新体制雷达的能力和条件。刘永坦这么折腾是劳民伤财！"

就连支持他工作的妻子也快言快语地劝他："你总跑北京，你晓得人家背后在说你啥子吗？说你出国回来，就觉得自己了不起喽！那么大的国防科研项目，哪个领导肯把国家那么多钱给你们的雷达项目投资？"

刘永坦却坚信，这是一项对国家、对国防建设有着重大意义的科研项目，早晚有一天，会有人认识到创造新体制雷达的重要性。

刘永坦记得几年前，在一次研究导弹"百舌鸟"的工作会议上，一位部队领导给大家讲的一个真实故事，令他深受震撼。每当他在创建雷达项目上遇到困难时，那个真实故事就像鞭子一样抽打着他的心。

那是在一次战争期间，部队考察团去前线视察，看到许多触目惊心的场面，我们的雷达被炸，雷达战士讲述他们的亲身经历，令人十分痛心！

考察团来到一座雷达站前，雷达站刚刚被炸毁，几名雷达战士蹲在被炸毁的雷达前，正在痛哭流涕，边哭边用毛巾擦拭着雷达架上的鲜血，距离雷达站不远处，躺着两具不成形的尸体。

雷达战士哭着告诉他们，雷达站刚刚被"百舌鸟"导弹炸毁，他们的两个战友牺牲了。

战争一开始，美国就对中国的雷达实施导弹轰炸，使我军遭受了巨大损失，不少战士牺牲，雷达被炸毁。这种反雷达导弹是美国刚刚研制出来的，叫"百舌鸟"。

"百舌鸟"是利用对方雷达的电磁波制导，跟踪并摧毁雷达目标的反辐射导弹。弹长3.5米，直径203毫米，有效射程18.5千米，最大速度2马赫，发射高度1500米到10000米。

我们的雷达战士很快就发现了一个重要情况：在"百舌鸟"到来之前，如果快速关掉雷达，导弹失去了追踪目标，就无法实施爆炸了！

于是，雷达战士24小时不分昼夜跑到远处站岗，一旦发现"百舌鸟"导弹朝着雷达方向飞过来，就拼命跑回来关掉雷达，关晚了雷达就会被"百舌鸟"炸掉。

可是，美国很快研制出"百舌鸟"的"记忆"线路，雷达即使突然关机失去电波目标，"百舌鸟"也能依靠"记忆"线路朝着雷达原定目标奔去，许多雷达站被"百舌鸟"导弹摧毁。不过，中国高炮部队很快研究出用多部雷达迅速无规律地开关机，来干扰"百舌鸟"导弹的攻击。但是，还是有不少雷达站被导弹摧毁了。

一个小战士边抹眼泪边说："我们知道雷达是监视敌军的'眼睛'，所以我们雷达兵像爱护自己的生命一样爱护着我们的雷达，保护着我们的雷达！我们好多雷达兵都牺牲在日夜守护的雷达岗位上了。两个战友刚才还跟我们一起站岗，可是……我们真希望有一天，中国能造出一种隐蔽的、不被敌人发现的雷达。"

雷达战士的话，深深地震撼了考察团人员的心。

而在这次研究"百舌鸟"导弹的会议上，这位领导讲的真实故事，同样震撼了每一个与会者的心。

对刘永坦来说，这不仅是一个震撼心灵的故事，还是一次警钟，一份沉甸甸的责任，一份不可退却的担当。

如果说，幼年的记忆、父母的教诲，使刘永坦产生了一生的追求，那么雷达战士发自肺腑的希望，则点燃了他心中从未有过的激情。

在申请新体制雷达项目中，在项目的实施过程中，每当遇到坎坷，听到不理解的话语时，他总会想到那些晒得黝黑的边防战士，想到那些生命永远定格在二十几岁的雷达战士。

他在心里问自己：雷达战士用年轻的生命去抗击战争，他们像爱护自己的生命一样爱护雷达，与他们相比，我们这些搞雷达的人，有什么理由不思进取？有什么困难不能克服呢？

就在这年秋天，哈工大新生入学，一批新生被分到无线电工程系雷达专业，他们不了解雷达是干什么的，很多人不愿学雷达专业，有的甚至提出换专业。

刘永坦给全系新生作了一场报告。

他平时寡言少语，但一走上讲台，他那洪亮的声音，那富有感染力的语言，还有他那具有家国情怀的战略眼光，顿时像磁石般吸引了在场的所有学生。

他说："同学们，你们来到这座有着'工程师的摇篮'之称的哈工大，来到我们无线电工程系雷达专业，我为你们感到骄傲！今天，我给同学们讲几个真实的故事，在这看似没有战争的年代里，却有一些跟你们年龄相仿的年轻人，日夜守卫在祖国的边防线上。年轻的雷达战士像爱护自己的生命一样爱护着雷达，保护着雷达。不少年轻战士的生命，永远留在了雷达站上……"

于是，他给学生们讲起了那次在研究"百舌鸟"导弹会议上听到的边境线上雷达站的真实故事。

他讲到雷达战士为了守护雷达，日夜守卫在雷达站；为了保住雷达，他们拼命与"百舌鸟"导弹赛跑，多少战士牺牲在赛跑途中；雷达战士哭着为战友拾捡被炸碎的尸体；他讲到一名小雷达战士瞪着红肿的眼睛，说出的那番令人动容的话："……我们真希望有一天，中国能造出一种隐蔽的、不被敌人发现的雷达。"

一开始，大教室里鸦雀无声，继而传来哽咽声，当听到最后一段话时，教室里传来一片"呜呜"的哭声。

最后，刘永坦用凝重的语气对学生们讲道："同学们，我忘不了那些年轻的雷达战士，忘不了他们说的话，更忘不了那些留在雷达站上的年轻生命……同学们，我相信你们也忘不了。因为你们从现在起，就是我们雷达队伍中的一员了。那些雷达战士寄希望于我们，也寄希望于你们，因为你们年轻！要知道，我们的国家在雷达发展方面还很落后，还需要我们这些搞雷达的发奋努力，为国家创建出更先进的雷达！同学们，努力吧，国家需要你们！"

讲到这里，泪水凝成的沉默消失了，教室里爆发出一阵经久不息的掌声。

后来发展起来的"雷达铁军"，不少就是从这批学子中挑选出来的。

1982年，在强文义和刘永坦跑北京跑了半年之后，终于迎来了可喜的转机——

新体制雷达项目，引起了国防科工委李庄秘书长、航天工业部预研局陶家渠处长，尤其是陈芳允院士的高度重视。

陶家渠处长要求刘永坦尽快拿出一份详细的新体制雷达方案论证报告，送到预研局请专家开论证会，论证该方案是否可行、是否可以立项。

那天，强文义和刘永坦觉得北京的秋天真好，阳光一片灿烂！

接下来，刘永坦要尽快完成这份详细的新体制雷达方案论证报告，方案能否通过、能否得到专家认同，将取决于这份论证方案的水平及可行性。

这时的刘永坦，已担任哈工大无线电工程系雷达专业教研室主任、研究室主任，肩负着繁重而紧张的教学任务，而他又要尽快完成这份论证报告。

接下来，没人知道刘永坦和他的论证小组是如何完成这份长达20余万字的论证报告的。

就连妻子冯秉瑞，都不知他是如何熬过来的，从不晓得他夜里是几点回来的。

刘永坦心里明白，这次面临的任务，是一次真正的人生大考。

这份新体制雷达方案论证报告，关系到国家能否同意立项，能否同意用他所提出的新体制雷达理念来创建我们中国自己的新体制雷达！如果成功，对我国海防建设将是一个巨大的贡献；如果不成功，就很难说什么时候才能启动了。

所以，必须交出一份满意的答卷。

他知道，要尽快交出这份论证方案，并不是一件容易的事。

一连数月，他和他的团队成员全身心地沉浸在这项论证方案的准备当中。

论证方案20余万字，近700页，没有打字机，全部用手写。他带领团队的6个人日夜伏案、奋笔疾书，累得手指发麻、手腕酸痛，甚至捏不住鸡蛋，"喝光"的墨水瓶扔出去一堆，写废的纸张摞起来有半米多高！

夜幕降临，这座城市已沉浸在寒冷的寂静之中，哈工大教学楼里却灯光闪烁，一群有着崇高心灵、超凡智慧之人，在那里绞尽脑汁，苦熬苦斗……

5个月之后，1983年的晚春。

一份20余万字的《新体制雷达的总体方案论证报告》，被送到了航天工业部科技委员会领导面前。

不久，新体制雷达方案论证会在中国航天科工集团第二研究院（以下简称航天二院）科学技术委员会会议室召开，由航天二院23所所长主持，航天二院二十多位权威专家参加了评审。

评审会开了四天，专家们对这份长达20余万字的论证报告做了详细的审评，一致给予高度赞扬。

专家们评价："已经好多年没看到如此详细的论证方案了！"

与会专家最后表决：一致通过该项报告。

新体制雷达论证会获得了圆满成功。

航天工业部预研局决定同意立项，按两个步骤进行：第一步，在实验室里进行；第二步，在海边建立新体制雷达站。

航天工业部预研局决定支付第一笔预研经费。

航天工业部预研局提出："首先，刘永坦的科研小组要对新体制雷达的11项关键性技术一项一项进行攻关，按照理论要求，做出硬件进行验证。之后，再请专家进一步论证，通过之后，方可实施第二步计划，在海边建立新体制雷达站。"

刘永坦说，创建新体制雷达这一项目，得到了哈工大、国防科工委、航天工业部、航天二院、航天二院23所等多方领导的大力支持，没有他们的支持，不可能发展到今天。

他尤其感谢一位德高望重的老科学家，中国科学院陈芳允院士——电子学家、空间系统工程专家，中国卫星测量、控制技术的奠基人之一，"两弹一星功勋奖章"获得者。他领导研制了我国第一代机载单脉冲雷达。

当刘永坦走进国防科工委的接待室，年近七旬的陈芳允院士热情地迎上来，拉他坐下，没有寒暄，让他详谈新体制雷达项目的情况。

刘永坦对老院士谈到雷达在世界各国的发展形势，中国雷达技术滞后的现状，以及他准备用信号处理的核心技术原理，创建中国新体制雷达的现实意义和价值，等等。

陈芳允院士问了他两个关键性的问题：为什么这项新雷达技术能解决超视距探测的问题？其关键性的技术是什么？

听完刘永坦的回答，陈芳允院士满意地点点头。

陈芳允院士郑重地说："我们中国有漫长的海岸线，却没有强大的海面雷达监控力量！有限的监控雷达站也都建在山上。外国势力从未放弃对我们中国海岸的窥视……目前世界高新技术发展迅速，而我们中国一直处于追赶的状态。这次世界掀起的科技大潮，比任何一次都来得更加猛烈，竞争也更加激烈！我们绝不能再丧失这次机会了！我们必须抓住它！只有科技强，国家才能强！"

最后，老院士握着刘永坦的手说道："刘永坦同志，你是从英国归来的学子，我们曾是同行。我看了你关于新体制雷达方案的论证报告，写得很好！雷达是战争的'眼睛'，有了可监控海面的眼睛，我们才能防范敌人！你是一个有抱负、有科学头脑的同志，我对你抱有厚望！目前，我们中国刚刚走出困境，走向改革开放，又面临着严峻的、世界性的挑战。国家需要我们知识分子去迎接挑战！新体制雷达的研究，是一项艰巨的任务。你今后在科研中遇到困难，可以直接找我。我期待着你的新体制雷达能获得成功。"

老院士的这番话，令刘永坦终生难忘。

1986年3月3日，4位著名科学家联名向国家提出一项建议：中国应跟踪世界先进水平，发展中国高技术。

他们是王大珩、王淦昌、杨嘉墀和陈芳允4位院士。

他们看到1980年以来，世界科学技术发展迅速，引发了各国经济、社会、文化、政治、军事等各方面巨大的变革。为了在国际竞争中赢得先机，许多国家都把发展高技术列为国家发展的战略目标，不惜斥巨资，组织大量人力与物力参与竞争。面对激烈的科技竞争形势，中国应该汲取历史教训，抓住这次世界科技发展的机会，使中国科技发展起来。

于是，4位院士联名上书，提出"中国应跟踪世界先进水平，发展中国高技术"的建议。

这项建议引起邓小平同志的高度重视，他立刻做出批示："此事宜速作决断，不可拖延！"

于是，在中国政府迅速的决策下，这项包括生物技术、航天技术、信息技术、激光技术、自动化技术、能源技术和新材料等科技内容的建议，成为中华人民共和国一项高科技发展的重要计划，并于1986年3月开始启动并实施——这就是著名的国家"863计划"。

后来，正因为国家很好地实施了"863计划"，所以中国在高性能计算机、第三代移动通信、高速信息网络、深海机器人与工业机器人、制造业信息化技术、天地观测系统、海洋观测与探测、新一代核反应堆、超级杂交水稻、抗虫棉、基因工程药物等一大批世界公认的高技术领域，在世界上占有重要一席之地。

正因为如此，中国再没有错失机会，而是牢牢地抓住了汹涌澎湃、不可阻挡的科技大潮，并在激烈的竞争中成为弄潮儿，从而改变了贫穷落后的面貌，开始追逐我们的强国梦、中国梦。

今天，中华民族终于迎着汹涌澎湃、不可阻挡的世界科技大潮，开始乘风破浪、踏浪前行了！

挺起中国的脊梁

他建起了一支"雷达铁军"。

而这支"雷达铁军"，为中国的万里海疆筑牢一道"海防长城"！

对刘永坦来说，他迎来的不仅是一个科研项目，还是一生的奋斗目标——打造出一支"雷达铁军"。

他不再是一个人奋斗，而是一个团队，一个由他所领导的新体制雷达课题组的团队。

这个跨专业科研小组开始只有6个人，他们是刘永坦、王金荣、张宁、王恒山、袁业述、单秋山，刘永坦任组长。课题小组成员学雷达专业的只有3人，其他人都是从测量、通信、基础课调进来的。系里对这一科研小组很重视，将唯一一台Z80台式机配给了他们。

从此，刘永坦带领他的团队，除了完成繁重的教学任务之外，其余时间全部投入紧张的科研工作当中。

按照航天工业部预研局的要求，对新体制雷达11项关键性的技术，要一项一项地严格攻关，按照新体制雷达的原理，要对硬件一项一项地进行论证。

随着工作任务需求的不断扩大，不少新人加盟进来，都是二十几岁刚毕业的大学生。有的是工农兵学员，有的对雷达一窍不通。

即便学的是雷达专业，要按照新体制雷达理论做出硬件进行验证，也并非一件易事。

刘永坦带着这些课题组成员，一边教他们，一边对11项关键性技术逐项攻关，一干就是3年。

到1986年夏天，11项关键性技术攻关结束，第二次论证会在著名的风景区黑龙江省牡丹江的镜泊湖召开，国防科工委专家、领导数十人参加会议，陈芳允院士也参加了。

专家们看完11项攻关报告，一致认为：新体制雷达项目课题通过验证，已经完全具备了创建雷达站的条件。

国防科工委决定立项其基础和应用项目。

下一步，就该选址创建雷达站了。

尽管通过了11项关键性技术攻关，可是从"纸上谈兵"到建造一座先进的雷达站，完成一项对国家有贡献的国防工程，谈何容易！

首先，新体制雷达站在选址上就遇到了难题。

合作方希望将雷达站建在刘公岛，那里有海，有土地，也有政治意义。

刘公岛位于山东半岛威海市之东的威海湾，距市区2.1海里。

刘永坦与合作方人员乘船来到刘公岛，望着被绿树覆盖的岛屿，思古抚今，不禁感慨万分。

刘公岛，曾是北洋水师的诞生地，有中华民族不可忘却的"甲午之耻"。1894年，中日甲午战争爆发，北洋水师将领、"致远号"巡洋舰舰长邓世昌在战斗中牺牲，提督丁汝昌饮鸦片自尽。曾雄霸亚洲的大清帝国北洋海军全军覆没，从此一蹶不振。

之后，日本又逼迫清政府签订了《马关条约》。

站在这承载着民族耻辱的岛屿上，刘永坦不禁思绪万千：中国刚刚走向改革开放，还不够强大，还没有一支强大的海军，更没有强大的海面雷达监控力量，而这项艰巨的任务就摆在自己面前。

刘永坦觉得刘公岛是座孤岛，距离陆地远，进出岛不方便，每次上岛调试机器都要乘船，所以，不适合在此建雷达站。

于是，他们放弃了刘公岛。

经过与合作方多次研究、磋商，他们最后决定将雷达站建在威海一处山边的海滩上。这里有水电设施。另外，哈工大在这里新建起威海分校，强文义副校长兼任威海分校校长，这给在创业中的雷达团队提供了不少方便。

经过两年的基建，1989年夏天，雷达站基建终于竣工。已过知命之年的刘永坦，带领已增至十几个人的团队开始了新体制雷达艰难而漫长的创业。

他们把在哈尔滨使用的电脑设备及雷达发射、接收用的各种部件全部用汽车运到威海雷达站，在这里开始进行组装、对接、调试，与协作单位洽谈。

这里的条件非常艰苦。

除了一座新建的雷达站，周围一片荒芜，到处是一人多高的蒿草，没有路灯，只有一片坟地。一到晚上周围一片漆黑，晚上做完实验已是半夜，大家只好相互结伴走回住处。可恨的是蚊子，铺天盖地，像轰炸机似的昼夜不停地嗡嗡作响。没有住处，招待所到雷达站要走半个多小时；没地方吃饭，要跑到4里路外的威海分校学生食堂打饭，去晚了食堂关门，就只好饿着肚子，周围连个小卖部都没有。

后来他们弄了个简易炉灶，自己开火做饭。

教授们都有几个别称：教授采买、教授厨师、教授司机。个个教授都练就一手过硬的"厨艺"。

每逢刮风下雨，屋里潮湿、阴冷，外面泥泞，下大雨时，海面上还会掀起滔天巨浪，拍打出慑人的呼啸。

刘永坦带领他的团队，就在这艰苦的环境下进行着雷达调试。同时，他们还肩负着哈工大的教学任务，定期回去给学生授课。

对刘永坦来说，生活条件艰苦是可以克服的，科研项目能否成功才是最关键的。

新体制雷达是雷达技术在世界领域的尖端项目。中国从未搞过，刘永坦的团队是首创。它与传统的雷达完全不同，是用一种全新的理论支撑起的全新的雷达技术。而这种首创，是刘永坦根据自己在英国访学时所掌握的海洋状态遥感信息处理机的原理，与团队成员共同努力、几年攻关，设计研制出来的。如果这种新体制雷达实验成功，将给国家、给国防建设带来不可估量的效益。

现在，他们面临着真正的考验：调试能否成功？新研制的雷达能否正常使用？

而且，课题资金紧张，没钱，凡是能自己动手做的，都要自己动手，各方面条件都很艰苦。

调试是一项非常复杂的工作，各个环节都要一一对接，几十万行的大型控制程序，任何一个微小的故障，都可能导致整个系统无法运行。刘永坦率团队成员每天奋战在实验室里，从系统的每一个程序开始检查，发现一个问题解决一个问题，直到全部解决。

发射机要跟信号产生器对接，接收机要跟天线对接……对接中出现许多问题，要一一调试，一遍遍地磨合。磨合中，要查看原来设计的指标对不对。不对，改了再试！改完还不对，再改、再试！上千次的实验，上千次的修改。

十几个人，从夏拼到秋，从秋拼到冬，从冬又拼到春。

"人生能有几回搏！此时不搏，更待何时！"

这是中国第一个乒乓球世界冠军容国团的名言。

刘永坦不会打乒乓球,但他很欣赏这句名言,欣赏容国团敢于向命运挑战的拼搏精神。

他觉得,无论是打球还是搞科研,成功从来都是属于那些以生命做抵押、把全部身心投入某项事业的人,属于那些敢于拼搏的人。

刘永坦带领他的团队,足足拼了9个月,从头一年夏天,一直拼到第二年春天,拼到了1990年4月3日,上午10点。

这时,浩瀚的海面上浓雾还没有散去,藏在浓雾后面的太阳就像蒙着面纱的少女,羞答答地等待着有人去揭开她神秘的面纱。

这一天,海边一扫往日的寂静,来了好多人,课题组的全体成员、合作方的领导都来了,都期待着这一重要时刻,都关注着同一个问题——新研制的雷达能否发现远处的合作船只目标?

这是新体制雷达,即高频地波雷达课题组进行的第一次正式实验。

此刻,雷达监控室里,课题组的十几个人都瞪着熬红了的眼睛,紧张地盯着雷达处理器的屏幕,急切地搜寻着目标。

发射机按照发射频率发出强大的电磁波,电磁波辐射到海面船只或其他物体(目标)上,反射回来的电磁波到达雷达接收机上,接收机再将其送到处理机上,处理机所呈现出的目标,就是一个亮点。

海面上的各种海杂波非常多,大大小小,千千万万,如何在无数的海杂波中分辨出你所要寻找的目标,这是最关键的问题。

课题组的成员找了半天,发出疑问:"没找到目标,我们的实验是不是失败了?"

刘永坦来到处理机前,盯着处理机的屏幕,很快就发现了目标——一个夹杂在千万个杂波中的特殊的亮点,那是合作方派出的一艘行驶在海面上的测试船。

"看！这个就是。"

那一刻，大家都不敢相信自己的眼睛，"众里寻他千百度，蓦然回首，那人却在，灯火阑珊处"！终于找到屏幕上那个小小的光点，找到他们苦苦寻找的目标了！

那一刻，刘永坦和大家都落泪了。

只有他们自己知道，这泪水里包含着多少酸甜苦辣，包含着多少成功的喜悦，也包含着多少压力的释放。

好一会儿，大家才发出欢呼声："哇——成功了！终于成功了！"

从立项到今天，足足奋斗了八年！

八年，两千九百多个日夜！

这是我国成功建成的第一座新体制雷达实验站，并第一次解决了海杂波、电台干扰和大气噪声等背景下信号处理和目标检测等诸多难题，成功地探测出舰船目标。

这一切，将对我国海防及经济建设产生重大的影响。

但，没有人知道，刘永坦和他的团队成员在漫长的八年岁月里付出了多少。

没有节假日，没有奖金，没有一分钱的补助。大家却毫无怨言，跟着刘永坦一干就是八年。

在这片荒凉而寂静的大海边，这些并不爱动情的理工男第一次动情了，个个都满眼泪水。他们知道，为了这雷达，他们的妻儿同样在奉献，孩子叫他们"雷达爸爸"。

当刘永坦在电话里将这消息告诉妻子时，电话里传来长时间的哽咽："祝贺你，真为你高兴……"只有她知道，为了这个新体制雷达，刘永坦付出了多少！

为了支持他的工作，为了三个读书的孩子，冯秉瑞吃了很多苦头。家住五楼，她用瘦小的肩膀扛着全家的粮食、蔬菜爬楼梯，爬了一年又一年。她用自己并不强壮的肩膀，为丈夫支撑着另一片天。她的三个儿子先后都考上了哈工大，刘家成了名副其实的"哈工大之家"。

1990年10月15日，国防科工委在北京举行大型鉴定会，由国防科工委副主任聂力主持会议，与会者有全国著名专家数十人。

专家和领导一致认为：新研制的高频地波雷达的成功，尚属国内首次，填补了我国该项研究的空白，已达到国际先进水平。高频地波雷达的创建，具有开拓性的国防价值，将提高我国的海防能力，保卫我国海洋专属区的利益，对国民经济发展、海防建设，有着无法估量的作用。

长期以来，因我国缺少对专属经济区的监控，所以其他一些国家在我国较远、较隐蔽的海洋专属经济区偷偷地开采石油，我国海防很难发现，海洋专属区的利益得不到保障。新体制高频地波雷达的研制成功，将彻底扭转这一局面。

陈芳允院士对新体制高频地波雷达给予了极高的评价："这是我们中国第一台真正自主研发、有知识产权的创新雷达。从1949年新中国成立以来，我跑遍了我国所有的海岸线，深知用微波雷达是不可能发现远处海上舰船目标的，而现在第一次用高频雷达看到了远处的目标。"

聂力副主任高度赞扬刘永坦，称他是一位难得的帅才。

刘永坦迎来了人生的辉煌，各种荣誉纷至沓来，无论是科研领域还是社会层面，都获得了国家的高度肯定——

1991年，刘永坦获得为国防科技事业做出杰出贡献的"光华科技基金"首届唯一的一名特等奖。

1991年12月12日,国家科学技术奖励大会在北京人民大会堂举行。新体制雷达,即"对海探测地波超视距雷达关键技术总体方案及系统试验",获得国家科学技术进步奖一等奖。刘永坦接受党和国家领导人颁发的奖杯、奖状和证书。这是哈工大建校以来,首次获得如此殊荣。

1990年,刘永坦被评为国家级有突出贡献的中青年专家;1992年被评为航空航天工业部"人才培养先进个人";1993年获全国教育系统劳动模范称号并被授予人民教师奖章;从1993年起,连续四届当选为全国政协委员……

1991年,由陈芳允与蔡金涛两位院士联名推荐,55岁的刘永坦当选为中国科学院技术部学部委员,后改为中国科学院院士。

1993年12月,刘永坦被任命为哈工大研究生院院长,一干就是23年。在他的带领下,哈工大研究生院培养了大批人才,已成为培养高水平创新人才的重要基地。

然而,荣誉和职位并不是他追求的目标。

他觉得,新体制雷达虽然在威海站实验成功,但只是一个小实验站,如果不把它转化成为国家服务的大型设备,只停留在科学实验的成果上,那不仅是遗憾,还是一种巨大的浪费和损失。所以,他决心要把它从实验项目转化成对国家有用的设备。

刘永坦令人敬佩的地方恰恰就在这里。他没有躺在荣誉的光环下止步,而是选择了一条更加艰巨的攻关之路。

没有人给他布置任务,一切都是出自强烈的国家使命感和责任感。

于是,他又去找该项目的合作方领导,提出将超视距实验技术进一步做成国家需要的设备。

合作方领导经过慎重考虑，同意了他的请求，但对他提出新的要求：这次做出的超视距雷达，要既能看到超低空飞机，又能看到海上舰船。

对方说："我们海防监控需要这种全方位的监控雷达！"

刘永坦知道，这个看似简单的要求，却给他的团队出了一个天大的难题。

一个超视距雷达要同时监看两个目标：既要监控超低空的飞机，又要监控贴着海面航行的舰船；一个要对海面，一个要对低空；一个快，一个慢。这种同时对空、对海的雷达设计，是完全不同的理念。

但是，刘永坦同意了。

他知道，这是国防的需要。

他深知，如果不接受对方的要求，这个耗时多年研究出来的科研成果就将停留在威海一个小雷达站的实验阶段，无法转变成为国家服务的设备。如果能攻克海面监控与超低空监控两项技术，将是对我国海防监控的一项巨大贡献。

他知道，接下这个工程项目，就是给团队接下了一个难以预想的难题。

从这时起，刘永坦及其团队再次走上艰难的创业之路。

高校搞工程设备项目是短项，并无优势可言。

哈工大是全国第一所高校抓工程项目的大学。为了弥补短项，刘永坦与全国三家研究所合作，请研究所做硬件设备，哈工大负责总体设计、上机调试和最后交付等工作。这也正符合中央提出的"产、学、研"相结合的原则。

当时的哈工大校长杨士勤，对这个工程项目给予极大支持，对团队教师给予尽力照顾，帮助刘永坦稳定了队伍。

当时，正是充分展现个人价值的时代。高职位、高收入吸引着有本事的年轻人。受"北雁南飞"大潮的冲击，一批有才华的哈工大师生"飞"走了。刘永坦的团队也走了一批人，这令刘永坦深感忧虑。

刘永坦对校领导提出，人员再动荡，也要保证超视距雷达课题组核心人员不能动！他提到了一些人的名字，尤其提到两个核心人物：一位是总指挥许荣庆，一位是总设计师张宁。团队组建不久，这两人就加入了，一直是团队的中坚力量。这两个人的能力很强，绝非一般人所能替代。

许荣庆是刘永坦的研究生，也是他的第一个博士生。张宁虽是本科生，但人极聪明，动手能力极强，在新体制雷达的课题研究中一直负责雷达核心技术的信号处理工作。张宁是湖北宜昌人，一直想调回南方。为了留住他，刘永坦可谓煞费苦心。

自从接受了创建新体制雷达超视距工程之后，刘永坦和他的团队成员迅速投入工作，其中所遇到的困境，远远超出了所有人的预想。

没想到，这一干，就是二十多年！

刘永坦和他的团队在技术上遭遇了两大难题。

第一大难题：雷达回波所监控的目标，夹杂在几万倍甚至几百万倍的海杂波中。在这难以计数的海杂波中，无法分辨哪个是监控的目标，哪个是普通的海杂波。

第二大难题：海上天空有着极其复杂的电离层，这种电离层对监控低空目标，存在极大的干扰，必须想办法解决电离层的干扰问题。

团队用各种技术进行实验，终于解决了这两大难题。1997年底,刘永坦与合作方签订了正式合同,建一座正式为国家服务的海防项目——大型新体制雷达站。

这是一项投资巨大的工程,以哈工大团队为核心,联合全国3个科研单位共同完成。这3个科研单位分别是航天二院23所、航天二院203所和中电科工22所。安装、调试、测试的重要任务,由哈工大课题组负责。

经多方考察、论证,大型雷达站选址在南方某省沿海一个偏僻而荒凉的海边。

然而,就在刘永坦带领团队成员全力奋斗时,刘永坦家里却遭遇了一场飞来横祸——

冯秉瑞老师被汽车撞了!

1994年11月,一场初雪过后,马路上很滑。11点多,冯秉瑞老师下课后去菜市场买菜路上,被一辆轿车撞了。

她被送到附近一家医院,经诊断,她右腿股骨颈骨折,需要做手术打3根钢钉,一年之后,再动手术把钢钉取出来。而且,肇事司机跑了!

正在学校开会的刘永坦听到消息后连忙赶去医院,看到妻子痛苦地躺在病床上,顿时惊呆了。

他陪着妻子进行了三四个小时的手术。

但妻子却劝他:"我很长时间都得卧床,千万不要因为我耽误了你的工作。你的课题项目正处在关键时刻,请所里来个人照顾我就行。千万别因为我耽误了你的大事。"

很少动情、更不善于言表的刘永坦,被妻子的这番话深深地打动了。他安排系里一位女教师来照顾妻子。临走时,他握着妻子的手迟迟不肯离去,他觉得对不住妻子。

从此,一副拐杖伴随着冯秉瑞,一拄就是近20年。

2004年底,刘永坦接到合作方通知,在南方某省沿海海边新建的大型雷达站已竣工,要求他们进行安装、调试。

刘永坦率领团队20余人,带着大批仪器、电脑设备,带着大家苦苦奋战7年的初样成果,来到某省新竣工的大型雷达站基地——一个偏僻而荒凉的海边,开始安装、对接、调试、测试。

安装完成之后,团队成员开始运行、测试,却发现新的难题出现了——初样转正样工作失败!

海杂波是该领域中一个世界性的难题。新体制雷达越往赤道移,电离层的干扰就越严重,这导致国际上大多数开展新体制雷达研究的国家,都停留在了实验验证阶段。

一连数月,团队成员在这条件极其艰苦的环境下,用尽各种技术对电离层和海杂波进行反复分析、反复实验,却都无法解决难题。

刘永坦意识到:前期在威海所构建的原系统理论设计不完善,软、硬件都存在问题。因此,必须对原系统进行彻底返工。

这对刘永坦,对总指挥许荣庆、总设计师张宁,对团队的每一个成员来说,都是一个不小的打击。

如果工程失败,哈工大的名誉也将受到无法估量的影响!但刘永坦知道,个人的荣誉是小,国家的损失才是大事。他深感自责。

一连数个夜晚,他彻夜无眠。

他觉得根据目前的情况,只有一条路,那就是全部返工,重新设计,否则,无法向前推进。

这样,要付出巨大的成本——时间与资金。

但他知道,无论付出多大的代价,都必须从头再来!他知道:"(国家)向海而兴,背海而衰。"

历史一再警示我们:没有强大的海防,就没有稳固的国家安全！

历史还一再警示我们：科学的核心技术必须靠我们自己的智慧和奋斗干出来！其他国家不会赐予你！对于新体制雷达技术，西方国家对中国一直采取封锁态度。因此，我们必须攻克它的核心技术，把它牢牢地掌握在中国人自己手里！我们才能拥有"战争的眼睛"，才能拥有国防的"千里眼"。

一个声音仿佛在遥远的地方叮嘱他："永坦，不管你干什么，都要为国家干点事。"

那是父亲的叮嘱。父亲1971年已过世，没有看到儿子为国家干事。

刘永坦决定从头再来！否则，他有愧于国家交给他的重任，有愧于团队全体教师、学生对他的信任，也有愧于各合作团体的支持，更有愧于哈工大的栽培。

这场挫折，不仅考验着项目带头人的精神品质及知识储备，也考验着团队的核心力量，考验着每一位团队成员的受挫能力及学识。

全队二十多人都看着团队里的几位核心人物：许荣庆（总指挥）、张宁（总设计师）、邓维波（天馈系统主任设计师）、于长军（收发系统主任设计师）、权太范（课题组副组长兼数据处理主任设计师）、马子龙（总体组组长）、张庆祥（信号处理主任设计师）、赵彬（显控系统主任设计师）等。而核心人物又都看着刘永坦，大家一直视他为技术上的靠山、精神上的领袖。

刘永坦和几位核心成员立即召开紧急会议，从晚上一直开到凌晨。最后，刘永坦说："在挫折面前，我看到你们没有畏难情绪，这很好！大家都在看着我们，你们没有畏难情绪，我们的团队就没有畏难情绪！我相信，困难再大，也没有人的智慧大！困难再多，也总能找出解决的办法！只要我们大家齐心协力，没有攻克不了的难题！"

他的话语不多，没有激越之词，却有大山般沉稳的定力，给大家传递出不可动摇的必胜信心。正是这种沉稳的定力，像磁石一般吸引着全体成员。

最后他说："如果在科研项目上，没有难点，没有风险，也无须攻关，那还叫什么科研？那还要我们这些教授、博导、院士干什么？每一次失败，不仅是对我们知识储备的考验，也是对我们毅力的考验。"

他的这番话，深深地影响了每一个人。

大家知道，每项科研项目的成功，都是从一次次攻关失败中闯过来的。再说，有刘院士在前面带头，自己又有什么理由退却？

从2004年冬天开始，就在刚刚竣工的南方某省海边的雷达站基地，刘永坦带领他的团队，又开始了一场没有硝烟的攻坚战，对技术难题进行重新攻关，一次次地实验，一次次地推翻，又一次次地调整方案。

团队成员每天三班倒，日夜奋战在新体制雷达超视距课题攻关的岗位上。他们不仅承受着项目挫败的打击，而且承受着恶劣的环境。

由于项目时间拖得太长，补助费用光了。没钱，没地方住，刘永坦就带领大家在实验场附近找了一座废弃的度假村三层小楼充当宿舍。楼外是半人深的茅草，废弃多年的房屋，年久失修，门窗破烂不堪，常常是外面下大雨，屋里流小溪，大家真切体会到了"床头屋漏无断绝，长夜沾湿何由彻"的滋味。夏天蚊子多得像茅厕里的苍蝇，胳膊露在蚊帐外，第二天早晨一看，胳膊肿得跟大腿似的。没处吃饭，博导、教授们轮流开车出去买菜，大家轮流做饭。后来雇了一个人给大家做饭，这才把教授们从厨房里解放出来。

这里是外海，经常刮台风。台风一来，刮得天昏地暗，暴风雨撞开破旧的门窗，把被褥全打湿了。

最厉害的两次台风，因为担心房倒屋塌，团队大部分人员都撤到了较安全的地方，只留下许荣庆、张宁、邓维波几位团队领导值班，保护雷达站里的设备。有人刚一打开屋门，台风就席卷而来，他们拼命抓住北窗台的窗棂，这才没有被台风刮跑。

台风过后，一片狼藉，屋里满是厚厚的泥水，3名值班同事都成了泥人，而雷达设备却安然无恙。

在这样恶劣的环境下，团队成员一直在日夜奋战。他们轮流休假，每人两个月放假6天，回哈尔滨授课、探亲。

有的年轻教师，来参加攻关课题项目时，女儿刚出生，等他再回到家里，女儿已经4岁了，躲在妈妈怀里不肯认这个"冒牌"爸爸。

大家知道，刘永坦比任何人都难，妻子拄着双拐，雷达工程在初样转正样中失败，他背负着山一般的压力：无法按合同期限交货；重新购置设备，向哈工大借了800万元；有关方面的埋怨及团队家属的抱怨……

刘永坦，这位双院院士、哈工大研究生院院长，跟团队弟子们一起同甘共苦，没有任何特殊，同吃同住，为攻克每一道技术难题而呕心沥血、绞尽脑汁。

刘永坦就像一面坚挺的旗帜，在团队前面高高飘扬。他在，团队弟子们心里就感到踏实，就充满了永不言败的信心。

我曾问过刘永坦："您在这些年里，有没有绝望过，甚至产生想放弃的念头？"

刘永坦淡淡地说道："箭在弦上，不得不发。没想过放弃。放弃了，这一大摊子不是给国家造成巨大的损失吗？我相信，办法总会有的。"

2011年秋，来之不易的科研之花，终于向这群"雷达铁军"绽开了笑脸——经多项反复测试，雷达性能全部达到各项验收指标。这是继1990年4月，刘永坦的团队在新体制地波雷达首次完成对海面舰船目标监控成功之后，又一项对海上和低空目标同时探测的重大突破。

他们创建了我国第一部地波雷达，掌握了对海上双向监控的新体制雷达技术！这是我国自主研发新体制雷达取得的巨大成功！

从此，中国成为世界上极少数拥有这一核心技术的国家！

国家有关部门对新体制雷达做出如此评价："与国际最先进同类雷达相比，刘永坦团队所研制的新体制雷达系统规模更小、作用距离更远、精度更高、造价更低，总体性能已达到国际先进水平，核心技术处于国际领先地位。"

为了这一切，刘永坦团队奋斗了近20年。

一个个风华正茂的大学生、博士、教授，在这漫长的岁月里，送走了青春，迎来了中年，而刘永坦，已到了白发苍苍的古稀之年。

不为别的，就为了给祖国的万里海疆装上"千里眼"，为了实现不间断监视领海、领空及专属经济区，为了完成地波雷达对几百公里海面及低空目标的监控，为了与上千公里的天波雷达配合形成无缝的雷达探测网络，为了把新体制雷达的核心技术牢牢地掌握在我们中国人自己手里。

实验成功之后，这群眼睛熬得发红的理工男，并没有像第一次获得成功那么兴奋，他们渴望回家看看长大成人的女儿，看看快高考的儿子，渴望拥抱分别太久的孩子她妈……

刘永坦望着浩瀚、汹涌的大海，长长地吁了一口气，他终于完成了多年来的宏愿，为国家干成了一件事。

刘永坦在工作中

回到住地，他给妻子打去电话，告诉她，新体制地波雷达终于成功了。

两个人在电话里都长久地沉默了。

这期间，冯秉瑞到广州某医院又做了一次大手术，让因缺血而坏死的股骨头重新获得供血。经过治疗，她终于可以扔掉拐杖了。

2012年，这项新体制雷达工程正式交付合作方验收，雷达正式投入国家双向监控海洋的国防建设。

人们称这支团队是"雷达铁军"，称刘永坦为"雷达铁军"的领军人物。

从1982年组建雷达课题小组，到2012年新体制雷达投入海防建设，30年的时光。

2020年8月3日，刘永坦夫妇将国家最高科学技术奖800万元奖金全部捐给哈工大，设立永瑞基金，用于哈工大电子与信息学科的人才培养。

他被国人称为"挺起中国脊梁的国宝级人物"，被选为《中国现代科学家》纪念邮票上的代表人物，被推举为"时代楷模"和"最美奋斗者"。

这就是刘永坦，一位怀有家国情怀并把一生都献给了雷达事业的中国科学家！

③ 布衣院士
——水稻遗传学家卢永根

陈晓琳

【时代楷模】卢永根：中国科学院院士，华南农业大学原校长，著名水稻遗传学家。2019年8月因病逝世。他入党70年来，对党和国家忠诚不渝、矢志奋斗，是一名永葆初心的优秀共产党员。他毕生致力于水稻遗传育种研究，始终站在科学研究第一线，是一位杰出的农业科学家。他长期奋战在高等农业教育最前沿，培养了一大批高水平现代农业专家，是一位出色的教育工作者。他始终坚持共产党员勤俭节约的优良作风，将880多万元积蓄捐赠出来设立教育基金，将遗体捐献给医学研究和医疗教育事业，是一位情操高尚的道德模范。曾获"最美奋斗者""全国模范教师"等荣誉称号。

时代楷模 科技之光

布衣院士

水稻遗传学家卢永根

作者简介

陈晓琳：著名导演、编剧、主持人，中国播音主持"金话筒奖"得主。

担任编剧和作词的大型原创音乐剧《烽火·冼星海》入选国家舞台艺术精品创作工程重点扶持剧目，导演和编剧的沉浸式话剧《1927·永远的红色》成为全国文旅界一个现象级的剧目，作词的歌曲《祝福新时代》获得广东省精神文明建设"五个一工程"奖。

著有长篇报告文学《人民英雄麦贤得妻子李玉枝的世纪守护》等。

> 种得桃李满天下，心唯大我育青禾。是春风、是春蚕，更化作护花的春泥。热爱祖国，你要把自己燃烧。稻谷有根，深扎在泥土，你也有根，扎根在人们心里。
>
> ——《感动中国》颁奖词

> 从教半个世纪，你立德树人，播撒春雨育桃李满天下；治学六十余载，你求知求真，浇注汗水写稻种新篇章。入党七十年，你倾其所有许党报国，用初心无改彰显家国情怀；恭俭一辈子，你知行合一止于至善，用时光沉淀洗涤名利尘埃。
>
> ——"南粤楷模"颁奖词

一声啼哭

20世纪30年代的香港，还没有"东方之珠"的美誉。那时的香港街市，是依山而建的骑楼，远不及上海繁华，也不比广州风姿摇曳，却如一朵不那么金贵的小花，默默地在海的包围中盛放着。

30年代的第一年，第一个冬天，在香港的一户中产阶级家庭里，伴随着一声有力的啼哭，一个男孩诞生了。他是家里的第四个孩子，他的出生给这个殷实的家庭增添了一份喜气，一家人喜欢像围着小火炉似的围着他。父亲卢国棉给他取名"永根"。长大以后，卢永根无数次思考为什么当初父亲给自己取这样一个名字，感叹冥冥中仿佛一切早已安排，一个"根"字把他和祖国的土地紧紧相连。

卢永根的父亲卢国棉祖籍是广东省花县，现在的广州市花都区。卢国棉的父亲早年到香港打拼，日渐富裕，这使得卢国棉在教育上一直得到保障。卢国棉从小受的是私塾教育，后来一家人搬到香港，他16岁时被送到香港皇仁英文书院（Queen's College）读书。大学预科毕业后，卢国棉在一家英国律师行当高级职员，同时还与兄弟一起继承和经营家族生意。卢永根的母亲梁爱莲是农村穷苦家庭出身，不识字，15岁便应父母之命嫁到卢家。在卢永根的记忆里，母亲一生为人善良，富有同情心，勤俭持家，相夫教子。

也就是说，卢永根从小什么也不缺，经济上家里不缺钱，家里有电话，进进出出都有汽车或者人力车接送；情感上不缺爱，母亲和哥哥姐姐给了他最好的呵护。

当然，父爱的传递方式从来就是不一样的，卢永根晚年的时候深情地回忆道："我父亲一方面受孔孟旧礼教的影响较深，养成行为端正、富正义感、敢作敢为和崇尚俭朴的品德情操，写得一手好书法；另一方面，他又接受西方的现代文明，精通英语。他平时对子女管教很严，规定不准打扑克，不准搓麻将，不准跳舞，吃饭时不得谈话，甚至不让看章回体小说。他要求子女勤奋刻苦学习，每学期的家庭成绩报告书他都要过目查阅，子女有错的地方，他便严加呵斥，甚至鞭打，我对他一直心存敬畏。他喜欢游泳、打网球、看足球赛和西方喜剧电影，常常带我们两兄弟参加这些娱乐活动。父亲给我最大的影响是使我勤奋好学，严格自律，处事果断，直言不讳，疾恶如仇，勤俭节约，不沾染不良嗜好，烟酒同我无缘。"

卢永根的第一个人生标签是"香港仔"。少年时代的卢永根，喜欢穿双肩带的西裤配上白衬衣，脚上穿一双时髦的高帮鞋子，头发梳得整齐光洁，很神气的小少爷模样。像许许多多的"香港仔"一样，他在中华传统教育和殖民地文化的碰撞中长大，香港日渐繁华的背后，总有一些他无法拉直的问号。

历史从来就不会给人们太多思考的时间。

1941年，日本偷袭美国珍珠港，战火很快从北太平洋烧到香港，风云剧变。当时受英国殖民统治的香港，守军主力是英军，由英国人、华人、印度人、加拿大人组成的15000人规模的驻港部队对入侵的日军进行了抵抗。但是在日军炮兵、空军和海军的协同猛攻之下，本就战斗力低下的驻港部队很快丢掉了九龙要塞，退守香港岛。

经过短时间的拉锯之后，1941年12月25日，日军飞机及炮兵集中火力对驻港英军阵地狂轰滥炸，迫使英军放弃抵抗，港督杨慕琦宣布投降。

港督宣布投降的第二天，原本是节礼日（Boxing Day，即圣诞节次日），是人们拆礼物的日子。这一天，日军给了每个香港人一份大大的"礼物"，他们嚣张地举行了占领香港的入城式，给香港改了个富有岛国特色的名字"香岛"，并改1941年为"日本昭和16年"。随后日军犯下了更加残暴的战争罪行，大肆强取豪夺，吞没港人的财产，很多人被日军关在香港南部小镇赤柱的战俘营里，也就是现在著名的赤柱监狱。

几乎是顷刻之间，香港变成了11岁的卢永根完全陌生的死港，日军横行街头，商店几乎全部关门，百业凋零。

卢家的生意被迫停业，父亲在律师行薪水丰厚的工作也没有了。那时卢永根还在香港粤华中学附小读六年级，父亲担心坐吃山空，决定身边只留下最小的女儿，其余几个子女则由他的四弟带领，全部回到广东花县罗洞村坑尾里老家暂时避难。

那是卢永根第一次离开香港，离开父母，逃难的生活给了他深刻的不安全感。当时广东花县也是沦陷区，同样在日本侵略军铁蹄的践踏下遍体鳞伤，罗洞村虽然是穷乡僻壤，但也三天两头有鬼子来围村、洗劫。因此，一大家子每天的生活主题就是日本鬼子来了怎么逃，每个人都有自己的任务，谁拿什么值钱的东西，哪个大的带着哪个小的。卢永根年纪小，没有分配到具体的任务，他的职责就是跟上大队伍，千万不能掉队，千万不能落在日本人的手里。

那些心提到嗓子眼里的日日夜夜在卢永根的记忆里刻骨铭心，每天晚上他不敢脱衣服，不敢睡得太沉，怀里紧紧抱着一个小包袱，随时准备撒开腿跟着大人逃命。为了躲避日军的烧杀，他常常跟大人们一道逃到村外过夜。有一次，一家大小躲在村外芋头地的沟畦里，正值秋冬季节，夜间的水温很低，逃难的人们就这么整夜浸泡在灌满了水的沟里，大人、小孩冷得发抖，夜里安静，牙齿打架的声音夹杂在冷风中特别刺耳。

卢永根在瑟瑟发抖中脑子里产生了一个又一个问题：这是我们的国家，这是我们的家乡，为什么我们有家不能回？为什么我们要这么屈辱地躲在臭水沟里？为什么黑夜这么长？什么时候才能天亮？什么时候才能见到太阳？……

这也是从小在大城市里长大的卢永根第一次体验农村的清苦生活：为了节省粮食，增加饱腹感，每顿饭都是先吃许多芋头，基本填饱肚子后，再吃一点米饭。平日无鱼无肉，除青菜外，只有一小钵由祖母自制的豆瓣酱。

不过，11岁的卢永根很快适应了农村的生活，没有鞋穿，光着脚板走路他也健步如飞；光着身子同村里的小伙伴们到河溪去玩水和摸鱼，运气好的时候还能弄到一两条小鱼；爬上高高的树上掏鸟窝，在上面打瞌睡；他还学会了放牛，冬天跟牧童们骑着黄牛和水牛到山丘上放牧，肚子饿了就偷挖人家田里的番薯烤着吃……

这样的日子一过就是两年。

两年和过去完全不一样的生活里，"香港仔"卢永根第一次对农村有了认识和了解，他认识了许多生活在贫困中的质朴的农民，他同情他们，乐于同他们亲近。小时候背诵唐诗"谁知盘中餐，粒粒皆辛苦"背得滚瓜烂熟，但是其中的苦和其中的道理，他还是这段时间深度体验后才真正体会到。不知不觉中，卢永根对土地和农民有了理解与爱。

烽火连三月，家书抵万金。

这一天，爸爸来信啦！

孩子们挤成一团抢着读爸爸的信，更准确地说，是孩子们贪婪地希望从爸爸的信中，闻一闻家的味道，父亲的味道。

"身劳苦学"

"既买锄头又买书，田可耕兮书可读，半为儒者半为农"

父亲寄来的是两条家训。

这是卢永根永远不会忘记的，远在香港艰难谋生的父亲卢国棉似乎知道自己在思考什么。

卢永根在香港长大。在英国殖民主义的统治下，香港人的民族意识比较淡薄，民族性是相对缺乏的。内地抗日战争爆发后，虽然香港各界也举办过不少抗日救亡活动，但是因为没有切肤之痛，这一切行动就变得不痛不痒。那时的香港，照旧是夜夜笙歌，活色生香，内地许多人逃难到香港，香港一时竟成为人们逃避战乱的"孤岛天堂"。如果不是这次逃难的经历，卢永根也许和大多数人一样，感觉生活在"天堂"中。但这期间，他亲眼看到了日本鬼子的凶残，体味到沦为亡国奴的苦楚。

每天，四叔和大人们在一起议论局势，卢永根就在一旁投入地听。1942年1月，日军宣布"所有没有工作和居留证的人员，都必须离境"。命令一下，日本兵在街头任意捕人押解离境。到了1943年3月，由于粮荒日益严重，日本兵更加疯狂地抓捕市民，用帆船押送到华南海岸。日军还将一些帆船拖到公海后,命令炮击或用火烧毁。据说,当时被驱逐的香港居民,每天达1000多人。在日寇统治下,香港跌入隆冬季节,百业凋零,失业严重,人民在死亡线上挣扎,许多人被活活饿死,那个"天堂"的幻想彻底破灭……听着这些让人悲愤的新闻,爱思考的卢永根在那些一时得不到解答的问号中,一种忧国忧民和民族自尊的情感油然而生。

第一次感受到祖国的苦难,第一次体会到当亡国奴的滋味,他开始明白这样一个道理:没有强的国,何来安宁的家?

这一时期,卢永根读了很多书。他喜欢阅读,无论是中国古典名著《水浒传》《红楼梦》《西游记》《三国演义》,还是新文学时期巴金、茅盾、郭沫若和鲁迅的作品,无论是中国作品还是外国作品,也无论是人文社科类书籍,还是自然科学类书籍,都能够激起他阅读的兴趣。博览群书方能找到自己的价值追求,博览群书方能拓宽视野、看清世界。

两年之后,卢永根他们几个兄弟姐妹陆续回到香港,不久,日本宣布无条件投降,香港结束了三年零八个月的日占时期。卢永根和他的兄弟姐妹们走在那些他们熟悉的街道和城市的角落,欢欣鼓舞。

日本人走了,国民党政府扬言要从英国殖民者的手中收回香港。一时间,携带着美式装备的国民党官兵,以"抗日功臣"自居,在香港的街头耀武扬威。当时人们对"国军"是肃然起敬的,卢永根曾用自己节省积攒的零用钱,买了很多自己爱吃的零食到九龙新界的军营去慰劳"国军",表达他对"国军"收复香港的期待。但是,现实是严酷的,"国军"在香港的所作所为很快让人们看清了他们的真面目。

一名军官偷了一家印度丝绸商店的一块绸布被当场抓住,士兵到戏院看电影不买票入场被拦阻后大打出手……"国军"的到来一点也没有让受到日本人凌辱的香港得到治愈，反而一些国民党"接收大员"贪污舞弊变成了"劫收大员"。一系列丑闻在报纸上曝光后，很快人们对国民党彻底失望，卢永根就是这些深深失望的人当中的一个。

几经波折，香港终于把被日本人强改的屈辱之名"香岛"重新改回了原本的"香港"，但是，由于当时国民政府的软弱，错过了收回香港的绝佳时机，香港重新回到英国殖民者手中。

结束了两年颠沛流离的农村生活回到香港，卢永根13岁了，家里很自然地要考虑他的升学问题，摆在卢家人面前的是两个选择——进英文书院？进中文书院？卢永根的父亲当然希望儿子入英文书院，将来想要在香港谋生，没有英文书院的资质不就等于输在了起跑线上吗？但是，此时的卢永根已经不是那个在糖水里泡大的孩子了，他在思考：如果我进了英文书院读书，接受英国人的教育，未来在被英国人统治的土地上做事，那么我的民族呢？我的祖国呢？这是一个少年最初的民族意识觉醒。这份朦胧的、还不是十分清晰的民族意识觉醒，使得少年卢永根不愿意入英文书院接受"奴化教育"。卢永根的父亲知道儿子选择了一条不寻常的路，这也可能意味着将来他会尝到更多的艰辛，但是欣慰于儿子已经开始有自己的独立思考，他也看到了儿子身上难能可贵的民族气节，于是他同意了儿子的想法。

自此，卢永根走上一条他自己选择的路，他仿佛是一个在黑夜里行走的人，追随着前方一束红色的光亮，他那时并不知道，那束光是他的民族，他的祖国。

日本侵华战争的现实教育了我，使我觉醒到当亡国奴的悲惨。我是炎黄子孙，要为自己的祖国复兴效力。

——卢永根

一心向党

卢永根考入了香港岭英中学。在那里他遇到了一位语文老师，名叫萧野，这是改变卢永根一生命运的人。

"萧野老师！"

"爱思考的卢永根！"

"我喜欢听您的课。"

"我也喜欢你这个学生。当我分析当前的局势，揭开港英政府和国民党反动派的真实面目时，我能看到你眼睛里的失望和愤怒；当我讲到我们需要一个强大的政党去建设一个崭新的国家时，我能看到你眼睛里闪耀着光。"

自从认识了萧野老师，卢永根觉得自己的心里敞亮了许多，那些曾经苦苦思考而不得其解的问题，在萧野老师那里总可以得到进一步的思考并找到答案。后来，经萧野老师介绍，卢永根转学进入新开办的香港培侨中学，从1946年到1949年，他在这里度过了非常有意义的三年高中生活，他人生的一个重大的起点就在这里。

香港培侨中学创办于1946年，卢永根是这个学校最初的那批学生之一。这所创办于第二次世界大战之后的中学，最初主要招收的是东南亚的华侨子弟，卢永根是为数不多的香港本地学生。爱国主义教育一直是香港培侨中学的一大特色，学校在引进先进的教育理念办学的同时，更加注重培育学生的爱国情怀，让他们了解中国国情，了解中国前途，使他们成为建设中国的支持力量。

卢永根就是在这样一所有着爱国主义教育传统的学校成长的。

他进入香港培侨中学的时间是1946年9月，在学校里他有两个好朋友，一个叫李沛瑶，一个叫李沛钤。李沛瑶和李沛钤是兄弟，学校里上上下下都知道他们出身名门，父亲是黄埔军校副校长、国民党高级将领李济深。李沛瑶和李沛钤那时读初中，卢永根读高中，都寄宿在学校，周末才回家。机缘巧合的是，他们同住一间宿舍，床挨着床，三个人很快就熟稔起来。李家兄弟二人的性格不太一样，沛瑶比较内向和实诚，沛钤则活泼而调皮。

当时培侨中学刚创办，经费十分紧张，校方发动"爱校运动"向社会募捐。机灵的卢永根有了主意——李济深将军是知名的爱国人士，正旅居香港筹建中国国民党革命委员会，他的书法很出名，如果可以请他写一幅书法作品，我们想办法把它拍卖，岂不是可以帮到学校？于是，年长一些的卢永根约上李沛瑶、李沛钤，跟着他们到香港罗便臣道的寓所拜见李济深。

那一天，少年卢永根见到了大名鼎鼎的李济深将军。当他看到李将军打开书房门向他走来时，感觉自己走进了历史：

他参加过1911年武昌起义；

他在北伐中立下赫赫战功；

孙中山先生决定创办黄埔军校，他被任命为军校筹备委员会委员；

他是陆军上将，国民革命军第四军军长；

西安事变，他向全国通电反对内战，力促西安事变和平解决；

他在香港发表《对时局意见》，号召国民党内"每一个对国家负有责任感的人"，都应勇敢地站出来"改正党内反动派的错误政策"；

……

这就是卢永根崇拜的爱国者李济深大将军，而此时的他身穿白色丝绸唐装，十分儒雅。

"他身旁站着两个怀揣手枪的彪形'马弁'（贴身保镖），他看上去根本不像个军人，倒像个学者。"事后，卢永根对自己的父亲说。

李济深为人温和，欣然接见了卢永根这个帅气的毛头小子，并知道了他的来意。

"如果我的书法能帮到你们学校，我很荣幸啊！"说完，他当即挥毫。

后来，卢永根他们将这幅书法作品卖给了一位印尼爱国华侨，把所得的善款全部交给了学校。

那一天，见过大将军之后，李沛瑶、李沛钤两兄弟还带着卢永根在李家的大宅子里四处转。在地下室，卢永根看到了很多木箱子，这些木箱子和卢永根后来的人生可以关联起来，因为木箱子里装着许多小型电影放映机的设备，而这些设备的主人，是李家的大公子李沛文。李沛文在新中国成立后担任过华南农学院副院长，作为学生的卢永根曾经观看李沛文用这部小型放映机为他们放映的考察台湾农业的纪录片。

人生何处不相逢。

高中三年，是卢永根树立正确的人生观、世界观和价值观的重要时期。这时内地正值解放战争期间，许多民主进步人士为了摆脱国民党的迫害而纷纷移居香港，一时间，香港云集了许多知名人士。他们创办了各种民主进步书刊和书店，宣传中国共产党的主张，揭露国民党政府的反动和腐败。培侨中学的爱国和民主思想在这一时期非常活跃，师生中有不少进步分子，其中一些是由中国共产党领导的广东人民抗日游击队东江纵队北撤后复员的人员。就像萧野一样，他们很快发现了对革命热切向往的卢永根，并主动接近他，介绍他阅读进步书籍，邀请他出席一些进步团体举办的时事报告会。那些年，卢永根曾经聆听过郭沫若、茅盾和乔木（乔冠华）等大家的讲演，他们醍醐灌顶、令人折服的讲演就像一束束光照亮了卢永根求索的道路，为他指明了方向。

只有中国共产党，才是祖国和中华民族的希望！

卢永根甚至开始畅想即将到来的明天，17岁的他，满怀激情地写了一首诗，发表于1947年《培侨生活》第二期。

假如那样的一天到来哟
人人有田耕
人人有屋住
人人有饭吃
种地啊
用机器
交通啊
用飞机
没有剥削
没有压迫

假如那样的一天到来哟
人人有事做
人人是主人
人人有自由
由人民来管理一切
铲除一切独裁和黑暗的统治
被压迫的人民
都起来啊

> 假如那样的一天到来哟
> 人人有书读
> 人人都是诗人
> 都是音乐家
> 我们的生活啊
> 就是诗境
> 我们的语言啊
> 就是音乐

这首诗，字里行间对民生疾苦的关注，对美好生活的向往，跃然纸上。正是这先天下之忧而忧的家国情怀，铺满卢永根一生的求索道路。如果说，那个时期少年的卢永根在对现实充满悲愤和对未来充满美好的憧憬之间放逐自我，那么，18岁那年，他完成了他的归来。而这次归来，也是他人生中一次壮美的逆行。

卢永根在学校里更为积极、活跃，这一切都被当时潜伏在香港工作的地下党组织看在眼里。渐渐地，卢永根发现自己身边有许多像萧野老师这样的人，他们关心自己的思想变化，时常和自己谈理想、谈人生、谈建立新的社会制度，让他感受到了组织的力量。1947年12月，瞒着家庭和亲友，卢永根秘密加入中国共产党的外围地下组织"新民主主义青年同志会"。他的代号叫"平原"。

解放战争时期，为了防止当时的地下组织被破坏，党的外围组织都有不同的命名，北平的进步艺术青年联盟、上海的报童近卫军、上海的剧影工作者协会、成都的中华民族解放先锋队、香港的新民主主义青年同志会等都是当时工作成绩不错的外围组织。他们的特点不同，但方向是一致的，那就是号召人们反剥削、反压迫，看到未来，看到希望。

卢永根就这样一点一点成长，一点一点靠近他毕生的信仰。一年多之后，1949年8月9日，他终于迎来了人生最光荣、最神圣的时刻。

一个很小的房间，墙壁上挂着党旗。

监誓人郑重地说："加入中国共产党，个人的一切包括生命都属于党、属于人民，党和人民的利益高于一切，你是否要参加？请认真考虑！"

年仅18岁的卢永根毫不犹豫地面向北方，庄严地、高高地举起了自己的右手。

为什么是北方？

因为那是延安的方向。

因为延安就是他心中的太阳。

卢永根把入党这一天当作生日，新生命的开始。入党于1949年，中华人民共和国成立的年份，也就意味着自己的党龄与共和国同龄，这件事情让卢永根骄傲了一辈子。

入了党就是党的人，党让去哪里就去哪里。当时组织上考虑卢永根有三个去向：一是回内地打游击，那时华南已开辟了广阔的游击区；二是继续留港升学或工作；三是回内地升学。最终，党组织决定让卢永根回广州岭南大学升学，参加"地下学联"（即广州学生联合会）的工作，积极迎接广州解放。

当时，中华人民共和国即将成立，对时局无法做出判断的人们纷纷从内地逃往香港，再从香港逃往全世界，很多富商巨贾费尽九牛二虎之力，只为得到一个"香港人"的身份。然而，就是在那样一个兵荒马乱的时期，拥有香港身份的卢永根却逆人流而行，告别香港，告别亲人，告别舒适的生活，作为中共地下党奔赴广州。

心有所信，方能远行，18岁的卢永根朝着祖国的方向坚定地迈开了他青春的脚步。

48年之后，1997年7月1日零点整，中华人民共和国国旗和香港特别行政区区旗在香港升起，经历了百年沧桑的香港回到祖国的怀抱，中国政府开始对香港恢复行使主权。历史的时钟指在1997年7月1日零点那一刻，那个永载史册的瞬间，香港出生的卢永根百感交集，热泪盈眶："我今年66岁多了，为香港的回归整整盼望了半个世纪。"生于兵荒马乱之际，年少时目睹日寇暴行的卢永根，他的生命从一开始就被打上了大时代的烙印。也正因此，他对于民族的独立、国家的强盛、社会的发展有着更加殷切的期盼。

2020年12月3日，在卢永根去世一年多之后，他被中共中央追授为"全国优秀共产党员"。人们有理由相信，这是那个当年向着延安方向庄严宣誓的少年，完美成就了一生的追寻。

我为什么要抛弃安逸的生活而回内地呢？是中国共产党指给我有意义的人生之路，只有社会主义祖国，才是我安身立命的地方。

——卢永根

一腔热血

卢永根来到了广州。这个城市对他来说有一种与生俱来的亲切感。同根同源，同声同气，"老港"与"老广"之间，本来就有着不可分割的浓浓情感，千丝万缕，互融依存，血脉相连。更何况此刻走在羊城大街上的卢永根，似乎已经能呼吸到新中国新鲜、自由的空气，他甚至能感受到自己的根正热烈地深入这片土地，他要在这里大干一场，让生命之花为祖国开放。卢永根在广州几乎待了一辈子，这个城市见证了他的政治激情、科学成就，还有爱情、亲情……

1945年8月抗日战争胜利，国民党政府接收了广州。中国共产党在广州的活动随即转入地下。此后数年，党在极其艰险的条件下，在广州坚持革命斗争，卓有成效地开辟"第二条战线"，迎来解放曙光。而爱国青年学生就是"第二条战线"的先锋和主体。

卢永根是"第二条战线"上的骨干和精英学生，他的公开身份是岭南大学的学生。

刚刚到广州的卢永根，共产党员的身份还不能公开，他的上级领导陈文靖为了让他尽快适应新的环境，介绍了一些广州的青年朋友与他相识。他在这一时期认识了古永灼、胡景钊等人，有些是岭南大学学生，有些是社会青年组织成员。卢永根性格开朗，亲切健谈，很快就和大家熟络了。大家常常在一起喝茶谈时局，但对彼此的身份都讳莫如深。

此时的卢永根，除了和陈文靖单线联系，还没有接上组织关系，他一度心里很着急，天天盼着组织上给自己布置任务。终于有一天，陈文靖通知卢永根上级组织会有人来和他接头，接头暗号：来人是"高山"，他是"平原"。很快，"高山"出现了，还带来了组织的指示。组织上给卢永根布置的任务是：立足岭南大学，开展"地下学联"活动，迎接广州解放！

终于找到广州的党组织了，终于看到战友了！这个时候，卢永根才知道，早些时候陈文靖介绍他认识的大部分朋友都是地下党员，像古永灼、胡景钊。本来他们就彼此投缘，如今终于可以并肩作战了。

岭南大学是一所著名的、在海内外有广泛影响的私立大学，收费昂贵，学生多为海外华侨和港澳同胞的子弟。这所大学创办于清光绪十四年（1888年），学校的发展虽几经波折，但无论在国内还是国际上的地位都是不容小觑的。1948年8月，陈序经接任校长一职，迅即将岭南大学的学术地位提升到一个新的高度。陈序经是著名的历史学家、社会学家，在海内外享有盛誉。他立志要将岭南大学打造成全国最优秀的学府，因此在上任前即向清华大学、"中央研究院"、协和医学院等一流学术机构"挖墙脚"，聘请明星级教授十数人。另外，陈序经又以个人的交情和魅力，请来陈寅恪、王力、梁方仲、容庚几位人文学科的国宝级教授加盟，奠定了岭南大学在中国文史界中举足轻重的地位。连同陈序经本人在内，岭南大学的优秀师资在战后的广东形成了一个人文荟萃、精英云集的局面，其盛况可谓一时无两。

就是在这个时候，卢永根成了岭南大学的学生。卢永根后来回忆起这段时间的学习时这样说："同国民党的公立大学相比，（岭南大学）政治和学术气氛都比较民主、自由，教学管理制度基本上沿用美国大学那一套。"卢永根一生治学态度执着认真、一丝不苟、严谨精究、诚实谦虚，这都得益于在岭南大学的学习。

这一时期，卢永根担任学校的党支部书记兼青年团总支书记，除了刻苦完成学业，他把所有的精力都用在了"地下学联"的工作中。广州解放初期，许多社会改革和政治运动（如扫荡地下钱庄、镇压反革命、"三反""五反"、控诉美帝文化侵略罪行和参加军干校等）都依靠和发动大学生参加，全校的重大事情都得研究，中共广州市委的许多决定都要通过"地下学联"贯彻执行。平日里会议很多，工作很忙，还要上课，完成学业，可是卢永根政治热情高，又年轻力壮，经常忙到深夜，有时甚至通宵达旦，浑身似乎有使不完的劲。每天意气风发，背着个挎包骑着自行车穿梭在即将解放的广州城，他有一种说不出来的喜悦！对于即将诞生的新中国，他看到了希望，为了这份希望，他热切地等待着；而对于他个人来说，就像理想的种子找到了生根发芽的土壤，并且他不知道，悄悄生长的，还有他的爱情，这是后话。

1949年10月14日，广州解放了！"地下学联"由地下转为地上，卢永根和他的同志们无比振奋，他们赶制大标语、横幅、宣传画、彩旗，迎接解放军进城！

在一张游行的老照片中，人们看到了当年的卢永根，照片上的他满脸笑容，举着旗杆，旗杆上挂着横幅，他们在庆祝广州市解放一周年。

岭南大学农学院师生庆祝广州市解放一周年的游行队伍
（前二排左一持横额竹竿者为卢永根）（1950年10月14日）

然而，那时的卢永根依然不能暴露自己的党员身份，因为他还有很多秘密工作要做。在新中国成立初期，广州还有很多国民党反动派安插的特务在暗中进行破坏活动，谁能想到，日后成为科学大家的卢永根，青年时曾是一位优秀的地下革命工作者，他通过自己在一线工作中的调查，为党组织甄别特务做出了很大贡献。

打击地下钱庄，也是当年让卢永根和他的小伙伴们非常有成就感的一件事。新中国成立前，国民党的钞票天天贬值，民不聊生，老百姓不愿持有和使用，纷纷换成港币。于是，兑换港币的地下钱庄应运而生。新中国成立后，这些钱庄又演变成兑换人民币、港币的场所，它们翻手为云覆手为雨，买入卖出大赚差价，老百姓形象地称之为"剃刀门楣"，意思是出也刮，入也刮。上下九路、中山路等一带钱庄最多，经营者在骑楼底或马路旁摆上一张桌子便可开张。为了稳定物价，提高人民币的威信，广州市军管会决定取缔和打击金融黑市的活动，组织军队、公安人员及部分大学生等共两千多人，按每组3人，分组在全市组织突击扫荡活动。1949年12月5日，进步大学生有组织地穿上便衣，上午9点前守候在各地下钱庄附近；9点整，全市统一行动，人人戴上军管会发的袖章，手持军管会的决定，宣读决定后，把钱庄所有钱币、算盘、资料等进行封存，接着挂上红旗标志；军管会的吉普车开来，逐一收缴，带回军管会进行处理。这次行动，仅用半小时就胜利完成任务，解决了以前国民党政府长期无法解决的问题。从此，人民币的信用度大大提升，物价稳定，老百姓个个拍手称快。卢永根和参与"战斗"的同学们掩饰不住内心的喜悦，胜利的欢欣鼓舞着他们前行。

在以后的漫长岁月中，卢永根只要想起那些在岭南大学和小伙伴们并肩作战的日子，就会热血沸腾，心潮难平。那段时间与他有过工作交集的年轻革命人，在卢永根心里分量格外重一些，王屏山就是其中的一位。

被誉为中国民办教育事业的先行者和开拓者、杰出的人民教育家的王屏山于1926年8月出生在福建省福州市，与卢永根有着完全不同的身世和教育背景，而他们的交集正是在革命气息浓郁的岭南大学。1948年王屏山毕业于厦门大学机电系，1948—1951年在岭南大学物理系攻读研究生并任助教，1949年6月参加党组织领导的广州"地下学联",1951年1月加入中国共产党。是共同的信仰和"地下学联"的历练,让他们二人后来成为知己。

在岭南大学时期,认识的人都习惯叫王屏山为王屏,觉得这样称呼更加亲切。卢永根是广州解放后才认识王屏山的,那时王屏山是岭南大学物理系研究生,卢永根是农艺系一年级学生。因为"地下学联"和新民主主义青年团的工作关系,他们生活并战斗在一起。

由于岭南大学的学生大多数是华侨生和港澳生,加上收费昂贵,所以绝大多数学生均出身中上家庭,经济条件较好,当时岭大有"贵族学校"之称。那时学生的穿着都比较西化和时尚,不少女生穿"妹仔装"(上穿唐装大衿衫,下穿窄裤管牛仔裤),男生西装革履,油头粉面,还有红男绿女同骑一辆自行车在校园内"横冲直撞"。美国生活方式盛行,跳舞和谈恋爱蔚然成风。在这样的校园风气中,出身贫寒的王屏山衣着和表现都显得特别与众不同。

王屏山出身贫苦,家里的生活全靠他父亲挑担过街卖酱油维系,而他靠刻苦努力和助学金才完成厦门大学机电系的学业。毕业后王屏山考上岭南大学物理系的研究生,学校有助教(teaching assistant)制度,可以一边当研究生,一边兼任助教。靠着学校发的津贴,他的生活费和学费才不成问题。卢永根记得王屏山那时身穿米黄色的布中山装,头发不大梳理,脚踏一双圆头布鞋,手表也没有。王屏山不会唱歌跳舞,更没有"追女仔"(谈恋爱),活像一个"乡巴佬",当时有人戏称他是"一旧饭"(广州方言,土气和不够机灵的意思)。

正是由于贫苦出身,对现实社会不满,王屏山很快受进步思想影响,参加了共产党的外围组织"地下学联"。广州解放时岭大有近四十名"地下学联"成员,王屏山是其中的骨干,组织上一贯对他十分信任和重用。卢永根参加"地下学联"的工作后,即与蔡耘耕（文炯）、王屏山一起组成三人领导核心，卢永根和王屏山也从此开始了他们长达半个世纪的革命友谊。

党组织要在岭南大学发展党员，当然首先在"地下学联"成员中挑选和培养。但由于绝大多数成员非劳动人民家庭出身，且有较复杂的"海外关系"，加上当时过分强调家庭出身成分，使得不少优秀的"地下学联"成员骨干迟迟未能被吸收入党。王屏山则不一样，他出身城市贫民，革命热情高涨，组织的目光自然集中在他身上，并分配卢永根与蔡耘耕一起负责对他进行"培养"。这让卢永根有机会更加近距离地接触和了解这个出身贫苦、志向远大的年轻伙伴。王屏山对人坦诚，平易近人，组织观念强且组织能力强。当时"地下学联"负责学校的青年工作，许多团员有"思想问题"时都乐意找王屏山老师交谈。为了解决经济上的困难，在学校的安排下，王屏山在岭大附中担任兼职物理学教师，同时负责指导附中团支部工作，不仅他的物理课受到中学生们的欢迎，同学们更愿意听他讲时事和未来，讲理想和人生。看到王屏山在学生中威信很高，卢永根悄悄为他高兴，那个时候，他们都没有意识到这是王屏山成长为教育家的开端，而他们之间的故事也才刚刚开始。

随着新中国政治趋于稳定，卢永根的党员身份得以公开，他生活的重心开始从学联工作转移到学业上来，他更加专注地做一名新中国快乐的大学生，学校的不同领域里都有他活跃的身影。篮球场上，他活如太极，迷似八卦，疾若飙风；文艺舞台上，他唱歌、跳舞、演话剧样样优秀。多年以后，卢永根读到了王蒙在19岁时开始创作的小说《青春万岁》，他如痴如醉，仿佛王蒙还原的就是自己的生活。那些鲜明的时代色彩和浓郁的青春气息，那些不断探索的精神和昂扬向上的斗志，那些如诗似歌的青春热情啊！

卢永根深深为他们的胆识和力量感动，他们心里有坚定的信念——相信祖国，相信自己，相信祖国在自己的努力下会变得更加美好！

把青春献给社会主义祖国！

——卢永根

一往情深

　　从香港到广州，从"地下"到"地上"，从中学生活到大学生活，卢永根的日子好像每一天都在发生变化，他以最大的热情投入火热的生活。1952年底，全国高等院校进行调整，曾经是国内著名学府的岭南大学正式解体，暂时结束了六十多年曲折而光辉的教育历程。岭南大学的康乐校园变成了中山大学的校园，原有的课程或科系并入广州其他院校。由中山大学农学院、岭南大学农学院和广西大学农学院畜牧兽医系及病虫害系的一部分合并成立华南农学院，隶属农业部主管，毛泽东主席亲笔题写了校名。当年正是听从了组织的安排，卢永根进入华南农学院学习，成为华农首届毕业生。后来，这段经历让卢永根感到无比骄傲，他说："我和我的同学们大都经历过抗日战争时期颠沛流离的苦难，目睹旧中国政府的腐败无能，因此以渴望黎明的心情欢呼新中国诞生。在新中国成立后二十多年曲折的发展道路上，我们是历史的见证者。我们有过欢乐，也有过困惑、委屈、悲伤和痛苦。我们没有退缩或躺下，而是默默地在自己的岗位上耕耘，坚定地挺了过来，终于迎来了改革开放的春天。我们热爱自己的国家和民族，有强烈的使命感和社会责任感，爱岗敬业，在自己的岗位上为人民做出了应有的贡献。"

　　华南农学院承载了卢永根太多的情感，更让他感到幸运的是，在不经意之间，爱情来到了自己的身边。不知从哪一天开始，他发现自己被一个姑娘的身影吸引着，而他也能感受到姑娘的目光时时在留意着自己。

这个广州姑娘叫徐雪宾，她就像她的名字一样，冰雪聪明，不娇俏不艳丽，但纯洁纯真，爱慕虚荣这四个字在她身上找不到半点影子。她留着那个时代女学生最时尚的刘胡兰式的发型，喜欢穿白色的衬衣，领口敞开着，露出细长的脖子。她个子不高，却像个小宇宙一样能量无穷，她也是一名学生党员骨干，有着这个年龄的女孩子身上少有的执着、冷静。无论是平日里学生干部们开会商议，还是在游行的队伍中，她都显得信念坚定，一往无前。

生命诚可贵，
爱情价更高。
若为自由故，
两者皆可抛。

匈牙利诗人裴多菲的这首诗，饱含了对爱情的忠贞，对信仰的执着，是卢永根的挚爱。他把它抄写在自己的笔记本中，反复品味，并在品味中畅想属于自己的爱情。有一天，他的目光迎接到那个叫徐雪宾的学生干部的目光，他顿时感到内心仿佛有一抹明亮温暖的色彩，缠缠绕绕挥之不去，他确定自己等的人出现了。

爱情就是这样一种美妙的感觉，是相互之间无形的吸引、心灵之间有力的碰撞，不知从哪一天开始，徐雪宾内心也有了同样美妙的感觉。卢永根就像是一团火，他勇敢顽强，无论是打击地下钱庄行动还是学生游行，他总是冲锋在前；他阳光健康，篮球场上总能见到他矫健的身影；他多才多艺，在话剧舞台上光彩夺目。徐雪宾喜欢保尔·柯察金的小说《钢铁是怎样炼成的》，那一天，当她在台下听到卢永根在台上朗诵保尔的名句时，她激动得热泪盈眶。

　　人最宝贵的是生命，生命属于人只有一次，因而人的一生应当这样度过：当他回首往事时，不会因虚度年华而悔恨，也不会因碌碌无为而羞愧。这样在他临死的时候才能够说，我把整个生命和全部精力都献给了世上最壮丽的事业——为人类的解放而奋斗。

　　徐雪宾感受到她和卢永根有着共同的信仰、理想和追求，她希望和这样一个人携手奋斗。
　　每个年代的爱情，都有各自的历史痕迹。在新中国刚刚成立不久的那个夏天，卢永根骑着一辆自行车气喘吁吁来到徐雪宾面前，送给她一件礼物，这是一条漂亮的裙子，徐雪宾含羞收下了。两张青春的脸庞上闪耀着不可言说的依恋，他们在彼此的目光中看到了爱情，一段旷世情缘就这么开始了。
　　徐雪宾一直都认为，真正让她和卢永根走到一起的是他们对共产主义信仰的执着追求。卢永根从入党的那一天起，就把入党的日子当成自己的生日，是新生命的开始，徐雪宾深深感动。每年的这一天，他们都在一起庆祝这个节日；每一年的这一天，徐雪宾都会做一件让卢永根欢喜的事情。1957年的这一天，徐雪宾给了卢永根一个巨大的欢喜——
　　"我答应你，我们结婚吧。"
　　从此，他们再也没有分开。

　　我们的生活就是诗境，我们的语言就是音乐。
　　　　　　　　　　　　　　　　　　　　　——卢永根

一脉相承

不知道是因为自己名字中的那个"根"字本身含有土地对他的召唤,还是学生时代受于子三烈士"农业救国"理念的影响,或是服从组织的安排,卢永根在众多的学业方向中选择了农业。他来到华南农学院,和他一起来到华南农学院的还有后来成为他妻子的徐雪宾。

卢永根进入华南农学院后的一切生活的起点,要从一个人开始,他就是农学家、"中国稻作科学之父"——丁颖。

丁颖是广东茂名人,曾经留学日本东京帝国大学,1955年被选聘为中国科学院学部委员(后来改称院士),是新中国首批院士之一。丁颖运用生态学观点,对稻种的起源、演变、分类和稻作区域划分、农家品种系统选育以及栽培技术等进行系统研究,将中国稻作区域划分为地域分明、种性清楚的6个稻作带,并指出温度是决定稻作分布的最主要生态因子指标,对指导生产有重要作用。他在国际上首次将野生稻抗御恶劣环境的种质转育到栽培稻种中,育成的"中山1号"在生产上应用达半个世纪之久;他选育水稻优良品种60多个,创立了水稻品种多型性理论,为品种选育、良种繁育和品种提纯复壮工作奠定了理论基础。

丁颖出身普通农民家庭,自私塾童蒙书馆考上县城的"洋学堂"——高州中学后,他参加了"新高学社",立志"科学救国"。他曾经三度赴日本留学,在东京帝国大学农学部攻读农艺,成为该校第一位研修稻作学的中国留学生。

回国后,他拿出自己的积蓄补用于稻作研究,选育优良稻种,改进栽培技术,对发展华南粮食生产做出了较大贡献。

"科学无国界,但科学家有祖国。"这样的家国情怀深深打动并影响着卢永根,他永远把祖国利益放在个人利益的前面。1938年,日军侵入广州，丁颖曾冒着生命危险抢运稻种和甘薯苗。

丁颖的爱国情怀和他渊博的学识，深深地吸引了卢永根。卢永根开始对水稻产生兴趣，他痴迷于丁颖的专业补充课，主要内容是中国栽培稻种的起源演变和中国稻作区域划分。

1953年8月，卢永根完成了大学学业。当时大学毕业生都服从国家统一分配，主动争取到最艰苦和祖国最需要的地方去。卢永根填写的第一志愿是到海南岛发展橡胶，广州团市委则想把他调去当学生工作部部长，但组织上最终决定让他留校工作，担任作物遗传育种学的助教。于是，卢永根和他敬重的丁颖院士一样，成了既要教学又要从事科研的科教工作者。

留校工作之后，卢永根和丁颖在工作上有了更多交集，除了在学院的教学和科研工作之外，他们还是华南农学院仅有的两位广州市人大代表，常常要一起去参加会议，热情善谈的卢永根经常搭老师的"顺风车"，车走一路他们热烈地聊一路，两个人越来越熟悉和相互认可。丁颖比卢永根大整整42岁，年龄比卢永根的父亲还要大，但是两人却是真正的忘年交。在学术上，丁颖一直是卢永根的领路人，他帮助卢永根确定了终身的科学研究方向。在政治上，卢永根越来越强烈地希望影响恩师。

1955年，在北京农业大学进修的卢永根给自己的恩师写了一封信：

"像您这样先进的科学家早就应该成为共产党内的一员了。

"学术上，您是我的老师，是我的领路人；但在政治上，我是先行者，是进步青年，我要告诉您中国共产党的伟大信仰。"

卢永根在信里回忆起香港沦陷，自己被父亲送回乡下避难后思想是如何逐步觉醒的。在乡下时，他目睹日军的凶残暴行，也体会到战争对人民生活的影响，他的民族意识开始觉醒。在乡下待了将近两年之后，他返回香港读中学碰到了思想进步的老师，并受其影响和教育，在新中国成立前夕加入了香港的中共地下党。入党后，他在党组织的安排下，回到内地进入私立岭南大学读书和从事革命工作，迎接广州解放，不断成长为一名坚定的马克思主义者。

卢永根的信给老科学家丁颖带来了极大的心灵震撼，他想起19世纪末到20世纪20年代的中国农村那一片穷苦饥荒的景象，在帝国主义和封建主义的双重压迫下，民不聊生。粮食不足是一个十分严重的问题，仅广东一省，平均每年进口洋米达740余万担，最多的年份竟达1700余万担。那时的他对旧社会十分不满。中学毕业后，恰逢辛亥革命成功，他抱着很大的希望公费留学日本学农。在日本留学期间，国内民穷才尽，国外日本军阀抱有吞并中国的野心。卢永根信中说的一切，丁颖感同身受，他在国破家亡面前也曾经有过这样的迷茫和苦思，也曾经在黑暗中努力寻找那一道红色的光亮。强烈的爱国主义思想和民族自尊心，形成了他的科学救国思想，这也是丁颖回国工作的动力。而在二十多年的稻作研究工作中，他不断思考科学和政治的关系，越来越深刻地认识到脱离政治的"科学救国"之路是"此路不通"的。卢永根的这封信，以及他俩由此开始的关于科学与政治的热烈讨论，让两颗本来就距离很近的心灵更加靠近了。

他们有了更多的共同语言，丁颖回信说：近百余年来，中国为了摆脱贫穷落后的局面，先后进行过学习日本以政治改良为主的维新变法，以兴办实业为主的洋务运动，像义和团和太平天国这样自发的农民运动，也进行过资产阶级推翻封建主义的辛亥革命，但并没有走向富强、民主、进步，而是遭受了日本帝国主义及其他列强的入侵和掠夺。

实践证明只有社会主义才能救中国，只有社会主义才能建设中国。卢永根为能和老师有如此深入的交谈和思想碰撞感到高兴，可是丁颖教授觉得自己年纪太大，又出身旧社会，怕不具备入党条件。

不久，丁颖去北京参加中国农业科学院的筹建工作，因病住院了。这天，得知消息的卢永根心里非常挂念老师，下了课便急匆匆赶往医院看望。路上他买了一份当天的《北京日报》，巧的是，这天的报纸上发表了清华大学刘仙洲教授以65岁高龄加入中国共产党的消息，并同时刊登了蒋南翔的文章《共产党是先进科学家的光荣归宿》。

卢永根拿着这张报纸三步并作两步冲进了丁颖院士的病房，把大家着实吓了一跳。

共产党是先进科学家的光荣归宿！

丁颖院士看了这篇文章，眼里满含激动的光芒，身上的病似乎全好了！卢永根完全理解老师此时的心情，他离开病房之后第一时间把情况向学院党委作了汇报。

就这样，1956年，有着"中国稻作科学之父"之称的著名农学家丁颖以68岁高龄加入了中国共产党，这在当时全国高级知识分子中引起了极大反响。从此，师徒二人成为志同道合的革命同志。

1957年，丁颖成为中国农科院首任院长，离开广州前往北京工作。1961年8月，中央决定为老专家配备科研助手，丁颖力排众议，在众多的年轻学者中坚持选择了昔日的学生卢永根，卢永根在得知这个消息后百感交集。原因是此时的卢永根正经历着他回到内地之后的第一次大的磨难。

这意想不到的磨难源于卢永根在北京农业大学进修的那两年间发生的事。

1955年至1957年，教育部在北京农业大学举办作物选种进修班，聘请苏联专家讲课，由全国各农业院校派年轻教师参加，为期两年。卢永根凭借出色的学习能力和业务能力被学校选派参加了该进修班，到进修班又被选为班长。

当时正值新中国和苏联两国关系的"蜜月期"，各行各业大力提倡学习苏联，农业战线就是几乎一边倒地学习"先进的"米丘林遗传学，批判"反动的""唯心的"摩尔根遗传学。当然，也有头脑保持清醒的科学家，当时北京农业大学就有两位全国知名的、坚持摩尔根遗传学观点且"屡批不改"的教授，一位是杂交玉米育种专家李竞雄，另一位是植物多倍体专家鲍文奎。夏季每天早上，卢永根都看到李教授身穿白色的工作围裙，带着镊子、剪刀、纸牌和纸袋，一个人孤独地、默默地在玉米试验地里去雄、授粉和套袋，竟没有人理睬、协助他，他的敬业精神使卢永根深受感动。卢永根当时是进修班的班长，他认为科学不应该只有一种声音，于是决定请李竞雄、鲍文奎两位教授到进修班给大家上专题课。两位教授都鲜明地坚持自己的学术观点，讲述的内容十分充实和令人信服。

多年以后，卢永根回忆道："鲍先生给我影响最深的是他提出的三个观点：一是试验材料必须是遗传上纯合的，能真实遗传的；二是试验对照必须严密、客观；三是试验数据必须是有代表性和可靠的，应经过数理分析判断。这些观点对我以后的研究工作产生了深远的影响，我以这些观点来考察当时《苏联农业科学》上刊登的许多文章，发现文章中试验个体少，试验材料不可靠，对照不严密，数据只得平均数，是不科学、不能令人信服的，这使我对植物无性杂种产生怀疑。"

当时全国范围宣传米丘林遗传学的风很劲，在关于遗传学的米丘林学派和摩尔根学派之争出现之后，崇尚独立思考的卢永根的思想天平倾向摩尔根学派，他认为对作物的引种和栽培，米丘林学说有一定的指导意义，但摩尔根遗传学和生物统计学才是作物育种工作的理论基础。这原本只是学术之争，可是在一切学习苏联和"一边倒"的年代，苏联采用政治决断来替代学术争鸣。1957年反右派运动开始后，卢永根曾在北京农业大学整风座谈会上讲过的上述学术观点，被作为"右派"言论给"揭露"出来。极左的同事批判他"反对学习苏联"，是"披着米丘林的外衣，干着反动的、唯心的、摩尔根的勾当"。卢永根那时还不满27岁，一名青年助教转眼成了全校大批判的"靶子"，最后还背了个留党察看一年的处分。在政治挂帅的年代，政治正确是至高无上的，而政治错误则会招致众叛亲离，平日里关系亲密的许多人，此时也急于同他划清界限，见面不理睬，避之唯恐不及。一向积极向上、对党忠诚的卢永根陷入深深的苦恼中。

"这是我1947年参加革命以来第一次感受到委屈、痛苦、悲伤和孤独，第一次体会到什么叫世态炎凉。"

得知卢永根的情况后，丁颖既震惊又生气："我不相信卢永根会反党、反社会主义。他同其他人的看法相反，那是因为他有自己独立的见地，这是难能可贵的科学精神。"

事实上，丁颖最看重的就是卢永根的科学精神，因为他自己就是秉承着这样的精神独立思考的人。在全国各行各业学习"苏联老大哥"，"一边倒"的情况下，面对清一色的苏联农业教材，丁颖意识到这些教学内容已严重脱离中国实际，他勇敢地提出，不能脱离中国实际，不要全盘照搬苏联那一套。他不辞辛劳，查阅古农书，汲取系统农业的精华；他向农民请教，结合自己和同行的研究成果，主编并撰写了《中国水稻栽培学》，为农科院校和农科研究人员普遍采用。

这就不难理解为什么丁颖选择卢永根了。

丁颖不理会周围人的冷言冷语，仍像过去一样满腔热情地把卢永根约到自己的寓所交谈，关心他的学术研究，关心他的家庭生活。丁颖的信任给卢永根无限的温暖和莫大的鼓舞。

"真是知我者,唯丁颖老师也。"

卢永根没有想到中央能批准丁颖院士的决定,让自己担任院士的科研助手这一重要工作,他更加明白,这样的知遇之恩不仅让他走出低谷,更使他在学术上拥有了一次宝贵的成长机会,"从此,我在水稻遗传育种研究领域算是正式走上了'不归路',我很幸运"。

师恩重如山,丁颖执着地甚至是担着风险地为卢永根打开了一扇通往理想的大门,卢永根永志不忘。卢永根带着这份温暖和力量,暂别新婚妻子徐雪宾,只身奔赴北京。从此,他同丁老师形影不离地生活、工作在一起,在科研上做丁颖的助手,在生活上和行政上当丁颖的秘书。

卢永根随后参与"中国水稻品种光温条件反应研究"等诸多科研项目,随丁颖考察了各地的水稻品种、性状、栽培方法,并收集

随丁颖院士(左三)在宁夏引黄灌区考察水稻(右三为卢永根)
(1963年8月)

到各地不同的稻种。这些积累，成为我国水稻遗传育种重要的基础性资源。

卢永根跟随恩师，跑遍了全国的稻区，亲聆恩师的许多教诲，得到了许多教益。丁颖教授的为人处世之道更是让卢永根在感动、感悟中成长，他希望自己将来能成为恩师那样的人。卢永根后来自己带学生和助手，常常回忆起丁颖教授的感人故事。

1964年，丁颖院士去世。

恩师的离世让卢永根悲痛万分，那些日子他常常对着老师留下的那些用生命找寻和保护的野生稻种发呆，每一粒稻种似乎都在讲述它们的来由和故事。1938年，日本军队在大鹏湾登陆，就在中山大学准备撤退的紧急时刻，丁颖教授危急中仍不忘把500多个品系的甘薯苗收起，把400多个水稻品种包装好，乘最后一班船撤退。前往云南途中，他还亲自安排好在罗定县种下甘薯苗，在信宜县种下水稻品种。1940年，学校在粤北坪石又面临日本军队沿铁路的入侵，他首先想到的不是自己的安危，而是书籍、资料、稻种的安全。在离开前，他先把资料、书籍分散藏到农民家，又到乳源品种繁育场转移水稻品种。

桩桩件件，都是恩师留下的财富。这份财富属于国家，它需要我们用生命去传承！本可留在条件较为优越的中国农科院的卢永根，坚定地选择回到华南农学院（1984年更名为华南农业大学）做一名普通教师。原因很简单，他爱广州，他一直都认为广州是一个离自己的理想最近的地方。更重要的是，这里有丁颖教授毕生为之努力的华南地区最大的野生水稻基因库，6000多份野生稻谷的种子是国家的无价之宝，此外，广州还有他深爱的妻子徐雪宾和女儿。1959年，他们唯一的女儿出生在广州中山大学附属第一医院，夫妇俩给襁褓中的女儿取名"红丁"，丁颖的丁。

回到广州后，卢永根主持总结丁颖教授未完成的工作，并参与撰写《中国水稻品种的光温生态》，该研究成果获1978年全国科学大会奖；他在水稻遗传资源以及水稻半矮生性、雄性不育性、杂种不育性与亲和性等方面的遗传研究，取得了很大进展；他提出水稻"特异亲和基因"的新学术观点以及应用"特异亲和基因"克服籼粳亚种间不育性的设想，被业界认为是对栽培稻杂种不育性和亲和性比较完整、系统的新认识，在理论上有所创新，对水稻育种实践具有指导意义。

这之后，几次难得的好机会摆在卢永根面前，卢永根做出的是同样的选择——留在华南农业大学，坚守华南农业大学，坚持恩师丁颖未竟的事业，从事稻种种质资源收集、保护与创新利用以及水稻遗传学和细胞生物学等基础性研究工作，取得一系列重要成果。卢永根带着学生，悉心保护着6000多份水稻种质资源，后来逐渐扩充到10000多份水稻种质资源，使华南农业大学野生水稻基因库成为我国水稻种质资源收集、保护、研究和利用的重要宝库之一。

卢永根接过恩师的接力棒，潜心野生水稻研究，从身强力壮的年轻小伙子，直至变成头发花白但精神矍铄的老人。卢永根致力于这项关系到世代民生的科研工作的传承发展，在他的感召下，很多年轻人学成归国，扎根故土。当中就有知名学者、2017年新当选院士的中国科学院生命科学和医学学部的刘耀光。刘耀光当年受教于卢永根，后到日本留学，毕业后留在日本工作多年，生活优渥，但在卢永根的书信邀请和感召下，他于1996年回到华南农业大学，潜心科研，大有建树，发出了杂交水稻育性发育分子基础研究的"中国声音"。可以说，卢永根的爱国情怀，在一定程度上成就了刘耀光院士，也成就了"一门三院士"的佳话。

一个学者，如果把自己的命运和祖国的命运、人民的命运联系在一起，不满足现状，立志通过自己的努力让祖国更加强大、人民更加幸福、世界更加美好，这种危机感、责任感和使命感一定会转化成工作中一种持久的动力和不倦的斗志。

——卢永根

一望无垠

> 我深深地爱着你
> 这片多情的土地
> 我踏过的路径上
> 阵阵花香鸟语
> 我耕耘过的田野上
> 一层层金黄翠绿
> ……

《多情的土地》是卢永根特别喜爱的一首歌，它唱出了这位农学家心中对土地的爱恋。"学农、爱农、务农""为农夫温饱尽责尽力"，是卢永根在恩师丁颖院士那里传承来的一种精神和誓言，他的梦想是，把农民的疾苦放在心上，通过身体力行和言传身教，把这种精神继承下来，发扬下去。

"在广袤的土地上，农民的生活有太多的艰辛，看天吃饭，如何提高水稻的育种品质？"这是卢永根毕生科研的命题。他致力于水稻的遗传育种研究，在水稻遗传资源等领域取得了突破性进展。这个领域的理论性研究曾经很缺乏，基础研究又很难出成果，卢永根却选择啃下这块"硬骨头"。

正是因为这份使命和担当，他带领团队持续地、广泛地收集野生稻资源，将丁颖院士留下的6000多份的稻种资源（"丁氏稻种资源"）扩充到 10000 多份，使其成为水稻遗传育种资源的重要宝库之一。为了保护这些重要资源，他负责建设了"华南农业大学稻属种质资源保护基地"。该基地目前成为华南农业大学亚热带农业生物资源保护与利用国家重点实验室的四大资源圃之一，为水稻遗传育种和分子生物学研究提供重要材料。

北至漠河、西至伊犁、南至海南，所有可能长野生水稻的地方，都留下了卢永根的足迹。在一张老照片上，卢永根一手拄着拐杖，一手扶着树，在野生稻旁笑得格外开心。这笑容里有他对野生稻的爱，也有不辞万难的执着。每一份物种资源的收集，都充满艰辛甚至还有危险。为了得到珍贵的野生稻资源，卢永根和同事、研究生一起，跑遍了广东、海南和江西的多个地方。由于野生稻生长的地方一般比较偏远，要么在山区，要么在荒芜的沼泽地，收集十分困难，但卢永根从不放弃，这份坚持不是一年，不是一个十年，而是一辈子。

卢永根在广东省佛冈县龙山镇涟镇村大石鼓岭考察野生稻
（2001 年 10 月 7 日）

"真诚的科学工作者，就是真诚的劳动者。"这是卢永根的恩师的座右铭，后来一直都是卢永根带领团队坚守在农业科学第一线的行动指南。他的许多学生都记得这样一次难忘的经历：有一次，已经70多岁高龄的卢院士带队去清远佛冈一座荒山的山顶采集野生稻，爬到半山腰，卢院士已经体力不支，但他仍然坚持上山。他和学生们回忆起恩师丁颖晚年的拼劲：用"蚂蚁爬行"的方式，和"苦干到150岁"的决心，"以冷静的头脑、热烈的心情、坚决的意志，摆脱一切，遄赴农村"。学生们拗不过他，只好连搀带扶地架着他慢慢往上爬，山路崎岖陡峭，一路辛苦异常。好不容易才爬到山顶，大家都累坏了，学生们也想让他先歇一歇，他却坚定地说："找！赶紧找！"

幸运的是，他们最终找到了宝贵的野生稻。亲眼见到野生稻的生长环境，已经疲累至极的卢院士异常激动："还好上来了，不然就错过了！"他俯下身紧紧地握着稻穗，对学生们说："作为一名农业科学工作者，必须把根深深扎在泥土里，一定要亲自察看现场，不能遗漏一丝一毫的细节。"像这样的往事，一桩又一桩贯穿在卢永根的整个教学实践中，严谨求实的学风润物细无声地影响了一代又一代的学生。

"科学没有平坦的大道，只有不畏艰辛勇于攀登的人，才有希望登上光辉的顶峰"，这是卢永根一生恪守的原则，也是他经常向学生耳提面命的训诫。

卢永根在学术道路上的追求永无止境，他带领团队利用已经掌握的宝贵的资源，开展一系列研究，创建了一大批同源四倍体水稻，在野生稻中发掘携带有籼粳杂种花粉育性的"中性基因"和胚囊广亲和基因的新材料。这些材料为水稻育种，特别是多倍体育种提供了重要的物质基础。

水稻有2个亚种——籼稻和粳稻。籼稻和粳稻杂交，具有强大的杂种优势，但育性普遍偏低，产量优势难以发挥，所以，生产上无法直接应用。从20世纪80年代末到90年代初，卢永根带领他的博士生张桂权针对籼粳杂种不育的遗传问题，利用花粉不育基因近等基因系的特殊遗传材料，突破过去一直以小穗育性为指标来衡量不育程度的简单方法，改用花粉育性与小穗育性相结合的方法。经过多年的研究，提出了"特异亲和基因"新学术观点，指出水稻杂种不育性至少受Sa、Sb、Sc等6个基因座位的花粉不育基因座位控制，基因模式为单基因座位孢子体—配子体互作模式，不同座位互作的效应不一样，花粉败育的类型不一样；互作座位越多，效应越强烈，杂种花粉育性越低，特别是Sa、Sb和Sc这3个座位同时互作时，杂种花粉育性几乎为零，就像不育性一样。他们进一步研究还发现，6个基因座位的花粉不育基因均存在基因的分化，提出了花粉育性"中性基因"的概念。"特异亲和基因"新学术观点引起了当时学术界的极大关注，同行专家认为，这是国内外同类研究中比较系统、比较深刻和比较接近实际的学术观点，是对栽培稻杂种不育性和亲和性的较完整、系统的新认识，在理论上有独创性，对水稻遗传育种理论及实际工作具有重要的指导意义。1989年农业部颁布的"重大研究成果"中，就提到卢永根团队定位的"特异亲和基因"。后来这个学术观点不断被验证和发展，比如，张桂权创建广亲和籼型亲粳系，并实现了真正意义上克服籼粳杂种不育，使其杂交种优势得以发挥，在2017年"籼粳亚种间杂交水稻全国合作论坛暨现场观摩会"上引起高度的关注。刘耀光院士成功克隆"特异亲和基因"Sa和Sc，并解析其分子机理，先后在《美国科学院报》和《自然沟通》等国际著名刊物上发表高水平论文；卢永根和他的另一个博士生刘向东等发现"特异亲和基因"在同源四倍体水稻杂交种中不但效应明显，而且有"上位性"作用，为克服水稻多倍体杂种不育性提供重要的理论依据，这项研究成果发表在国际植物学著名期刊《植物生理学》和《实验植物学杂志》上。

卢永根在水稻试验地指导博士研究生
（左为刘向东，右为庄楚雄）（2000年6月）

实际上，卢永根在其他方面也取得了许多重要的成果，比如：他首次建立了我国三个野生稻种的粗线期核型，从细胞遗传学的角度证实了普通野生稻是栽培稻的祖先，进一步印证了丁颖院士的论点；他针对当时矮源的遗传方式缺乏和矮源遗传基础薄弱的问题，对我国早籼稻的4个著名矮源做了系统的遗传分析，根据矮生性基因的遗传方式和等位关系，把我国现有的籼稻矮源划分为2类4群，为我国更有效地利用水稻矮源和人工创造新矮源提供了理论基础；他对我国3种不同胞质来源的4种水稻雄性不育系的质核互作雄性不育性进行了基因分析，并在此基础上成功培育出"珍汕97A"等基因恢复系，被作物遗传学界认为是研究胞质雄性不育性分子基础的理想材料……

在这一系列了不起的科研成果背后，人们看到的是卢永根严谨的科学精神和治学理念。

在做学问上，卢永根坚持实事求是，提倡"独立思考，不赶浪头，不随风倒，有三分结果做三分结论"的严谨求实的科学精神。在做研究上，他坚持"小题大做"，不贪多，不追时髦和潮流，不过早或夸大地宣传，以要解决的问题为根本，一点一点地深入开展研究，最终刨根问底，弄清楚科学问题的事由原委。比如他们提出"特异亲和基因"新学术观点，以及应用"特异亲和基因"克服籼粳亚种间不育性的设想。应该说，这在20世纪八九十年代是作物遗传育种学的重大创新，但卢永根和他的团队却很低调，没有做过多的宣传，而是气定神闲地等待历史的检验。后来的研究不但验证了这个观点是正确的，可以指导深入的分子生物研究，而且得到了进一步的发展。

卢永根研究团队共选育出作物新品种33个，其中水稻25个，大豆5个，甜玉米3个；培育水稻不育系3个。这些品种在华南地区累计推广面积达1000万亩以上，新增产值15亿多元，创造了巨大的经济效益和社会效益。卢永根说，这是他对土地最好的报答。

卢永根时常说起恩师丁颖爱说的一句话："要有科学家的头脑，耕田人的身手。"大概是在跟随丁颖院士工作期间就养成的习惯，每次到了田野里，他喜欢把鞋子脱了，像普通的农民一样，挽起裤腿，赤脚走在农田里，一步一个脚印去感受土地；他喜欢闻泥土的味道，细腻地感受泥土的芬芳和深层次的高洁气质。这就是为什么多年来，他对农业发展的思路总是比常人多一分敏感、多一分超前意识，他长期关注"三农"问题——农业、农民、农村，还把农业高等教育列为"第四农"，在一个"农"字上倾注了浓浓的爱恋。

也许是因为名字中有一个"根"字，卢永根的一生对泥土的爱恋，爱得深沉，爱得彻底。

作为一个农业科学家，你必须把根深深扎在泥土里。

——卢永根

一世师表

一个人遇到好老师，就如同一个生命个体遇见了希望；

一个学校拥有好老师，就如同一个学校汇聚了希望；

一个民族源源不断涌现出一批又一批好老师，则是民族的希望。

1983年，正是带着这样的信念，卢永根开启了他人生一段崭新的征程——上任华南农学院院长。

20世纪80年代，一场深刻的社会变革正席卷中国，地处改革开放前沿的广东，变革尤为突出。奔腾不息的珠江潮，年复一年，以不可阻挡之势，向前奔流，创造了一个又一个奇迹。

卢永根也在变革中摸索前行。在学校的发展上，到底是继续按照苏联模式走单科发展的道路，还是按现代大学的理念办校，走以农业科学为特色的多科性大学的道路？卢永根带领学校坚决地选择了后者。在他上任的第二年，1984年，学校从"华南农学院"更名为"华南农业大学"，同时陆续加速了工程、理学、人文、食品和经济等学科的发展，这为后来学校进一步综合发展和扩大规模打下了根基，也抓住了前进的先机。

卢永根坚信健康成长的学生能够更好地改变农村的落后面貌，

能够更快实现祖国繁荣昌盛的理想。自从上任校长一职，卢永根就一直在思考一个问题：该同我的学生和老师们说些什么？他回忆起20世纪50年代，恩师丁颖在接见毕业生时写了一篇充满深情和希望的讲稿。他勉励学生说："学农业科学的人，一要热爱农业，热爱农民，热爱农业生产，有了'爱'的热情，当然抱有奋斗精神，能够为事业牺牲目前的个人利益，而献身于长远的农民群众利益，同时也就能够刻苦耐劳，以求达到为农业生产服务的目的。"这份讲稿，给卢永根留下的是一份宝贵的师德教育，以及一份传承师德的责任和使命。于是，1984年初夏的一个夜晚，卢永根满怀激情地在全校大会上作了一次三个小时的演讲，他的激情点燃了现场成千上万名师生的理想信念之火。

那一天，听众席没有灯光，全场黑压压地坐满了学生，他们屏息凝神，侧耳倾听。卢永根的激情燃烧着自己，他好像有说不完的话，他仿佛重逢了年轻时代的自己，他热切地希望眼前每一个年轻的生命都能像自己一样感受到信仰的力量，因为追求信仰而获得幸福；卢永根的激情也正如他所期望的，像一束火花点燃了现场每一个年轻生命的激情，他们发现，当一个人大声地向祖国母亲表白，表达自己心中的爱恋，是那么浪漫那么美的事情。卢永根的这次演讲，让许许多多的学生从书本中抬起头来，仰望祖国的蓝天，感知脚下的土地，思考自己和祖国应该是一种什么样的关系。

从那一年以后，华南农业大学形成了一个传统——每年华南农业大学的新生入学和老生毕业，卢永根都会主动给学生们作演讲，讲述自己的求学生涯，勉励年轻人努力学习，为国家多做贡献。这样的演讲，一直延续到他生命的最后一年。卢永根用他对祖国的爱，用那团心中一直燃烧着的爱国之火，一丝一毫都不予保留地把自己燃烧至烬……

从1983年开始，卢永根担任华南农业大学校长一职达12年。他在任上的10余年，正是中国的教育体制改革风起云涌的10余年，《中华人民共和国学位条例》等一系列重大的战略决策出台并实施。卢永根带领华南农业大学积极拥抱改革，他坚信我国一定能够依靠自己的力量，培养出大批德才兼备的、高层次的社会主义事业建设者和接班人。他上任之初，华南农业大学面临着教师人才断层的困局。为给有能力、有作为的年轻人拓展广阔天地，1986年底，卢永根专程赴京向农牧渔业部部长、党组书记何康请示，破格晋升中青年学术骨干。得到批准后，华南农业大学在全国率先打开高校人才培养新格局。

而就在这个关键时刻，一个突如其来的机会，让卢永根自己的人生面临一次重大的选择。

1987年，中国农科院时任名誉院长金善宝向上级推荐，组织上拟将卢永根调到北京，任中国农业科学院院长兼党组书记，享受副部级待遇。这是多少人梦寐以求的机会，多少人难以拒绝的机会！再一次来到人生的重要十字路口，卢永根会做出什么样的选择呢？那些日子，他常常对着恩师留下的野生稻谷的种子发呆。

"丁老，我去还是不去？"

卢永根不禁陷入对恩师丁颖深深的回忆：在1925年，丁颖成为农学院农艺系的一名年轻教授时，他跟自己约法三章——不涉足官场，不累积财产，只当好教授。伪省政府先后两次请他当农业厅厅长，都被他拒绝。1941年冬，在粤北被歹徒袭击抢劫，伪省政府给他五千元"压惊费"，他却把大部分给当地乡公所买牛血清，用于紧急防治当地的牛瘟。由于他穿着俭朴，新来的学生常误认他是农场工人。农民称呼他为"谷种老"。当时货币贬值厉害，每月工资几乎买不到50斤大米，生活常要靠借债过日子，甘薯叶、萝卜干是常菜。生活越艰难，他献身科学与教育，改变祖国落后面貌的意志越强烈。

卢永根在回忆中看到了恩师的大家风范，也看到了自己的初心。"我的根早已经扎在了华南农业大学，这里有精耕细作的农业科学研究项目，这里有我挚爱的教育事业，我怎么能离开呢？"

卢永根恳切推辞了来自北京的邀请，转身开足马力带领华南农业大学投入一场轰动全国的人事改革。

卢永根对前来采访的《南方日报》的记者说："我看到了'文革'十年造成的人才凋零以及老一辈学术骨干退休后的学术梯队断层问题。"

"当时很多四五十岁的老教师都没有办法晋升，提拔年轻人风险很大。卢老仔细阅读每个人的档案，通过谈话考察每个人的品质，在一百多人的全校副教授以上会议上进行述职，系、校两级学术委员会不记名投票，并将相关材料寄到校外进行专家评审。"华南农业大学原校办主任卢吉祥回忆道。

为了谋求学校的全局发展，为了打破人才匮乏的困局，卢永根敢于担当，顶住压力，1987年破格晋升了8名青年才俊、学术骨干，其中5人更是直接由助教破格晋升为副教授。华农"八大金刚"的诞生，破解了人才断层的困局，破除了论资排辈的风气，打开了华南农业大学人才培养的新格局。

这场人事改革也成为全国关注的焦点。

为了振奋士气，也为了向世人表达自己改革的决心，卢永根专门组织了一次宣布大会，宣布8名青年才俊被破格晋升，这在20世纪80年代需要很大的勇气和魄力。在宣布大会上，卢永根慷慨激昂地完成了他人生中又一次闪亮的演讲，就像1984年那次没有灯光但是激情照亮夜空的演讲。

正是这样一次演讲，开启了8位有梦想的年轻学者风情壮美的新征程。后来，这些当年破格晋升的青年才俊，都成为政界、学界的优秀人才。

在20世纪八九十年代，中国的校长不仅要管教学、科研、社会服务，还要管师生的后勤服务。要教书、开课题，还要进行各种十分敏感的、阻力重重的改革。校长责任几乎无限，然而权力却十分有限。当时的大学校长们经常不得不说"钱就没有了，命倒还有一条"。更有人自我解嘲说："中国的校长不是人当的。"困难之多可想而知，那么为什么在这样困难的条件下，卢永根一方面放弃了去北京享受副部级待遇的机会，另一方面甘之如饴地顶住压力，克服困难，不仅稳住了学校的根基，还为未来的发展打下了坚实的基础呢？这个问题，一直存在于骆世明的心里。1992年，当他走上校领导的工作岗位，成为卢永根的左膀右臂之时，他终于得到了答案。

那一天，卢永根把骆世明叫到自己的办公室，递给他一篇《光明日报》记者的采访文章：《先党员，后校长；先校长，后教授》。文章虽然不长，但是让骆世明看到了前辈的勉励，更看到了卢永根院士对党的教育事业高度负责、视党和人民的利益高于一切的责任感。在卢永根的心目中，中国共产党带领中国人民翻身解放、带领中华民族发展与振兴是至高无上的。校长就是党交给自己作为完成中国发展历史使命的具体岗位，比起自己的专业业务，校长的岗位更是不可替代的，应当首先做好。

"他是这样说的，更是这样做的。只要不出差开会，他都会坐镇办公室，接待各方人员，翻阅各种文件，具体处理有关大小事务。就在那些很难为人看得见的日日夜夜，他逐步为学校的长远发展铺就了一条后来者看得见的路。"

"先党员，后校长；先校长，后教授。"

这12个字虽然简单，但真正要把握好党员、校长、教授不同角色的关系却很难。卢永根用自己的行动表明，言必信，行必果。他首先是一个党员，工作上应从大局出发；在校长和教授身份上，应首先考虑校长这个角色。既然是校长，就要着眼于学校的发展，把自己教授的工作和身份暂时放下，先做好管理工作。卢永根始终把党性摆在最前面，全心全意站在学校的高度，扎实推行自己的治校理念。在他的回忆中，当校长期间他主要做了三件事：摆在首位的是学校的人才队伍和学科建设，其次是坚决抵制住了学校为主体的商业行为，再次是不遗余力地进行校园环境建设。在若干年后的今天看来，这三件事，他都交出了让人满意的答卷，而正是这份答卷为华南农业大学的未来发展奠定了牢固的基础。

"卢院士是我最尊敬的人之一，他是我们学界的楷模，是为人的榜样，他是一个大师，又是一介布衣。无论是为学为人，我们都把他作为榜样，始终默默向他学习，但我们可能终其一生也无法望其项背。"谈及恩师，全国政协常务委员、华南农业大学副校长温思美感慨不已。

几十年过去了，卢永根可谓"桃李满天下，名流数不清"。学生的成长和成才给他带来了巨大的满足感和成就感。这种满足感和成就感不是任何金钱、物质、地位能够替代的。

教师和科学工作者的魅力在于人格力量和对科学的不断追求。

我内心的激情，如果能像一束小火花一样，点燃你们心中的爱国主义火焰，迸发出热情，为振兴中华而奋斗，那正是我所热切期待的。

——卢永根

一生爱国

"科学无国界，但科学家有祖国。"卢永根把这句话当作自己的座右铭。

陈序经是卢永根在岭南大学时的校长，卢永根虽然和他的交往不多，但是陈校长的爱国情怀却常常被他提及。

1949年，中国人民解放军挥师南下，不少名教授和学者对时局存有疑虑准备经香港转往台湾或国外。就在这个时候，陈校长毫不动摇地坚守岗位，以自身的行动和礼贤下士的风范，把一批来自北方的名教授罗致岭南大学，说服他们留下来，使他们成为新中国成立后广州高校的学科带头人，广东省高校的大多数一级教授就是这样得来的。每当看见他们为中国的教育事业建功立业，卢永根就深深地为陈序经的爱国情怀感动。还有一个让他感佩无比的人，就是他少年时代的好友李沛瑶的长兄、著名爱国将领李济深的长子——李沛文。

出身名门的李沛文1927年远渡重洋，立志学习农业科学，为振兴祖国的农业而奋斗。他先后在美国的普渡大学、艾奥瓦大学、加州大学和康奈尔大学农学院学习，1932年获科学硕士学位，回国后一直在岭南大学农学院任教。抗战期间，为了保存和发展祖国的教育和科学事业，他毅然离开家庭，不顾个人安危，只身带领师生员工跋涉辗转于粤北的穷乡僻壤之中。广州解放前夕，不少留学归国的专家学者由于对共产党心存疑虑而纷纷移居境外，此时李沛文却以渴望黎明的心情盼望解放，期待着为新中国效力。新中国成立前，他利用自己的职权，有意阻挠国民党把联合国救济总署办事处广东农垦处拥有的一批农业机械转移到海南，使这批物资得以留给新中国。结果，国民党广州警备区司令李及兰将他逮捕，"李济深之子李沛文在广州被捕"成为当时轰动的头条新闻。经各方营救，李沛文在广州解放前夕被释放出狱。新中国成立后，他为祖国的农业教育和科学而勤奋工作，在极左路线和历次政治运动的冲击下，遭受过不少的伤害和不公正对待，但他对党和祖国的忠诚从未改变。

卢永根对这位名门之后的爱国情怀敬佩之至，他在李沛文的人生选择和爱国情怀中看到了自己的影子。

新中国成立之初，在那样一个人人都往香港跑、香港人都往世界各地跑的年代，19岁的卢永根逆行回到祖国母亲的怀抱。他的家人大多留在香港或去了美国，然而执意独自回到内地的卢永根发展并非一帆风顺、一路鹏程，甚至因为有海外关系的身份，曾经历风雨。

第一次打击是卢永根在北京进修期间站在了李竞雄、鲍文奎两位教授一边，他因此遭遇空前的孤立无援。最后的实践证明，李竞雄、鲍文奎两位教授是正确的，他们都在科学上做出了重大贡献，1980年两人双双当选为中国科学院学部委员。在回首这段往事的时候，卢永根没有抱怨，有的是他关于科学和政治的深刻思考。卢永根曾经撰文说："历史是无情的，使我认识到一个科学工作者应讲诚实、正直，坚持实事求是，敢于独立思考，不赶浪头。政治同科学是有联系的，但科学毕竟不等同于政治。学术上和科学上的是非问题只能由专家学者通过实验、自由讨论乃至辩论来解决，绝不应进行行政干预。"

尽管那是一段他回内地之后的暗淡时光，但是每当有人问起卢永根那段经历，他都会摇摇头说："我算是幸运的，没被划为右派分子。""文化大革命"运动初期，卢永根又被戴上"死不悔改的走资派兼反动学术权威"的帽子，后来被下放广东翁城干校，在那里度过了10年时光。直到1978年，卢永根才迁回广州。

像这样的一些人生风浪和艰险,虽然卢永根很少主动谈起,但是每每成为海外的亲人们劝他移民海外的理由。

改革开放之初,卢永根在美国生活的母亲梁爱莲病重,多少年卢永根不能在父母身边尽孝,母亲病重让他心痛万分,他暂时放下手中繁重的工作飞往美国。

上次分别时还是少年,再相见已人到中年。卢永根的归家,让亲人们欣喜万分,当时美国的生活条件和科研条件与国内简直有着天壤之别,母亲和亲人们都竭力想说服他留下来,再把妻子、孩子全家都接到美国。孝顺的卢永根珍惜和母亲相聚的分分秒秒,但他内心笃定,在他的心里没有留下这个选项。

卢永根回到国内,继续执教!先后3次,每次的选择都是一样的,淡淡的,坚定的,毋庸置疑的。甚至有位美国移民局官员很费解地问他:"你具备移民条件,为什么还要留在中国?"

卢永根的回答是:"因为我是中国人,祖国需要我!"

那些年,卢永根还获得了许多公派到国外做访问学者的机会,每一次在国外工作,都会激发他的斗志,要为国争光。

1978年8月,由国家农牧渔业部派遣,卢永根到菲律宾的国际水稻研究所参加"遗传评价与利用"培训班学习,为期4个月。在培训班结业考试中,卢永根在来自11个国家的31名学员中,成绩名列第一。培训结束后,卢永根以访问学者身份又留所从事研究工作2个月。

1980年,卢永根以公派访问学者身份赴美国加州大学戴维斯分校留学,与美国著名水稻遗传育种专家鲁特格尔博士(J. Neil Rutger)合作研究。在那里,卢永根将自己对水稻育种的研究拓展到细胞生物学层面,进行水稻诱导胞核雄性不育突变体的细胞学研究。卢永根将11个水稻胞核雄性不育突变体划分成4类:可染花粉败育型、部分花粉败育型、完全花粉败育型和无花粉型；进而在花粉母细胞减数分裂和小孢子发育期，对这4类胞核雄性不育突变体进行细胞学观察，探讨它们的败育机理。结果表明，明显的染色体畸变与胞核雄性不育性有着密切的关系。

卢永根的研究成果在美国的学界引起了轰动，只要他愿意，他可以在美国继续他的研究，获得更加优渥的生活。然而卢永根进行了他人生的又一次"逆行"，在年轻的学者们纷纷寻求路径留在美国的潮流中，他回来了！

卢永根对自己的亲人和学生说："我坚信，是中国共产党指引我走上有意义的人生之路，只有社会主义祖国才是我安身立命的地方。"把所学到的知识贡献给国家，为国家的兴旺、民族的振兴尽一份力，这是共产党员卢永根的初心。卢永根常常和学生分享自己出国的体会，在改革开放初期，拿着中国护照走在世界的不同地方，会遭到轻视甚至不公平的对待，那时的中国确实不富裕，有很多不尽如人意的地方。"如今我经常出访国外，人家的尊重和赞誉，不仅是对我个人，更重要的是对我的祖国的尊重和赞誉，这样的人生不是比留在国外更有价值、更有意义吗？"

作为一名老党员、老教师，卢永根同样以他的一腔爱国之情去教育和感染他的研究生、青年教师和出国学习访问的学者。在他担任校长期间，学校派出了一批又一批教师出国攻读学位、开展合作科研等。为了尽可能使派出的留学人员学成后按时回国服务，他做了大量艰苦细致的争取和说服教育工作。对即将出国学习的每一位青年教师，他总是会抽空找他们进行个别谈话，并在他们出国访学期间，与他们保持书信往来，希望他们在国外勤奋学习，不要嫌弃自己的祖国贫穷。"狗不嫌家贫，儿不嫌母丑，这是一个简单的道理。"

就在卢永根满腔热忱地鼓励海外学子回归祖国，为祖国的改革开放和发展做贡献，并且得到不少青年才俊的响应的时候，让他和妻子没有想到的是，女儿、女婿决定留在国外。

他的女婿也是华南农业大学的学生，1991年，女婿出国留学，取得博士学位后没有按时回国，卢院士写了一封家书，希望女儿和女婿回到广州，回到他的身边来："现在留学生中流传着各式各样的'理论'和观点，无非是为自己待在国外不归制造借口和'理论依据'。自己不愿意倒算了，还要给利己主义的灵魂贴金。连为养育自己的国家和民族服务都不愿意，还奢谈什么为人类服务……我只有一个独女，她理所当然应留在父母身边，不能把照顾父母的责任推给组织不管。不论从公从私看，你都应学成后按时归来为国效力。"

1994年7月，卢永根在《南方日报》上给自己的女婿写了一封公开信，力劝他回国。这件事在当时引起了强烈的反响，他在信中驳斥了当时流传在留学生中的各种"言论"。比如科学是没有国界的，学成归国为中国服务显得太狭隘，不如留在外国工作为全人类服务，等等。他说："凡此种种，无非是为自己待在国外制造借口，给利己主义的灵魂贴金，连为养育自己的国家和民族服务都不愿意，还奢谈什么为全人类服务？"

在这封公开信中，卢永根还说道："一切有志气的、真正爱国的青年科学家都应扎根祖国，外国的实验室再先进，也不过是替人家干活。我们现在实行改革开放政策，有各种渠道掌握国外的发展动态，如参加国际学术会议、出国短期访问、共同合作科研等。在国内从事科学研究照样能出成果，关键是要努力去开拓和争取。"卢永根的爱国之情和赤子之心，跃然纸上，令人起敬。

最终，女儿、女婿还是没有回来，卢永根和妻子便很少谈及这件事情:"人各有志,道路只能由自己选择。我也不想再多说了。"

许多年以后,中国变化得甚至远远超出了当初卢永根的所有想象,一天卢永根在一篇微信推文中看到《人民日报》的副总编辑卢新宁在北京大学的演讲,她说:"无论中国怎样,请记得,你所站立的地方,就是你的中国;你怎么样,中国便怎么样;你是什么,中国便是什么;你有光明,中国便不再黑暗。"

躺在病床上的卢永根脱口而出:"好!"

一名真正的科学家,必须是一名忠诚的爱国主义者,要把国家和人民的需要作为自己工作的动力。

——卢永根

一命之荣

1993年对于卢永根来说是他人生中的一个高光年份,这一年,他当选为中国科学院院士。这份终身荣誉是中华人民共和国设立的科学技术方面的最高学术称号,卢永根的恩师丁颖就是新中国首批院士之一(当时称学部委员),晋升院士是多少学者的毕生追求!

一时间,记者们蜂拥而至。

面对媒体,卢永根要不干脆就不见,即便见,说的也极少。他把国家授予他的这一学术荣誉称号归结为四个"归功于":第一是归功于母校的教育,第二是归功于他的老师丁颖院士、赵善环院士、浦蛰龙教授、李鹏飞教授、范怀忠教授等老一辈科学家,第三是归功于在科研上与他密切合作的同事、助手和研究生,第四是归功于在事业上给他全部支持的妻子徐雪宾教授。

在事业取得极大成功的时刻,不是忙于谈自己的成功之道,而是把功劳归于学校、老师、同事、亲人，这是何等的胸怀。

在卢永根看来，如果这份荣誉能让他更好地像丁颖那样矢志为民、务实求真、身教以德、敬业乐群，这将是这份荣誉最大的意义。

刘向东，是卢永根院士培养的第三个博士，从1992年开始跟随卢永根学习、工作，他见证了卢永根的光荣时刻，更加见证了卢永根对名利的淡泊。

"按理说，晋升院士，在学术上已然登上了顶峰，但是卢老师从来没有停止过学习，这一点始终令我感动，卢老师是我的榜样！"刘向东说。

卢永根总是挤出时间来看不同类型的书籍，以扩大自己的知识面，拓宽自己的视野，充实教学的素材。在教学上，他精益求精，力求把最准确的理论知识和技术传授给学生。为了上好每一堂课或做好每一次报告，他总是查阅大量资料，认真准备，反复修改PPT课件，包括标点符号和引用文献都力求不出差错。

2007年8月12日，卢永根等在福建省尤溪县考察再生稻
（左起：刘向东、卢永根、谢华安、王滔）

刘向东记得："有一次卢老师给本科生作了一次有关农业起源、我国农业的现状和农业现代化的报告，他准备了两个多月，修改PPT不下十次。还有一次，卢老师为首届农学丁颖班讲授专业概论，他为了向学生更好地介绍丁颖的精神，查阅了大量资料，花了近一个月的时间准备PPT，并精心修改PPT，在其中引用大量第一手的图片，极其生动地给学生进行了讲解。"

当看到卢院士在课堂上神采飞扬地传授时，刘向东他们这些帮助老师准备课件的学生们也听得入神，心里有一种说不出的力量。

卢永根把严谨的科学作风贯穿到整个研究生培养过程中，在他指导的研究生做论文期间，他不管多忙，都共同参与制订研究方案，了解进展情况，指出不足和改进措施。在论文修改上，他更是一丝不苟，十分认真细致地核对论文中的数据、图片和引用的参考文献，甚至对论文中每个标点符号都认真推敲、修改，以尽最大可能减少错漏。正是因为他的严谨，他指导的研究生论文质量都比较高，有多篇被评为校级优秀学位论文，还有1篇曾被推荐参加全国百优学位论文评比。对于研究生整理准备发表的论文，他更是逐字推敲，精雕细凿，力求出精品。

晋升院士之后，卢永根更多地把机会都让给年轻人，自己甘做人梯。当研究取得成果时，他总是让学生作第一作者。20世纪八九十年代，我国论文还没有出现通讯作者，研究生发表论文一般是导师名字在前，学生在后。然而卢永根却不一样，他坚持把学生放在第一位，他自己放在后面，对于科研成果，他也是如此。学生张桂权和刘向东把在攻读博士学位期间所获得的研究结果整理成10多篇论文发表，申报并获得3项科研成果，卢永根坚持把两个学生的名字放在自己名字的前面，这对他个人可能是个"损失"，但对作为学生的年轻人是极大的鼓励和扶持，人才的成长也因此走上快车道！张桂权1997年被农业部评为部级"有突出贡献的中青年专家",1998年入选教育部"跨世纪优秀人才培养计划",1999年获广东省第五届"丁颖科技奖",如今是华南农业大学农学院院长。

为了使年轻学者能尽快出成果,卢永根还给他们提供各种条件,让他们能较好地开展工作。因为深感自己在成长过程中,得到了党的培养和前辈的无私帮助,卢永根很看重有才华的年轻人。在20世纪80年代到90年代,对于每一位年轻学者而言,出国学习都是人生的重要阶段,他们无一例外地面临抉择和重新规划,因此,在他们回国前后,卢永根都特别上心,尽一切可能为他们创造比较好的工作条件。身为校长和院士,卢永根为了网罗优秀人才,他礼贤下士,以情动人。曾经有一名在校就读的博士生,非常优秀,卢永根为了让他能留在华南农业大学工作,在这名博士生去国外学习期间经常与他邮件往来和通电话,那名博士生从美国回来,身为校长和院士的卢永根亲自到机场接机。卢永根的诚意打动了这名博士生,他留在了华南农业大学,后来在学术界做出了杰出的贡献。

在那些刚刚晋升为院士的日子里,卢永根比任何时候都更加思念恩师丁颖院士,他多想让恩师知道自己这些年在学术上的坚持和传承,他多想有这样一个时空隧道,让自己可以穿越时空,向恩师表达满满的感恩之情。当年,正是因为有机会零距离地体会了这位著名学者的为人风范、学风和学术思想,他才更加坚定了自己的理想和方向,用更多的时间专心钻研业务。"1993年11月我当选为中国科学院院士,院士是国家设立的科学技术方面的最高学术称号,是党和人民给我的崇高荣誉。我第一时间想到,这份荣誉不仅属于我个人,而且首先是属于丁老师的,没有丁老师的知遇之恩,就没有我今天的一切。丁颖老师,我永远怀念您!永远学习您!"

卢永根当选中国科学院院士那年,赵杏娟刚刚考入华南农业大学,报考的专业是农学专业。送她入学那天,她的母亲激动地指着红满堂草坪边上悬挂的横幅:"欢迎您——未来的农业科学家!"

赵杏娟知道这是母亲的心愿,希望她能成为农业科学家。那时的她对农业科学了解不多,对大名鼎鼎的农业科学家卢永根校长了解得不多,她没有想到自己有一天会成为这位校长的助手,迈出成为农业科学家的第一步。

1997年毕业前,赵杏娟回到家乡云浮市参加毕业实习。这一天她接到农学系党总支书记谢绮环的电话(农学系那时还没有改名为农学院),电话里说卢永根院士打算在这一届毕业生中招收一名优秀生做他的科研助手,让赵杏娟考虑考虑,如果愿意,就尽快回学校参加面试。

到卢永根院士身边工作?

经过大学这几年的学习,"卢永根"这三个字对于赵杏娟来说早已如雷贯耳,此时的她脑海里响起妈妈的声音"未来的农业科学家",她仿佛听到了呼唤,她对自己说:要把握住这个机会!

很快,赵杏娟得以近距离地见到卢永根院士。陪同卢院士面试新助手的有他的妻子——同为华南农业大学教授的徐雪宾教授,还有刘向东博士。赵杏娟以为自己会紧张,可是眼前两位老人,慈眉善目,和蔼可亲,师兄刘向东也是憨厚老大哥的样子,这让赵杏娟觉得,不像是一次面试,更像是一次家庭聚会。

卢院士告诉赵杏娟他准备招一名来自农村的毕业生当助手,还问了赵杏娟三个问题:

"你是共产党员吗?"

"我是党员,大三的时候就入党了。"

"你学习怎么样?"

"我对我自己挺满意的。"

"你有男朋友吗?"

"没有。"

面试就这样结束了。卢院士看着眼前这个质朴的女学生，脸上流露出满意的神情，那是因为他看到了一种纯真，这种纯真他在当年"地下学联"的小伙伴们身上见到过，在当年他破格提拔的8名青年才俊的身上见到过。

接下来，卢院士提了一个赵杏娟完全没有想到的要求："不管你是否愿意做我的助手，我都希望你给我写一封信，把你内心真实的想法和意愿告诉我，然后我告诉你我的决定。"

好特别的要求！

面试结束后，赵杏娟在熟悉的校园里走了很久，不由自主地走到红满堂草坪边，她想起入学的那天妈妈指着一条醒目的横幅说："欢迎你——未来的农业科学家！"赵杏娟想，就让我追随着这位大科学家的脚步，一步步坚实地往前走，直到成为像他那样的人！回到宿舍，赵杏娟满怀激情地给卢永根院士写了一封信，告诉他自己为什么会成为一名学生党员，告诉他土地、农村在自己心目中的分量，告诉他自己的理想和想象中的未来……

1997年7月，22岁的赵杏娟毕业了，她成了中国科学院院士卢永根的助手。在这之后，卢永根常常跟人提起她的那封信，卢院士总是笑眯眯地说："小姑娘文笔不错！"

从此，赵杏娟走进了卢永根的工作中，在这位惜才爱才的大学者身边一点点成长、成熟。

卢永根对身边年轻人的影响总是从他的治学态度开始的。他发表的文章、发言稿、学术报告都是他自己去收集材料、起草的，文章的思路很严谨，层次分明、语言简练。赵杏娟根据他的要求去整理、打印，草稿打印出来后，他会认真修改文章的排版布局，反复推敲用词造句，连一个标点符号都不放过，直到满意为止。卢永根总说，好文章要放一放，没有经过沉淀的文章不是好文章。所以，每次文章写好后，他从来不着急投稿，思考一下，再思考一下。于是，常常会出现这样的情况："小赵，这篇文章今天定稿了。"第二天上班时，他又说："小赵，把昨天那篇文章拿出来，我要再修改一下。"

有时看见赵杏娟一遍遍辛苦地改稿子，卢永根就会与她话说当年，他说自己严谨的态度是从丁颖院士身上学来的，当年他去北京做丁老的助手时，没有电脑，所有的材料在付印前都是手写的。丁老改一次，他就从头到尾抄写一次。有时候丁老要改五六次，他就抄五六次。丁老改得很仔细，连一个标点符号都不放过。

华南农业大学宣传部的一位老师说："卢院士投到校报的文章，基本不用修改。因为卢院士投稿前，他自己反复修改过好多次了。"曾有老师向卢永根提出，想约他做一个口述史，由他口述，学生根据录音来整理，这样可以节约他宝贵的时间。卢院士不同意，他说别人写不出他想表达的那种味道，甚至会适得其反。听到卢院士这么说的时候，赵杏娟终于明白当初他为什么要求自己写一封信，他很在意一个人是否会通过文字来表达自己。

细节决定成败，卢永根就是一个非常注重细节的人。在工作中，他要求身边的工作人员对自己讲的话、做的事和写的文章负责，哪怕是一条短信、一封邮件，发出去前都要检查一下是否有错。即使是转发别人的信息也要负责。转发前，必须先检查一下有没有错误，如果有错误，把错误改正后再发给别人。也许有人会说：这是转发，错了也没关系，本来就是错的，与我无关。但是卢永根从不这么认为，他说："不拘小错误，对于一个科研工作者来说是大忌，也许会酿成大错。"

华南农业大学农学院党委书记张展基曾经是华南农业大学的学生，真正接触卢院士是他到华南农业大学农学院履新的第三天，那是 2012 年 2 月 20 日上午，张展基去卢院士办公室拜访他。拜访老校长、大名鼎鼎的院士，张展基很紧张，一到办公室就急于介绍自己，没想到卢院士的第一句话就让张展基感到既亲切又感动。

"你是1987年来学校读书的，可以说是我的学生，你是学畜牧的，你来农学院我是知道的，当然现在你是我的领导。"

这位声名显赫的前辈竟如此平易近人，这使得张展基立马放松下来。接下来，卢院士与他分享了自己同为行政领导和科研项目带头人的体会：首先要讲政治，要抓好基层党支部建设，充分发挥学院党委、基层组织在学院发展中的政治核心和战斗堡垒作用。其次要注重学习新知识，向书本学习，到老师的办公室、实验室去学习，到田间地头去学习，只有这样才能做好农学院党委书记的工作。

张展基说："这两句话成了我在农学院工作的指南，也必将成为我以后工作的指南。"

在指导学生方面，卢永根非常严格，并且亲自做表率。张泽民和卢永根同在一个实验室，从辈分上来说，张泽民师从张桂权，而张桂权是卢永根带的第一个博士研究生，他们是爷孙辈分。"卢老在生病住院之前，每天都会准时出现在办公室，周末有时候也会过来。他非常关心我们年轻人的成长，经常会给我们提意见。"张泽民回忆道，卢永根对于学生们的论文要求非常严苛，"论文里英文单词的单复数用法不对，他都会进行纠正，而对于用错的标点符号，他也绝不放过。"正是在卢永根的熏陶下，实验室的年轻人都保持着非常严谨的学术作风。

在卢永根的办公室内，摆着"师恩难忘"的匾额。这是卢永根80岁时，门下弟子给他添置的。有趣的是，在卢永根70岁时，当时他的学生们给他送的也是写着"师恩难忘"4个大字的牌匾。卢永根的学生说："我们之所以送了一个一模一样的匾额，是因为我们觉得，只有这4个字才能反映我们的心声。"

我的青春年华已经献给党的科教事业，我准备把晚年继续献给这项事业。

——卢永根

一盏明灯

在谈到卢永根院士的时候，中央电视台主持人白岩松曾经说，他是一个大写的人，大写的人最美。那么，纵观卢永根的一生，他是用什么来大写一个"人"字的呢？

答案只有一个字：爱！

他对国家的爱，对土地和农民的爱，对教育事业的爱，对生活的爱，对身边人的爱，对学生的爱。

无论是他的学生，还是同事、朋友都真真切切感受到了这份爱。他们说，卢永根的爱像一盏明灯，照亮了无数青年的前路。

本科就读于华南农业大学时，刘向东已久闻卢永根大名；本科毕业后，刘向东去了福建工作。"当时我已经在福建工作了好几年，想继续回华南农业大学攻读博士。我冒昧地给卢老师写了一封信，表达我想考博的愿望。没想到卢老师很快就回了一封热情洋溢的信，让我很是感动。"再一次，书信成了卢永根和学生之间沟通的桥梁和纽带。

刘向东永远都记得，20世纪90年代，自己获得去香港进修的机会，但是苦于囊中羞涩，终日愁眉不展。当时已经是院士的卢永根看在眼里，悄悄为他准备了1500元钱，还有两个他自己出国时用的行李箱和一套全新的西装。刘向东每每回想起来就无限感慨："这些都是我真正急需的，即便是我的父亲可能也不会想得这么周到。"如今，刘向东自己带学生，带工作团队，他常常对后辈们说：

"要学习卢永根院士胸怀坦荡,做一个纯粹的人、一个高尚的人、一个大写的人。"这大概就叫作师德的传承。

有一段时间,本该是一块"圣洁之土"的高校职称评审工作,却受到一些不良风气的侵扰。一些学者、知识分子在职称评审中互相攻击、中伤、诋毁,对人对己都很不公正。担任校长的卢永根为扭转这种风气尽心竭力。他要求校学术委员会成员、各学科组评委、申请晋职者和职改办工作人员严正自律、互相尊重、实事求是、公平公正,不能凭臆想和感情用事,要抛开个人好恶,独立思考,严格按程序办事。他亲自主持教师专业技术职务评审工作,严格把关,充分发挥专家委员会的作用,主持制定了严密的专业技术职务申报、述职、答辩和评审等程序,规定了各职务系列、各职务等级的基本条件,以及申请人、评审人员和工作人员必须遵守的严格纪律,并且严格执行,一经发现违纪行为,严肃处理,决不姑息。对此,他堪称表率。对每一位要求晋升职称的同志,他都是着重看其业绩,看其学术水平,从不将个人恩怨带入职称评审中,而一旦发现有人弄虚作假,他从不讲情面,坚决予以处理。卢永根校长就是这样通过制度建设规范职称评审工作,通过宣传教育抓学风教风以及师德建设,尤其是通过身体力行,使华南农业大学这所有着光荣传统和优良校风的学校经受住了不良风气的冲击,继承和发扬了丁颖等老一辈科学家为后人留下的宝贵精神财富。

1995年6月,卢永根院士从校长岗位上退下来后,就把全部身心投入学科建设和人才培养。

卢永根是个生活得有仪式感的人,每到重要的时间节点,他总会写下一些文字,对自己说,对岁月说。

2003年是他大学毕业50周年纪念,他写下了一篇长长的总结:

我在高等学校已工作了50余年，既教书，又从事科学研究。回顾这几十年的科教生涯，有几点体会：

第一，要把教学科研工作看作一种事业。当教师不仅是一种职业，更是一种为之奋斗终生的事业，是党的事业的重要组成部分。"事业"不等同于"职业"，不仅仅是解决吃饭的问题。既然是事业，就得有执着的追求，产生责任感、荣誉感和满足感。由于众所周知的原因，曾有一个时期教授的社会地位不高，生活待遇低下。我选择从事教师这一职业无怨无悔，从来没有看不起自己是一名知识分子，也从来没有想过改行。看到别人高升了或"发"起来了，我既不羡慕，也不"眼红"。1987年我有机会上调中央担任副部长级的职务，但我坚决地、恳切地推辞了，其中主要的原因之一，是我舍不得离开自己的水稻研究事业。

第二，教师和科学工作者的魅力在于人格力量。榜样是无声的命令，作为一名教师，他必须做学生的表率，要"为人师表"就是这个道理。我要求学生做到的，自己首先要做到。我要求年轻人勤奋，自己首先要勤奋。双休日和假期照常工作，已成为我的实验室的不成文规矩。只要不出差，双休日我也照常回实验室工作。我要求学生守时，自己首先就得守时。每次开会，我一定提早5分钟到会，如临时因事迟到，一定作自我批评并表示歉意。

第三，教师和科学工作者也要讲政治。我是从事自然科学的教学和科研工作的，因此，不可能也不需要花太多时间去学习政治理论。但是，科学无国界，但科学家有祖国，一名真正的科学家，必须是一名忠诚的爱国主义者。科学工作者不能只埋头业务而不问政治。我所理解的政治就是关心世界和国家大事，把自己的命运同祖国的、民族的命运联系在一起，把自己的工作同国家的需要联系在一起，把国家和人民的需要作为推动自己工作的动力。一个科学工作者要对国家和人民负责，就要坚持实事求是，不趋炎附势，敢讲真话，不讲过头话，不讲违心话，不做违心事，绝不能跟风。

第四，要淡泊名利。当前实行市场经济，一些教师和科学工作者滋生了争名夺利的思想。只要牵涉到个人名利，就"寸土必争"，在论文和科研成果的排名上也"寸土不让"。更有甚者，为了图虚名，不惜弄虚作假或剽窃别人成果，这不但会导致个人身败名裂，而且对年轻人产生了恶劣的影响。我认为名利不应是科学研究的目的，科学工作者不应名利思想过重，我主张淡泊名利。真正的"名"不是自封的，不是伸手要来的，也不是通过媒体炒作而来的，"名"是人民给的，是大家公认的，可遇而不可求。淡泊名利就能心理平衡，沉得住气，避免急功近利的短期行为和躁动。不搞一窝蜂，不争抢头功。

第五，要不断努力学习。当今科技发展一日千里，不努力学习就会落伍。如果知识陈旧、老化，教学和科研工作就很难有所创新。我是比较注意学习的，从书本中学，从群众中学，从实践中学，不放过每一个学习的机会。我不光读专业书，也读文学、历史、地理等方面的书籍。读报时看到一个地名不知道的，马上翻阅地图；看到一个不认识的英文生词，马上记下来查阅英语字典。出差候机或在旅途中，是我抓紧时间阅读"非专业读物"的好机会。

转眼半个世纪，功成名就的他，更多的是对自己的反思。

卢永根的一生，坦荡磊落，他用真诚与燃烧的激情点亮了一盏心灯，照得自己的内心敞敞亮亮，也带给身边的人温暖与能量。

科学工作者不能只埋头业务而不问政治。我所理解的政治就是关心世界和国家大事，把自己的命运同祖国的、民族的命运联系在一起，把自己的工作同国家的需要联系在一起，把国家和人民的需要作为推动自己工作的动力。

——卢永根

一身正气

从20世纪50年代初来到华南农业大学（原华南农学院），除了去北京给丁颖院士做助手那几年和几次短时间的海外研修，卢永根几乎没有离开过华南农业大学。"只不过我的身份有变化，从学生到老师到校长，从校长再回到老师到退休成为一个老头子。"他很爱这个校园。

一年四季，走进华南农业大学，就如同走进花的海洋。特别是春天到来的时候，校园内紫荆花盛开，风一吹，满地落红……有人拿这里的紫荆花和武汉的樱花相媲美，"五湖四海一片林"的华南农业大学紫荆校园，早已闻名省内外。除了自然美景，红墙绿瓦的行政楼、有着"广东壳"之称的红满堂、气势磅礴的校史馆等都已经成为网红打卡地。到华南农业大学赏花打卡，再喝上一瓶地道的农大酸奶，是许多旅游爱好者广州游的行程之一。

而这美丽的校园也凝聚着华南农业大学师生员工的心血和汗水，讲述着老校长卢永根一身正气、奋斗不息的故事。

1983年，卢永根一上任华南农业大学的校长，就非常重视校园的基础建设。校领导班子多次邀请国内外专家前来规划,将十年校园绿化规划列为学校三项战略决策之一,并从人员上、经费上予以保证。从1983年以来,学校实行每年每人两个劳动日参加绿化义务劳动的制度,发动群众,人人参与,加快了校园绿化建设进程。

有工程的地方,就会有利益。卢永根刚上任校长时,学校大兴土木,大大小小的工程无数,一个做工程的亲戚觉得千载难逢的机会来了,兴冲冲地找到卢永根,希望"走后门"拿到工程。

这个亲戚的登门拜访激怒了卢永根,很少发脾气的他当即就把那个亲戚骂了回去。亲戚走了之后,卢永根余怒难消,觉得有必要让亲戚们知道自己的想法。于是,他周末专门回了一趟花都乡下,把相关的亲戚都找来开了个会。此时的卢永根心平气和,但是不高的声调却表达了内心的坚定,他说:"只要我在华农一天,你们就一天不要进华农的大门,不要想在华农做工程。"

先党员,后校长,卢永根把对党的忠诚化作两袖清风。

有一天,华南农业大学教师温思美到校长办公室汇报工作,一进门就看见卢永根拿着电话正大发雷霆:"你现在就给我回来,再不回来,我马上找你的直接领导,我让你丢饭碗。"

温思美甚至都觉得自己进错了门,这是那个脸上总带着亲切笑容的卢永根校长吗?

仔细一问,才知道原委。原来就在十几分钟之前,一名年轻教师来找卢永根反映问题,说他和爱人长期两地分居,希望卢校长能考虑把他爱人调到华南农业大学来。卢永根仔细听了他的诉求之后,让他放宽心,答应会按照程序办理。那名年轻教师又感动又忐忑,临走的时候冷不防往卢永根兜里塞了点什么,然后鞠了一躬就往外跑。卢永根把兜里的东西掏出来一看,是一块手表,气坏了,这才发生了温思美刚才看到的那一幕。很快,那名年轻教师返回来取走了手表，还被卢永根狠狠批评了一顿。

在华南农业大学，熟悉卢永根工作作风的人都知道，卢校长讲原则、重规矩，学校里没人敢送他东西，也没人敢请他吃饭。

"他会当场拒绝，还让你下不了台。"

卢永根管得最严的还是自己。在一个发黄了的笔记本的第一页，上面有几行清晰的字，那是卢永根写给自己的：

多干一点，
少拿一点，
腰板硬一点，
说话响一点。

在校长任上，卢永根坚守着自己定下的上述"四个一点"原则，不坐进口轿车，在住房等待遇上不搞特殊。"不能占公家的便宜"，这是他常常和助手赵杏娟说的话。

华南农业大学的校园很大，进进出出没有车非常不方便，学校提出派专车接送他上下班，他不同意，坚持走路上下班。他认为走路上下班，一则可以充分利用资源，因为他清楚校办的车辆不多，能省则省；二则可以锻炼身体，路上碰见老熟人还可以好好聊一聊，了解学校的近况。身为校长和院士的卢永根心系学校，公私分明，如果不是公家的事，他从来不会使用学校为他配置的专车外出，遇到老朋友聚会或者去见从海外回来的亲戚，他会步行一二十分钟到校门口搭乘公交车或者乘坐出租车。

"四个一点"，是卢永根做校长的原则，也是他作为专家学者的原则——不图虚名不图利。从2004年开始，不愿当"挂名博导"的他主动停招学生，改为协助自己的学生辈带研究生，这样一来，博导的待遇没有了，但是他的工作一点都没有因此而减少。

卢永根是国务院学位委员会委员、学科评议组召集人，并一度担任中国科学院生物学部副主任，在相关的评定中，他的意见举足轻重，在一些人看来，评定"就是卢永根一句话的事"。于是，有高校和科研单位打听到他是评委时，就会四处公关，希望在人情上做些"铺垫工作"，以求顺利过关。曾有人找到卢永根的弟子庄楚雄说情，庄楚雄说："你太不了解卢院士了，找他不仅没用，还会适得其反，卢老只看实力。"

身为中国科学院院士，卢永根从不越位。他认为院士只是某一领域的权威，并非什么都懂。他更不允许别人打着他的旗号跑项目、要课题。

2003年，卢永根出差去参加在南昌举行的全国野生稻大会后，按照行程安排他要继续去沈阳出差，当时的卢永根已是70多岁的老人了，但他不顾开完会之后的劳累，选择乘坐晚上的火车到北京，再一大早从北京坐飞机到沈阳。他说："这样不仅可以节省住宿费，还可以节约时间。"

多年来，卢永根南来北往地参加各种学术活动，无论是行政级别还是学术地位，他都能坐头等舱，但是他几乎没有使用过这个特权，他说："虽然不是自己出钱，但国家花钱我也心疼。"他从来不用公款请客吃饭，包括请研究生吃饭，都是他自己私人付款。

日理万机的卢永根会在办公室自备邮票，用来寄私人信件。如果寄的是公函，他会把信密封后交给助手赵杏娟去寄。如果寄的是私人信件，他会把信密封好、贴足邮票才交给赵杏娟。如今，卢永根办公室里那些还没有寄出的邮票成了赵杏娟美好而温馨的回忆。

"卢老担任校长期间，处事非常公道，各方面从来不偏袒自己的学科或实验室，总是从学校的整体布局出发，所以教师都非常服气。"

卢永根一直强调，高校教师和科学工作者也要讲政治，要有党性，要关心政治，关心时事。他的妻子徐雪宾时常觉得，两人在政治自觉上的高度一致是他们家庭婚姻幸福的基石。

他俩习惯每天早上6点半开始收听中央人民广播电台的新闻，7点收听广东广播电台的新闻，吃早餐时收看CCTV-13新闻台的《朝闻天下》，晚上7点收看中央台的《新闻联播》，加上看《人民日报》《广州日报》，上网浏览新闻，对国际动态和国内大事了然于胸。他们看新闻，绝对不是简单听完、看完就算了，而是结合国内、国际形势进行思考和分析，从中研究党和国家的发展趋势。难怪有很多教师感慨，他们的学习热情与大部分在职教师相比，不知道强多少倍。

卢永根常常说："活到老，学到老。"在他的办公桌旁边有各种各样的字典、词典，方便随时查阅。

面对不断涌现的科技新产品，比如电子邮件、智能相机、智能手机、微信等，卢永根满怀热情、积极学习。他说："我是带着问题去学的，边学边用，边用边学。"每逢遇到不明白的地方，他都会不耻下问。

就这样，他慢慢地学会了使用电子邮件，并从中体会到用电子邮件与外界进行联系的便捷与乐趣。他学会了熟练使用智能相机，外出参加会议、同学相聚、老友相见时，他都会积极地为大家照相留念，并从中挑选一些得意之作冲印保存。

继微博之后兴起的微信，他也很感兴趣，通过向同事请教、和老同学交流使用心得等方式，不久就学会了，常用微信与在国外的女儿一家聊天。

他掌握的这些新事物,都是通过学习得来的,这对于年轻人来说,是很简单的事,但对一位七八十岁的老人家而言,确实很了不起。

多干一点,少拿一点,腰板硬一点,说话响一点。

——卢永根

一泓清水

2015年5月6日,卢永根百忙中在妻子徐雪宾的陪同下抽时间回了一趟他的家乡花都。卢永根这辈子在家乡生活的最长时间是抗战时期,那时他只有十来岁,而那躲避战乱的两年,那些彻夜浸泡在沟渠冻得瑟瑟发抖的日子给他留下了刻骨铭心的记忆。大概也因为如此,他对家乡、对家乡人有着永远也不会忘记的牵挂。他永远都记得父亲寄来的两条家训:

身劳苦学。
既买锄头又买书,田可耕兮书可读,半为儒者半为农。

他永远也不会忘记自己第一次感受到祖国的苦难,第一次体会到当亡国奴的滋味,没有强大的国,何来安宁的家?

这一天,卢永根、徐雪宾来到花都罗洞小学,为的是签署一份房屋赠与协议书。卢永根把他和哥哥共有的两家价值百万的商铺赠予花都罗洞小学,作为这所家乡小学的永久校产,其全部收益用于设立以他父母姓名命名的"卢国棉·梁爱莲伉俪基金",进行奖教奖学。他说："教育是强国之本，一个国家要强大就要读书，要办教育。为什么把商铺捐给学校，就是希望家乡子弟努力读书，成为对国家有用之人，让国家越来越强大。"到目前为止，这项基金已经奖励师生近3000人次。

那一天，学校安排卢永根给孩子们上了一堂特殊的课，卢永根和家乡的小朋友们讲起了当年的故事，讲香港沦陷后，自己跟随兄弟姐妹回到这里避难，一面是极度匮乏的物质生活，一面是日本侵略者的残暴欺凌……

临别的时候，卢永根和孩子们合影留念，卢永根站在孩子们中间，脸上洋溢着孩子一样纯真的笑，而在孩子们的脸上，人们看到了阳光和希望。人生总有不期而遇的温暖，总有那么一束光，会照亮你、感染你、打动你、温暖你，为你注入源源不断的力量。

在卢永根身边工作的人都知道卢院士的生活走的是两个极端——对自己极尽严苛，对他人慷慨侠义。

卢永根常常说，他经历过用粮票买东西的物资匮乏年代，也经历过三年困难时期，明白当今物资丰盈的生活来之不易，所以十分珍惜，从不浪费。

他长期关注国家粮食安全，那些年，他一直在各种场合，呼吁大家重视国家粮食安全，节约粮食，把中国人的饭碗牢牢地端在自己的手里。2013年至2015年，他分别为深圳市龙岗区龙城小学、华南师范大学附属中学、华南农业大学继续教育学院承办的"全国现代种业发展与粮食安全"高级研修班、华南农业大学农学院2014级全体新生和农学院2015级农学专业学生作题为"国家粮食安全和节约粮食"的学术报告，听众有小学生、中学生、大学生、研究生、继续教育研修班学员和大学教师。

在卢院士的报告中，所有的文字资料都是他自己查找并排版的，他以丰富的资料和开阔的视野对"国家粮食安全、我国粮食生产情况、不能忘却我国大饥荒的伤痛、触目惊心的粮食浪费现象和共同筑牢国家粮食安全长城"五个方面进行了诠释。通过报告，卢院士向广大师生宣传，节约粮食、人人有责、从我做起、从小抓起；勉励广大农业科技工作者、教育者和农学学子站在国家粮食安全的高度，心怀振兴我国农业的使命感和责任感，学农、爱农，终身为农业服务。

润物细无声。卢永根勤俭节约的作风无处不在，也时时刻刻影响着他身边的每一个人。

平日里，一般人收到期刊或者杂志后，会撕开牛皮纸信封，取出期刊或者杂志，然后把牛皮纸信封扔掉，这个动作再平常不过了。而卢永根的习惯做法是用剪刀沿着信封的封口剪开一条细线，取出期刊或者杂志后，如果是完好的信封就保留起来继续利用，如果是破旧的，就扔在一个专门装废纸的纸箱中定期处理。他说这些用来装期刊或者杂志的牛皮纸信封质量都很好，扔掉太可惜了。

如果信件是在校内交换投递的，他肯定是用旧的牛皮纸信封。他先在信封的正面画一个大大的"×"，划掉原收信人的信息，然后在信封背面写上新收信人的信息，再发出。华南农业大学有不少教职工都曾收到过卢老用旧信封发出的信件或者资料。

卢老对纸张的使用也很节约。在处理纸质材料时，他会把双面空白或者单面空白的纸留下来，保存好，用来做草稿纸。如果是单面空白的纸，他就在有字的一面画上一个大大的"×"，在空白的一面写字；如果是双面空白的纸，他就写完一面，再接着写另一面。这么多年了，卢院士一直都是用这些所谓的"废纸"起草材料，这些"废纸"就是一项项科研成就的"基石"。

在他的影响下，他的助手赵杏娟也养成了这样的习惯，打印文稿时，修改稿一律用单面空白纸，定稿才用打印纸，并且双面打印。

卢永根平常的生活就是布衣本色。他衣着很朴素，夏天常常穿短袖、短裤、布鞋，冬天穿普通大衣、布鞋，再戴顶帽子，走在路上，人们根本看不出来，这是一位大学者、一位院士。在他的影响下，整个实验室师生的穿着也很朴素，甚至会招到外人的笑话，说是"土包子"扎堆的地方。

更"土"的是卢永根和妻子徐雪宾平时的生活。

卢永根几乎每天都是最早一个来到办公室，忙碌到中午，然后拎着一个饭盒到饭堂，和学生一起排队，打上两份饭。每份一荤一素二两饭，卢永根在饭堂吃完，再将另一份带给老伴徐雪宾。华南农业大学的师生经常在学校饭堂见到卢永根的身影，甚至知道他喜欢吃什么。这样的对话常常在食堂发生。

"老校长，今天又吃鱼啊？"

"老伴说吃鱼对身体好！"

"今天的饭菜很香啊，吃得这么干净！"

"香是一方面，还有不能浪费。"

在过去的半个多世纪里，卢永根和徐雪宾守着熟悉的校园，守着他们相濡以沫的日子。他们住的是华南农业大学的房改房，年过八旬的卢永根喜欢自己做饭，二老还在楼顶种了菜，平时科学种植，该做饭了，就到楼上去摘一点菜，又省钱又安全，两人心里美滋滋的。

"老伴，今天又省了青菜的钱！"

"自给自足，又省钱又能练练筋骨，最重要的是，科学种植，我们都是高手！"

谁能说这样的生活没有滋味呢？

说到生活，卢永根的口头禅是："生活过得去就可以了。"

卢永根一直用着老式收音机。有一次收音机坏了，卢永根还请人帮忙修理，连修理铺的师傅都说："您这款收音机已经是老古董啦！"

晚上去卢永根家拜访的学生和同事都有一个共同的体验："家里怎么这么暗啊？"原来，老两口为了节约用电，客厅的灯基本不开，只开一盏小台灯。

而记者们到卢永根家里采访，印象深刻的是这两个细节：一是那几张用铁丝绑了再绑的竹椅子，还有就是家里没有窗帘。

每当被问到这两个细节时，妻子徐雪宾总是笑眯眯地说："椅子是老物件了，有感情！至于没有窗帘，倒不是为了省钱，是为了省时间，窗帘挂久了不是要洗吗？洗完窗帘不是要挂回去吗？洗呀挂呀不是需要时间吗？太麻烦。"

晚年时，同事、学生看到卢永根年纪大了，建议请个保姆，有个照应，出门叫上学校配的专车，保障安全。一听这建议，夫妇俩直摇头，继续"我行我素"：卢老背个挎包、头戴遮阳帽，缓缓步行到公交站坐公交车，如果遇上大雨，就卷起裤腿，蹚着雨水回家；徐雪宾则踩着一辆28寸的凤凰单车，车铃叮叮当当，响彻校道。这也成为华南农业大学校园里的一道亮丽风景。

在卢永根的身体状况每况愈下的时候，马克思主义学院研究生韩硕曾担任过帮扶卢院士的志愿者，为卢院士夫妇提供一些生活上的帮助。"其实就是帮助送一些文件，再有就是有时候帮助卢院士到食堂打饭再送过去。"韩硕说，"一般卢院士夫妇打的菜总计不超过15元，米饭还是他们自己煮。印象中，卢院士夫妇生活都非常简朴，厉行节约。像快递送过来用于包装的纸盒，徐老师都会折好后放在阳台，用于卖废品。"卢永根常常说起，他是1959年评上讲师的，工资是99元，这个工资水平持续了很多年，他甚至风趣地给这每月的99元起了个别名叫"2条9"。"2条9"的工资在当年算是不错的收入，加上他与妻子量入为出，双方的家庭负担又都不重，所以常常有节余，帮帮东家，扶扶西家，是他们的生活常态。

无论是身为校长还是院士，卢永根生活的底色永远是俭朴、简单，他从不讲究排场，从不追求奢侈。不仅在国内如此，在国外也是如此，卢永根和妻子徐雪宾公派出国期间，生活也很节俭，能省的就尽量省，他们两个出国能省下3万多美元。

然而，正是这样的一对勤俭得让人难以想象的夫妻，对于需要帮助的人却慷慨得让人难以想象。多年来，他们在扶贫济困这件事情上从不甘人后。几乎每年他们都通过各种途径捐资助学，经常资助贫困学生，帮助他们，从来不求回报，不过，当收到受资助学生的来信的时候，两个人都会高兴得像是收到了自己孩子的来信。

> 无论是一帆风顺的日子，还是身处逆境的时刻，始终坚信，要把一生献给党和祖国！
>
> ——卢永根

一片丹心

"有一项被认可的事业，有一个充满着爱的家庭，有一个健康的身体，老卢，你的幸福指数相当高啊！"每次在校园里散步，见到卢永根，当年得到卢老重用的"八大金刚"之一，后来又与他多年共事的老朋友骆世明都会这么说。卢永根总是笑眯眯的，那场景是徐雪宾最爱看的。

如果说，徐雪宾能请求上天为自己做一件事情，那她最大的希望就是时间能够停留，让她可以永远守着和卢永根相濡以沫的日子。

如果时间可以停留，每天他的学生们都会看到他早早出现在办公室，没有周六、周日，没有节假日；

如果时间可以停留，每天人们都能看到衣着干净朴素的卢永根一手挂着拐杖，一手拿着饭盒，在校园里走着；

如果时间可以停留，在每年夏天的毕业典礼或新学期的开学典礼上，人们又可以听到卢永根院士讲那过去的事情……

但是，平静的日子被卢永根的病打破了，他患了癌症，前列腺癌晚期，这意味着生命进入倒计时。经历过无数风雨的卢永根面对疾病的到来，表现得比徐雪宾预期的还要平静，他们甚至心里有一种默契：不必让更多的人知道，日子该怎么过还怎么过。

卢永根说："看来我要抓紧时间呢，好多事情都才开始。"

生命中的最后一段时光，卢永根不得不长期住院，徐雪宾则寸步不离地陪伴在他的身边。

"我俩大半辈子都没有离开过党。这个时候，也不能没有组织生活，要继续坚持下去。"他对妻子徐雪宾说。

住院后不久，2017年2月，在医院住院治疗的86岁的卢永根委托助手赵杏娟向农学院党委提出申请，建议成立临时党支部，让他能按时交党费、过组织生活。

"卢永根诠释了党性的力量。"华南农业大学党委副书记钟仰进说。他的申请很快得到了校党委的回应，2017年3月，"卢永根院士病房临时党支部"成立，由卢永根、徐雪宾、赵杏娟、张展基和农学院党委副书记、党务干事6人组成。这一天，老两口开心得就像过节一样。

临时党支部成立后，他们每月定期到医院，与卢永根一起过组织生活，把党和国家的重要方针政策、学校发展的最新动态带到病床前，卢永根每次都认真学习、精心准备、积极发言。

吃住在医院里，卢永根夫妇有了更多共同学习的时光，那些年轻时孜孜不倦追求理想和信仰的幸福感得以回味。不同的是，此时的他们更多的是卢永根躺着，徐雪宾在病床前有序地安排着他的学习，从不间断。夫妇俩坚持着每天清晨收听广播、每晚看《新闻联播》的习惯，徐雪宾每天为卢永根读报。

一天，徐雪宾给卢永根读《共产党宣言》在中国的出现：那是1920年2月，在浙江义乌分水塘村一间柴屋，年仅29岁的陈望道根据《共产党宣言》日译本、英译本，并借助《日汉辞典》《英汉辞典》，奋笔疾书地翻译。柴房里面很杂乱，也没有桌子，他拿来两条板凳，搭了一张床板当桌子，拿来几捆稻草垫起来当凳子，山区早春的天气非常冷，但他依然坚持翻译，实在坚持不住时，就在屋里做运动取暖。家里穷，没什么吃的，母亲给他准备了凉粽子蘸红糖充饥，母亲在屋外喊："红糖够不够，要不要我再给你添些？"儿子在柴房应声答道："够甜，够甜的了。"谁知，当母亲进来收拾碗筷时，却发现儿子满嘴是墨汁，红糖一点儿也没动。

看来信仰、真理的味道是甜的。

这个故事让老两口甘之如饴。陈望道翻译的这本小册子在中国不断传播，影响了一批为寻找中国未来而奔走的中国共产党人，为引导大批有志之士树立共产主义远大理想、投身民族解放振兴事业发挥了重要作用。卢永根想起了自己刚刚开始接触共产主义的日子，想起了那个叫萧野的语文老师，他是自己信仰追求路上的引路人。关于追求信仰和真理内心所获得的甜的滋味，卢永根深有感触。

忠诚，就是英雄模范们都对党和人民事业矢志不渝、百折不挠，坚守一心为民的理想信念，坚守为中国人民谋幸福、为中华民族谋复兴的初心使命，用一生的努力谱写了感天动地的英雄壮歌。

执着,就是英雄模范们都在党和人民最需要的地方冲锋陷阵、顽强拼搏,几十年如一日埋头苦干,为国为民奉献的志向坚定不移,对事业的坚守无怨无悔,为民族复兴拼搏奋斗的赤子之心始终不改。

朴实,就是英雄模范们都在平凡的工作岗位上忘我工作、无私奉献,不计个人得失,舍小家顾大家,具有功成不必在我、功成必定有我的崇高精神,其中很多同志都是做隐姓埋名人、干惊天动地事的典型,展现了一种伟大的无我境界。

2017年4月17日,卢永根希望学院把教育基金的管理实施办法制定好。

2017年9月27日,组织支部学习黄大年的先进事迹。

2017年10月18日,卢永根在病房全程观看了党的十九大开幕直播,他表示,习近平总书记的报告让他这位老党员热血沸腾,备受鼓舞。

……

这是卢永根参加所在党支部组织生活的记录,这些记录也记下了一名老党员的忠诚。亚热带农业生物资源保护与利用国家重点实验室副研究员吴锦文坦言:每次的党支部会议,卢永根都会积极发言,"他非常关注当前国内国际的大事,对学习当前党和国家的最新政策文件也非常热情,还主动向我们传达"。

"住院之前,他一直在关心中国的粮食安全问题。作为农业领域的专家,他非常关注我国的粮食进口问题。他一直说,不能因为现在国际上粮食便宜了,就不重视农业生产,一定要有忧患意识。"华南农业大学张泽民研究员说。

2017年10月18日，中国共产党第十九次全国代表大会在北京召开，此时的卢永根身体已经非常虚弱，他躺在病床上，插着氧气管，连水杯都无法握住，但他仍然坚持听完了党的十九大报告。

党的十九大召开后的第3天，"卢永根院士病房临时党支部"开展了"学习讨论习近平总书记十九大报告"的专题组织生活会。虚弱的卢永根仍然坚持全程参与了学习和讨论。

"听完习总书记的报告，我热血沸腾，备受鼓舞。作为一名老党员，我再次找到了自己在新中国成立初期感受到国家发展和人民生活蒸蒸日上、热火朝天求发展的那种强烈愿望。"说完这一段话，卢永根喘着粗气，但是眼睛里却闪着光，面色似乎也好了些。

卢永根在病房一待就是两年。常常，病房里安静的时候，他会特别想念恩师丁颖，想念那些自己陪着恩师走过的和病魔斗争的时光。

1963年，丁颖院士75岁高龄，气管炎发作，体质下降，组织劝他休养，可是他心里只有工作，永远觉得时间不够用，他拒绝了。直到周恩来总理亲自批示，由农业部党组做出决定，"命令"丁老去太湖疗养，他才去了27天，很快又返回工作一线。

1964年，丁颖院士得了肝病，还是坚持不放弃到各省考察，9月24日在和当地技术干部作水稻生产的报告时大汗淋漓，第二天就住进了医院，再也没有能够出院……

在医院的那些日子，丁颖院士常常说："年逾古稀，我早已进入老年人的行列。我愿意以周总理'活到老，学到老，改造到老'的教导作为人生的取向。虽然岁月不饶人，我已注意从饮食、起居、心态和运动等方面来延缓体能的衰老过程。我的青春年华已经献给党的科教事业，我准备把晚年继续献给这个事业。"

亲爱的恩师，我正在走您当年走过的路，更能体会为什么您总是觉得时间不够用，真是想向天再借500年啊！

　　虽然我现在疾病缠身，无法自由地行走，但是，我的意识是清醒的，我的牵挂是不变的，我的信仰是坚定的！

——卢永根

一捐惊世

　　病魔就像一只大手，紧紧地抓住了86岁的卢永根，他的健康状况每况愈下。2017年初，卢永根开始流鼻血，病情更加严重，他不得不住进医院。离开家的时候他回头看了一眼这个看上去"家徒四壁"的四居室，再看一眼徐雪宾，当年那个意气风发的广州姑娘，如今已满头白发，腰也没有以前那么直了，但是眼睛里的纯真依然没有改变，卢永根好想说："这一辈子让你受累了。"

　　从那以后，两年多的时间，卢永根再也没有回过家，徐雪宾寸步不离地在他身边照顾，医院的病房成了他们最后的一个窝。

　　那是3月的一天，徐雪宾像往常一样照顾卢永根吃药、做治疗，她想有些话还是趁着卢永根精神头好的时候说比较好。

　　"阿卢，我问你啊，咱们这些年家里积攒了一些钱，你打算怎么处理呢？"

　　卢永根深情地看了一眼徐雪宾，仿佛没有料到她今天会将这个问题提出来，又好像一直在等这个时刻，他以为自己有许多的话要说，但最后只说了一个字，并且觉得一个字足够了。

　　"捐。"

　　卢永根的妻子，与他牵手走过了60个春秋的徐雪宾听到他说出这个字，原本她也以为自己有许多的话要说，但最后也只说了一个字，并且觉得一个字足够了。

"好。"

因为徐雪宾也是这么想的，都捐掉。前后十几秒的时间，他们就把这件天大的事情谈完了，这个时候，他们甚至连家里有多少存款都不是十分清楚。

2017年3月14日下午3点半，卢永根与老伴相互搀扶着，缓缓地走进银行，接下来，老人的一个举动，让在场的所有人泪流满面。

他从破旧的黑色挎包里，掏出一个折叠过的牛皮纸信封，缓缓地取出里面的十多个存折——要求将存在银行的近20笔存款全部转入华南农业大学教育发展基金会的账户！卢永根撑着羸弱病躯，坚持了一个半小时，将近20笔存款约693万元转入华南农业大学教育发展基金会的账户里。

7天之后，3月21日下午，中国工商银行的工作人员应邀来到卢永根的病榻前，卢永根强撑着孱弱的病体，一次又一次输入密码，一次又一次亲笔签名，直至把全部存款一分钱不剩地转出……两位老人家一共捐出了8809446元。

这880多万元，是两位老共产党员一生的全部积蓄，这里面有两口子的工资和稿费，有他们在国外学习和工作攒下来的美金，有两个人平日里不舍得多用一滴水一度电省下来的钱……

卢永根院士及夫人徐雪宾将毕生积蓄880余万元全部捐赠给华南农业大学，成立"卢永根·徐雪宾教育基金"，用于扶持农业教育事业。这是华南农业大学自建校以来，收到的最大的一笔个人捐款。作为人师，卢永根的倾其所有无疑是对这所他倾注了一生时光的母校，以及每一名学生的无言大爱。

伴随着卢永根夫妇俩捐赠毕生积蓄的新闻照片的传播，卢永根迅速在网上走红，每一篇关于他捐款的报道下面都是长长的评论。

2017年3月21日，卢永根、徐雪宾夫妇二人签字捐赠880余万元

在无数人把成功的概念定义为获得丰厚财富的今天，人们很难想象，是一种什么样的情怀让这个看起来"毫不起眼"的老人做出了这样了不起的决定，而他身边的人却觉得这是一件"一点都不奇怪"的事。

"他那种帮助别人的公益心，一直都有。无论在什么情况下，他都想着尽自己的努力去做一些力所能及的事情。"

"一是因为他一贯的家国情怀，二是因为他对教育的期盼。他说教育可以让更多的人成为有用之才，将来报效祖国。"

"他做出这样的决定是必然的，不是偶然的。"

至此，卢永根院士走进了公众的视野，而他身上的闪光点、感动点远远没有被媒体挖掘出来。

张展基是华南农业大学农学院党委书记，也是卢院士的学生。他1987年到华南农业大学读书，学的是畜牧，卢院士是当时的校长，30年来，他与卢院士从师生关系到同事关系再到上下级关系，说起卢院士，张展基总能想起这样一件往事："那是1990年11月的一天下午，我打着雨伞走出校门，突然看到卢校长一手提着包，一手提着皮鞋冒雨往学校里跑。我当时觉得很奇怪，后来到农学院工作后与卢院士聊起这件事，他说当时皮鞋是出国或特殊场合才穿的，那天他到省里开完会，坐公交车回到五山下雨了，皮鞋沾水容易坏，所以就出现了当时的一幕。"

无独有偶，关于鞋子，卢院士的助手赵杏娟有着她的回忆："有一年，学校开运动会，我们农学院给每位教工发了一套运动服和运动鞋，卢老师经常穿。特别是那双运动鞋，他穿到脱胶，去三角市的修鞋摊那里补了几回，继续穿，直到不能再穿了，才扔掉。"

也许这样的小事，会发生在每一个经历过困难时期生活的老人身上，但是，一生节俭过着苦行僧般的日子，却把毕生的积蓄全部捐给有需要的青年教师、学生和科研项目，甚至把自己的遗体也捐出来，这就不是寻常人所能做到的了。

是的，捐赠毕生积蓄的卢永根仍然觉得不足以表达自己对党、对国家、对他深爱的教育事业的爱。在《感动中国》的节目录制现场，卢永根、徐雪宾夫妇的举动再一次感动中国，徐雪宾向现场观众展示了一张遗体捐献卡，这是几个月前应卢永根的要求为他办理的。卡片上面写着："我是一名捐献遗体的志愿者，我愿在身后将遗体无偿地捐献给医学科研和医学教育事业，为振兴祖国医学事业而奉献。"同为遗体捐献者，徐雪宾非常理解和支持丈夫的决定："作为中国科学院院士，作为共产党员，他捐献遗体是最后一次做出自己的贡献。"

把一切献给祖国！此刻，任何赞美的语言都显得那么浅薄，我们唯有仰视。

一个高尚的灵魂，一颗赤胆忠心，一腔爱国热血。大爱大智的卢永根，在耄耋之年走出了人生的华彩满天。

党培养了我，我将个人财产还给国家，是做最后的贡献。

——卢永根

一缕青烟

2018年，卢永根生命中又一个高光年份。

2018年3月1日晚，中央电视台"感动中国"2017年度人物颁奖典礼上，卢永根成为第一位揭晓的"感动中国年度人物"。《感动中国》组委会给予卢永根的颁奖词中写道：

种得桃李满天下，心唯大我育青禾。是春风，是春蚕，更化作护花的春泥。热爱祖国，你要把自己燃烧。稻谷有根，深扎在泥土。你也有根，扎根在人们心里。

作为《感动中国》的主持人，白岩松、敬一丹在十几年的节目中认识了许多大科学家，但卢永根的故事依然深深震撼了他们的心灵。敬一丹说："1949年，伴随着新中国的朝阳冉冉升起，卢永根向着党旗庄严承诺，这一生把一切献给党，从那一刻开始，他从来就不曾忘记自己的初心和使命，而今天，他所做的一切已然融入岁月的年轮，形成一种强大的力量感动中国，感动世界，告诉人们，大写的人最美！"

白岩松眼含充满敬意的热泪，和身在广州的卢永根做了视频连线。

录制颁奖晚会的那一天，身患癌症晚期的卢永根在医院已经躺了一年多了，无法到达现场，徐雪宾接过节目组送来的奖杯送到了他的病床前。

徐雪宾说："阿卢，你的奖杯。"

他点点头，用虚弱的声音说："很漂亮！"

现场响起了悠扬的乐曲，观众泪目。

天意怜幽草，人间重晚晴。

1949年8月9日，是卢永根加入中国共产党的日子，卢永根把它视为自己新生命的开始，从此他只在这一天过生日。与他在火红年代相识的妻子徐雪宾深知他对党的这份深情，每年这一天总会做一件有仪式感的事情，让这个日子更加有意义。当年，她便是选择了这一天答应卢永根嫁给他，执子之手，与子偕老。从此他们风风雨雨走过了60多个春夏秋冬。2019年，在过完他这一年的生日之后的第三天，8月12日凌晨，89岁的卢永根安静地走了，安静得就像一颗种子落入泥土。卢永根自从住进医院，就和徐雪宾以及医院达成意愿，弥留之际不进重症监护室，不做过度的、没有意义的抢救，他从容淡定地走向死亡，走向春华秋实的最深处。

巨星陨落，化作一缕青烟。

按照卢永根生前及其妻子的意见，不举行任何遗体告别仪式，遗体无偿捐献给医学科研和医学教育事业。

这是他作为院士的"最后一次科普"，这是他作为唯物主义者的"最后一次贡献"。

每当提到卢永根院士遗体捐献这件事情，他的老伴、华南农业大学离休教授徐雪宾就会很自然地、略微带着自豪地说："我和阿卢一样，我也捐了。"

卢永根就这样走了，没有骨灰，甚至没有墓碑，只有一尊多年前树立的雕像安静地矗立在校园的一角，守望着他挚爱的祖国母亲，守望着他挚爱的土地。

70年前，卢永根曾在入党转正申请书中这样写道："虽然我并非无产阶级出身，但投向无产阶级这一点自己有决心而且在实际工作中、思想意识中（将）去不断实践，我有理由相信，在党的不断教育下，自己将会变成一个坚强的无产阶级战士。"70年后，他以无产阶级战士的姿态，把一切都奉献给了这个世界。

在医院里寸步不离地陪伴卢永根两年多，看着爱人的身体每况愈下，徐雪宾对卢永根的离去是有心理准备的。但是，当这一天真的到来的时候，相濡以沫大半生，一朝孤单一人的徐雪宾心里有一种说不出的痛，她甚至哭不出来，只觉得时光无处安放。

第二天，8月13日，中共中央总书记、国家主席、中央军委主席习近平通过中共中央办公厅转达了对卢永根院士逝世的哀悼，并向徐雪宾表示慰问。收到这份问候，徐雪宾轻轻点了点头，她的第一个想法是，要是阿卢知道，他心里会觉得很温暖的。

太多的关怀，太多的慰问。卢永根离开之后，徐雪宾觉得日子好像被拉长了，尽管每天都有人来看望她，晚辈们、学生们更是很贴心地陪在她左右，嘘寒问暖，她依然比任何时候都害怕黑夜的到来。这一天，家里来了一群特殊的客人，他们是来自广东省中医院大学城医院卢院士住院期间负责照料看护他的医务组成员。两年多的时间里，他们与卢永根院士携手与死神搏斗，卢永根的坚强、豁达、真诚和美好感染着医务组的每一个成员，他们和卢永根夫妇早已结下了挚爱亲情。一进门，他们当中的几个护士就抱着徐雪宾痛哭起来，反而是徐雪宾含着眼泪不住地安慰大家。

"不要难过……"

"你们很尽心尽力了……"

"谢谢你们的陪伴……"

卢永根去世后的第4天，徐雪宾将一个信封郑重交给华南农业大学原党委书记李大胜。

"这是阿卢的特殊党费，在他看来，所有取得的成就和荣誉，都是党培养的结果。这是他对党的一点心意，以感谢党和组织对他的关心，希望组织能够接受。"

李大胜打开信封，瞬间泪目，里面是1万元。等他抬起头来想说些什么，发现徐雪宾已经转身走进校园的一片芬芳中，背影孤独但是坚定。此时徐雪宾的内心，在被卢永根的盛誉簇拥之下，既深感温暖，也悄悄盼望着探视的热潮退却，她好安静地面对她对卢永根的思念。

华南农业大学的校园里，有不少校友和在校师生自发组织前往卢永根院士雕像前默哀献花。这座卢永根生活了大半辈子的校园，夏天依然热烈而美丽。这里留下卢永根太多太多的牵挂，在飘满玉兰花香的角落里，人们仿佛还能听到他的声音：

校园规划不是城市规划，要有学术气息。

人与自然和谐的校园才是真正美的校园。

多植树，适当种草，草坪维护浪费水资源。

这些和校史有关的建筑、景点不能轻易拆除，没有文化积淀的校园不是好校园。

建筑物不能追求豪华、时尚，我们要由内到外反映朴素精神……

他真是为这所学校操碎了心。

然而，人们再也见不到那个当年倾尽全力去创造这份热烈和美丽的老校长了。早晨，人们再也见不到最早出现在办公室的老院士，忙碌地回复邮件，拿起放大镜读书、看论文；中午，人们再也看不到那位和蔼可亲的老人，拎着一个铁饭盒，从容淡定地走进学校的饭堂，和学生一起排队打饭；黄昏，人们再也见不到那道风景——布衣院士背着挎包、戴着遮阳帽，在郁郁葱葱的校道上安然地等着公交车……

在人们的心里，卢永根似乎从未远去。他从恩师丁颖那里传承下野生稻种，又带着年轻的科学家们历经数十载搜集普通野生稻种质资源，有人形象地称这些野生稻种为"植物大熊猫"，这些"国宝"如今是华南地区最大的野生水稻基因库骄傲的存在。

华南农业大学昭阳湖畔伫立着一尊雕像，雕像上风骨俊逸、正气浩然的先生，就是卢永根。一旁的碑面上铭刻着"坚持实事求是，提倡独立思考；不赶浪头，不随风倒；有三分事实，做三分结论"，正是这位永葆初心、矢志奋斗的"布衣院士"一生最真实的写照。

赵杏娟从8月12日凌晨4点接到徐雪宾教授的电话，到张罗卢院士的后事，再到接受媒体访问，陪同徐教授去领奖，等等，她始终都不能接受卢老已经离开的事实。她常常会产生一种幻觉，觉得卢老正亲切地向她走来，说："小赵，那个稿子还要改一下。"赵杏娟常常会一个人到位于华南农业大学农学院科研楼8楼的卢永根办公室待一会儿，他的办公室还保持着原样，仿佛也在等待着老科学家的归来。在桌上，摊开的日历那一页，显示是2016年9月6日。这意味着，至少在这一天之前，卢永根依然每天还要到办公室来，撕掉当天的日历后，再开始工作……如今办公室内空空如也，窗外彩霞满天。

平时不管工作多忙，赵杏娟都会抽时间去看望徐雪宾教授，陪她说说话。她喜欢听徐教授那一声声脱口而出的"阿卢"，好似他只是到楼顶上忙活他种的那些菜去了，门一开，他会举着刚刚摘下来的菜说："又省了一顿。"几十年的相濡以沫全都在这里。

张桂权1976年读大学时就认识了卢老，他那时作为本科生，上过卢老的遗传学课，"是他把我引进科学的殿门"。后来，张桂权成了卢永根的第一个硕士研究生，再后来，他是卢永根的第一个博士研究生。

"我们在一起走过了40多年，一个人的一生有多少个40年呢？"

恩师去世之后，张桂权选择了老师喜欢的方式来表达自己想要说的一切，他给老师写了一封信。

您　说
——写给卢永根院士的信

您说作为共产党员要有党性，对党忠诚，
自从您在黎明前参加中共地下党组织，
您为党的事业鞠躬尽瘁，
初心不忘，信念不改。

您说科学无国界，但科学家有祖国，
自从您青年时代回到内地，
您为国家的解放贡献了青春，
您为国家的建设奋斗终生。

您说学农要爱农，服务三农，

您在大都市长大却爱上了农业，
祖国大地到处留下了您的脚印和汗水，
三农问题，一生牵挂。

您说做人要低调，淡泊名利，
在追逐名利的喧哗中，
您显得那么平静，那么坦然，
胸怀坦荡，笑傲得失。

您说做校长要大公无私，先党员后校长，先校长后教授，
担任大学校长十余年，
您始终忠诚于党的教育事业，
牺牲小家为大家。

您说治学要严谨，有三分结果，做三分结论，
您要求研究结果经得起历史检验，
您把丁颖的治学精神发扬光大，
求真求精，创新务实。

您说是党和国家培养了您，您的一切属于国家，
您把一生奉献给了国家和人民，
您把一生积蓄和遗体最后捐献，
无我无私，善始善终。

您是这样说的，更是这样做的，
身教重于言教；

学高为师，德高为范，
您为后来者树立了榜样。

爱党、爱国、爱农业，初心不改；
做人、做事、做学问，大师风范。
您的事迹感动了中国，
您的精神永在！

这封无法寄出的信后来发表在《光明日报》上，《光明日报》的编者按如下："人的生命有限，把有限的生命投入无限的为祖国和人民而奋斗的事业中，则为丰盛，为辉煌，为不朽，为永恒。"

卢永根去世之后，徐雪宾在学校的安排下搬了家，她离开了那个与卢永根默默相守了无数个春秋的、被媒体形容为"家徒四壁"的单元房，搬进了广州近郊一个老年养老社区。养老公寓的房间不大，十几平方米的空间里有一张桌子，蹒跚地走到桌前，打开台灯，认真看当天的报纸，这是徐雪宾每天雷打不动要做的事情。

那盏台灯，是搬家的时候，徐雪宾从家里带来的为数不多的物件之一，这盏台灯曾经陪了卢永根许多年，如今打开它，徐雪宾好像能感受到卢永根的温暖，感觉他从来就没有离去。

看书读报累了，徐雪宾便抬起头来，书桌对面白墙的右上方，挂着一张卢永根的照片。照片上的卢永根，身穿一件绿色毛衣，头朝着徐雪宾书桌的方向亲切地侧着，脸上是他几十年如一日的笑容。这件毛衣曾经被带到"时代楷模"录制现场，主持人王宁说："为什么卢院士那么喜欢这件绿色毛衣？因为绿色象征着希望，象征着未来，而卢院士是用他自己的一生为这绿色镀上了人性的光芒。"

常常，看照片看得出神，徐雪宾就会打开衣柜，把卢永根的这件毛衣拿出来。这毛衣，卢永根穿了差不多10年，袖口破了，是他自己拿绿色的线缝补的，每每触碰到那个补丁，徐雪宾的脸上便会荡起难以言状的笑意。这笑意里，有他们几十年的相濡以沫，甚至也有些许歉意："我可真的不算是个合格的妻子，衣服破了，还要让你自己缝补，你看你这针脚粗的，不过，我的女红也好不到哪里去……"徐雪宾把脸深深埋进那片绿色的温柔里，沉浸在不能自拔的思念中。

　　"阿卢，我在养老院挺好的。红丁在加拿大给我买了一个助行器，又可以当拐杖，走路走累了还可以当椅子坐，我每天推着它去养老院的餐厅吃饭。一天三顿自助餐，好多你爱吃的菜，可惜……你吃不上了。

　　"阿卢，要过春节了，孩子们说要来陪我，我让他们不要那么奔波了。我现在只担心一样，春节期间养老院要是不送报纸了该怎么办？多少年了，我和你一个习惯，没有看当天的报纸就好像丢了魂，我要打个电话问问他们……

　　"阿卢，我今天正式向养老院递交了一份请求，请求成立养老院的党支部，那样，这里的老党员们就可以过组织生活了。你一辈子格外看重共产党员的身份，自入党那天起，就发誓要为共产主义事业献出自己的一生。你做到了，无怨无悔奉献了70年，我还要继续，你一定会支持我的。

　　"阿卢……

　　"阿卢……"

　　将遗体无偿捐献给医学事业，这是我作为一名彻底的唯物主义者最后的坚守和信仰，作为一名共产党员的最后贡献。

——卢永根

一代楷模

习近平总书记曾经说:"一个人有了坚定正确的理想信念,就能不懈努力、执着追求;一个国家和民族有了坚定正确的理想信念,就能披荆斩棘、攻坚克难。"

2017年12月20日,广东省发布第九批"南粤楷模",卢永根院士获授"南粤楷模"荣誉称号。中共广东省委号召广大干部群众向卢永根同志学习。

2019年9月,中共中央宣传部等部门授予卢永根"最美奋斗者"称号。

2019年11月15日,中共中央宣传部向全社会公开发布"永葆初心矢志奋斗的布衣院士"卢永根同志先进事迹,追授他"时代楷模"称号。

"时代楷模"颁奖现场(新华社李贺摄)

2020年12月3日，中共中央做出追授卢永根同志"全国优秀共产党员"称号的决定。

文件中这样介绍卢永根：

卢永根，男，汉族，1930年12月出生于香港，祖籍广东省广州市，1947年12月参加工作，1949年8月加入中国共产党，华南农业大学原校长、教授、博士生导师，中国科学院院士。2019年8月12日，因病医治无效逝世，享年89岁。卢永根同志是我国著名农业科学家、作物遗传学家。他对党、对祖国无限热爱，毅然放弃香港的优渥生活，把毕生精力都献给祖国的农业科学和教育事业。他学高德馨、治学严谨，满腔热情投身水稻遗传育种研究，取得一系列重要研究成果。他廉洁奉公、甘为人梯，担任华南农业大学校长12年间，大刀阔斧推动改革，不拘一格选人用人，从不为自己和亲人谋取特殊照顾，深受师生的崇敬爱戴。他一生恭俭、淡泊名利，将一辈子省吃俭用攒下的880余万元全部捐献给学校，并在去世后将遗体无偿捐献给医学科研事业，用模范行动践行了"把一切献给党和祖国"的初心誓言，彰显了共产党人的高尚情操。

星辰璀璨，榜样的光辉照耀神州大地。

越来越多的人开始熟悉卢永根的故事、传扬他的精神。这位党龄和共和国同龄的农业科学家，用70年的信仰和忠诚担当，诠释了一位共产党员的初心；用70年的时间，毫无保留地奋斗与奉献。

新华社撰文说："卢永根的人生就是一面镜子，可以照鉴我们每个人的心灵。作为一名共产党员，'时代楷模'、华南农业大学原校长卢永根院士用他的精彩一生，回答了'人生的意义'这个大问题，为后人，为他深爱的国家和民族，留下宝贵的精神财富。"

一名学生在学习了卢永根的事迹后感慨良多："我一直在思考，人生的意义究竟是什么？是为教育事业奋斗终生，是为科研事业奋斗终生，还是成为真正的无产阶级战士？或许卢永根也解释不清，他只是用无言的行动默默诠释着。他所做的一切，一定不是为了感动谁，而谁又不被他所感动呢！"

一份坚定的信仰，决定了卢永根一次又一次的人生抉择。而他，从来不是一个人，这个伟大的时代，正在造就更多的像卢永根这样的人。

4 从"神童"到院士
——炼油工程技术专家陈俊武

张文欣

时代楷模 陈俊武：中国科学院院士，中国石化集团有限公司科技委顾问、中石化洛阳工程有限公司技术委员会名誉主任，我国著名炼油工程技术专家、煤化工技术专家、催化裂化工程技术奠基人。他心有大我、至诚报国，为新中国石化工业不懈奋斗70年。他敢为人先、勇于登攀，推动我国催化裂化技术从无到有、从弱到强，进入耄耋之年，仍然奋战在科研一线。他淡泊名利、甘为人梯，为国家培养一大批高水平石化专家，资助多名贫困学生和优秀青年。曾获"全国优秀共产党员""全国劳动模范""全国五一劳动奖章""全国优秀科技工作者"等荣誉称号，获国家科学技术进步奖一等奖、国家技术发明奖一等奖等。

时代楷模 科技之光

从"神童"到院士

炼油工程技术专家陈俊武

作者简介

张文欣：中国作协会员，中国散文学会、中国报告文学学会会员，河南省报告文学学会副会长。曾任洛阳市文联主席、洛阳市作协主席、《牡丹》文学杂志主编。

1979年开始发表作品，曾在《莽原》《中国作家》《人民文学》《十月》《中国报告文学》《人民日报》等报刊发表和结集出版散文、报告文学、小说、文学评论300多万字。作品曾获多种奖项，被多次转载、选载，部分作品被译成英文、法文和韩文出版。

书香门第　家世渊源

福建长乐的鹤上镇，地处海滨，毗邻福州，是个富庶的鱼米之乡，也是个山清水秀、充溢着诗意的所在。

2007年9月14日上午，鹤上镇云路村，乡亲们像过节一样聚集在村口，他们在迎接一个从未见过面的亲人——80岁高龄的中国科学院院士陈俊武。

陈俊武祖籍鹤上镇云路村，但他以前只是从长辈和亲戚的讲述中了解些许关于故乡家世的掌故，80年来，这是他第一次踏上故乡的土地。

当陈俊武院士和女儿陈欣在长乐市副市长林建秀和长乐镇书记、镇长的陪同下来到村口的时候，鞭炮齐鸣，鼓乐喧天，乡亲们迎上前去，执手问候，簇拥着他们步入礼堂。

简单的拜谒仪式之后，陈俊武在陈氏宗亲的带领下，凭借着父辈们讲述留给他的些许回忆来到老家上店，竟然找到了经历沧桑岁月的古井、被烧毁的"疆恕堂"和多处祖屋遗址的痕迹。在后山上的先祖墓地，在青山绿树环绕之间，古冢犹在，石碑尚存，漫漶剥蚀的碑刻文字，记录着祖辈的业绩和历史的风云。

从9月11日至16日，在短短6天的时间里，陈俊武故乡之行的日程安排得满满当当。他先后参加了由福建省科协、福州市科协主办，长乐市承办的"福建省、福州市全国科普日"长乐主会场活动，长乐高鲁天文馆的揭牌开馆仪式，实地察看了滨海、金峰工业区，还先后参观了长乐博物馆、冰心文学馆、八旗博物馆、郑和航海馆、龙泉寺、显应宫。人们发现，陈俊武院士虽已年过八旬，却依然精神矍铄，步履矫健，所到之处，他都是兴味盎然，流连忘返。回到故乡，他似乎又找到了孩童时期在母亲面前欢愉和温暖的感觉。

长乐文化积淀深厚，特别在近现代，更是个人才辈出的地方。著名作家冰心，著名文学家郑振铎，著名电影导演陈怀恺、陈凯歌父子，著名数学家陈景润，等等，都祖籍长乐。两院院士中，仅福州长乐籍的就有5人。早在1999年，福州市就编印了介绍福州籍院士事迹的《院士风采》一书，其中曾收入介绍陈俊武业绩的文章。2003年，长乐市又专门修建了院士馆，用图文并茂的形式展示长乐籍院士的业绩。在院士馆中自己的展区前，陈俊武深为家乡人关注外地游子的情谊感动，也由衷赞叹家乡对科技文化的重视。

故乡之行，使他感受到血浓于水的乡情和亲情，也使他更理解了家族文化传承的重要作用。一代代，一步步，每个人都是从遥远的历史和家族的传承中走来，既延续着生命，也累积和传递着文化的基因，因此他也更迫切地想了解祖辈的生平事迹。

长乐境内，"陈"为第一大姓，近20万人姓陈。其中，三大支脉分别为双江陈、玉溪陈、南阳陈。陈氏始祖籍出河南，五代后唐时期入闽。河南颍川（古地名）是长乐陈氏当年迁徙的出发地，因此陈氏祠堂楹联，多为"颍水家声远，双江世泽长"。

陈俊武的先祖陈际伍，在鹤上镇云路村辟"疆恕堂"，世代耕读传家，遂成当地望族。后世子孙中，陈鉴和陈升扬分别在乾隆和道光年间中举。从陈升扬开始，陈家迁居福州光禄坊早题巷。

陈升扬之子陈莼，是陈俊武的曾祖。陈莼，字喜人，自幼聪慧，为咸丰年间贡生，学识过人，深得沈葆桢的赏识。沈葆桢，字幼丹，福州人，是晚清时期的重要大臣，洋务运动的主要推动者，也是中国近代造船、航运、海军建设事业的奠基人之一。沈葆桢曾任福建船政大臣，主办福州船政局（又称马尾造船厂），创办马尾海军学校。当时，沈葆桢已认识到西方科学技术具有强大的社会功能，必须改变重视经学、鄙视技艺的传统育才思想，学习西方科学技术。他对中国传统科技表述的"格物致知"之学极为重视，曾亲自在船厂衙门两旁题写楹联："且漫道见所未见，闻所未闻，即此格致关头，认真下手处；何以能精益求精，密益求密，须从鬼神屋漏，仔细扪心来"。

陈莼深得沈葆桢赏识，足见他们之间在理念上的契合与共鸣。向来以读经书赴科考为传统的"疆恕堂"陈家，从陈莼这里，逐渐开启那扇重视现代科技的大门。陈莼一生未曾入仕从政，先后在两家书院执任教席，一直以教书育人为业。

陈莼有二子一女，长子陈琦，字伯韩，即陈俊武的祖父。陈琦最初仍遵循前辈的道路，刻苦攻读，赴考应试，却数次落榜。中国的科举制度，虽在选才用人上有一定可取之处，但实在也存在许多弊端。清朝晚期，随着洋务运动的兴起，一些在科考中失意的年轻人，不再走皓首穷经考取功名的华山一条道，开始与现代学堂衔接。

陈琦落第之后不久，就到福州船政局任职，后来在船政学堂教授国文。

马尾地处福州闽江入海口处，是个历史悠久的天然海港。1866年，沈葆桢在马尾设船政局，创办船政学堂。船政学堂分为"前学堂"和"后学堂"两部，前学堂教授造船和设计，后学堂教授航海、轮机和驾驶。学堂聘用英、法两国教师任教，使用外文原版教材并用外语授课，科目包括英文、法文、数学、几何、微积分、物理、机械、天文、地理和航海理论等，而中文经史则为必修科目。毕业生中成绩优异者更会被派往西欧各国深造。

船政学堂后来也被称为水师学堂，从这里毕业的学生不少成为北洋海军的高级将领，也有在中国近代多个领域卓有建树的著名人物,如翻译《天演论》的严复,中国第一位铁路工程师詹天佑,等等。马尾船政学堂是近代中国第一所工程技术类专业院校、中国首家海军及航海学院,也被誉为"中国海军的摇篮"。

陈琦任职于马尾船政学堂,不知是否与其父陈莼和沈葆桢交好有关。这位在船政学堂教授国文的先生,耳濡目染外语和现代科技知识,成为"彊恕堂"陈家和西方文化及现代工业文明密切接触的第一人。

1929年,陈琦在福州逝世。当年陈俊武尚为两岁幼童,懵懂无知,成年之后,他为未能和祖父见面感到深深的遗憾。

陈俊武的母亲林静叙虽为家庭妇女,一生相夫教子,未曾任过社会职务,但因为林氏家族也是福州城内的名门望族,书香门第,所以她也读书识字,能背诵许多诗词文章。

林静叙的曾祖父林鸿年,字勿村,生于清嘉庆九年(1804年),从小就勤奋好学,25岁中举,而后进京参加会试,可惜落第而回。他在回家的路上赋诗自励:"状元二字消难去,我亦摩挲铁砚来。"回家之后林鸿年更加用功,于道光十六年(1836年)再次进京参加会试。开榜之日,林鸿年高中丙申恩科一甲一名进士,摘得状元之冠,授职翰林院修撰,时年32岁。他也是福建省清朝时期的第一个状元,是莆田第一位入二十四史的著名人物。

1838年,清廷敕令林鸿年为册封琉球国正使,在琉球主持册封世子尚育嗣位大典。林鸿年在琉球逗留期间,行为端肃,廉洁自守,婉拒琉球国王赠予清朝使者的"宴金",还将所余出使经费240万贯如数馈赠琉球国王,借以赈恤当地贫民,获得琉球举国上下的赞颂。回国之后,林鸿年将此行经过和见闻,写入《使琉球录》一书。

回国后,林鸿年得到了清廷的极大信任,先后升任国史馆协修、文渊阁校理、方略馆纂修、广东琼州知府、云南临安府知府、云南按察使、云南布政使、云南巡抚等职。尽管林鸿年是一路实打实干地走上仕途的，但在云南巡抚任上，却遭倾轧攻讦，同治五年（1866年），被革职查办。

林鸿年回到故乡时，正值闽浙总督左宗棠在福州开设正谊书院，便接受了左宗棠的邀请，担任正谊书院山长。林鸿年文学功底深厚，执教严格，"训士以器识为先，尤重根底之学"，讲求义理，强调经世致用。在他的悉心教导之下，正谊书院人才辈出，曾为清末代帝师的陈宝琛、翻译家林纾、方志学家陈衍等皆为其席前高足。林鸿年执正谊书院19年，出自他门下的出类拔萃的人才达百余人。

光绪四年（1878年），时任福建巡抚丁日昌以林鸿年"掌教闽中，著有成效"上奏，诏交吏部从优议叙。光绪八年（1882年），吏部以"经术湛深，品行峻洁"回奏，并请特赏林鸿年三品卿衔。光绪十一年（1885年）十二月，林鸿年病故，留有诗集《松风仙馆诗抄》传世。林鸿年曾和相距45年的五科状元同书一幅扇面，传流至今，成为一件绝无仅有的珍贵文物。

林鸿年生五子，第四子林符石生三子四女，其第三子林彤如生四女一子，长女林静叙即陈俊武的生母。

林鸿年弟子中的陈宝琛，后来也力推洋务，重视新学，和"疆恕堂"陈家发生交集。风云际会，世事如棋，纵横交错，人物和命运都隐藏在这时代的风云之间。

在清末民初的政治风云中，陈宝琛也是个有重要影响的人物。陈宝琛，福建闽县（今福州市）螺洲人。这一支陈姓，人称"螺洲陈"。螺洲陈家，也是一族显赫世家，明清两代，有进士21名，举人110名。陈宝琛兄弟6人，3人进士，3人举人，被称为"六子科甲"。

陈宝琛于同治七年（1868年）21岁登同治戊辰科进士，相继被授翰林院庶吉士、编修、侍讲，内阁学士兼礼部侍郎。后因所褒荐的云南、广西布政使唐炯和徐延旭在中法战争中兵败受到牵累，被朝廷连降五级，回福州老家闲居达25年之久。宣统元年（1909年）陈宝琛调京官复原职，宣统三年（1911年）成为末代皇帝溥仪的老师，1935年卒于北平寓所。

其实，正是陈宝琛"闲居"福州的25年，书写了他人生中最精彩的篇章。光绪十一年（1885年），他回到福州的当年，就出任福州鳌峰书院院长，参与办学活动。光绪二十二年（1896年），他与陈璧、林纾等人合力创设苍霞精舍，可以说这是福建最早开办的新式普通教育学堂。光绪二十四年（1898年），他又创办了以学日文为主、兼学汉文的福州东文学堂，这是福建在"戊戌变法"期间首设的新式中等专业学堂，陈宝琛任该学堂主理总董。光绪二十九年（1903年），闽浙总督陈仰祈与陈宝琛商定把福州东文学堂改组扩充为全闽师范学堂，后升格为福建优级师范学堂，陈宝琛为首任学堂监督。这是福建第一所培养中小学师资的师范学校，是福建师范大学的前身。后来陈宝琛虽又奉召进京，成为地位显赫的帝师，但他仍同时兼任福建教育总会会长，继续关心着福建新学的进程。陈宝琛提倡"崇实学以励人才"，主张学习外国先进的科学技术。他在主持福州东文学堂期间，还曾大力发展留学教育，派出留学生留学日本及欧洲各国。

当时，科举制度仍未废除，但陈俊武的祖父陈琦深感国势颓萎，必须走维新图强的道路，再加上在船政学堂的耳濡目染，决心引导孩子们走上新学之路。他先后将几个儿子都送入福州东文学堂，学习外文和现代科学知识。

陈俊武的父亲陈训昶，在福州东文学堂毕业后，东渡扶桑，到日本早稻田大学留学。当时留日学生所学多为军事政法，陈训昶却选择了农林科技专业，他想要走的，是科技实业救国的道路。

清末民初，赴日留学在中国成为一种社会潮流。除了数十年来新学的影响，还有中日甲午战争的失败和1905年科举制度的废除，都更促使这一潮流的形成。一部分青年学子甚至把出国留学作为实现救国的主要途径："唯游学外国者，为今日救吾国唯一之方针""学子互相约集……买舟东去，不远千里，北自天津，南自上海，如潮涌来"。

晚清政府面对维新图强的浪潮，在有识之士的推动下，也出台了一些鼓励赴日留学的办法。1903年，清政府向全国转发了张之洞拟定的《鼓励游学毕业生章程》，规定：留日归国学生凡由日本普通中学毕业并得有优秀文凭者，给予拔贡出身，分别录用；凡由高等学堂毕业并得有优等文凭者，给予举人出身，分别录用；凡由大学堂毕业者，给予进士出身，分别录用；凡由国家大学堂毕业，持有学士文凭者，给予翰林出身，持有博士文凭者，除给予翰林出身外再给予翰林进阶，并分别录用为官。

当时留日学生虽人数众多，但真正进入正规大学者只是少数，而能入早稻田大学这种名校的，更是凤毛麟角。1906年，清政府举行归国留学生考试，参加考试的100人中，留日生占80%以上，但考中的却极少。陈训昶考中被录用，福州老家一时盛传：他是被点了"洋翰林"。

陈训昶留学归来不久，已是民国初年，因日本在山东有较大的影响，留日学生归来后在山东就业的很多。所谓呼朋引类，陈训昶受一些同学的邀请，也来到山东就职，任山东省政府农林厅的技正，一度还出任东岗山农业场场长。

技正是北洋政府设置的技术官吏的职衔，相当于高级工程师。技正之上为技监，之下为技佐。根据北京北洋政府1912年11月颁布的《技术官官俸法》，技正分1～12级，月薪为220～440元。这样的薪俸水平和当时的大学教职月薪水平基本相当，甚至还要高一些。当时北京大学文科学长陈独秀月薪300元,教授周作人月薪240元,图书馆馆长李大钊月薪仅120元。

民国初年,北洋政府统治时期,时局动荡,社会混乱,山东执政者如走马灯一样经常变换。那些分属不同派系的北洋军阀,一旦主政,就要更换政府各部门要职,吏治腐败,横征暴敛,再加上日本和德国在山东的利益争夺,齐鲁大地几无宁日。1925年前后,陈训昶离开济南,到北京定居,在北京北洋政府农林部门仍然担任技正之职。他的哥哥和弟弟,也在父亲的引导下接受了新学教育,出国留学,学成归国先后北上谋职,在金融部门工作。

到了陈俊武的父辈,源自长乐鹤上镇云路村的"疆恕堂"陈家,已完成了从苦学经史子集科考功名到运用现代科技实业救国的文化过渡和转型。

刻苦攻读　京华云烟

1927年3月17日,北京东斜街的一个大四合院里,洋溢着一片喜悦的气氛。陈家又一个男孩降生了,这个男孩就是陈俊武。

这个四合院虽不是王府豪宅,但也布局严整,建筑考究,宽敞明亮,院中还植有花草树木。大院中四个家庭,都是至亲骨肉,大大小小几十口人,热闹融洽。可惜这样一个所在,并没有给幼年的陈俊武带来多少乐趣,留在他记忆中的,只是一方孤独的天地。

陈、林两家虽然都是诗礼世家,父亲和母亲对幼时的陈俊武却并不施以严格的家庭教育,尽管也教读书,也教识字,但更多的时候是顺其自然。

在家里,姐姐们比他大十来岁,早已经上学;堂兄弟六人,都和他年龄悬殊,与他年龄相仿的没有。小孩子爱玩,不过要有年龄相仿的玩伴才有趣。孤寂的小俊武，从屋里到院里，从东院到西院，只能用一双好奇的眼睛探究周围的世界。春草渐绿，秋叶变黄，墙角的蟋蟀抖须唱歌，鸽群响着鸽哨从天空掠过，为什么？为什么？他的小脑瓜装满了各种各样的问题。

这种环境养成了陈俊武喜欢安静独处、喜欢思考，而不爱热闹跑动的习惯和性格。北京那么多热闹好玩的去处，可陈俊武除了随母亲去过几个亲戚家，一直长到10岁，还没有去过天桥、前门、大栅栏这些地方。

1932年秋天，5岁半的陈俊武被父亲送入洁民小学上学。

七七事变后不久，正在清华大学读书的大姐陈舜瑶和一批热血青年，毅然中断学业，走上抗日救亡的道路，南下南京、长沙等地宣传抗日，听说后来又去了延安。上小学的陈俊武尚不能理解动荡复杂的社会局势，却能感受到大院中越来越沉重的气氛。父亲常常皱着眉头坐在屋子里叹气。

1938年，陈俊武小学毕业，该上中学了。这时北京城已被日本占领，在学校大力推行奴化教育，强迫学生必须学习日文。具有留日背景的陈训昶当即做出一个决定：让陈俊武上教会学校，因为教会学校可以学英文而不必学日文。也许，在当时的情境之下，这种选择表明了他对侵略者的抗拒，也包含了对儿子未来道路的期望。

这年秋季，陈俊武入崇德中学上初一。崇德中学由英国基督教圣公会主办，创建于1874年，位于绒线胡同，是当时的名校之一。崇德中学的历届毕业生中出了不少名人大家，如诺贝尔物理学奖获得者杨振宁、中国"两弹"元勋邓稼先、著名法学家江平等，还有当时民国要人关麟征和著名外交家顾维钧、颜惠庆的儿子都在这里读过书。邓稼先比陈俊武高两届。

崇德中学要求学生入学前必须具有一定的英语基础，而陈俊武在小学期间从未正规学过英语，只是在家中受大姐舜瑶和后来上北京师范大学西语系的二姐舜琼的熏陶，会说一些英语单词和简单的对话。可上第一节英语课，老师就直接用英语朗读和讲解《天方夜谭》（另译为《一千零一夜》）中的一节——《阿里巴巴和四十大盗》。陈俊武听得一头雾水，如同听天书，不知老师说些什么。

这对学习成绩一直名列前茅、自尊心极强的陈俊武是个沉重的打击。他回到家里，对父母言说上英语课的情形，忍不住失声大哭，说："我不学英语了，不去崇德上学了！"

父亲递给他一条毛巾，让他擦干眼泪，安慰了他一番，又严肃地说："人的一生会遇到难题无数，如果一遇到困难就害怕退缩，那将一事无成。你是个聪明的孩子，只要努力，我相信你一定可以学好的。"

在父亲的鼓励下，陈俊武硬着头皮在英语课堂上坚持下来，上课用心听讲，再加上课前课后的预习和复习，几个月过去，他就可以跟上教学进度了。

1939年，日本和英国关系紧张，崇德中学被日伪当局勒令停办。父亲安排陈俊武转入另一所教会学校——辅仁中学读初二。

崇德中学和辅仁中学严格的英语训练，给陈俊武打下了良好的英语基础，在中学阶段，他就可以用英文阅读和对话。

处处用心的陈俊武逐渐形成了自己独特的学习方法和学习习惯。他反对那种"死读书，读死书，读书死"的死记硬背式学习，而是掌握要点，领会精神，融会贯通，活学活用。他经常提前自学次日上课的内容并做完作业，这样第二天上课时就十分轻松，因而在课堂上常常能对老师讲解的独到精妙之处会心领悟，这时候，他心中就感到一种愉悦。这种来自学习的快乐，成为他强烈求知欲的不竭动力。所谓"学而时习之，不亦说乎""学而不厌"，其中的乐趣也许只有进入这种境界的人才能体会。

初中阶段，正是学生精力充沛、兴趣广泛的时期，课余时间，他们会玩各种游戏，其中有体力的，也有智力的。同学们发现，在各种智力游戏中，陈俊武都是获胜者。最令人佩服的是他心算的本领。多位数的加减、三位数的乘法、两位数的除法，他都能运算自如。也有同学慕名找他，给他一道一道地出题，他都能很快报出正确的答案，屡试不爽，于是"神童"的外号不胫而走。

更为神奇的是，这种心算的本领并没有老师传授，是他自己琢磨出来的。善于思考，善于发现、总结数字之间的关系和规律，是他创造心算法的诀窍。这种禀赋和观察思考的方法，使他终身获益。

高中阶段，数学课上开始接触高等数学中的概率计算，陈俊武对此尤感兴趣。在日常生活中，他经常尝试运用概率计算去找出其中的规律。比如，同学们玩画线游戏，他发现从几个上位起点沿画线下行，平行线无十字交叉，就能达到各自的下位。打扑克牌，他也能算出"同花顺"和"一条龙"的概率。上化学课学习有机化学部分，他对分子相同、结构却不同的同分异构物甚感兴趣，竟然悄悄开始分析癸烷以上烷烃的同分异构物的数目。如果溯源探流，这也许是陈俊武后来从事化学工程事业最早的源头。

在崇德中学和辅仁中学上学期间，陈俊武成绩优秀，每次考试基本上都是第一名，因此也可经常享受免交学费的优待。高二下学期，在一次化学实验中陈俊武不慎被灼热的苛性钠溶液烫伤右脚，请假在家养伤20多天。按照学校规定，高三年级学生不能再享受免学费待遇。这本来是正常且平常的一件事，但在养伤期间经常来看望他的几个小学同学却在一旁怂恿："不免费就不去那里上，换学校，你这样的优等生到哪里都受欢迎！"少年意气，陈俊武果然赌气在上高三时离开了辅仁中学，改去另一所教会学校盛新中学。

很多年后，陈俊武回忆起这段经历，还觉得这实在是个幼稚之举。所幸这次草率的转学对他的学业并未造成多大影响，后来他也顺利地考上了大学。

盛新中学地处地安门西大街南侧的校场胡同，由法国天主教爱遣使会于1917年修建设立，原来只有女中，1923年增设男中。盛新中学独特的建筑风格给陈俊武留下了很深的印象，教学楼和礼堂都是砖木结构，灰瓦坡屋顶，红砖清水墙嵌以石料装饰，比例严谨，工艺精湛，礼堂的外形很像法国的古城堡。

1944年，陈俊武分别参加了两所大学的入学考试（当时大学单独招生，考试时间也不统一），同时考取了北京大学工学院应用化学系和北京师范大学医学院药学系。当时陈俊武正痴迷于药学，兴趣浓厚，但考虑到毕业以后的就业出路，最后选取了北京大学工学院。

1944年的北京大学工学院，位于清端王府旧址，现在的和平里西大街北边，中国少年儿童活动中心所在地。工学院应用化学系，那一届共录取17名学生，17岁的陈俊武考试成绩名列第二。

报考应用化学系，投身化学工程事业，也是陈俊武从小的夙愿。陈俊武在读初二的时候第一次接触到化学，就一下子被迷住了。那么多种元素构成丰富多彩的物质世界，每一种物质由神奇的分子、原子或离子构成，化合、分解又可以组成新的物质。这一方奥妙无穷的新奇天地正适合他"穷天地之奥秘"的志趣，当时他就暗自立下志愿：研究化学，造福国家和人民！

大一的课程多选用国外原版教材，各科的习题量也很大，一些同学学习颇感吃力，但陈俊武却觉得轻松自如，游刃有余。在大学一年级，除了正常的学业，他还在课余进行着一项"秘密工程"：学习和研究药学。

北海公园附近的北京图书馆，离东斜街陈俊武家有四五里的路程。上高中时，陈俊武课余时间或星期天常常来到这里的阅览室看书。高中二年级时的暑假，陈俊武在这里初次看到一本药学书。药学中化学和药理双重的神秘性与陈俊武强烈的求知欲和好奇心立即谐振共鸣，他"一见钟情"，从此"坠入爱河"，开始了对药学近于痴迷的学习和研究。

陈俊武对药学感兴趣，也有家庭的原因。在旧中国，肺结核是一种常见病、多发病，由于缺乏特效药物，一旦罹患即为难以治愈的沉疴顽疾，不少患者被夺去生命。在陈俊武的家族中，多人都曾患过此症。他母亲患肺结核多年，所幸后来治愈。但他活泼可爱的小妹莹莹，患病后竟在14岁的豆蔻年华逝去。大院中他的几个堂哥、堂姐也因为肺结核先后被夺去了生命。陈俊武的父亲这些年身体衰弱，经常患病，从陈俊武上高中开始，父亲就一直缠绵病榻，卧床不起。他患的不是结核病，但多方治疗却总不见效。

而药学研究，正是要寻找、发明帮助人类战胜病魔、解除各种疾患的药物。于是，陈俊武悄悄立下志愿：将来一定要研制出治疗那些所谓不治之症的"特效药"，给所有绝望的、病痛中的人带来福音。

从此，陈俊武每天都要步行四五里路，到北海公园西侧的北京图书馆去看书，有时候还去更远一些的静生生物研究所图书馆借阅。冒着酷暑严寒，迎着风霜雨雪，天天如此，日日不辍。他学会了一种快速记录的方法，摘抄内容，回家后再加以整理。几个月过去，他居然已粗知药学的轮廓。他注意到化学家赵承嘏先生发表的研究药物的文章，对于植物如何和医药结合尤感兴趣。比如治疗疟疾的特效药物奎宁，是从金鸡纳树的树皮里提炼制取的，俗名就叫金鸡纳霜。从植物到药物，需要使用复杂的化学方法，经历复杂的化学过程。他给自己定的宏大目标，就是要找出能够治疗某种疾病的植物，再用化学的方法提炼、制取相应的药物。

北京图书馆成为他课外求知的乐园。学然后知不足,汗牛充栋般的药学典籍让他着迷。中文的、英文的、日文的,西药的、中药的;由此及彼,由表及里,由药学而及有机化学、生物化学……他贪婪地咀嚼、吸收,将能找到的书籍杂志消化殆尽。从中学到大学,从15岁到19岁,对药学的课外学习,他整整坚持了4年。没有导师,没有同道,一个花季少年在青春岁月中默默地孤独前行,点燃他热情的,只有心中那个宏大的目标和强烈的求知欲。

学习药学几个月后,陈俊武将读书笔记分类整理,16开纸写满密密麻麻的蝇头小字,总计达54页,15万余字。他将这卷文字命名为"药学精华",每页之首按正规杂志格式设计,某卷某号,出版日期,并且标明"不定期刊"字样,一丝不苟,几可乱真。其实,这份期刊的编者、出版者和读者都只是陈俊武自己。

陈俊武不仅"编杂志",也"著书"。这几年中他写的小册子有《药用植物成分的研究》《中西药植成分志》《中国药用植物一览》等,总计达240页,30余万字。这些小册子内容丰富,结构严谨,章节井然有序,插图、目录、封面设计、编著者姓名样样俱全,有的前面还加了序言。如他在《药用植物成分的研究》的序言中写道:"近年国内对于自然科学及应用科学之提倡,不遗余力。中学之中,已将理化生物视为重要之课程,俾使青年学子得以认识其重

陈俊武在高中和大学初期自编的药物学"期刊"

要进而切磋之，则对于我国之前途，利莫大焉……"当然，这套被陈俊武命名为"药学小丛书"的小册子，并非正式出版，甚至连铅印也不是，仅仅是他的"手抄本"，是苦学者陈俊武自己制造的浪漫和幽默。

1945年8月，日本宣布投降，中国人民坚持了14年之久的抗日战争终于取得了最后胜利。

从大学二年级开始，陈俊武虽然有时还会去医学院听课，但已从对药学的迷恋中走出来了，开始把学习的兴趣逐渐转移到自己所学的专业——化学工程上来。

专业改名为化学工程使陈俊武感到振奋。当时所谓的应用化学实质是造纸、制革等轻化工产业的总称，还包括化学分析，和现代化工相距甚远。陈俊武的理想是要从事现代化工，包括燃料化学和化学工程。

化学工程是20世纪20年代兴起的新学科，主要研究化学工业生产过程中的工程理论。新的领域、新的知识使陈俊武感到新鲜，同时他也预感到，这个学科所学正是将来振兴民族工业的实用知识。

他犹如一只被花香引诱着的蜜蜂，一头扑向新的花蕊。

陈俊武不满足于看讲义和教科书，他仍然坚持课外自学。对药学长期的自学钻研，使他拓宽了视野，提高了英文、日文的阅读能力和水平，并且摸索出了高效率查阅期刊资料的方法。他从大量的阅读中得知，美国麻省理工学院是化学工程学科的发源地，日本出版有化学工程的套书……陈俊武暗下决心，一定要把化学工程中统称为"三传一反"（即动量传递、热量传递、质量传递和化学反应过程）的内容弄懂、吃透。

这是一次更自觉、更刻苦、更痴迷的投入。书本、杂志、字典、笔记是亲爱的伴侣,课堂、实验室、图书馆是芳草如茵的伊甸园。除了课堂上的学习,陈俊武经常游弋于书海,钩沉于卷帙,白天听课读书,晚上整理笔记,沉醉其中,常常不觉东方之既白。

那时的大学校园里,不乏浪漫的情调,交游玩乐、谈恋爱的大学生不少。然而,陈俊武4年的大学生活,却把青春的律动全部融进了一张张书页和笔记中。

1948年春,陈俊武在北京大学最后一个学期的几则日记,真实记录了他刻苦读书的情形和心境:

3月29日:科学的真理把我诱惑得太苦了。我把如锦的年华都投入了无底的深渊,痴心的求知使我与人群隔绝,使我成为孤独者。生命的意义全寄托在没有生命的分子、原子上了。

4月1日:年年岁岁花相似,岁岁年年人不同。在花丛里流连的结果,不仍是红颜一律和春老吗?外面的春天与我何干!最重要的,是要让内心充满芬芳的气氛、旖旎的春光,我要使平凡的日子变得不平凡……

毕业前夕,陈俊武把自己几年来的心血结晶——学习笔记整理装订,分成18类,各包以封皮,以"化学工程与我——俊武求知旅程之一段"为总题,重叠置于书架,量一量,竟有20厘米厚!

陈俊武在北京大学期间的刻苦攻读,使他构筑了化学工程方面坚实深厚的理论功底和知识体系。他视野开阔,已经接触和了解了世界化工科学的前沿信息。更重要的是,他在这一知识积累阶段,磨砺了意志,训练了方法,培育了为科学事业、为国家、为民族的献身精神。这对他一生的道路都将产生重要的影响。从这时候起,他已经具备了一种素质:将来无论让他进入哪一个领域,他都可以成为那个领域最卓越的专家之一。

追梦石油　克难攻坚

陈俊武1948年从北京大学毕业后，为了生计，也为了能实现自己投身化学工程的理想，他先是去台湾谋职，后来又辗转回到大陆，历尽艰辛，北上来到沈阳。

东北是当时中国重工业最集中的地方，很多化工企业都在恢复生产，急需各类技术人才。沈阳是东北最大的工业城市，工作和生活条件相比之下也最为优越。当时他的大姐陈舜瑶和姐夫宋平分别在沈阳担任团省委和省总工会的领导职务，大家都以为，陈俊武留在沈阳工作，是顺理成章的事，既可发挥自身特长，也能和家人在一起，生活上会更为舒适愉快。

但是，陈俊武的想法出人意料，他坚持要到抚顺去。

他还惦记着当年他和北大同学在抚顺参观过的那个煤制油工厂，决心投身石油工业的梦想也一直萦绕在他心头。

已经担任辽宁省总工会副主席的姐夫给抚顺矿务局局长写了封介绍信，等不到过新年，12月下旬，陈俊武便急匆匆乘火车赶往抚顺，在漫天的雪花中，他坐一辆马车来到矿务局招待所。

第二天，陈俊武早早来到矿务局机关报到。人事处处长是一位女同志，看陈俊武一介文弱书生的模样，又是北京大学化学工程专业的，就说："你去重机厂化验室工作吧，工作轻松，环境也干净。"

陈俊武连忙说，自己学的是化工专业，应该到工厂去，具体就是第二化学厂。女处长起初很不理解，觉得这个年轻人怎么这样奇怪，两份工作的优劣差别不是明摆着的嘛！经陈俊武再三解释，她最后似乎听懂了他的意思，同意他去那个又脏又破的第二化学厂。

1950年1月，陈俊武来到第二化学厂的时候，看到的是一片荒凉残破的景象。机器设备残缺不全，锈迹斑斑，厂区内还有一丛丛枯黄的杂草在寒风中瑟瑟发抖。

陈俊武坚持到抚顺，到第二化学厂，盯着的就是"石油"。他的心中，有个深深的石油情结。

石油在国民经济和国防中占有极为重要的位置，其重要性如同人们身上流动的血液。中国当时的石油资源量和探明石油储量都很少，多年来一直戴着石油资源缺乏的"贫油国"的帽子，石油工业基础极为薄弱落后。新中国成立之前，全国只有抗战时期发现的玉门油田和当时已产油的延长油田。全国年产原油包括人造石油在内仅有12万吨，中国石油消耗量的百分之九十依靠进口"洋油"。

新中国成立之初，汽油极为匮乏，面对帝国主义国家对中国的封锁，中国只能从苏联进口一部分汽油，这远远不能满足需求。那时的汽车很少，许多汽车的燃料还要用酒精代替，后来又一度改用煤气。北京街头行驶的公共汽车，车顶都背着一个大煤气包，臃肿、丑陋。

石油！石油！新生的共和国急需这些黑色的血液注入生机。

1950年3月，抚顺第二化学厂改称人造石油厂，增加投资，着手进行大规模的修复和扩建。1951年7月，全厂修复工程完成，进入开工阶段。这个历经沧桑的老工厂焕发出生机和活力，获得新生，成为新中国第一个人造石油的工厂和基地。

1952年9月，第二化学厂又改名为石油三厂。在石油三厂，陈俊武最初在厂生产科任总值班。1954年，他开始担任设计室副主任，负责制定全厂的发展规划，进行扩建项目机械土建的初步设计。这一年，他27岁。1954年，陈俊武先后被评为厂级和抚顺市劳动模范，并且光荣入党，成为中国共产党的一名预备党员。

在他事业的起点，已经有了许多荣誉、鲜花和掌声。这对于一个刚参加工作不久的年轻人来说，是一份殊荣，也是一种考验。陈俊武没有飘飘然、昏昏然，他很清醒。他要努力争取创造的，是工作事业上的卓越和优秀，而在生活中，他只想做一个普通的人、朴素的人。

他仍然保持着自学的劲头和习惯。他利用业余时间和各种途径与机会，下苦功夫学习俄语，并开始学习德语。到20世纪50年代中期，陈俊武已经能够阅读英、日、俄3种外文专业书籍。

1956年4月，国务院发文批准建立抚顺固体燃料设计院；10月，石油工业部发文更名为"石油工业部抚顺设计院"，由石油工业部设计管理局直接领导。

抚顺设计院的主要任务是从事人造石油工业项目的工程设计和炼油技术的开发，先成立了8个专业室。陈俊武由石油三厂被抽调到抚顺设计院，担任工艺室副主任，主要负责煤干馏和焦油加氢厂的工程设计。

煤干馏和加氢都是煤化工的重要过程与工艺技术。抚顺建有我国最早利用煤干馏和加氢技术制造石油的几个石油厂，自然成为人造石油工业的先驱和基地。

1959年春，石油工业部决定进一步发展煤炼油技术，计划在煤炭资源丰富的山西大同建设大型人造石油厂。陈俊武被任命为大同煤炼油厂的工厂设计师，这是他第一次领衔承担一个工厂的设计任务。应该说，这是他的初战，是他事业上的第一次"出征"。

几乎同时，还有一个第一次也降临在他的头上。就在陈俊武接受任务的时候，他的女儿也刚刚出生。他初为人父，看着襁褓中的女儿粉嘟嘟的小脸，心中突然涌起一股幸福的柔情。可是，出生不久的女儿连续几天高烧不止，生命垂危。

都是"第一次"，都是责任，为了全力投入事业上的"第一次"，他只好忍痛放下家里的这个"第一次"。妻子吴凝芳说："你走吧，孩子有我呢！"

在大同的一个多月里，音讯不通，后来他回到抚顺的时候，心中还颇为忐忑：这孩子不知道还在不在……女儿真是个争气的孩子，她用牙牙笑语迎接了"狠心"的爸爸。

1960年11月，陈俊武主持的技术设计终于完成，内容包括2700张图纸和15000页文字资料，可谓洋洋大观。这是我国首套大型煤制油工厂的设计文献。

在此之前的1959年，新中国成立10周年，国庆前夕，第一次全国劳动模范和先进生产者代表大会在新落成的人民大会堂召开。陈俊武被层层推选，光荣地出席了这次大会。

1959年，黑龙江松嫩平原上，一股黑褐色的油流喷向湛蓝的天空，从此改写了中国石油工业的历史。由于大庆油田的发现和随后的勘探开发，1960年以后大庆原油开始生产外运。中国向全世界自豪地宣布：我国石油基本实现自给。

但是，石油自给不等于燃料油自给。石油包括人造石油和天然石油，天然石油也称原油。原油是成分十分复杂的混合物，必须经过炼制加工才能得到汽油、煤油、柴油和其他产品。也就是说，真正作用于生产、交通、国防和人民生活的，是经过加工以后的石油产品而不是原油。

人造石油的成本高、产量低，其效益明显低于原油的炼制加工。因此，当中国有了自己充足的原油供给之后，石油工业部及时做出了战略调整：炼油厂设计建设重点转移到天然原油的炼制加工上。抚顺设计院的任务也转为天然原油炼制的工程设计。

抚顺设计院的建立、规划、机构设置和人员配备，之前都是围绕人造石油的业务方向来进行的，建院以后4年多来，工作也都是人造石油厂项目的设计。现在为了国家的需要，要全部转为石油炼厂的设计，这等于是全建制的集体转型。全院上下都感到了沉重的压力。原来主要从事原油加工炼制设计业务的北京设计院成了"老大哥"，苏联帮助设计的兰州炼油厂成了样板。面对新的变化和形势，向来不甘人后的陈俊武鼓足了劲争分夺秒，奋起直追。

新中国成立之初，炼油工业基础极其薄弱，可谓一穷二白，只有一座小型的玉门炼油厂。1949年，全国年原油加工能力不足17万吨。

对石油重质馏分的加工，20世纪40年代以前采用的是热裂化技术，40年代在热裂化的基础上产生了催化裂化工艺，开发了移动床技术，使用小球催化剂，设备庞大，产能较低。50年代我国建成的兰州炼油厂，使用的就是苏联从美国移植的移动床技术。其实，这项当时苏联所谓的"先进技术"不过是20世纪40年代的水平，和世界先进炼油技术水平相比，差距至少有15年之遥。移动床技术不能对原油进行有效的深度加工，无法从中炼取数量更多、质量更高的石油产品，珍贵的石油资源在我们手里被无可奈何地浪费了。而且，随着中苏关系出现裂痕，苏联对我国的带有许多附加条件的援助也将出现变数，因此，就更需要独立自主研发新技术，逐步摆脱对苏联技术的依赖。

中国石油工业面临着严峻的挑战。

石油工业部从有关的技术情报中了解到当时处于世界领先位置的炼油技术是IV型流化催化裂化技术。据说，这类装置当时全世界只有30多套，而以美国为首的西方国家正对中国实行严密的经济和技术封锁，根本无法从商业渠道引进。

此时，远在万里之遥的加勒比海沿岸的一个岛国上的政治风云变幻，为中国人创造了契机。

1959年1月1日，古巴传奇英雄菲德尔·卡斯特罗率起义军推翻了巴蒂斯塔独裁政权，建立革命政府。

1961年4月，美国直接策划和组织雇佣军在吉隆滩入侵，但最终彻底失败。随后，卡斯特罗宣布古巴开始社会主义革命，将许多企业收归国有。

社会主义的古巴对中国热情友好。1960年9月，中古两国宣布建立外交关系，古巴成为拉丁美洲第一个与中国建交的国家。不久，古巴邀请中国派专家去考察炼油厂，石油工业部派去古巴考察的专家，在炼油厂看到了新型的催化裂化生产装置，也见到了比苏联的S型塔盘更先进的"舌型"塔盘，并带回了一些技术资料。

1961年底，石油工业部党组对炼油工业制定了"深度加工、吃光榨尽，采用先进技术，使石油产品立足于国内"的技术方针。1962年1月4日，石油工业部成立炼油新技术核心领导小组，并调兵遣将，抽调北京设计院和抚顺设计院的技术骨干为新技术组成员。陈俊武被任命为新型催化裂化装置设计师。

1962年春节刚过，年味儿还浓浓地笼罩着每个家庭的时候，陈俊武一行就离开抚顺，来到北京。

北京设计院办公楼坐落在德胜门外六铺炕，南楼2楼的几间办公室被临时辟作新技术组的办公场所，住宿则是在4楼的一个大房间里。

流化催化裂化是炼油工业的关键工艺技术。千头万绪，设计先行。陈俊武和他的同事们手头只有少量简单的国外图纸和资料。这好像是一则童话：一群从来没有见过大象的人（连整体图画也没见过），只得到了一只象耳朵、半截象鼻子，再加上一条象尾巴，却必须画出一头完整的大象来。

消化资料，分析计算，对比讨论，制订方案。肯定，否定，否定之否定。他们脑子里全是数据和方案，从白天延伸到夜晚，深夜衔接着黎明。

和这种热气腾腾的工作情景成为鲜明对照的，是他们"饥寒交迫"的生活状态。

1962年，中国仍处于三年困难时期，饥饿的阴影还笼罩着神州大地。毛泽东有新诗吟成："高天滚滚寒流急，大地微微暖气吹。"

作为中国人民的领袖，除了对困难时期有这种诗意的表达，他还对节约粮食有一句很具体的指示："忙时吃干，闲时半干半稀，杂以番薯、青菜、萝卜、瓜豆、芋头之类。"

陈俊武他们在加班加点工作的同时，还要忍受着辘辘饥肠的煎熬。当时全国公职人员都有严格的粮食定量标准，设计院的脑力劳动者是每人每月26斤粮食，其中细粮只占一部分。外出就餐，除了付钱，最重要的是交粮票。陈俊武他们从抚顺带来的全国通用粮票，可以在北京设计院的食堂就餐，但却不能享受每周一次的油条早餐，只有顿顿滴油不见的清水煮白菜。

北京设计院院长张定一对来自抚顺的同行们拱手致歉："我知道你们很辛苦，伙食不好，中午熬白菜，晚上白菜熬，很对不起，抱歉！但我也实在没有办法！"

需要忍受的还有寒冷。北京的早春，异常寒冷，滴水成冰。从抚顺来的设计人员住在四楼一个没有暖气的大房间里，晚上要身穿毛衣，脚蹬暖水袋，才能勉强入睡。

这一批殚精竭虑用智慧和劳动为共和国增加热能的人，用脑也要耗费大量的热量，却只能得到极为微薄的补充，这是一个严重不对等的算式。但是，他们没有抱怨，没有计较，没有消极，因为他们心中都有一团烈火在燃烧。

紧张工作了3个多月，到5月份，主要技术方案已经完成，并经多次讨论后汇报定案。

6月初，国家科委决定派出人员赴古巴考察，陈俊武名列其中。

古巴洛佩兹炼油厂的总工艺师维达尔等人对来自中国的同行热情友好。维达尔除了介绍情况，解答问题，提供资料，还安排考察团参观厂区设备。厂区设备布置整齐紧凑，仪表室内模拟流程图和小尺寸仪表一目了然，十分醒目。催化裂化装置、原油蒸馏和催化重整装置，庞大的罐体和纵横交错的管线，还有许多大大小小的平台和框架……

眼前的一切，对陈俊武来说，是那样熟悉，又是那样陌生。他曾经无数次在书籍资料中阅读研究过的，思考设想过的，也曾感到疑惑不解的，如今都陈列在眼前。

"芝麻芝麻，开门吧！"犹如一扇大门突然打开，眼前是无数耀眼的金币和珠宝……

这是《天方夜谭》中《阿里巴巴和四十大盗》的故事场景。陈俊武突然想起了自己11岁上崇德中学第一节英语课时的情景，老师正用纯正的英语朗读：阿里巴巴来到山洞前，喊道"芝麻芝麻，开门吧"。

世界真奇妙，历史真奇妙。当年读大学时的陈俊武对祖国落后的工业科技现状常常扼腕浩叹，他也曾设想争取出国留学，学成归来报效祖国。但历史让他走上了另一条道路，他没有在国外戴上那方顶的博士帽，却在祖国的土地上成为新中国第一代工程师。如今，他远涉重洋，来到这个美丽的岛国，历史为他打开了一道沉重的大门。当年那一堂让他记忆犹新的英语课，好像就是为了20多年后的今天。

古巴曾经是西班牙的殖民地，国内通用的是西班牙语。但古巴石油联合企业和炼油厂的主要负责人及车间主任这些管理人员，大多会说英语。因此，陈俊武可以用流利的英语和他们毫无障碍地交流。

考察学习先进技术，其实是一项高强度的脑力劳动。首先，在现场要认真观察设备，增加感性认识，还要不断询问了解工艺过程和有关数据，这些都需要即时记录和记忆。其次，要千方百计查找收集资料，这些资料分布在不同的部门和有关人员手中，有些还有借阅时间和地点的限制，因此就需在短时间内快速阅读后有选择地摘录。再者，对有些不能外借的车间、私人资料，和古方人员协商后采用拍照复制的办法，但因为数量太多，这也成为一项需要加班加点才能完成的紧张工作。

不放过任何一个疑点，不留下任何一点空白，为了祖国的需要，只有紧张地工作，工作！陈俊武和同事们常常每天工作十几个小时，没有休假，也没有娱乐。

1963年2月，陈俊武一行完成考察任务回国。陈俊武的行李中没有买一件"洋货"，却鼓鼓囊囊地装满了一大批他精心收集和复制的资料，还有他密密麻麻记满了文字、数据和图形的15个笔记本。这里面既有重点考察的催化裂化技术的相关资料，也有属于世界先进水平的其他炼油技术的相关资料。这些珍贵的资料为把我国的炼油技术从40年代水平迅速提升至60年代水平做出了巨大的贡献。

当陈俊武登上飞机舷梯，在机舱门口向送行的朋友挥手告别的时候，他倏然想起了恺撒大帝的名言——

我来了。我看见了。我战胜了。

陈俊武一行回国后，立即向石油工业部李人俊、孙敬文和刘放三位副部长汇报。部里的领导对他们这次考察学习的成果非常满意，高度重视，决定组织力量，向世界炼油先进技术高地冲击：在抚顺石油二厂建设我国第一套具有世界先进水平的年加工规模为60万吨的流化催化裂化装置（当时名为新型催化裂化装置）。

1963年春节刚过，东北大地上还是冰封雪飘，新技术组的部分成员就奉命移师抚顺设计院。

陈俊武带回的资料使大家如获至宝，欢呼雀跃。有人翻看着陈俊武的笔记本，不禁笑着说："哎呀，陈工，你这简直是一部部天书嘛！"这确实是一部部天书，不仅是因为得来的不易，也不仅是因为内容的珍贵，还因为他潦草的"陈体字"中间还夹杂着英文、俄文、德文，甚至简写、缩写和各种代号混用。如此文字，除了这些熟悉他的同事们，大概没有其他人认得了。

国外的资料只可作为参考，很多设计还得靠我们自己来完成，特别是大部分设备必须由我国自行研制。就像隐约在对岸看见了目标，而要到达目的地，还必须摸着石头涉水过河。仅仅为了解决高灵敏度双动滑阀的设计问题，陈俊武团队面对国外资料中一张简单的图纸，就要设计出几十张详图，而这不过是成千上万个问题中的一个。这套装置有几十台设备，上百套仪表，数千个大小阀门台件，近两万米粗细管线。这些都要在设计中做到准确无误，万无一失。

抚顺设计院的工艺室作为龙头，联系着众多的专业和部门，犹如一条条无形的轨道从这里向四面八方辐射延伸，交织成巨大的网络。各条轨道运动中的交叉纠结，需要陈俊武去协调疏通；沿着各条轨道汇总的疑难问题，需要他组织解决。千头万绪，困难重重！

陈俊武像是一个艰难的跋涉者，他拨开荆棘，跨过沟涧，跃上高地，攀上高峰。

那时候，饥饿的阴影还没有散去。设计人员顿顿吃的是苞谷面，常常饿肚子。他们双腿浮肿，两眼发黑，却常常一天伏案工作十几个小时。院党委组织人员上山采橡子，用橡子面给大家充饥。橡子面虽然苦涩，但聊可哄骗辘辘饥肠。偶尔能吃上一顿豆腐渣，那更如珍馐佳肴般津津有味。

没有星期天，只有天天到深夜的加班。那时候，坐落在高尔山下、新华街上的抚顺设计院大楼里夜夜灯火辉煌，成了当时抚顺市名闻遐迩的一大景观。没人叫苦，没人退却，人人心头闪耀着理想的火花。为了从原油中炼取更多的优质汽油，炼油设计人员首先榨取的是自己的心血和汗水。

1963年秋，1000多张设计图纸终于全部完成。年底，通过了石油工业部组织的严格审查。

施工图设计完成以后，新设备的研制又是一次规模空前的大会战，涉及机械、冶金、化工等行业的180多个部门和单位。在石油工业部的统筹安排下，北京、上海、兰州、杭州、哈尔滨，处处都有鏖兵的战场。家家献策，人人出力，实验室里灯火摇曳，工厂车间机器轰鸣，纵横数千里的战线上，是成千上万个日夜奋战的身影。

1964年7月，石油工业部了解到古巴炼油厂的催化裂化装置已在正常生产，决定派一批生产骨干去学习。为了利于学习和沟通，石油工业部领导又点名让陈俊武再赴古巴。

1965年春节过后，抚顺石油二厂外来人员骤增，人来人往，紧张忙碌，到处是一片热气腾腾的景象——我国第一套流化催化裂化装置正在进行开工前周密细致的准备。

作为这套新型装置的设计师和两度赴古巴考察学习的陈俊武，当然成了这次开工的关键人物。再次从古巴回来，他在家里停留的时间不足3天，就匆匆赶赴现场。

已经升任抚顺设计院副总工程师的陈俊武，在现场受到大家特别热烈的"欢迎"。这个找，那个叫，这边开会，那边答疑，他忙得像个团团转的"陀螺"。

毕竟是第一套装置，很多人出于对某些工程质量和操作方法的担心，提出了很多建议，汇总起来有200多条。试运方案由生产部门参照操作规程写出初稿，经班组工人反复讨论，参谋部刻印成册，再抄成大字报，内容包括单机试运方案、水联运方案、油联运方案和开工方案。大家把这一套方案命名为"大合唱"。"大合唱"的"总谱"多达60多页，挂在仪表室里，执行完一页就翻一页，于是有人将此称为"拉洋片"。

从4月初开始倒班，陈俊武担任最重要的值班工程师。1965年5月5日，是中国炼油工业史上一个划时代的日子。这一天，我国第一套自行设计、自造设备、自行施工安装的流化催化裂化装置投料试车运行。

反应器和再生器巨大的筒体在阳光下银光灿灿，整个装置如同一条盘旋的巨龙般雄伟壮观。

按照额定处理量投料，装置顺利运行，在持续生产过程中，紧张的3个昼夜过去，清冽芳香的高品质汽油从管道汩汩涌出。经测定，产品全部合格，达到最高的轻质油收率。

成功了！抚顺石油二厂和抚顺设计院里一片欢呼。这是划时代的一瞬，这是应该载入史册的历史时刻！流化催化裂化，这项中国炼油工业的重要技术一大步跨过20年，飞身跃过标志世界先进水平的横杆！

陈俊武（左）与张福诒在抚顺石油二厂60万吨/年催化裂化装置投产纪念碑前

混沌岁月　艰难向前

1966年初，就在抚顺石油二厂和大庆炼油厂的两套流化催化裂化装置先后投产不久，石油工业部领导决定，把原装置规模扩大一倍，在山东胜利炼油厂建设一套年加工规模为120万吨的流化催化裂化装置。

这是一个凝聚着热情和魄力的大胆决策。这个方案不仅仅是数据的机械放大，而是一次涉及一系列复杂的工艺和设备问题的重大技术创新和改造。这套装置的设计以北京设计院为主，由抚顺设计院派出主力设计人员共同承担这个任务，陈俊武为技术指导。

为了中国炼油工业更快地发展，他们将要跨出充满困难和风险的一步。

1966年夏天，"文化大革命"席卷中国大地。1967年上半年，在"文革"的混乱和动荡中，我国第一套年加工规模为120万吨的流化催化裂化装置在胜利炼油厂艰难建成。

但此时的抚顺已经陷入一片"红色的旋涡"。意见纷纭的群众已分别归于互相对立的两大组织麾下，曾经夜夜灯火辉煌的抚顺设计院失去了昔日的庄严，被卷入激烈的派系纷争之中。

这时，胜利炼油厂的新建装置试运开车在即，石油工业部领导派人向陈俊武转达了意向：让他到胜利炼油厂参与组织装置开工。

陈俊武找到群众组织负责人，向他提要求，要到山东胜利炼油厂参加试运开车。

但这个要求被明确拒绝，这位负责人还跟陈俊武强调："你不能走，不能离开抚顺。"

陈俊武心急如焚。1967年8月的一个星期天，陈俊武佯装上街买菜，像地下工作者一样，东绕西转走了3公里，来到抚顺西边的瓢儿屯火车站，乘车南下。

陈俊武来到北京，把一场纷纷扬扬地对他的"批判""声讨"的喧闹留在了抚顺设计院。大标语、大字报铺天盖地，措辞严厉的通知、通告、勒令一个接一个。当月，陈俊武的工资就被扣发。

石油工业部和北京设计院也受到影响，石油工业部的部长们大多成了"走资派"，自我检查，接受批判。张定一副部长仍然兼着名存实亡的新技术组的组长一职,多次让人带口信给陈俊武,希望他能去山东参加胜利炼油厂的新装置开工。

1967年9月,陈俊武以石油工业部委派的开工组成员身份来到胜利炼油厂。

"文化大革命"的浪潮也冲击着刚刚建成的胜利炼油厂。北京设计院、抚顺设计院两院的技术人员有的回原单位"闹革命",有的外出串联,有的被揪回去批斗。现场只剩下少数几个人。

10月,装置在人手不足、困难重重的条件下开车试运,如一艘逆风行驶的船。

胜利炼油厂这套新型装置,不仅规模大,设计上也采用了常减压蒸馏、催化裂化、延迟焦化和焦化馏出油催化精制"四器联合"的组合工艺。这是在石油工业部领导支持下大胆创新的结果。

从秋至冬,他们3次试运,解决了许多技术难题,最后剩下一块"硬骨头"——催化剂跑损。

在流化催化裂化装置里,原料油和催化剂被送入反应器,形成不间歇流动的气、液、固相混合物流,这样原料油分子就可以与催化剂充分接触而发生裂化反应。催化剂是一种白色粉末,一吨数千元,比大米还贵。因此,要在再生器里将结焦失活的催化剂分离再生,继续投入使用,这个过程中只能造成极少量的损失。

可胜利炼油厂的催化裂化装置成了一头怪兽,它每天让吞进去的30吨催化剂从再生器烟囱大量跑损。那些白色粉末忘记了自己的使命,借着风势烟尘,溜出正常轨道,自由串联,散落于大地苍穹。这意味着,每天将造成数十万元人民币的巨大损失。

陈俊武穿一件臃肿的棉大衣,嘴唇干裂,面颊消瘦,布满血丝的双眼盯着那高大的塔体和纵横交错的管道。一股凛冽的寒风扫来,黄色尘灰中,残破的大字报哗哗响着。

1968年初,在极为艰难的情况下,石油工业部决定抽调石油化工科学研究院、北京设计院、抚顺设计院和胜利炼油厂的工程技术人员成立攻关小组,承担解决催化剂跑损问题的攻关任务。陈俊武被委任为组长。

其实,这位由部领导委任的攻关组长,当时是一名流浪汉。因为被扣发了工资,他在山东胜利炼油厂的这些日子,全靠借同事们的钱维持生活。抚顺设计院不时传来对他批判和勒令返回的消息,因为担心回去后失去自由,他没敢回去。在万家团圆的日子里,他一个人在胜利炼油厂孤寂地度过了1968年春节。

春节刚过,陈俊武就带队出发,第一站是大庆炼油厂。2月的大庆,寒风刺骨,滴水成冰,气温下降到零下30℃。陈俊武带领大家爬上近30米高的两器平台,用玻璃U型管、胶带制成的简陋的测量仪器对未连上仪表的测压点进行水银柱压力测试。手冻僵了,脸颊在刺骨的寒风中逐渐麻木,钢笔、圆珠笔也冻得写不出字,胶管不时被罐体内强大的压力冲开,水银飞溅满身满地……

在极其艰苦的条件下,攻关组在大庆和抚顺石油二厂两个炼油厂取得了大量珍贵的数据和资料,其中包括非常重要的再生器内的一批流态化数据。这样的测试使陈俊武和他的同事们受到启发,他们觉得在胜利炼油厂装置的再生器上也需要同样的甚至更充实的数据,以资分析对比。在此基础上,陈俊武进一步提出了在再生器上做单器热态流态化测试的想法,并得到了厂方和上级的支持。

1968年4月,陈俊武带领他的小组开始在胜利炼油厂的工业装置上做大型流态化测试。这是一次大胆的尝试。这样的大型测试,不仅国内从来没有做过,在世界上也属首次。

流态化测试一般在实验室里进行,模拟的反应器、再生器不过几十厘米高,而工业装置中的反应器却要大上百倍,直径近10米,高达20多米。没有先例,没有经验,陈俊武凭着他的知识、智慧和勇气,终于和同事们一起,取得了许多珍贵的数据,完成了这次在中国炼油工业史上具有重大意义的工业试验。

通过几天的试验，他们观察到胜利炼油厂再生器流化床中间部位的密相和稀相密度分布紊乱，和抚顺、大庆的装置很不一致。再生器中间布设的两组旋风分离器可能是诱因。如果将它们堵死，再生器流化就能正常。管式反应器只能将直馏蜡油部分转化，焦化汽油和柴油则进筒式反应器。原先设计的3个反应器实际上变为1.5个反应器，即筒式加管式反应器。按照这个思路，他们又进行了简单的设备改造，胜利炼油厂年加工能力120万吨催化裂化装置终于可以正常投入使用了。

催化剂被陈俊武手中智慧的魔杖制服了，它们迷途知返，在两器的循环中驯顺运行，跑损量下降到每天3吨左右的正常值。

这是一个重要的节点，标志着我国炼油工业流化催化裂化产业化的5项技术难关已经全部被攻克。5朵金花中最硕大艳丽的一朵灿然开放，光彩夺目。

1968年10月，陈俊武回到抚顺。

从胜利炼油厂胜利归来的陈俊武，却被院"革委会"勒令挟着铺盖卷进了学习班。他和十几位中层干部一起，集中在一个房间里，白天开会，晚上就打地铺睡觉。检查书写了一份又一份，批判会开了一场又一场。陷于混沌中的陈俊武常常感到困惑，但他的大脑中始终保持着一个清晰明亮的光点：中国炼油工业技术发展到今天很不容易，绝对不能由于我们的懈怠疏忽再拉大和世界先进水平的差距！

陈俊武抗争着，也在行动着。在学习班那板硬的地铺上，在农场繁重的体力劳动中，在回到设计院被撂到一边坐冷板凳的时候，他都盯着技术，想着技术。一听说有项目，他就设想方案，悄悄计算，陈述看法，提出建议，不管面对的是呵责还是冷落。

20世纪60年代，我国在开发大庆油田之后，又相继在山东、河南等地发现了新的油田。为了改善石油工业的布局，加快三线建设，石油工业部决定在豫西建设一座年加工规模250万吨的炼油厂和总容量15万立方米的储备油库。1967年2月，石油工业部下发文件，确定厂址选在豫西宜阳县竹园沟，厂名定为红旗炼油厂。

1969年10月，石油工业部军管会通知抚顺设计院"革委会"，将抚顺设计院由抚顺搬迁到河南省宜阳县的竹园沟。

竹园沟位于洛阳西南的宜阳县张坞乡，熊耳山北麓，是一个长约7公里的偏僻的山沟，一条小河从沟中流过，向南汇入洛河，当地人叫其龙窝河。

陈俊武被分在生产组打杂，而搬家正是打杂的人的"用武之地"。陈俊武的工作是收拾临时住房，去火车站接送人员，搬运行李。当他扛着沉重的大箱子，在坎坷不平的黄土路上踉跄行走的时候，搬运工的角色被他表现得淋漓尽致。虽是寒风砭人肌肤的严冬，他的棉袄却一次次被汗水浸湿。

陈俊武干杂工干了几个月，已经"靠边站"的原院党委书记庄润霖忍不住了，他找到"革委会"负责人说："陈俊武没多大问题吧？让他干些事吧，这样的人才整天让他打杂太可惜了！"

1970年下半年，搬迁安置基本完成，陈俊武也被批准可以进入设计室了。其实设计室不过是临时搭建的简陋板房，但只要有图纸，有资料，有让人日夜牵挂的项目，有让人废寝忘食的方案，这板房就像神圣的宫殿般让陈俊武感到愉悦和振奋。

这时，技术职称、职务一律都被"革命"掉了，设计人员统称"服务员"。陈俊武也是个普通的"服务员"，可大多数设计人员还是像"文革"前那样把他当副总工程师对待，一遇到难题就向他请教。实际上，陈俊武仍起着技术带头人的作用。

在这个偏远的大山沟里建大型炼油厂，存在诸多无法解决的难题，比如铁路、水、电以及废气排放等。不久，燃料化学工业部（1970年6月，煤炭工业部、石油工业部、化学工业部合并，组成燃料化学工业部）就通知红旗炼油厂停建，炼油厂要另行选址。番号已变为设计研究所的原抚顺设计院，人员继续留驻竹园沟，一个新的任务，就是为炼油厂选定新的厂址。

几经波折，最后新厂址选定在黄河北岸一片较为平缓的丘陵地带，1976年国家计委正式批准建设，并列为国家重点建设项目。1977年审查初步设计时，命名为"河南炼油厂"，1983年初又改名为"洛阳炼油厂"。

一次次出发，又一次次归来，竹园沟成了抚顺设计院1000多名干部职工和家属新的家园。

从城市到山沟，从楼房到窑洞和板房，有一个巨大的落差，也需要一个适应的过程。但抚顺设计院的人们面对突然而至的搬迁和变故，适应过程大大缩短，大家坦然面对、接受、改变，并没有什么牢骚和怨言。

窑洞阴冷潮湿，昏暗无光，板房四面透风，不挡寒暑。在抚顺时，设计院家家使用煤气、暖气；而到了竹园沟里，却只能砌炉子、烧干柴，自己打煤坯。于是这些曾为祖国设计了一流炼油厂的工程师，只好拿起瓦刀和铁锹，开始研究炉子怎样砌，煤和黄土如何和……陈俊武也在这个行列中，但是他干这活儿远不如他在工程设计中那样得心应手。他动作笨拙，姿势别扭，打的煤坯不整齐，砌的炉子还漏烟。

家，妻子儿女，柴米油盐。家是避风的港湾，家是栖息的窠巢；家是温馨，家是甜蜜。可陈俊武在竹园沟这里的，是个什么样的家啊！一间15平方米的板房，墙上透风，屋顶漏雨，雨天满屋泥浆，晴日坑坑洼洼。

妻子吴凝芳是个医生，在十多公里以外、一个叫院东的油库工地上班。吴凝芳多年来为支持陈俊武的工作，默默挑起了家务重担。但吴医生是党员，是先进工作者，也是事业心很强的人。她早上天不亮就要搭车走，晚上满天星斗才能回来，有时工作太紧张还要住在工地。陈俊武也要经常出差，按吴凝芳的话说，他只要说出差，马上就得走，什么也拦不住他，家里塌下来他也不会管的。

爸爸妈妈都走了，家里只剩下刚刚12岁的大女儿陈玲带着5岁的妹妹陈欣。玲玲脖子上挂着钥匙，看家、做饭，呵护着妹妹，俨然一个小大人的样子。大凡单位里领票证、分东西，陈俊武家的代表多是玲玲。下雨了，她还会爬上房顶，压上防漏的油毡。

但是，玲玲毕竟还是个孩子，有时候，她只顾自己和伙伴们玩耍，却忘掉了照顾妹妹。着急的时候，她也会行使当姐姐的权威。

不知是什么原因，陈欣小时候就是不愿去幼儿园。爸爸妈妈上班去了，她就一个人蹲在板房门口，一边哭，一边叫着："季奶，季奶……"季奶是她在抚顺时对家里一个姓季的保姆的称呼。一颗幼小稚嫩的心灵，在最需要爱抚的时候，她只能凭着记忆发出遥远的呼唤。

竹园沟的生活苦涩而又单调。

洛河北岸的三乡，就是唐朝著名诗人李贺的故里。当年，这位才华横溢但又郁郁不得志的年轻人，常常骑着一头瘦骨嶙峋的毛驴，背着那个流芳千古的破旧锦囊，在河畔的山道上徘徊，寻觅着诗意。他的母亲在后边心疼地呵斥他："是儿要呕心乃已耳！"（这个儿子要呕出心肝才停止啊！）

李贺诗中有《南园十三首》，多咏竹句，不知与竹园沟是否有干系。但这时的竹园沟却找不到几分诗意，黄土高坡上一孔孔潮湿的窑洞和几排简陋的板房，就是设计院的住宅区和办公室。买生活用品要到19公里外的张坞镇，三乡近一些，不过来往要乘船渡过洛河。去一趟洛阳要坐卡车风尘仆仆奔波一天。下雨天人人都须在鞋上绑上草绳以防滑倒，深夜里还常常会被野狼的嗥叫悚然惊起。偶尔上山砍柴下河摸鱼，竟也自视为樵渔之乐。但就在这偏僻闭塞的竹园沟，就在这简陋寒碜的窑洞板房里，一张张蓝图画出来了，一项项新工艺设计诞生了，映着春天里山坡上鲜艳的杜鹃花。

奋勇攻关　春花烂漫

1978年，是中国当代历史上非常重要的一年。

转折是从1976年开始的。这一年，党和政府终于一举粉碎了祸国殃民的"四人帮"，紧接着是一系列"拨乱反正"的政策出台。"文革"结束，阴霾散去，人民欢欣鼓舞，神州大地又焕发出新的生机。1978年，中国召开了两次具有历史意义的大会，一次是在冬季召开的中共中央十一届三中全会，还有一次就是在春天召开的全国科学大会。

1978年3月，全国科学大会在北京隆重召开，人民大会堂巨大的穹顶华灯齐放，灿若群星。座席上来自全国各地的老中青科技英模济济一堂，也如群星般璀璨。陈俊武作为河南省代表团的成员，光荣出席了这次盛会。

这是陈俊武第二次进入人民大会堂，距离他1959年出席全国劳动模范和先进生产者代表大会，已经过去了将近20年。全国科学大会对前十多年所取得的科技成果给予了表彰和奖励，陈俊武曾经付出心血的催化裂化项目也在其中。

邓小平代表中共中央和国务院发表重要讲话，他在讲话中阐述了两个重要观点：（1）科学技术是生产力，（2）知识分子是工人阶级的一部分。这两个观点具有里程碑式的意义，标志着党和政府对科学技术和知识分子政策的重大转变。邓小平浑厚有力、带着四川口音的讲话在大厅里回荡："我愿给你们当后勤部长……"

掌声如雷。历史终于翻过沉重的一页，科学的春天来到了！

1978年，中国改革开放灿烂开篇。这一年，陈俊武年过50岁。五十而知天命，陈俊武感到激动和振奋。他手里托着红绒面烫金字的获奖证书，那似乎就是时代的重托，他听到了时代的召唤。

陈俊武暗暗下定决心，一定要在自己从事的炼油技术领域特别是催化裂化技术领域猛追世界先进水平，为祖国的繁荣富强做出自己的贡献。

这一年，石油工业部（1975年，燃料化学工业部被撤销，成立石油化学工业部；1978年3月，石油化学工业部被撤销，分别设立化学工业部和石油工业部）任命他为洛阳炼油设计院副院长兼总工程师；这一年，他被河南省授予"先进工作者"称号；这一年，他指导设计的我国第一套快速床催化裂化装置在乌鲁木齐炼油厂试运告捷；这一年，他指导设计的浙江镇海炼油厂我国第一套年加工120万吨的全提升管催化裂化装置开车成功。

能源，一直是世界各国关注的焦点。小小寰球，究竟还能为人类提供多少维持生存的能量？世界上的石油资源是有限的，而人类社会对于石油的需求量却在日益增长。因此，在某种意义上可以说，国际上对炼油工业技术的竞争比对石油资源的竞争更为激烈。陈俊武就像一位战斗在最前线的指挥员，20多年来，他一直在中国炼油工业技术的前沿阵地上穿行巡视，观察着，思考着，判断着——哪一处工事需要修筑改造？哪一处地形适合迅猛出击？……

1980年，兰州炼油厂总工程师龙显烈得知洛阳炼油实验厂的同轴式技术已经通过技术鉴定，就联系陈俊武，表示想采用这项成果在兰州炼油厂建设一套年加工能力50万吨的大型催化裂化工业装置。

流化催化裂化装置分为两种类型：一种是并列式，即反应器和再生器左右并列建置，我国从20世纪60年代初建设第一套流化催化裂化装置开始，一直采用的是并列式。另一种叫同轴式，就是反应器直接置于再生器之上，二者如连体婴儿一般。这种装置可以减少占地面积，节约投资，但工艺更为复杂。

陈俊武对这一问题的关注可以上溯到1973年，当时他就和焦连陞讨论过同轴式催化裂化技术。洛阳炼油实验厂建设的时候，采用这种结构形式设计建设了一套年加工能力5万吨的同轴式装置，不过只是工业试验装置，生产规模较小，设备结构相对简单。这套装置于1977年末试车成功，1980年通过石油工业部组织的专家鉴定。

龙显烈的建议让陈俊武感到一种信任和鼓舞，同时也感到了压力，因为兰州炼油厂的装置较他70年代在洛阳建设的年加工能力5万吨的装置，产能要放大10倍，这涉及工艺、机械和仪表多个专业。陈俊武和各专业设计骨干陈道一、杜道基、丛森滋等人经过反复讨论和计算，拿出了一个详细的设计方案。

龙显烈看了方案，拍案叫好，大加赞赏。只要这个装置建成投产，兰州炼油厂就会像龙一样腾飞，带来巨大的经济效益。龙显烈也是我国老一辈炼油技术专家，和陈俊武是老相识了。他兴高采烈，吃饭时举杯对陈俊武说："老陈，来，为我们的合作和装置早日成功干杯！"

但是石油工业部机关主管技术审查的部门负责人对设计方案的安全性能质疑。

按照陈俊武的设计方案，将待生催化剂气提段插入再生器上部空间，可以节省立管长度。质疑者认为，万一气提段器壁开裂，再生烟气将进入反应器，这可能出大事故，甚至会引起爆炸。因此建议把气提段放在再生器和反应器之间，形成"哑铃式"布置（洛阳炼油实验厂的装置就是如此布置的）。这个建议的出发点固然很好，但是会使两器整体结构更为复杂，也将大量增加投资。而且，如果陈俊武这次提出的方案遭否定，那么中国催化裂化技术就会失掉一次上台阶的机会。

陈俊武没有后退，他据理力争。讨论，辩论，争论，从兰州争到北京。1981年春，石油工业部副部长孙晓风决定亲自主持由有关专家和领导参加的论证会。

气氛略显紧张的会议室里，明显分为两种意见：一种肯定，一种否定。否定模糊而有力："有可能出事故""有可能爆炸""有可能……"

陈俊武不愿经过认真研究的方案就这样被否定，他激动地站起来，把意见表述得详细而又清晰。陈俊武用一系列准确的数据保证不会出现大家所质疑的安全问题。比如有人说某个部位如果磨洞漏气，可能造成爆炸，陈俊武按设定的气提段最大裂隙面积，从系统压力平衡计算出所进入的烟气量十分有限，而且出现事故苗头也一定会有征兆，有足够的时间予以判断和处理，不可能达到爆炸临界点，不会引发爆炸事故。

激动的陈俊武对着孙晓风副部长和主管技术领导拍着胸脯立了军令状："如果出了问题，拿我陈俊武是问！"

头发花白的龙显烈也站起来："还有我！"

退一步就可以悠闲自在，高枕无忧，但是陈俊武没有后退，他坚定地站着，宁可让头顶悬着达摩克利斯之剑。

部里的领导们笑了，拍板通过了方案，他们支持陈俊武。在中国石油工业发展的几十年风雨历程中，他们了解陈俊武，也相信陈俊武。他们是上下级，也是朋友。朋友长相知，方能倾诉衷肠，肝胆相照。

1982年秋，凝聚着陈俊武和他的战友们心血的兰州炼油厂同轴式催化裂化装置顺利建成投产，再生效果在当时居全国之冠。这套装置不但使兰州炼油厂效益大增，成了厂里的金罐子，当年就收回了4000多万元的投资，而且把我国炼油技术水平向前推进了一大步。该设计1984年获得全国优秀设计金奖，1985年又获得国家科学技术进步奖一等奖。

1982年6月，中国石油战线上数十名优秀专家云集北京。石油工业部根据新的形势与任务，又组织了一次大规模的科技攻关大会战，一举成立8个技术攻关组，陈俊武被任命为催化裂化技术攻关组组长。

催化裂化技术攻关组的具体任务有3项：一是实现国家"六五"攻关项目大庆常压渣油催化裂化产业化，目标是建成一套能实现上述工艺要求的大型工业装置；二是国家"七五"攻关项目两段催化裂化的第一段——热载体裂化；三是建设一套创新的催化裂化装置。

3项任务，一副重担，使陈俊武感到了肩头沉重的压力，也激发了他冲锋陷阵的勇气。

这是一项巨大的系统工程。技术上要解决的课题很多，比如催化剂改进、工业试用、高温试验、再生器内或器外取热设施、烧焦动力学、再生热效应等；参加的单位也很多，有洛阳设计院、北京设计院、石油科学研究院、石油大学等。这不啻一场多兵种协同作战的、战场辽阔的大战役。

陈俊武运筹帷幄，指挥若定，一派大将风度。

北京、大连、上海、青岛、兰州、石家庄、郑州……年近花甲的陈俊武用他匆忙的身影在中国大地上画出纵横交错的图线。这些图线勾勒成的硕大无朋的图案，宛若一朵美丽的智慧之花。

现代科技知识密集、学科交叉，早已不是一个人埋头在实验室里就可以搞发明创造的爱迪生时代，它要求高层次的科研人员有较强的组织协调能力。在社会主义的中国，党和政府一直重视科技工作的发展，统一领导和组织了多次大规模的科技攻关和会战。

到1988年，前两项攻关任务已基本完成，攻关组的另一个重大课题，是在上海炼油厂建设一套新型催化裂化装置。石油工业部孙晓风、侯祥麟副部长指示：这套装置要形成具有中国特色、体现80年代水平的新工艺。这是同时开辟的另一个战场。投身这个战场的主力军团是在全国享有盛誉的洛阳炼油设计院。

最初在讨论上海炼油厂新型催化裂化装置设计方案的时候，上海炼油厂的朱人义总工程师曾开玩笑似的对陈俊武说："陈老总，我这个人贪心不足。你那同轴式构型很先进，我想要；高效再生工艺的烧焦罐技术很先进，我也想要。能否把这二者结合起来呢？"

作为同行，朱人义对在陈俊武指导下大胆创新的新工艺——兰州炼油厂的同轴式装置和乌鲁木齐炼油厂的烧焦罐十分了解。

朱人义的话成为陈俊武的设计方向，同时也等于给他出了个难题。

这个设想成为若隐若现、在水一方的"伊人"，陈俊武追求着她，思念着她，却总看不清她的容貌。这一天，他乘船从湖南赶赴上海，在顺江而下的轮船餐厅里就餐时，他面对桌上的红烧鲤鱼，陷入了深思："'鱼，我所欲也；熊掌，亦我所欲也。二者不可得兼，舍鱼而取熊掌者也。'可朱人义这老兄，既想吃鱼又想吃熊掌……"突然，他脑子里亮光一闪，豁然开朗，一种新构思訇然涌出……像这样的灵感，陈俊武在很多设计过程中都出现过，在咣当咣当疾驰的火车上，在似睡非睡的卧榻上……偶然得之，基于长期积累。灵感，其实是一个人在忘我的工作状态中闪现的智慧之光。

几经讨论，一个"快速床与湍流床气固并流串联烧焦"方案确定了。这个方案通俗的说法，就是把同轴式和烧焦罐"嫁接"在一起，扬二者之长，弃二者之短。这种大胆的构思如诗一般美妙。

诗一般美妙的构思在实施过程中却困难重重。大胆的设想，缜密的构思，准确的计算，浓缩为一个个数据、一道道公式和一张张图纸。集思广益，反复磋商，讨论会、论证会一个接着一个。

争论常常发生。争论是智慧的碰撞、思想的交锋，争论中可以得到有益的启示和宝贵的意见。但有时当面的争论或背后的议论会超出正常的技术范畴，其中还间夹几丝微妙的噪声。陈俊武因此不得不承担更大的风险和压力。

风险和压力一直伴随着他。中国炼油工业技术30年来走过了西方工业国家六七十年发展的路程，因此步伐常常迈得过大甚至是跳跃前进。这必然会有风险。"苟利国家生死以，岂因祸福避趋之"，这是陈俊武的同乡福建人林则徐说过的话。陈俊武也秉承这样的信念，为了国家和人民的利益，他不计个人得失，常常在重大决策时挺身而出承担责任风险。

这套"嫁接"装置于1988年9月建成，顺利投产，运行平稳。由于炼油厂的原油调换频繁，陈俊武又进行了不同比率的掺渣油试验（最大掺炼29%），发现这套装置生产操作稳定，转化率高，回炼比小，轻油收率及产品分布令人满意，焦炭选择性很低。

1977年，叶剑英元帅发表了一首著名的题为"攻关"的诗："攻城不怕坚，攻书莫畏难。科学有险阻，苦战能过关。" 以坚城险隘喻科学研发创新之路上的重重困难。这首诗正是对科学家们艰辛工作的形象写照。经过6年的努力，陈俊武终于"苦战过关"。他为自己承担的催化裂化攻关任务交出了一份圆满的答卷，为国家创造了较大的经济效益，也使中国炼油工业跃上一个新的台阶而居于世界前列。1990年，上海炼油厂的新型催化裂化装置模型被送往北京参展。它在北京国际科技博览会展览大厅一亮相，立即引起各国技术专家们的注意。那些金发碧眼，常常流露出优越感和傲慢的西方人此时也毫不掩饰自己的惊讶和热情。

这套装置工艺先进，特别是反应—再生系统布置紧凑，操作灵活，受到专家和工人们的一致称赞。这是工业装置，也是艺术作品，是现代科技与美学意识的融合，是智慧和意志的结晶。这是中国人的杰作！

陈俊武表面依然是那种不动声色的平静和儒雅，内心却掀起万丈波涛。他数十年来呕心沥血、孜孜以求的不就是国家与民族的强盛吗？不就是让中国、让中华民族、让每一个中国人，当然也包括他自己，能够昂首挺胸地立于地球上吗？

攻关任务胜利完成了，在盛大的庆祝宴会上，人们纷纷举杯向陈俊武祝贺，但是他挥手阻止了所有的敬酒，端起一个玻璃酒杯，深情地说："我个人的力量微不足道，成功归于集体，归于在座诸位。我诚挚地感谢帮助和支持我的石油工业部和石化总公司的党政领导和技术领导，感谢和我并肩战斗的助手、同事和合作者，感谢石油科学研究院、北京设计院和很多炼油厂的专家们和同志们！"他深深地鞠躬，然后举杯"咕咚"一声一饮而尽。在热烈的掌声中，陈俊武依次走到每一张桌前敬酒。

一杯又一杯，他喝下胜利的喜悦，他喝下战斗的豪情，他喝下友谊的温暖，他也喝下了曾经难言的苦涩和辛酸……

风范自蕴　人生灿烂

1984年1月，洛阳炼油设计院正式命名为中国石化总公司洛阳炼油设计研究院。在酝酿院长人选时，总公司主要领导和组织人事部门为了动员已当了多年副职的陈俊武出任院长，几次找他谈话，但陈俊武都婉言拒绝，为自己投了"反对票"。他觉得自己抓技术可以，但不善于也不愿意做纷繁复杂的人际关系方面的工作，不适合当行政首长。

不过，最后总公司领导仍明确表态：这是组织决定。1984年6月，中国石化总公司发文，任命陈俊武为洛阳炼油设计研究院院长。1985年11月，洛阳炼油设计研究院更名为洛阳石化工程公司，陈俊武被任命为经理。

陈俊武只好服从组织决定。

院长和经理，按行政级别是地师级，并且是在中央直属的国有企业里，这个职位可谓大权在握，炙手可热，但陈俊武感受到的，却只有沉重的压力。单位"一把手"的确肩负着更多的责任，是一个单位的"领头雁"，各方面各部门的工作五花八门，都要求"一把手"负责。

根据陈俊武自己的统计，按照规定或惯例，当时设计院的领导小组多达11个，按要求陈俊武必须担任其中6个领导小组组长，1个委员会主任，另外还要兼任洛阳石化咨询公司的经理。

行政事务繁多而杂乱，很多活动他必须参加，很多事务他必须出面，天天都有无数的事在等他，天天都有无数的人在找他。大事找，小事也找。有些属于个人要求的事也会找上陈俊武，比如工作调动、职称评定之类，还有人专门等到晚上去他家里找。当了院长和经理的陈俊武陷入了旋涡之中。

"勉为其难"当了一把手的陈俊武，只好在旋涡中踏浪弄潮，按照自己的思路对千头万绪的工作来一番梳理整合，渐渐也显出一种特有的从容和潇洒。

他的要诀无非两条：一是让权、放权，二是大事清楚、小事糊涂。

对于公司传统的管理内容，他知道这种已经形成的巨大的运转机制很难改变，按他自己的说法是干脆沿袭"老一套"模式，采取"不动脑筋，随波逐流"的办法。

对于一些重大问题，他则坚决果断，大刀阔斧。

陈俊武在任职期间，办了许多大事：公司从郊区李屯迁往繁华的市区，新的办公楼、住宅楼先后建成使用；公司改革机制，活力增加，形象提升，影响扩大，各项指标顺利完成。1987年，他还主持举办了公司成立30周年的庆典活动，编辑出版纪念文集，邀请石油工业部老领导和设计院的多位老领导和老专家，以及洛阳市的主要领导与会。现场高朋满座，盛况空前，大家一起谈历史、讲传统、叙友谊，成就一次弘扬传统、激励青年的盛会。

从1984年到1990年，从院长到经理，陈俊武担任了长达6年的行政"一把手"。对于他这段时期的工作，上级领导和公司的广大干部职工都给予了很高的评价。他们认为陈俊武在公司前期从炼油设计院向工程公司发展转型的过程中，做了大量有益的探索，明确了集设计、采购、施工于一体的工程公司的发展定位，为公司以后的发展奠定了良好的、坚实的基础。

但当年陈俊武给自己的打分是"勉强及格"。他说："我当经理算勉强及格，我不是这方面的人才。中国的企业是个小社会，吃喝拉撒什么都要管……对付这些，我不擅长的。"

他三番五次给总公司打报告要求辞去经理的职务，直到1990年，中国石化总公司才同意他从经理的位置上退下来。

在陈俊武任职期间，他的正直清廉和近乎严苛的律己在洛阳石化工程公司可谓有口皆碑。

对于自己的亲属家人，他从来没有利用职权给予过任何特殊的照顾。同在公司工作的妻子、女儿和亲友，从来没有倚仗他的权力得过什么"好处"。他不接受任何形式的馈赠，或是别人看来情通理顺的酬谢。他往往几句话就使不少厂家的技术难题迎刃而解，从而物化为巨大的经济效益，真可谓"金口玉言"。可是，他从不因此接受任何报酬。

他自觉心底坦然，也从心底喜欢这种恬淡的生活状态。

他不仅不伸手谋取私利和特权，就连一般人看来他应该享受到的待遇，他也尽量挥手推开。洛阳石化工程公司流传着很多关于陈俊武坐车的故事。

洛阳石化工程公司原驻地在郊区李屯，距市区十多公里，来往交通不便。陈俊武是公司"一把手"，公司有大小汽车数十辆，如果他外出，单位派车是顺理成章的事。但是，他不，他将公私分得如泾渭之水。工作必需，他才要车。如果不外出，他大多时候是坐公司班车。班车上人多，上去晚了就没有座位。陈俊武总是在发车前赶到，有时候没有座位，他就和其他人一样站着，挤着。

凡自己办事，他从不坐公司的小车，也不坐公司的班车，而是挤公共汽车。他和家人星期天在公共汽车站等车，是大家经常看到的情景。到郊区的车少，一趟一个小时，他就等一个小时；上车人多拥挤，他就在拥挤中摇摇晃晃地站着。

有一个星期天，他到市区广州市场理发，不小心摔了一跤，扭伤了脚踝，当时疼得他脸色发白冷汗直流，跌坐在马路边上。附近就有电话，只要他在电话里说一声，马上就会有车来接他的，但是他不打。他坚持站起来，一瘸一拐走到公共汽车站。车来了，他忍着剧烈的疼痛，抓住公共汽车的扶手，艰难踏进车门。

这时候，中国的大地上正有成千上万辆铿铿闪亮的小轿车在奔驰，这些车来去匆匆，发动机里燃烧着这位正挤在公共汽车里忍受着疼痛的老专家用心血和智慧裂化出来的汽油。

在担任院长和经理期间，陈俊武的肩上还有另外一副重担，那就是开发和研究炼油工程技术。从1982年开始，他担任石油工业部成立的催化裂化技术攻关组组长，该组的三项任务全部完成的时间一直延续到1989年，基本上贯穿他担任行政"一把手"的全部任期。

需要注意的是，他对诸多技术问题的关注、研究和开发大多是在繁重的行政工作的间隙或"业余"进行的，其中的辛苦和劳累可想而知。

陈俊武整天忙得团团转，晚上还常常有人找到家里来跟他说事。夜深了，人静了，送走了客人，他又拿起资料，拿起图纸……

有一次，高级工程师刘德烈晚上去找陈俊武，撞见了这情形，惊呼："院长，这么晚了还加班？"

陈俊武平静地笑了："这不是加班，这是我的休息。"

在经历了一天头昏脑涨的纷乱之后，他在阅读和研究中能得到半亩方塘、天光云影的平静和愉悦。

1990年8月，就在陈俊武从公司经理位置上退下来不久，他被建设部评为中国工程勘察设计大师。这个称号是国家对他的才华、成就和业绩贡献的高度认可，是一个巨大的荣誉。但陈俊武却平静如初，好像什么都没有发生。对名利的淡泊，是他一贯的人生态度。

1992年1月4日，新华社和中国各主要媒体发布了一条重要消息：经一年零一个月严格、公正、客观的评审，报经国务院审查批准，210名成就卓著、品德优良的科技专家当选为新的学部委员。

当日，《人民日报》公布了新学部委员的名单。陈俊武名列其中，他当选为中国科学院化学部学部委员。

学部委员是中华人民共和国的最高学术称号。中国科学院学部是中国最高水平的科学集体，具有崇高的荣誉和学术上的权威性，这里聚集着中国科技界的精华。

陈俊武当选学部委员，成为一条让很多人感到喜悦和振奋的新闻，在洛阳石化工程公司、在中石化系统、在古都洛阳、在中原大地引起巨大反响。

河南数十年来无此殊荣。河南乃泱泱大省，当时人口数居全国第二，但过去40年间尚无人在中国科学院自然科学学部中获得学部委员的殊荣。这一次，陈俊武和洛阳另一位科学家携手当选学部委员，实现了河南省零的突破。

中国科学院自然科学学部建立以来，学部委员多属在自然科学基础理论研究方面成就卓著、影响巨大的科学家，从工程技术界入选者可谓凤毛麟角。此次新当选的210人中，工程技术界只有3人，其中1人还属于高科技领域。真正属于工程技术领域且来自企业界的只有陈俊武一人。

陈俊武对自己能够当选，步入这个神圣的科学殿堂，似乎也没有足够的心理准备，甚至感到有些意外。

1990年下半年，中国科学院学部启动新任学部委员的申报遴选工作，中国石化总公司经慎重研究，决定推荐陈俊武。但当人事部通知他准备申报材料时，陈俊武却自觉条件不够，先是推辞，再是拖延，最后竟是人事部门登门动员他申报的。

学部委员的评选工作严格细致、客观公正，陈俊武的当选，表明了科学界对陈俊武在中国炼油工程技术特别是催化裂化方面的巨大贡献、卓越成就的认可，表明了对在自己的土地上成长起来的新中国第一代工程技术专家的认可和评价，同时也释放出科学界开始重视工程技术类专家业绩成就的信号。1994年，中国工程院成立，同时设立院士制度。

陈俊武的当选，也使许多曾和他并肩奋斗的老同事、老朋友欢欣鼓舞。那几天，电话贺喜的铃声不断，登门祝贺的络绎不绝。

还有一封表达特殊祝贺的北京来信。这是陈俊武大姐陈舜瑶寄来的，是一张登载新学部委员当选消息和个人简介的《人民日报》，上面用红笔在陈俊武的名字和简介文字上做了记号。看得出，这位20世纪50年代就担任清华大学党委副书记的老革命大姐，对弟弟取得的成就感到由衷的喜悦和自豪。

陈俊武当选院士（为叙述的方便和前后称谓的一致，此处开始统称为院士）后，自然引起社会各界的关注，但是除了几条简单的新闻消息外，媒体上鲜见对他事迹的报道。

在洛阳石化工程公司内部，在中石化系统，特别是在炼油工程技术领域，陈俊武可谓大名鼎鼎，但在社会上，人们对他几乎一无所知。

陈俊武的业绩成就和社会知名度是个不等式，这个不等式是他自己造成的。

在他人生的旅途上，他一直都在追求着卓越和杰出。在学习、工作、事业上，他争强好胜，奋力进取。从学校到社会，他都是佼佼者。在人生的每一个阶段，他都留下了成功的标记。

可是，当荣誉来临的时候，当镜头对着他，话筒对着他，记者、作家们采访他的时候，他推开了，他拒绝了，他逃避了。

"高调做事，低调做人"，在他身上体现得极为鲜明生动。谦虚低调、淡泊名利，是他一直坚守的人生原则。

几十年来，他一直是这样。很多他为之付出心血、做出巨大贡献的科技项目，报成果的时候，发奖的时候，却不见他的名字，就连他主持的重大攻关项目"大庆常压渣油催化裂化技术"，申报国家奖的时候，他也不署自己的名字。尽管他成就卓著，事迹感人，但很少在新闻媒体上出现，见诸报刊的文字作品寥若晨星。也有国内外多家出版机构先后向他发函，要将他收入各种各样的名人"辞典""列传"，但是他一概不予理睬。

他觉得显赫的名声是一种牵累，他只想平凡淡泊，做一个普通人。

这位令古都洛阳增色、让中原人民骄傲的科学家是如何登上科学的高峰的？他走过的是一条什么样的道路？人们热切的目光在寻找着他。

这一年的8月，我受河南省委组织部和省文联主办的大型文学刊物《莽原》杂志社的约请和委托，到洛阳石化工程公司采访陈俊武。

后来，就有了发表在《莽原》1993年第1期头条，题为"灿烂人生"的长篇报告文学作品。

这篇文章是第一次全面展示陈俊武的人生经历和主要业绩成就的文字作品。这篇文章首先在洛阳石化工程公司内部，在最熟悉陈俊武的这个群体里引起了强烈的反响。最先送到公司的几十本《莽原》杂志被争相传阅，甚至还出现了排队等候阅读的现象。公司党委当即决定，把这篇报告文学作品作为内部学习材料加印4000册，干部职工人手一册。后来，还是不够，再加上石化系统兄弟单位也索要，就又加印500册。以此为契机，公司党委决定在全公司开展向陈俊武学习的活动。这种群体性的阅读热情和赞誉，源自公司广大干部职工对陈俊武发自内心的爱戴和敬仰，源自作品中披露了陈俊武以前许多鲜为人知的事迹，给大家带来感动和激励。

洛阳石化工程公司主办的《洛阳石化报》开辟了阅读学习《灿烂人生》的征文专栏，数十人先后发表了热情洋溢的读后感和评论文章。

就在《灿烂人生》初稿刚刚完成的时候，1992年10月，陈俊武作为河南省的代表，光荣出席了中国共产党第十四次全国代表大会。

1993年5月，河南省文联、《莽原》杂志社和洛阳石化工程公司联合在洛阳召开"学习科学家陈俊武暨《灿烂人生》作品讨论会"。

河南省委组织部、宣传部，省文联，中国石化总公司，洛阳市委及有关部门领导、作家、评论家、新闻记者、科技人员共50余人参加了讨论会。

陈俊武的大姐、中共中央书记处研究室原顾问陈舜瑶也专程从北京赶来参加座谈。

讨论会气氛热烈，激情洋溢。与会者高度评价陈俊武的成就业绩和高尚品格，对《灿烂人生》这部作品也给予了很多的赞誉。陈舜瑶大姐的发言让在座的人尤为感动、深受教育，同时也从一个侧面印证了陈俊武一贯低调、不事张扬的作风。

她说："听了大家的发言我很受感染，也很激动，的确是上了生动的一课，很受教育。其实，我对俊武了解并不多。我离家参加革命的时候，他才10岁。他的很多事迹是我看了报告文学作品、听了大家的发言以后才知道的。我今天是通过大家的眼睛，又进一步看一看俊武。《灿烂人生》这篇文章，得到大家的认可，这是最高的评价。我作为亲属，代表俊武向大家表示感谢！也向作者文欣同志表示感谢！"接着她分析了陈俊武走过的道路的丰富内涵，表示希望在这样的道路上涌现出更多优秀的青年知识分子。

会后不久，《洛阳日报》《河南日报》和《莽原》杂志都刊登了这次讨论会纪要。《洛阳日报》更是以整版篇幅全文刊登，这种做法在当地报纸的历史上也属首次。

陈俊武的影响不断扩大，很快在社会上引起广泛反响。

1993年，河南省委组织部和洛阳市委先后发出向科学家陈俊武学习的号召。

1994年2月，中国石化总公司党组做出决定，在全国石化系统开展向闵恩泽、陈俊武学习的活动，同时《中国石化报》再次转载了《灿烂人生》，并在下发的文件中又附上了这篇作品。

在古都洛阳，在中原大地，陈俊武的名字和事迹被越来越多的人了解和传颂。陈俊武的名字成为一个闪光的标志，一个勤奋刻苦攀登科学高峰的标志，一个追求卓越创造辉煌业绩的标志，一个默默奉献淡泊名利的标志。一个杰出优秀的人，一个品格高尚的人，一个不想"出名"的人，就这样成了"名人"。

但成了"名人"的陈俊武仍然坚持着他的低调，后来对很多采访和高规格的宣传活动，他都推辞或婉言谢绝。河南省委组织部曾拟组织拍摄反映陈俊武事迹的电视剧，河南省委宣传部和洛阳市委宣传部，也曾先后拟组织对陈俊武的宣传活动，除了媒体的系列报道，还有其他多种形式的配合和跟进。但陈俊武对此表示异议，认为对自己没有必要再进行这样大规模的宣传，应宣传那些有成就的年轻人。他担心这些活动会耗费他宝贵的时间和精力固然是一个因素，但最主要的，还是他基本的人生态度。他说："我认为人的一生只是历史长河中短暂的一瞬，应该活得有价值、有意义。对社会的奉献应该永无止境，从社会的获取只能适可而止。我努力这样做了，有了一些贡献，社会也给了我一定的评价，这就足够了。"

他非常喜爱苏东坡的一首诗：

人生到处知何似，应似飞鸿踏雪泥。
泥上偶然留指爪，鸿飞那复计东西。
……

飞鸿志在翱翔蓝天的"飞"，而绝不着意于留在雪泥上的足迹，这也许就是他对人生之"名"的诗意诠释。

春风化雨　老树新花

1990年，陈俊武从经理岗位上退下来的时候，已是63岁。对今后的工作方向，经过一番思考梳理，他说："我今后主要干3件事：著书、立说、育人。"

虽然他以前发表了一批学术论文，并受到国内外同行较高的评价，但这远远没有把他广阔而深邃的思考全部表述出来。他的思想是一棵奇异的智慧之树，树上枝叶繁茂，郁郁葱葱，虽然枝头仍缀满鲜艳芳香的花蕾，但很多果实累累垂垂已经成熟，是到该采撷的时候了。

从1990年开始，陈俊武着手酝酿一本专著，书名拟为"催化裂化工艺与工程"。

催化裂化是一项重要的炼油工艺，催化裂化装置在炼油工业中占有举足轻重的地位。陈俊武认为，这本专著应具备系统性、新颖性、学术性和实用性这几个基本特点，在系统介绍理论的同时要突出工程应用，旨在为从事催化裂化科研开发、工程设计和工业生产的中高级科技人员在加工工艺及化学工程方面提供有益的资料，给予正确的引导，帮助他们树立明确的概念，掌握系统的知识。

这样一本意义重大、体量巨大的科技专著，按照通行的做法，一般都要先申请立项，再成立编委会，编委会一般也需要有关领导挂名，还要层层批示，开座谈会，搞各种活动，当然这也会得到一笔经费。

陈俊武平时就对这一套做法颇有抵触，这次他担任主编，干脆按照自己的思路，采用民间写作的方式，一不成立编委会，二不向上面要经费。写作团队之间主要靠书信和电话交换意见。这种集体写作方式看似原始简陋，但在这些专注于学术的专家看来，省却了许多烦扰，在彼此默契的氛围中，潜心写作，效果良好。

1992年，这本凝聚着陈俊武和一批专家智慧与心血的珍贵著作，先期以简易分册的形式印了一部分油印本。这本油印的著作不仅受到催化裂化高级研修班学员的欢迎，在石化系统也迅速传播，很多人闻讯索求。

1994年，《催化裂化工艺与工程》一书由中国石化出版社正式出版发行。

这部催化裂化领域的专著，不但在国内，而且在国际上也具有独创意义。该书出版后受到石化系统广大读者的热烈欢迎，在学术界也产生了广泛的影响，先后荣获中国石化集团公司科技进步奖一等奖、第八届全国优秀科技图书二等奖。

2004年，中国石化出版社建议《催化裂化工艺与工程》再版。陈俊武认为，由于10年来催化裂化技术的不断进步，原有内容已不能满足新形势的要求，有些需要充实和更新。因此，在保持原框架结构基本不变的前提下，根据10年来技术进步的具体情况，对各章节内容酌量增删。

年近八旬的陈俊武宝刀未老，继续担任主编，除了自己的写作，还有许多组织协调和统稿的工作。2005年，《催化裂化工艺与工程》第二版出版发行。

2013年，中国石化出版社向陈俊武建议，为了迎接中国催化裂化产业化50周年，这本广受欢迎和赞誉的书最好能再出第三版。

这一年陈俊武已是86岁高龄，虽然仍然耳聪目明，思维敏捷，正常工作，但他自觉已到耄耋之年，此时也正可作为新老交接的契机。于是，陈俊武挑选石油化工科学研究院副总工程师许友好为接班人，让他和自己一起担任第三版的主编，另请吴雷、孙国刚和刘昱为副主编。

2015年5月，《催化裂化工艺与工程》第三版终于在中国催化裂化产业化50周年大庆之时出版发行。全书共252万字、1606页，是一部名副其实的"巨著"。

中国石化出版社专门召开了《催化裂化工艺与工程》第三版发行、第一套流化催化裂化装置投产50周年座谈会。座谈会上，除了祝贺声、赞誉声，还有一个引起很多与会者共鸣的话题：一本书，一位主编，在30年间出版再版3次，这不仅在中国，就是在世界出版史上也是一段佳话。

随着年龄的增大，随着他大脑中储存的知识宝库的存量越来多，陈俊武心中的一个愿望也越来越强烈：传授知识和技能，培养接班人。

陈俊武在任经理期间，曾提出采用"学分制"进行继续工程教育，还主持编制并实施《继续工程教育学习内容和考核办法》。1992年初，陈俊武提出从青年工程师队伍中选拔、培养催化裂化设计高层次人才的培训方案。他为这个方案拟定了具体详细的内容，在其后3年的时间里，陈俊武基本上每周都要给学员们讲一次课，一个月平均有10多个学时，另外还有批改作业、答疑、带领学员到现场实践教学，等等。这期间他还有许多工作要做，但这个高级研修班"导师"的职责，他总是认认真真、一丝不苟地去履行。学生们还发现，每次上课，陈老师总是按时准点，仪容端肃，若穿西装，必打领带。

从1987年到1995年，中国石化总公司培训部门先后举办了7次催化裂化中级骨干学习班，陈俊武多次被邀请来授课。从洛阳公司到总公司，从他自己推行的学分制继续工程教育、高层次人才培训到总公司的骨干学习班，陈俊武在实践中也不断地总结着、思考着。他逐渐意识到，为了真正能为中国石油化工事业培养出高层次的精英人才，应该办一个有创新理念、有独特教学方式的高级研修班。他的想法得到总公司领导的全力支持。

1992年，以中国石化总公司名义举办的第一期催化裂化高级研修班（以下简称"高研班"）正式开班。柳芬是班主任，陈俊武为导师，曹汉昌作为他的助手当辅导老师。正式学员只有10人，他们对学员的挑选极为严苛。比如，必须在工厂催化裂化装置一线岗位有4年以上的工作经历，已是高工或接近高工，在以前的中级班学习过，等等。

高研班的地址在地处偏僻的大连石油七厂招待所里，开班时规格很高，曾任石油工业部副部长的侯祥麟院士亲临开班现场与学员见面，但紧接着进行的一场考试让这些来自全国各地的技术尖子开始头皮发紧。

题目似乎并不是太难，但题量非常大，要想全部答出来基本上没有什么思考和犹疑的时间。考试结束后大家紧张地交流，怎么平时觉得都懂都会的内容，答题的时候都变得似是而非了呢？不过，成绩并没有公布，陈俊武只是想用这种办法摸底，考查学员的基本功，就是看你平时是否用心用功，然后在后续教学中根据每个人的情况区别对待，因材施教。

在这个远离市区、远离纷扰和尘嚣的地方，一个远离现行传统教育模式的高研班开班了。

一切都充满了新意。

陈俊武渊博的学识，谦虚平易的态度，深入浅出、循循善诱的授课方法很快征服了这些学生。

也有教材，就是油印本的陈俊武主编的《催化裂化工艺与工程》，但又不全按这本教材来讲。在全国炼油工程技术领域，在催化裂化这个核心技术领域，也有门派之别。如果套用武术界的用语，陈俊武就是这个门派的宗师。但是，陈俊武在讲课中对其他兄弟单位的技术成果都给予充分尊重，客观介绍各家的技术特点，点评分析公允，让学生自己体会。

有课堂讲授，也布置作业，作业题目中有理论相关问题，更多的是生产实践中可能遇到的诸多疑难问题。作业做完了不是由老师统一批改，而是再集中，让学生们给出各自的答案，发表意见，互相碰撞，互相启发，分析比较其中的优劣得失，最后选择确定最有价值的结论。

高研班课程安排极为紧张，上午陈俊武主讲，下午曹汉昌辅导，晚上做作业，几乎没有闲暇的时间。

3周集中学习结束，学员们回到各自的工作岗位，不过每个人都带走一个"大作业"。这个"大作业"名副其实,体量大,周期长,要占用大量的工作时间和休息时间,再加上工厂生产实践的千差万别,大约一年甚至一年半才能完成。

"大作业"完成,都要寄送到导师陈俊武处。这些作业有的厚达100多页甚至200多页,由于学员所接触装置的情况各异,内容很少雷同。每份作业陈俊武都仔细审阅,对其中重要的错讹之处,还要和学生联系沟通。他为此耗费精力、时间之多可以想见,不要说一般的节假日,就连中国人最看重的春节假期,他也全用来审阅学生的作业。

第三期高研班学员、现任中石化炼油事业部环保节能处处长宫超回忆说,他当年的"大作业"因为有了计算机,做的速度快了,但仍用了6个多月,整份作业厚达200多页,完成后寄交给陈院士。有一天他突然接到陈院士的电话,说他的作业里面第几页第几项的第几个问题不对,让他再看一看。宫超一查核,果然是错了。宫超说,那一刻他既激动又感动,对这位院士老师真是佩服得"五体投地"!

宫超不是个例,陈俊武对高研班的所有学员都是如此。

高研班的第三阶段是集中交流、研讨、答疑,时间一般都在两周左右。

学生们开始都感到上这个班很苦很累,但到后来,却兴趣渐浓,对上课,对作业,对和老师同学们相见都充满了期待。在这个小团队中,师生融洽,气氛和谐,真可谓"团结、紧张、严肃、活泼"。

陈俊武的人格魅力深深地吸引着大家,也感染着大家。他传授知识,也教给大家思考问题、分析问题、解决问题的方法,他用自己的言行告诉大家应该如何对待工作、事业,如何对待社会、人生,潜移默化,让学员如沐春风。高研班没有开政治课,但学员们在这里却感受到最强烈的爱国主义和理想信念的熏陶。大家共同的感受是，高研班不仅是技术性的班，也是关于政治、智慧和人生哲学的班，甚至还是关于清正廉洁的作风建设的班。陈俊武在学员们的心目中，不仅是"经师"，更是"人师"。

也许高研班的学生们至今还不知道当年他们的两位导师坐车的故事。

1992年夏，陈俊武和曹汉昌来到大连，出了火车站，却发现来接他们的是一辆客货两用车。曹汉昌火了："我们都是来讲课的专家，我且不论，陈俊武是大名鼎鼎的院士，怎么就用这样的车来接？"但陈俊武却觉得无所谓，说无非是代步工具嘛，何必计较这些！高研班所在地大连石油七厂招待所，有高级房间，也有普通房间，主办方给他们安排了高级房间，但陈俊武拒绝了，执意要住普通房间。

1993年3月，曹汉昌陪同陈俊武到中石化管理学院培训中心讲课。从洛阳乘火车，到北京的时间是凌晨5点多。陈俊武怕麻烦人，说地铁里多暖和啊，坐地铁吧。于是两个老头儿就先坐地铁转了一大圈，又到免票的中山公园转了一圈，直等到8点多培训中心的工作人员上班了，他俩才到目的地。

曹汉昌对这位老朋友、老领导近于苛刻的律己和清廉，由衷敬佩，但跟着他出差却尽受委屈，就半开玩笑地感慨："我呀，跟着你尽吃亏呢！"

高研班最后结业的形式是通过答辩，就像是大学里研究生的答辩一样，但难度绝不亚于那些硕士研究生、博士研究生的毕业答辩。第一期高研班1994年结业，共有7个人通过答辩。

3期高研班，前后历经10年之久，给中国石化行业培养了一批没有学位证书的高层次精英人才。后来，这批人大多成了催化裂化领域卓有成就的专家，还有很多人担任了重要领导职务。

当然，我们不能以职务高低而论，但这是个重要的参考指标。

所谓孔子弟子三千，贤人七十二，这3期高研班中涌现出来的有成就的人才比例很高。有人开玩笑说，陈院士主办的3期高研班，是中国石油化工行业的"黄埔军校"。也有人开玩笑说，陈院士的高研班，不仅培养技术人才，也培养党委书记。

春风化雨，春风化人。陈俊武用自己的10年辛劳、10年心血，广植桃李，精心培养。如今已是桃李遍天下，桃红李妍，灿若云霞。

1997年2月初，陈俊武院士的办公室来了两位客人，他们是来自中国科学院大连化学物理研究所（以下简称"大连化物所"）的研究员王公慰和副研究员刘中民。

客人向陈俊武说明来意：大连化物所的一项科研成果"用甲醇制低碳烯烃（CDMTO）的新工艺方法"刚刚获得国家"八五"重大科技成果奖等多种奖项，但目前仍处于实验室阶段。这项工艺的反应和再生部分必须采用类似炼油催化裂化流化床的型式，陈俊武院士是我国流化催化裂化工程技术的开拓者，洛阳石化工程公司也具备开发这类工程技术的雄厚实力，他们此行是慕名而来，寻求帮助，希望在以后的工程放大和基础设计方面能和洛阳石化工程公司合作，并能得到陈俊武院士的指导。

陈俊武表示："现在我国石油资源不足已严重制约石油化工产品需求，石油价格逐步上涨也是必然的趋势，因此你们这项成果很有意义，发展前景很大。洛阳石化工程公司和我本人愿意从工程方面协助大连化物所进行开发，并对此充满信心，相信一定会取得成功。"

"那太好了！谢谢陈院士！"王公慰和刘中民激动地站起来，热情地伸出双手紧紧握住了陈俊武的手。

这是一次重大历史事件的开端，这次握手也具有了历史意义。

乙烯和丙烯是重要的石油化工基础原料，可以衍生制造出一系列的化工产品，比如塑料、纤维等，在国民经济中占有重要位置，其传统生产技术依赖于石油资源。我国石油资源不足，煤炭相对丰富，煤制烯烃技术是连接煤化工与石油化工上下游的桥梁，也是实施石油替代的重要战略方向。煤制烯烃涉及煤气化、甲醇合成、甲醇制烯烃等多个技术环节，其中煤制甲醇相对成熟，用甲醇制取烯烃则是制约煤制烯烃的技术瓶颈。大连化物所经过20余年三代科学家的努力取得的科研成果——甲醇制低碳烯烃技术，就是以煤（或天然气）为原料，经由甲醇生产乙烯、丙烯的成套技术，这更符合中国国情，既有国家能源战略安全意义，也有市场前景。

从此，在陈俊武的指导下，洛阳石化工程公司开始前期技术调研工作，这项工作一直持续到2006年底。在此期间，洛阳石化工程公司与大连化物所参加了国内几乎所有甲醇制烯烃（MTO）项目的前期评估。

2004年4月陕西省政府研究决定，由陕西国有企业出资帮助大连化物所完成甲醇制烯烃（DMTO）工业化试验，然后在陕西建大型工业装置，试验的投资风险由陕西方面承担。

2004年8月2日，在大连化物所，由陕西新兴煤化工公司、大连化物所和洛阳石化工程公司三方代表共同签署了《甲醇制烯烃工业化试验项目合作协议书》。这项具有挑战意义的重大科研项目从谈判到立项，再到全面启动，仅仅用了3个多月的时间。领导决策的高屋建瓴，实施单位的快速应对，一个属于世界前沿的科研项目终于在陕西落地。

大连化物所的MTO技术，主要数据都是在实验室里取得的，如果直接以此为基础建设大型工业装置，需放大1万倍，一次投资也需几十亿元甚至上百亿元，存在很大风险。

这次工业化试验就是对实验室数据先放大100倍，投资风险小，相对稳妥可靠。但是迄今为止，这个万吨/年级的工业装置在世界上也没有先例。

第一个吃螃蟹的人总是需要有更多的勇气和智慧。

2004年9月，陈俊武连续3次主持讨论DMTO工业试验装置设计方案。方案涉及内容很多，MTO工艺的元素平衡、焦炭产率、待生剂和再生剂的碳差、反应剂醇比、流化方案、热平衡、两器型式、流程等。经过多次讨论，最后确定试验装置规模为50吨/天，不建烯烃分离部分。

2005年1月，陕西方面综合分析各方面条件后，决定将试验场地从榆林转移到渭南市华县化肥厂，利用其现有的设备以节省投资。但可利用的只是厂区的一个旮旯角落，对习惯了建设大型设备的洛阳石化工程公司来说，这只能算是一块"巴掌大的地方"。在陈俊武指导下，洛阳公司硬是"在螺蛳壳里做道场"，巧妙布局，于2005年2月全部完成华县MTO试验装置基础设计，并于2005年6月获国家发改委批文同意建设。

这个试验装置的项目就像一个大舞台，各种人物、各种角色共同演出了一出史诗性的大剧。2005年下半年，舞台上的主角成了洛阳石化工程公司。当然，中心人物还是陈俊武。公司办公楼四楼西头那间朴素的院士办公室里，人来人往，一派紧张忙碌的景象。从9月开始，陈俊武和有关人员在这里多次讨论装置开工方案。11月下旬，陈俊武来到华山脚下的华县试验装置现场，在经过装置试压、吹扫、单机试运以后，又参加了联合体三方的开工方案讨论会。

2005年12月，洛阳石化工程公司设计的华县MTO工业试验装置建成中交。这只是第一步，装置建成后的投料运行试验才是关键。

2005年12月至2006年7月，陈俊武和王贤清分别担任MTO工业试验装置技术专家组正、副组长，先后主持召开8次专家会议，讨论施工、试运、开工的技术方案，审查整改措施。

2006年2月至6月，华县DMTO工业试验装置进行了3次较长周期的试验。

如果把这次试验比作一次战役的话，前沿阵地在华县，陈俊武院士的办公室就是一个指挥所。坚守在现场的洛阳石化工程公司的刘昱、陈香生等人，不断将相关数据报告给陈俊武。虽然远隔数百公里，但陈俊武还是每天都密切关注着试验的态势。

除了在办公室多次听取汇报和主持讨论，陈俊武先后8次到华县试验现场，实地察看分析，3次亲赴大连化物所协调衔接，讨论、解决存在的问题。

到现场对装置反复检查，上高台，"钻两器"，是陈俊武的习惯，也是他带出来的一个传统。不顾大家的劝阻，年近八旬的陈俊武硬是又爬上30多米高的两器平台察看。

试验过程中并不全是欢声和笑语，很多时候也有争论，甚至是情绪激烈的争吵。但不论何时何地，陈俊武院士表现出来的以国家利益为重的大局观念和客观冷静、科学缜密的态度以及无私忘我的精神，使所有和他接触过的人都有一种发自内心深处的敬佩和感动。

2006年8月23日，中国石油和化工联合会在北京召开甲醇制低碳烯烃技术及工业性试验鉴定会，以袁晴棠院士为组长的鉴定专家组认为送审方提供的技术资料齐全，数据翔实可靠，经过认真查阅讨论，一致同意该项目通过鉴定，并在鉴定意见中给予很高的评价。

2006年8月24日，甲醇制低碳烯烃工业试验项目技术成果新闻发布会在北京人民大会堂隆重举行。全国人大常委会副委员长顾秀莲，全国人大常委会副委员长、中国科学院院长路甬祥，全国政协副主席张榕明，陕西省代省长袁纯清等参加发布会。

这是一场备受关注的新闻发布会，也是一场让中国人扬眉吐气的新闻发布会，MTO工业试验项目的技术成果，使我们中国昂首挺立在"世界第一"的站台上。

就在陈俊武院士在他的办公室里连续几次主持讨论MTO华县工业试验装置设计方案的时候，中国神华集团组团先后考察美国

UOP公司、德国Lurqi公司和挪威Hydro公司的MTO试验装置，为包头180万吨甲醇进料/年煤化工项目做技术引进的方案准备。

2004年夏秋之交，天气燥热多变，中国煤化工工业在这个燥热的季节里也面临一次重大抉择。

2004年9月下旬，中国国际咨询公司对神华包头180万吨甲醇进料/年煤化工项目可行性研究报告组织预评估。在这个报告中，该项目从煤气化—甲醇合成—甲醇制烯烃—烯烃分离—PE/PP的技术几乎全部引进国外技术，其中，甲醇制烯烃考虑采用美国UOP公司的技术。

神华集团是经国务院批准成立的国有独资公司、中央直管国有重要骨干企业，也是我国规模最大、现代化程度最高的以煤为基础，集电力、铁路、港口、航运、煤制油与煤化工于一体，产运销一条龙经营的特大型能源企业，在世界500强企业中也名列前茅。

这样一个实力雄厚的企业投资的项目和选用的技术无疑将对中国煤化工工业产生巨大的影响。2005年3月25日，为在国家发改委立项做准备，中国石化咨询公司受国家发改委委托，在北京召开神华集团煤制油和煤制烯烃项目技术方案及技术经济专题专家研讨会。

陈俊武院士因故未参加这次会议，但他委托出席会议的洛阳石化工程公司的陈香生和刘昱转达他的意见。针对力主MTO工艺引进国外技术的意见，陈香生在随后的发言中陈述了洛阳公司方面，特别是陈俊武院士的意见，要点如下：

（一）大连化物所DMTO和美国UOP公司的MTO技术均处于中试阶段，工艺与催化剂水平相当，大连中试装置规模小些，UOP公司在挪威中试装置规模大一些，但尚缺乏工程设计的基础数据。

（二）目前大连、陕西和洛阳三方合作的华县DMTO万吨级工业试验装置已经建成，华县试验装置将取得把大连化物所实验室数据放大100倍的1.67万吨/年规模的工业试验数据，据此可取得再放大100倍的百万吨/年规模的工程设计数据。

（三）洛阳石化工程公司已经对MTO和FCC的工程设计差别有了深刻的理解，请国家发改委再等待半年，如果华县工业试验数据和试验室数据吻合，流化正常，技术经济和能耗合理，我们认为应该支持国内技术，因为无论专利费和催化剂费用都比国外低，也更为稳妥可靠。

陈俊武院士的意见有理有据，引起了与会领导和专家的高度重视。

研讨会召开前夕，正值全国人大开会期间。时任全国人大常委会副委员长、中国科学院院长路甬祥找到国家发改委的负责人，对MTO工业装置的立项表示关切，建议再等一等，等到华县的工业试验装置鉴定以后再说。

最后，国家发改委认真听取了专家们的意见，没有批准神华集团引进美国UOP公司的MTO技术方案。

2006年12月11日，国家发改委正式下文批准采用DMTO技术的神华集团包头180万吨/年甲醇进料MTO装置项目，并且确定为国家"十一五"期间五个现代煤化工示范工程之一。随后，神华集团向洛阳石化工程公司发出了招标邀请书。

2007年9月，大连化物所、陕西新兴煤化工科技发展公司和洛阳石化工程公司三方与中国神华集团签订了180万吨的DMTO技术许可合同（年产烯烃60万吨），标志着DMTO技术从前期的万吨级工业性试验，向百万吨级工业化生产迈出关键一步。洛阳石化工程公司承担了神华集团包头DMTO工程总承包建设任务。

神华集团的包头煤化工项目，从上游到下游均为国外技术，只有中间部分的DMTO是中国技术。洛阳石化工程公司上上下下都铆足了一股劲，公司为此还专门召开了动员誓师大会。他们知道，这个工程犹如一场影响深远的战役，不仅要显示洛阳石化工程公司的实力，同时也是为国争光。

在此之前，早在2006年7月，陈俊武就开始听取工艺室刘昱等人汇报神华包头项目装置工艺包的设计原则。工艺包主要包括工艺流程、工艺基础数据、工艺操作参数、关键的工艺计算、工艺设备等数据。有了工艺包，就可以据此做基础设计，然后是详细设计。

从这时候开始一直到2008年3月，在1年多的时间里，除了自己单独的思考和研究，陈俊武还主持参加了有关工程技术开发和工程设计工作的20多次大大小小的汇报会、讨论会、审查会，内容既有工艺包基础设计数据，也涉及设备、仪表、热工等多个专业的工程设计要点。

陈俊武这时已年逾八旬，但仍然精力充沛，和年轻人一样每天上班甚至加班。或指出问题，提出修改意见；或分析辩证，理清思路；或一言揆要，拍板定案。有了陈俊武智慧之光的照耀，洛阳石化工程公司从领导到各专业技术人员，心里都如同吃了一颗"定心丸"。

2010年5月，83岁的陈俊武在华县试验现场

2008年3月，烦琐而艰巨的设计任务终于完成。2009年12月，神华包头DMTO装置建成，并对相关技术人员进行开车培训。

2010年7月，包头DMTO装置开始惰性剂流化试验。2010年8月，开始进料试运，DMTO技术从万吨级中间试验成功到百万吨级工业装置一次投料成功，只用了短短4年。2011年1月，开始装置整改之后的商业化运行。上半年共生产聚烯烃产品27万吨，实现利润9亿元。

2011年7月，中国石油与化工规划院受工业和信息化部授权，对神华包头DMTO装置进行考核和评审，在报告中作出高度评价：

神华包头煤制烯烃示范项目是国内外首个建成投产的煤制烯烃示范工程，技术装备水平在国际上处于领先水平。在原油日益紧张、能源多元化战略背景下，该项目的建成投产，对于发展石油替代能源和推进煤化工产业健康发展具有重要战略意义。

报告还指出，该示范工程为现代煤化工健康发展提供了宝贵经验和决策依据，实现了石化产业原料多元化目标，锻炼培养了一批现代煤化工技术和管理人才。

又是一个世界第一！又是一个国际领先！

对外是第一，对内也是第一。2015年1月，"甲醇制低碳烯烃技术"获国家技术发明一等奖。这是中国石化系统第一次获得国家技术发明一等奖。中国石化总部的领导说，这是陈俊武院士和他的团队的荣誉，是洛阳石化工程公司的荣誉，也是中国石化的荣誉！

尾　声　春秋故事

2017年3月，伴随着万物复苏、草木萌发的春天的脚步，陈俊武的又一个生日来到了，这一年，他90周岁。

在陈俊武院士的生日前夕，一批特殊的客人从四面八方赶来，在洛阳集结。其中有早期高研班的3期学员、近期专家班学员及石化管理干部学院领导老师和特邀的专家嘉宾，共140多人，浩浩荡荡，如同一支士气高昂的队伍。

3月17日上午，由中石化管理干部学院组织的"催化裂化高研班及专家班洛阳现场教学"活动在洛阳石化工程公司办公楼学术报告厅举行。9点，陈俊武院士进入大厅，全场起立，热烈的掌声经久不息。

这是一次有特殊背景、特殊意义的授课，台下听课的学生们的年龄可跨越几代人。

前排就座的是陈俊武院士早期高研班的学生，他们中大多在中石化或中石油系统担任重要领导职务，有的已人过中年，有的已经退休，不少人的头发也已经开始花白或稀疏。

而近期专家班座席上则都是年轻的面孔，洋溢着一片青春的光彩。他们中很多人是第一次见到这位科学大师，但大多听说过台上这位头发花白、面容清癯的老人的传奇式业绩。

陈俊武授课的题目是：催化裂化装置专家应该具备的概念和能力。惯常的谦虚平易的态度，惯常的逻辑缜密、清晰准确的讲述。他的嗓音不高，略带磁性的声音在大厅里回响。

一位90岁高龄的老科学家，在他的生日这一天，在这个春意盎然的上午，给台下的从20多岁到60多岁的新老学生们上一堂共同的大课，这一切都让人感到意味深长。

陈俊武扶了扶眼镜，亲切又满怀期望地看着台下的学生们，就像看到赛场上一支正传递着接力棒的队伍，也像看到一条没有尽头，向未来延伸的大道。

大厅外面，和煦的阳光正普照着早春的大地。遍布古都洛阳全城的牡丹，春芽初露，正孕育着簇簇花蕾，再过些天，就又是万紫千红的花季了。

2019年，金秋季节的北京，到处都洋溢着节日的气氛。9月25日，在新中国成立70周年庆典前夕，中共中央宣传部公布了全国"最美奋斗者"名单，以表彰70年来各地区、各行业、各领域的先进英模人物，入选者共有278名，陈俊武名列其中。

2019年10月7日，国庆假日的最后一天，中共中央宣传部在北京向全社会发布陈俊武的先进事迹，宣布陈俊武为"时代楷模"。陈俊武的亲属、同事、学生和社会各界人士代表出席了发布会。

秋天是收获的季节。在这个金色的秋天，陈俊武院士在不到半个月的时间里，连续获得了两项巨大的荣誉。这对他来说是实至名归，对洛阳、对河南、对中石化系统来说，则可谓令人振奋的特大新闻和喜讯。

面对那么多鲜花，那么多褒奖赞美的词语，那么璀璨耀眼的灯光，还有那么多铺天盖地汹涌而来的各大媒体的宣传报道，陈俊武院士一如平常，朴素、简单、沉静、谦虚。回到洛阳，他仍然像往常一样，天天到公司办公室上班。

这是秋天里的一个早晨，公司大院迎着大门的墙上，挂着"时代楷模"陈俊武的巨幅照片，上面还有他的一段话："贡献小于索取，人生就暗淡；贡献等于索取，人生就平淡；贡献大于索取，人生就灿烂。"

太阳升起来了，92岁的陈俊武像往常一样，又按时来到公司上班。他看到院中遍地的阳光，微笑着一步步走上台阶。在他的心目中，工作着是美丽的，每一天的太阳都是新的。

⑤ 愿将此生长报国
——中国核动力事业的"拓荒牛"彭士禄

杨新英

时代楷模 彭士禄：中国工程院首批院士，我国著名的核动力专家、中国核动力事业的开拓者和奠基者之一。2021年3月在北京逝世。他是党的早期领导人、我国农民运动的先驱彭湃烈士之子，年幼时父母牺牲，8岁时就被国民党反动派投入监狱，此后颠沛流离，几经辗转到达延安，在党的培养下成长成才。20世纪50年代，他响应党中央号召，隐姓埋名投身核潜艇研制事业，担任第一任核潜艇总设计师，主持潜艇核动力装置的论证、设计、装备、试验以及运行的全过程，为我国第一艘核潜艇成功研制做出了重要贡献。改革开放后，他负责大亚湾核电站的引进、总体设计和前期工作，组织自主设计、建造秦山核电站二期，引领我国核事业发展实现历史性跨越。

时代楷模 科技之光

愿将此生长报国

中国核动力事业的"拓荒牛"彭士禄

作者简介

杨新英：中国"两弹一星"历史研究会理事长助理、宣传部部长，中国核工业教育学会副秘书长，中国国防科技工业文化交流协会专家。

独著纪实文学作品《彭士禄传》和《赤诚——彭士禄图传》，获评2020"书香羊城"十大好书。合著《核铸强国梦——见证中国"两弹一艇"的研制》，获中央企业精神文明建设"五个一工程"奖。组织、策划、编写《共和国核记忆口述史·亲历者说》，主笔编撰中国核学会编年体史书《四十华载 壮丽篇章——中国核学会成立40周年·图文纪念》，合著纪实文学作品《李冠兴传》。

愿将此生长报国
——中国核动力事业的"拓荒牛"彭士禄

他是革命英烈的优秀儿子。

他4岁成为孤儿,8岁被捕入狱,是姓百家姓、穿百家衣、吃百家饭长大的孩子。

他14岁参加革命,是东江纵队的抗日小战士。

他是我国著名的核动力专家。

他是"美国核潜艇之父"里科弗访华时想见而未能如愿的"中国核潜艇之父"。

他勤于耕耘,是核动力道路上的一头"拓荒牛";

他说,他一生只做了两件事:一是造核潜艇,二是建核电站。从中国潜艇核动力装置研发,到秦山一期核电站、大亚湾核电站再到秦山二期核电站建设,处处都留下了他辛勤的足迹和汗水……

他曾任原第六机械工业部和水电部副部长、中共广东省委常委、中共中央候补委员、全国人大常委会委员。

他的身上总有一种坚韧不拔的气质,一种不可摧毁的信念,更有一种淡泊自然、宽松随和的风度。

他永远深怀着一颗感恩的心:感谢党的培养,感谢老百姓的养育。他说,他就是工作一辈子、几辈子也还不完这个恩情。

他就是彭士禄,一位为中国核工业事业做出卓越贡献的资深院士、杰出科学家!其壮美传奇的人生令世人瞩目。

2021年3月30日，渤海之滨。天空蔚蓝澄澈，海面碧波万顷。这一天，彭士禄院士的骨灰被撒入大海。彭士禄将与他热爱的核潜艇相伴，永远守卫着祖国的海洋。

2021年3月22日，这位96岁的老人走完了他传奇的一生。著名核动力专家、中国核动力事业的开拓者和奠基者之一、中国核潜艇第一任总设计师……面对这么多头衔，彭士禄更喜欢称自己"永远是一头核动力领域的拓荒牛"。

2021年5月26日，在隆重庆祝中国共产党成立100周年、全党深入开展党史学习教育之际，中共中央宣传部向全社会宣传发布彭士禄同志的先进事迹，追授他"时代楷模"称号。

《中共中央宣传部关于追授彭士禄同志"时代楷模"称号的决定》中说：彭士禄同志是红色家风的优秀传承者，是科学家精神的杰出践行者，是中国核动力事业的拓荒牛，是共产党员的优秀代表。他继承先辈遗志，传承红色基因，赓续共产党人精神血脉，感党恩、听党话、跟党走，始终饱含着对党和人民的赤子之心。他以身许国、科技报国，勇于创新、敢于拍板，践行了"核潜艇，一万年也要搞出来"的铮铮誓言，为我国核事业做出了开创性的贡献。他"干惊天动地事，做隐姓埋名人"，高风亮节、淡泊名利，永葆初心、不改本色，为党和人民的事业奋斗不息、躬耕不止，集中体现了党的坚定信念、根本宗旨、优良作风，生动彰显了中国共产党人艰苦奋斗、牺牲奉献、开拓进取的伟大品格……

得知彭士禄院士仙逝，骨灰撒入大海，与他一生钟爱的核潜艇永远相伴，许许多多曾与彭士禄一起工作战斗过的同志都悲痛不已。依依不舍的泪水、绵绵不断的思念、难以忘却的情怀……让他们的心久久不能平静。一桩桩、一件件、一帧帧、一幕幕往事，闪现在他们面前：他们曾与彭士禄在核潜艇研制现场，在大亚湾核电站、秦山核电基地……共同拼搏奋斗过的日日夜夜，彭士禄的音容笑貌永远停留在他们的心间！

"彭士禄院士是一位集老革命、大科学家、高级领导干部于一身的传奇人物，一个正直、无私、善良、光明磊落且幽默风趣的人；一个勇于担当、敢于负责任的人……"大家给了彭士禄很多诸如此类的评价，这些评价涌动着大家发自肺腑的感动和对彭士禄院士的无限怀念与景仰之情。

吃百家饭长大的孤儿

有一种信念，叫作报答党和人民的似海恩情。彭士禄的一生见证了中国共产党的百年历程，见证了中华民族从站起来、富起来到强起来的伟大飞跃。从幼年时的颠沛流离到响应祖国号召投身核动力研究，再到成为我国核潜艇第一任总设计师，他用一生践行感党恩、听党话、跟党走，他的个人成长经历处处体现党对他的保护和引领，更饱含着他对党和人民的赤子之心。

彭士禄的父亲彭湃是中国共产党早期农民运动的主要领导人之一，母亲蔡素屏是广东海丰县妇女解放协会主任。他3岁时母亲壮烈牺牲，4岁时父亲英勇就义，他成了孤儿。但那时的他并没有感到孤独，因为他得到了众多百姓的关爱，他是姓百家姓、穿百家衣、吃百家饭长大的孩子。

彭湃无私奉献和敢为人先的精神，他火一般炽烈的革命热情，他为真理而献身的崇高品德，他和妻子以及亲人们用鲜血和生命写成的历史，为彭士禄留下了一笔受用一生的宝贵精神财富。

彭湃，原名汉育，于1896年10月22日生于广东省海丰县海城镇的一个大地主家庭。他家鼎盛时期每年收租稻谷几千余石，拥有瓦铺40余间，从海丰桥头走过一条古老的街道，两旁的店铺都是他家的，那一大片房子也都是他家的。因此，他家有"鸦飞不过的田产"之称，意思是乌鸦飞了一天都没有飞出他家的地界。当时彭湃家所拥有的雇农达1500多人，凡去过海丰县城看到过他家曾居住的那栋白色小洋楼和宽广的红场的人，都能感受到彭家当时的气派。那样的小洋楼就是放在今天，也不过时。由此不难想象，彭家当年是怎样富有的一个大家族啊！

100多年前，彭湃一家住过的白色小洋楼

彭湃本人相貌堂堂，英俊帅气，家庭又那么富裕，用现在的话说，他是典型的"高富帅"。但是，随着他对中国社会更广视角、更深层次的了解，他认为自己的理想生活不是追求钟鸣鼎食。他在一首诗中表达了自己的生活理想：

磊落奇才唱大同，龙津水浅借潜龙。
愿消天下苍生苦，尽入尧云舜日中。

愿将此生长报国
——中国核动力事业的"拓荒牛"彭士禄

那个年代，相当一部分有识之士把留学日本当作一条探求救国之策的道路。周恩来于1917年赴日留学前夕写的一首诗，就表达了这样的思想：

大江歌罢掉头东，邃密群科济世穷。
面壁十年图破壁，难酬蹈海亦英雄。

那一年周恩来只有19岁，比他大两岁的彭湃也是这样的一位青年才俊，怀揣着"愿消天下苍生苦"的崇高理想，于1917年6月东渡日本求学，寻找救国救民的道路。

在日本，彭湃考入早稻田大学政治经济科，第一次读到了《共产党宣言》。几经寻求，他选定马克思主义作为自己奋斗终生的信仰。1921年5月，彭湃大学毕业后归国。他穿着白色的西服，住在彭家老宅旁新落成的白色小洋楼里。家乡人看着这位玉树临风、翩翩儒雅的青年，心里充满羡叹：彭家的千里驹回来了，彭家更要发了！

后来，彭湃的举动，实在是让人大跌眼镜，他走的路、做的事，是千百年来祖祖辈辈都无法想象的。

1921年，彭湃在广州加入中国社会主义青年团，青年团不久在海丰也建立了组织，他是主要骨干之一。此后，他脱下西装，改成农民的打扮，走村串巷地做起了最基层的农村和农民工作，并于1922年7月29日成立了著名的六人农会（全国第一个农民协会）。此后，农会组织进一步壮大。但是，彭湃毕竟是富家子弟，对于广大贫苦农民来说，这种骨子里的阶级隔阂不是靠几次宣传大会、几本小册子上的美好愿景所能完全消除的。

1922年11月的一天，真是一个"见证奇迹"的时刻。彭湃用一种最直接而决绝的方式，拆掉了一个富家子弟与农民兄弟之间的最后一道心理藩篱。在海丰老街的那棵大榕树下，彭湃慷慨激昂地向农民兄弟们讲述了为什么种田亏本、为什么不合理的剥削制度应该彻底废除的革命道理。说罢，他抽出一张田契，大声宣读了佃户姓名和亩数，然后擦亮一根火柴，伸到那张田契下面……随后，一张张佃户的田契被烧毁，一张张农民的脸庞挂满了泪水。彭湃英俊的面庞在火光的映照下显得无比圣洁，他是中国近代史上第一个烧契分田的人！彭湃，注定会成为一个被刻进中国历史年轮的大写的人！

人们也许会问，怎么突然在岭南大地冒出一个"毁家革命"的富家子弟？要回答这个问题，必须回到当时那个处于"三千年未有之大变局"的历史时代。自1840年以来，中国先后遭受了两次鸦片战争、中日甲午战争和八国联军的入侵，帝国主义列强占领都城、屠杀民众，迫使腐败的清政府割地赔款，人民处于水深火热之中，中国逐步沦为半殖民地半封建社会。那个时代，不乏一些头脑清醒、满怀救国情怀的先进分子，以各种方式寻求救国之路。以广东人康有为、梁启超为代表的有识之士，发起了轰轰烈烈的戊戌变法运动，试图变法图强。变法运动失败之后，谭嗣同等"戊戌六君子"血洒菜市口，"我以我血荐轩辕"。这些仁人志士的牺牲，在很大程度上唤醒了沉睡的中国，使许许多多的中国人思考中国落后衰弱的根本原因，乃是实行两千多年的封建帝制。于是，另外一个广东人孙中山先生领导辛亥革命，武昌城头的一声枪响，宣布帝制在中国的终结。后来，袁世凯开历史的倒车，复辟帝制，终因不得人心而命归黄泉。

人是历史的产物。1917年，俄国十月革命一声炮响，给中国送来了马克思列宁主义，使先进的中国人认识到，蕴藏在千千万万的工人、农民体内的力量，才是使中国真正实现自强的根本力量。彭湃就是在这样的大时代背景下，顺应时代的召唤，结合自身的思想认识，为了最广大人民群众的解放，最终选择了"背叛"自己所在的阶级，坚定地依靠工农的力量，从最基层开始做着改造中国的工作。

1923年元旦，海丰县总农会成立。这是中国现代史上第一个会员达2万户、人口约10万的县农会，彭湃当选为总农会会长。

1924年春，彭湃提议创办广州农民运动讲习所（以下简称"农讲所"），并担任第一届和第五届农讲所主任，培养了一大批农民运动骨干，成为中国共产党培养革命干部的一个创举。

1927年11月，彭湃领导农民武装起义创建了海陆丰革命根据地，在全国最早打出苏维埃的旗帜，建立了全国最早的县级苏维埃政权。当时的中共中央机关刊物《布尔什维克》中指出："广东的海陆丰，此次的伟大而普遍的农民暴动……建设了工农兵苏维埃的政权，实开中国革命史上光荣的伟大革命前途的新纪元。……算是中国破天荒第一次的苏维埃。"

经过数年的实践和理论总结，彭湃撰写了《海丰农民运动》一书，周恩来题写了书名，毛泽东将其列入《农民问题丛刊》中，指出"《海丰农民运动》乃本书最精粹部分"，"它给了我们做农民运动的方法"，"它又使我们懂得中国农民运动的性质"，"县政治必须农民起来才能澄清，广东的海丰已经有了证明"。毛泽东称彭湃为"中国农民运动大王"，认为"全中国各地都必须办到海丰这个样子，才可以算得革命的胜利，不然任便怎么样都算不得。全中国各地必须都办到海丰这个样子，才可以算得帝国主义、军阀的基础确实起了动摇，不然也算不得"。

由于工作需要，彭湃后来离开海陆丰和广东，去上海参加党中央的领导工作，担任中共中央政治局委员、中共中央农委书记、中央军委委员兼江苏省军委书记。1929年8月24日，由于叛徒出卖，彭湃在上海被捕。当天晚上，在上海主持中共中央军委和中央组织部工作的周恩来，立即召开紧急会议设法营救，最后未获成功。8月30日，彭湃被上海龙华警备司令部杀害，慷慨就义时不足33岁。

彭湃与周恩来在革命斗争中结下了深厚的友谊。1924年9月，周恩来奉党的指示从法国回到祖国，彭湃去广州码头迎接。这一年，周恩来26岁，彭湃28岁，共同的革命理想和对真理的追求，使两颗无私的心灵撞击出灿烂的火花，诞生了世界上最纯洁真挚的战斗友谊。1925年2月，周恩来率黄埔军校学生军东征，两次到达海丰，并把指挥所设在彭湃家的白色小洋楼里。

彭湃牺牲后，周恩来立即代表党中央连夜起草了《中国共产党反对国民党屠杀工农领袖告全国人民书》，愤怒声讨国民党反动派屠杀彭湃等革命领袖的滔天罪行。写到彭湃时，周恩来如此评价：他曾经领导海陆丰几万农民，开始中国农民反抗地主剥削的革命斗争；他曾领导着全广东几万农民不断地反抗一切地主阶级残酷的压榨；他曾亲身领导过东江海陆丰广大农民群众实行土地革命，肃清反动帝国主义与封建势力，反抗资产阶级的剥削，创立苏维埃政权。他领导并参加南昌起义。他这样英勇的革命斗争历史，早已深入全国广大劳苦群众的心中，而成为广大群众最爱护的领袖。谁不知广东有彭湃，谁不知彭湃是中国农民运动的领袖……

彭湃的生命是短暂的，而他的精神则是永恒的。他身为富家子弟，衣食无忧，且在当地有着比较高的社会地位，但是，他为了劳苦大众过上好日子而"毁家革命"。他以"愿消天下苍生苦""千家兴、万家好"为精神依归，以为大多数人谋利益作为终生理想。为了贫苦农民阶级的解放，他坚决背弃自己的阶级，烧掉自家的田契，把自家的土地分给农民，使自己成为一名真正的无产者。这一旷世壮举感动并唤醒了农村劳苦大众，点燃了现代农民革命运动的星星之火，开中国革命特有的、毛泽东同志总结并领导全党取得胜利的"农村包围城市"之先河。

彭湃是一个"生死于理想"的共产党人。他靠理想活着、工作着，最后也为实现理想毅然牺牲。在他的生活中，理想是精魂，是主宰。理想本身也因他的忠诚和毅力，更显出光辉，更增加重量，更具吸引人的魅力。

彭湃的牺牲，没有吓倒彭家人，反而激起了一阵阵的革命风暴。当年，彭家是富甲一方的豪门大族，他们本可过上安稳闲逸的生活，但他们追随彭湃的足迹，为了理想而先后走上了革命的道路，前赴后继，勇建奇勋。彭湃一家共有6人为革命献出了年轻而宝贵的生命，除了彭湃本人，还有他的第一位夫人蔡素屏、第二位夫人许玉磬、三哥彭汉垣、七弟彭述和侄儿彭陆。1956年11月16日，彭湃的母亲，被毛泽东称为"革命母亲"的周凤老人，出席了全国烈军属代表大会，毛泽东亲切地握着她的手说："彭湃是我们的好同志，您是彭湃的好母亲。"1983年，中华人民共和国民政部给彭家六位烈士颁发"革命烈士证明书"，以表彰彭家在第二次国内革命战争中所做的牺牲。

彭湃的一生是短暂的，但他通过自己的亲身实践，在中国革命史上书写了灿烂辉煌的篇章！

烈士已逝，忠魂永驻；满门英烈，千古流芳！

革命自有后来人！

彭湃的革命精神在一代代地传承着，其中最优秀的代表就是彭湃烈士的优秀儿子——彭士禄院士。

彭士禄，作为彭湃的儿子，是革命烈士留下的一棵根苗，是革命的星星火种。他4岁成为孤儿，8岁被捕入狱，14岁参加革命，是东江纵队的小游击战士。今天的人们，只需从他这3个年龄点的境况，就不难想象到他究竟遭遇了多少人间的苦难，走过了一条多么富有传奇色彩的人生道路。

在父母双亲牺牲后，敌人到处搜捕幼小的彭士禄。为了躲避国民党的"斩草除根"，贫苦百姓们冒着杀头的危险，把这棵烈士留下的根苗从一家转移到另一家，用鲜血和生命护卫着他、养育着他。

"别哭，别出声！在一个下着瓢泼大雨的漆黑夜晚，奶奶背着我不停地跑啊跑啊，而我吓得哇哇大哭……"这是彭士禄能回忆起的童年印象最深的一件事。后来他才知道，这一天，彭湃领导创建的海陆丰苏维埃政权遭到重创，敌人到处疯狂镇压、屠杀，扬言要把彭家人斩草除根。年幼的彭士禄慢慢明白，活下去，就是自己的目标。

此后，彭士禄开始了隐姓埋名的逃难生活。

为躲避国民党反动派的追捕，他被带到潮安，在革命群众家里辗转寄养。作为"通缉犯"，当时的小士禄不知住过了多少户人家，也不知改了多少次姓名，过起了姓百家姓、穿百家衣、吃百家饭的日子。

在那些年里，小士禄见到年纪大的人就喊爸爸妈妈，见到年纪小的人就喊哥哥姐姐。于是，小士禄便有了"小孤儿""小佣人""绣花仔""小囚犯""小乞丐""小游击战士"等众多的角色。

所有这些经历，都让小士禄的生命拥有了太多的波澜曲折。他被革命同志用鲜血和生命保护着；被叛徒出卖过；还被关在监狱中遭受百般折磨，差点饿死、病死在监狱中。

有一次，小士禄住在韩江一带杨姓爸爸和哥哥家，等待去江西瑞金中央苏区的机会。一天，来了两位陌生的叔叔，并带来一竹篮的衣服：薄的、厚的、长的、短的，都是穷苦百姓省吃俭用给小士禄去苏区准备的。第二天，这两位陌生的叔叔划船沿江带小士禄去江西瑞金，在经过一个关口时被敌人拦下盘查。结果，敌人在船上的一条泥灰缝里发现了一张字条，这张字条就是两位叔叔去苏区的介绍信。就这样，两位叔叔被抓走了，中央苏区去不成了。多年以后，彭士禄才知道，那两位叔叔（一个叫张国星，另一个叫林甦）都是东江特委的负责人，他们在被捕后的第七天，就在广东梅县被国民党杀害了。按照当时的情形，那两位叔叔被捕后，如果供出彭士禄是彭湃的儿子，他们是可以立功活命的，可是，他们没有那样做。他们誓死保卫小士禄！这让彭士禄再次感受到："我的生命是革命同志和老百姓用鲜血和生命换来的啊！"

地下党把他从一家转到另一家，最后把他寄养在红军陈永俊家里。他管陈永俊的母亲潘舜贞叫"姑妈"，这个家是一处党的地下交通站。这个家里还有一个大他几岁的姐姐，他们3人相依为命。在潘姑妈家，小士禄学会了绣花，学会了放鹅。姑妈全家和当地纯朴的农民父母兄弟姐妹们，省吃俭用，在极其艰苦的条件下，还把小士禄送进了学堂，让他读书受教育。

外面恐怖的追杀声令他们小心翼翼，但最终还是没躲过叛徒的出卖。就在1933年9月4日凌晨，还不满8岁的小士禄被叛徒出卖，和姑妈一家都被国民党逮捕了，被押送到广东潮安监狱。就这样，小士禄和姑妈一块儿坐牢。在狱中，他又见到了曾经抚养过他的"山顶阿妈"。"山顶阿妈"是先被捕进来的。彭士禄说自己很幸运，因为有两位"妈妈"陪护他坐牢。在牢里，他见证了中国女性的坚强与无私。姑妈始终不承认小士禄是彭湃的儿子，而小士禄也说自己是姑妈的侄子。反动派对姑妈施以鞭打、灌辣椒水等酷刑，但坚强的姑妈潘舜贞，一位普通的农村妇女，为了保护彭湃烈士的根苗，她宁死不屈，忍辱负重，苦苦地坐了3年牢。就是宁把牢底坐穿，她也绝不供出小士禄是彭湃的儿子，这是一位多么伟大的女性啊！

20多年后，当彭士禄完成学业，从苏联回国与他心爱的妻子完婚的旅途中，他送给新婚妻子马淑英老师的一份珍贵礼物是：带她回广东潮安看望自己阔别20多年的姑妈潘舜贞，并合影留念。彭士禄的新婚妻子马淑英含泪跪在潘姑妈面前，为姑妈献上一匹当时很罕见的人造棉布料。潘舜贞用颤抖的双手不停地抚摸着她日夜思念的小士禄娶回来的这位美丽新娘子的秀发，泪如雨下。

后来，为了表达对潘舜贞姑妈抚养之恩的无限感激之情，彭士禄夫妇坚持每月从自己的工资中拿出一部分钱来寄给潘舜贞老人做生活费，每逢年节还要多寄些钱让姑妈买新衣服穿，让老人衣食无忧地幸福生活，直至老人去世。

在狱中，难友们见小士禄衣衫褴褛，都自愿捐钱为他缝制了一套格子布衣裤。

彭士禄深深地感受到他是被太多太多的人关心着、保护着、疼爱着。那些素不相识的普通百姓用生命保护了他，用无微不至的关爱弥补了他缺失的亲情，让他懂得了是老百姓将他养育长大，他对百姓的感恩之情开始在心底生根发芽。

8岁时，彭士禄被转至广东汕头石炮台监狱。那是一个可怕的地方。铁窗外面就是大海，寒风夹着海浪的呜咽，显得阴森恐怖。饭里有虫子，身上有虱子，不仅如此，敌人还逼供让他承认自己的身世。

在那里，小士禄被敌人照了相。这是他第一次照相。相片被刊登在广州的《民国日报》上，旁边还有两行字："共匪彭湃之子被我九师捕获。"原来，敌人给小士禄照相，是为了做"反共"宣传。

几个月后，敌人用尽各种手段还是没有搞清楚他究竟是不是彭湃的儿子，最后确认他为"不规良民"，并将他转押至广州感化院进行了一年多的"感化"。屈指算来，他坐了两年多牢。放出来后，他成了四处流浪的小乞丐。

自报刊登载他被捕的消息后，地下党组织和他的祖母就一直在寻找他的下落。他们终于在1936年夏找到了他，并把他带到香港，12岁的他才开始在香港读书。苦难的经历使他倍加珍惜读书的光阴，刻苦勤奋就不用说了。

随着时间的流逝，伴着年龄的增长，感受着党和老百姓的养育之情，感恩之情在彭士禄的心中愈发强烈，并形成强大的动力。

彭士禄，正是有了感恩，才有了他的无私无畏；有了无私无畏，才有了他的敢作敢当，才有了他一生坚韧不拔的毅力，才有了他为祖国的核动力事业奉献一辈子的无怨无悔，更有了他坚不可摧的为中华民族复兴而奋斗终生的理想信念！

1940年夏，在香港地下党的安排下，一批马来西亚华侨青年要奔赴延安参加革命。这也是彭士禄去延安的机会。组织上安排先把15岁的彭士禄带到桂林，让他在那里等一个人。这个人叫龙飞虎，是周恩来同志的副官，是周恩来专门派来接彭士禄去延安的。

周恩来派副官龙飞虎和贺怡（贺子珍之妹）找到了彭士禄，经桂林先到达重庆。在重庆，当周恩来第一次见到他一心惦念的小士禄时，马上弯下腰，把双手放在小士禄的肩头，深深地叹息着说："孩子，我总算找到你啦！"周恩来盯着小士禄看了很长一会儿，然后坐到椅子上，把小士禄拉到面前，轻轻抚摸着他的头，用深情又怀念的语调说："孩子呀，知道吗？我和你爸爸是好朋友呢。"小士禄惊奇地看着面前这位周伯伯，他自然不会知道父辈的往事。周恩来接着说道："那一年，我从法国回来，就是你的爸爸到码头上去接我的……他把床铺让给我睡，自己到处去打游击……""你的爸爸把自家的地契烧掉，变成了无产者，一心一意闹革命，建立了中国的第一个苏维埃政权，真了不起呀！……"周恩来的语调里充满着钦佩和感动。

周恩来殷切地嘱咐彭士禄："这一次你到了延安，可要好好学习，好好工作，听党的话，服从分配，要为你爸爸争光呀！"彭士禄站在爸爸的挚友周恩来伯伯面前倾听这番话的时候，心里充满了感动。他默默地、深深地记下了这位伟人的教诲，暗下决心，要倾尽自己的一生来实践它。

1940年底，几经周折，彭士禄终于来到了革命圣地延安。在延安，他和小朋友们、同志们同学习，同劳动，同工作。日子是艰苦的，一切都得自力更生：开荒、种地、纺线、做鞋袜、缝衣服、做被褥……生活是愉快的，无忧无虑；学习是勤奋的，争分夺秒。他超乎寻常的懂事与努力，换来的是熠熠生辉的表现，彭士禄被评为"模范生"，他的事迹登上了1944年7月5日的延安《解放日报》，他光荣地加入了中国共产党。当时，中共七大党章规定党员要有预备期，但由于彭士禄表现突出，破例免去预备期。这样，1945年8月1日，他一入党即为中共正式党员。对于党的关怀，彭士禄回忆道："延安圣地培育了我自力更生、艰苦拼搏、直率坦诚的品格。我坚信共产主义必胜，作为共产党员，我将为之奋斗终生！"

彭士禄谈到他刚到延安的情况时说："我在当时的延安引起了轰动，许多老革命家都来看望我，给我送来鸡蛋、水果等在当时来说非常紧缺的食品……"我问他："当时革命烈士的后代到达延安的，也不在少数，而您作为一个小孩子，为什么会受到那么多关注啊？"彭老以一种腼腆而略加自豪的神情说："因为我的爸爸很有名啊！"彭老所说的其父的影响力，固然是一个原因，但是，他本人3岁失恃、4岁失怙、8岁入狱、14岁参加革命的传奇而悲壮的经历，足以使当时延安的叔叔伯伯对他抱有深切的同情和关爱。

彭士禄对于自己父亲的情感，那是发自心底的崇敬与自豪，他从不避讳这一点。但他从来不是借着父亲的背景和声名而活着，而是通过自己的努力走出一条别致的人生之路。据叶剑英元帅之子叶选平回忆，刚到延安时，彭士禄学习很吃力，因为他先前只读过两年书，上课听不懂。他的数学基础差，但他有个倔脾气，不学则已，学就一定要学好！结果在期末考试时，彭士禄获得了"优秀"的评语。彭士禄在学习过程中，常常举一反三，反复思考、反复演算、反复验证。在后来的科研工作中，他运用头脑中储存的知识，推导出无数的数学公式，这些基础都是在延安中学打下的。

悲惨的童年经历，让彭士禄不停地变换着角色：小孤儿、小囚犯、小乞丐、小游击战士……后来，在革命的大家庭中，彭士禄在每个阶段都按照组织的要求，努力学习，积极工作，角色也多次转变：优秀学生、模范护士、炼焦厂技术员、留学生，直至后来成为我国核潜艇的首任总设计师……也许还有其他一些头衔。在我看来，彭士禄的人生经历更像是一部反映中国革命和建设曲折道路的"大书"，是一部"巨著"，需要我们这些后人好好研读。

每每回忆起自己的童年经历，彭士禄总是饱含深情地说："坎坷的童年经历，磨炼了我不怕困难艰险的性格。几十位'母亲'给予我的爱抚，让我养成了热爱老百姓的本能。父母把家产无私地分配给农民，为了理想甚至不惜生命，给了我要为人民、为祖国奉献

彭士禄亲笔写下"感谢老百姓的养育！"

一切的热血。我对人民永远感激，无论我怎样努力，都感到不足以回报他们给予我的恩情。我就是工作一辈子、几辈子也还不完这个恩情……"

研制中国核潜艇的"彭大胆"

抗战胜利后，彭士禄先后进入哈尔滨工业大学和大连工学院学习。

1951年，26岁的彭士禄以优异的成绩考取选派留学苏联的名额，前往喀山化工学院化工机械系学习，1955年转学到莫斯科化工机械学院继续学习，1956年毕业。他倍加珍惜这5年的学习时光，学习成绩优异。

彭士禄在苏联学习期间，世界上第一艘核潜艇——美国核潜艇"鹦鹉螺"号潜入太平洋，途经欧、亚、非三大洲后又回到美国东海岸，在它下水后的3年多时间里，总航程达到6万多海里，消耗的核燃料仅有几千克。这样重大的战略武器让世界各国都感受到了巨大的威慑力，也迅速引起了我国领导人的高度关注。

1955年，因国家建设的需要，中国政府把原子能工业建设提上了议事日程。1956年，陈赓将军到莫斯科挑选一批优秀学生转学原子能知识。时值彭士禄毕业之际，他以全优的成绩获得莫斯科化工机械学院"优秀化工机械工程师"称号，正在进行论文答辩。陈赓将军把彭士禄召到中国驻苏联大使馆，问他："中央已决定选一批留学生改行学原子能核动力专业，你愿意改行吗？"彭士禄脱口而出："我当然愿意，只要祖国需要。"从此，彭士禄的人生就与核动力结下了不解之缘。他把自己的毕生精力与祖国核事业的发展紧紧地联系在了一起。

愿将此生长报国
——中国核动力事业的"拓荒牛"彭士禄

彭士禄院士常说，他的一生只做了两件事：一是造核潜艇，二是建核电站。作为中国核潜艇首任总设计师，他研发设计了"深海利器"核潜艇；作为总指挥，他为中国建起了第一座大型商用核电站。这两件事都掀起"核巨浪"，改变了中国核动力的发展格局。

一句"我当然愿意"，彭士禄选择了"深潜"人生，开始了在核技术"无人区"的艰难探索。"只要祖国需要"成为他一生的行为准则。

1958年4月，彭士禄以优异的学习成绩从苏联毕业归国。

回国伊始的彭士禄被分配到第二机械工业部原子能研究所从事屏蔽堆工作，获评技术六级工程师，并任俄语翻译。

此时，国家正在酝酿一个与彭士禄的专业有关的重大战略决策。

1958年6月27日，聂荣臻元帅向国务院和中共中央提交了《关于开展研制导弹原子潜艇的报告》，这份标有"绝密"字样的报告呈报到中央，毛泽东主席批准了这份报告。自此，中国核潜艇的研制列入中央专委的重点项目。

核潜艇，是20世纪50年代中期出现的最为先进的水下武器装备，是海洋国家展示军事力量的秘密"撒手锏"，是有核国家"三位一体"战略核力量中最有效的二次核打击手段。因此，只有拥有核潜艇，特别是拥有弹道导弹核潜艇的国家，才称得上是具备战略核反击能力的国家。

核潜艇的"心脏"是核动力装置，而核动力装置的内核是原子反应堆，因此，反应堆是核潜艇的"心脏"的"心脏"。

原子能所12室承担了核动力反应堆的研究设计任务，研制出一个初步设计方案。但三年困难时期，中央决定重点研制原子弹，潜艇核动力装置研制暂时让路，只保留少数人员成立47-1室，任命彭士禄为副主任（无主任），继续工作，以待机再起。

彭士禄受命主持潜艇核动力装置的论证和主要设备的前期开发。

一开始中国研制核潜艇时,是把希望寄托在苏联会提供技术转让和援助上的,但是,当时苏联拒绝向中国提供研制核潜艇的任何资料。

1959年,赫鲁晓夫访华,周恩来总理和聂荣臻副总理同他谈话时提出核潜艇的技术援助问题,可是赫鲁晓夫说:"核潜艇技术太复杂,你们搞不了;花钱太多,你们不要搞……苏联有核潜艇,我们可以建造联合海军,同样可以保卫你们……"

毛泽东主席听后十分坚定地发出了气壮山河的誓言:"核潜艇,一万年也要搞出来!"

就这样,中国踏上了自主研制核潜艇的道路。

"那时条件很差呀,我们无图纸资料、无权威专家、无外来援助,仅有的资料是从报纸上翻拍的几张模糊不清的外国核潜艇照片和一个从美国商店买回来的儿童核潜艇模型玩具。室里的大多数人都是刚毕业的大学生,而且学的都不是核专业。怎么办?我就和其他几位留苏的同事当起了老师,开设了反应堆等5门专业课给他们讲。当时我们这批人有学化工的,有学电的,还有学仪表的,大多数人都不懂核,搞核潜艇全靠4个字——自教自学。"彭士禄回忆道。是怎样的"自教自学"呢?就是由彭士禄和几个稍懂一点核动力知识的人,一边自我学习,一边给大家开课。根据原子能研究所党委提出的"坐下来,钻进去,入了迷"的要求,彭士禄还发动大家一起学英语,俄文资料没有了,就改看英文资料。彭士禄对年轻人说,要脑袋尖、屁股圆,脑袋尖能钻进去,屁股圆能坐得住。他回忆道:"两年后,他们都成了核动力学专家。那时,我们是吃着窝窝头搞科研的,连窝窝头都吃不上时,我们就挖野菜和白菜根吃,不少人浮肿,但我们都克服了。研究室每人每月的办公费才5

元钱，这里面还包括出差费、办公用品费……那时没有电脑，仅有一台手摇计算机，大家就拉计算尺、打算盘，那么多的数据都是靠这些工具没日没夜地算出来的。""那时候大家都很有志气，怀着为国争光的信念刻苦自学核专业。为了能看更多的外国资料，我们这些学过俄语的人又开始补习英语，早晨五六点钟就起床背单词、啃书本，上厕所也不例外。"彭士禄说，"我一方面学英语，一方面搞研究，一方面还要讲课。由于此前原子能研究所归二机部和中国科学院双重领导，时任科学院院长兼中国科技大学校长郭沫若还聘我为副教授，聘韩铎、沈俊雄为讲师，到科技大学（北京市海淀区玉泉路校址）讲授核反应堆理论。那时的教材是苏联彼得洛夫著的《原子核动力装置》。我在科技大学讲完课后，回到715所47-1室再给大家讲课，讲授内容包括反应堆核物理、热工、结构、自控、动力装置等。通过自教自学，两年时间里我们把50多个外行都变成了内行和骨干。在核潜艇'下马'的几年里，大家积极开展调查研究和学术交流活动，互帮互学，使核动力研究工作'细水长流'不断线，人员不流失，为后来核潜艇的正式研制打下了技术基础，搞出了设计方案。如果当时没有留住这些人才，要想搞出核潜艇是比较困难的。实现伟大领袖毛主席的号召（即"核潜艇，一万年也要搞出来"）是我们最宝贵的精神支撑……"

虽然条件艰苦，但同志们的士气高昂。就这样，在缺乏技术资料的情况下，作为主要技术负责人的彭士禄主持确立了中国第一艘潜艇核动力装置的设计方案，创造性地建立了一整套核动力装置静态和动态主要参数的简明计算方法，为满足核潜艇的总体性能要求，在主参数选定、主设备选型、各系统匹配等方面起了重要指导作用。

作为技术总负责人，彭士禄被人们称为"彭拍板"。他说，凡事有七分把握就"拍"了，余下三分通过实践去解决。"科技人员最珍惜时间，时间是生命，是效益，是财富。有些问题只有赶快定下来，通过实践再看看，错了就改，改得越快越好，这比无休止的争论要高效得多。"彭士禄说。

采用什么堆型？建不建陆上模式堆？面对一系列的尖锐争论，彭士禄力主建设陆上模式堆，进行核动力装置的各种性能试验。虽然这比直接建核潜艇要额外付出巨大的经济代价，但这样能进行科学验证，充分释放风险，确保核潜艇研制一次成功。彭士禄的这一思路最终被采纳，并成为确保我国核潜艇顺利研制的关键一环。

中国人创造了世界核潜艇史上罕见的速度。

20世纪60年代末至70年代初期建设核潜艇陆上模式堆，很多问题都是在一片争论中去摸索。身为我国核潜艇总设计师的彭士禄，敢拿主意，人们都管他叫"彭大胆""彭拍板"。听到这两个称呼，彭士禄总是哈哈大笑地说："我胆子是大，敢做决定，但我是有根据的。"彭士禄的"根据"就是数据，而且他坚信只有一手的数据才是可信的。他对大家说："所有的数据我自己都算过，错了，我负责；对了，功劳是大家的！"当时曾有人善意地提醒彭士禄"拍"的太多了，当心拍板拍错了。彭士禄笑着说："关键时候不拍板怎么行，拍错了我负责，要砍头砍我的，要坐牢我去坐，核潜艇陆上模式堆搞出来，可以给我提一万条意见……"当时陆上模式堆工程和第一代核潜艇研制时遇到了不知多少重大技术难题，后来，都在彭士禄的带领下一个个地解决了。正是他的勇于拍板、勇于担当，做出决策，才使问题得到解决。

"不可能事事都等到有十分把握再干！"彭士禄说，"在科学上不冒一点风险将一事无成。再说，如果总设计师都不敢担风险，那还要你这个老总干什么呢？吃饱了饭晾一边去吧！"他是个很有个性、很有独立人格，也很有独特智慧的人。他有着一个领导干部主动作为、敢于担当的高度责任感。

熟悉彭士禄的人都知道，他的拍板绝不是"盲动主义"，更不是心血来潮、3分钟热度。他随身带着计算尺，他经常为一个公式的推导，一个数据、参数的计算而通宵达旦，忘我忘食忘掉一切。而他的拍板都是建立在数据说话、科学推导、严密计算的基础上的。他在拍板时还有一个特点就是不攀附权贵和权势，不攀附名人权威，当然，更不攀附资本和人际关系。

在进行核潜艇核反应堆一回路的压力设计时，彭士禄发现，在之前的方案中，有一个主要参数定为200个大气压，而且还注明了这个参数引自苏联的核动力船舶设计资料。要是马虎一点的人，这个主参数也许就从眼皮子底下漫不经心地溜过去了，毕竟苏联的核潜艇和原子破冰船那可是举世闻名的，引自它们的参数应该不会错。但是，睿智的彭士禄一眼便把它盯住了，对它质疑。有人提醒彭士禄说："这个主参数不会错，它很可能就是你在苏联留学时教你的那些教授设计的。"彭士禄却说："我看不对！若照搬这个参数，势必犯大错，将来大返工！"那些人又劝彭士禄说："危言耸听！人家不就是按这个参数造出了核反应堆吗？"

不管他人怎么劝说，彭士禄仍然不相信这个参数，他斩钉截铁地说："人家的事我管不着，但我是总设计师，我不能把模式堆的事当儿戏，轻易相信人家的参数。我认为这个参数就是不能用，没有商量的余地，因为它绝对不可靠！在没有任何数据说服我之前，就是不能用！"

彭士禄之所以态度如此坚决，是经过计算的。他画了许多曲线，推导论证这个参数的不可行性和荒谬性。他认为，若选择200个大气压作为反应堆一回路的主参数，临界热流小，元件会烧坏，将酿成大事故。根据热工原理，70~90个大气压的临界热流最大，但热效率较低，不能取这个范围内的值；但若取200个大气压，临界热流小，与最佳值也相差悬殊。美国希平港核电站反应堆一回路用的是140个大气压。两相比较，彭士禄甚感奇怪，于是，他立马进行推导论证。他计算了好多天，终于知道了原因。他断定，压水堆的压力最高不得超过某个大气压，实际设计最高值不得超过某个大气压。他认为，200个大气压无论如何都是错误的。彭士禄说："虽然我们搞的是第一个核反应堆，尚无成功的经验，但我们也不能人云亦云，只相信别人，不相信自己。我相信我的大脑不比那些教我的苏联教授差，青出于蓝而胜于蓝是常有的事儿嘛！学生为什么不能否定老师，超过老师呢？"

后来，彭士禄拍板，为核反应堆选取了一个满意的大气压值。8个月后，苏联"列宁"号破冰船的设计人员纠正说破冰船的这个参数选取的并不是200个大气压（而是130个大气压），是国外某杂志报道有误。

事实证明，彭士禄的计算结果是正确的。此事也正应了彭士禄常说的一句话：

"在工作上要以科学为依据，用数据来说话！"

彭士禄在技术上敢干，敢于负责任地拍板，缘于他心中是有数的，是有依据、有底气的。对于一些试验、运行中的数据，他都要亲自计算。他敢于拍板的基础有4点：一是概念要清楚，二是定义要确切，三是数据要准确，四是为了给国家争气要无私无畏。他经常对大家说的话是："干对了是你们的，干错了我负责。但你们要拿数据说话！"

在扩大初步设计和施工设计阶段，彭士禄提出的核燃料组件的结构形式及其控制棒的组合方案，不仅组合灵活、制造简单、便于布置，而且能使反应堆在安全可控的条件下工作。他还经过计算最终确定了核动力装置最佳热工参数，并组织科技人员确定了堆芯结构，反应堆压力容器的几何尺寸、形状、开孔位置与数量，以及密封方法。同时，他还主持屏蔽电机全密封主泵的研制并取得成功，使之达到了当时国际先进水平。

在那个特殊年代，作为核试验基地工程的主要负责人，彭士禄是千斤重担压在身，哪里有问题，哪里矛盾聚集，哪里就有他的身影，人们都亲切地称他"彭老总"。

许多年以后，两位司机师傅津津有味地讲述了"彭老总"陪同大家上车押运、处理"漏气"的放射源铅罐的故事。

大约在1968年秋末，核试验基地在检查清理器材、设备、放射性物品的工作中，发现了部分进口的放射源铅罐有"漏气"现象，需要及时进行处理，于是选择了一个适当的地方修建水泥深井，准备封存铅罐。放置铅罐的仓库至深井之间运输由车队负责，为安全起见，特意在运输车辆驾驶室后侧安装了防护铅板，"漏气"的放射源铅罐装在一米见方的木箱子里。说实话，因为放射源铅罐"漏气"，负责运输的司机师傅们都很紧张，不敢进驾驶室，因为他们都担心有放射性辐射，怕伤害身体。就在这关键时刻，彭士禄听说了，他立马赶到车队，对司机们说："哪有什么放射性辐射？走！我跟你们去，我押车！"司机们半信半疑，以为彭士禄不过是说说而已。但话音未落，彭士禄已跳上一辆大卡车，一屁股就坐进了驾驶室。

司机们无不为之感动，一个个当场表态："彭老总都敢，我们没说的。开车，走！"

就这样，彭士禄押运着"漏气"的放射源铅罐至深井处，铅罐下井，立即用水泥封井，自始至终彭士禄一直陪同大家把事情处理完成，在场的所有人无不为之感动。

九死不悔的忠贞，舍身忘我的献身，这就是涌动在彭士禄身上与父亲彭湃同样的血脉，这是一种比核爆炸更加强大的力量，这是一种比原子弹的影响更为久远的精神。所以，后来人们说，核潜艇陆上模式堆工程和我国第一代核潜艇就是在彭士禄的决策和他的精神感召下干出来的。

1964年10月16日，中国第一颗原子弹爆炸成功。

1965年5月，代号为"09"的中国第一个核潜艇工程上马。一支几百人的先遣队，静悄悄地来到四川青衣江畔的深山里，开始秘密建设中国第一座潜艇核动力陆上模式堆试验基地。在四川大山中奋战的日子，是彭士禄一生中最难忘的经历——交通不便，吃住都在工地上，180天不见太阳，毒蛇蚊虫肆虐，但他们依然干劲十足，彭士禄带领同事们完成了扩初设计并订购了重大设备。

核潜艇就像一个庞然大物，它的研制就是一个庞大复杂的系统工程。核潜艇不但要在水下航行，而且有时候要连续航行100多天，这就要求里面住着的100多名官兵在水下的工作、生活环境要和陆地上基本相近；研究核潜艇涉及核工程物理、自动控制、精密机械、电器、材料等几十种专业技术，牵涉的研究所和工厂有几百个，组织管理也涉及国务院各部委、各省市几十个部门……

1966年，"文革"开始，陆上核动力装置工程项目也受其影响进度极为缓慢。直至1968年夏，核动力装置的主厂房基坑还未挖出，距中央指定完成运行的日期只剩下20个月了。

时间、形势、任务，压得人喘不过气来。

毛主席签发了"7·18"批示，1967年8月，中央军委发出了新中国成立以来的第一个关于核潜艇工程的特别公函。公函强调，核潜艇工程是伟大领袖毛主席批准的，对国防建设有着极为重要的意义，任何人不得以任何理由冲击研究生产现场，不得以任何借口停工、停产，必须按时保质保量地完成任务。这个特别公函调动了一切力量，在工程指挥部和试验基地军管会的统一领导下，8000多名工人、干部、技术人员和解放军官兵为夺回失去的时间日夜奋战。1969年10月，核动力装置大厅进入安装阶段，近万件设备、管道、电缆仅用了半年时间就全部安装到位。经过一年时间的抢建，物理、热工水力学、结构力学、化学、材料腐蚀、自动控制、仪表等十几个实验室也建成了，并投入了实验运行。

那是一段难忘的时光。直到现在，彭士禄院士还清楚地记得当时技术攻关的日日夜夜：有多少个夜晚，他和同事们为某个设计方案讨论到东方发白，又有多少道技术难题让他煞费苦心，又因灵光一现而豁然贯通、迎刃而解。

彭士禄与聂力在工厂

1970年7月15日下午，正在基地做核潜艇陆上模式堆启动准备工作的彭士禄被紧急召回北京，向中央专委汇报工作进展情况。周恩来总理聚精会神地听着彭士禄他们的汇报，不时询问关键的环节。周总理说：现在的试验已经经过了设计、设备、安装、调试四大关，但是要记住，还有一个试验关！千万不要认为已经是百分之百地有把握了就不在乎了，哪一个环节不加以注意，试验都要出问题！科学试验与革命工作一样，既要大胆积极，又要有步骤地、稳妥地进行……

会后，周恩来总理用自己的专机送彭士禄等专家一行回试验基地。临行前，周总理热情地握着彭士禄的手说："小彭，记住，无论什么时候，无论走到哪里，你都要记住你是海丰人，你姓彭，是彭湃的儿子，永远不要改名换姓，记住了吗？""记住了，总理，我记住了！"彭士禄满含着泪水坚定地答道。彭士禄懂得总理的用意，海丰是第一个建立中华苏维埃政权的地方，周总理要他记住自己是海丰人，就是要他继承和发扬海丰人民无私无畏的斗争精神；周总理要他永远不要改名换姓，那是因为在腥风血雨的时代里为了免遭国民党反动派的残害，他不知改过多少个姓，换过多少次名，最后还是党组织给他取了属于他的名字。

1970年7月25日，核潜艇陆上模式堆反应堆开始缓缓提升功率，而每提高一档功率，出现的险情随之增多。"报告，一回路主管道应力指示过高，超过设计值一倍多。"操作员的报告使大家大吃一惊，这是个不好的预兆。万一主管道破裂造成失水事故，其后果将不堪设想！还能试验吗？彭士禄决定立即进行现场检查和分析，结果发现，这是由于应变片质量不好而测出的假应力值。于是立即拍板更换应变片，继续运行试验。试验结果证明他的判断和"冒险"是正确的。

"报告，出现停堆信号，控制棒已全部落下并停堆。"连续几天出现停堆事故，原因何在？何况每次检查的结果都没有异常的现象。经过论证分析，彭士禄认为反应堆停堆信号灯过多，太安全反而不安全了，可谓物极必反。于是他果断地拍板把多余的4个停堆信号灯拆除。此举不仅保证了反应堆的安全，也保证了反应堆的可靠运行。

1970年8月28日再次进行主机满功率试验，8月30日18时30分，指挥长何谦噙着热泪颤抖着声音宣布："主机达到满功率转数，相应的反应堆功率达99%！"

"我们成功了！我们成功了！"人们尽情地欢呼着。而此时的彭士禄却一屁股坐在椅子上，沉重的眼帘垂了下来。他的头靠在椅背上，颤抖的手费力地摸出一包烟，一口气把一支烟吸掉了半截。

美丽的山川记住了彭士禄这个有些邋遢的形象，大地没有忘记留在它怀里的这一行行脚印。如今，当我们的核动力潜艇在大洋深处远航之时，是否还记得彭总设计师当初的形象呢？

为了提升功率，为了保证试验成功，他已投入全部的精力，仿佛连分享成功喜悦的一丝力气都没有了。为了提升功率，他连家都顾不上管，甚至把惦念亲人的悲痛深藏在心底。原来，就在试验的紧张时刻传来消息：彭士禄96岁高龄的祖母，一位为中国革命事业献出了6个儿子、儿媳和孙子的老人被"四人帮"投入监狱，遭到无情迫害。已牺牲多年的父亲彭湃被"四人帮"捏造材料打成了"大叛徒"，彭士禄的亲弟弟被迫害致死，他堂弟的首级被造反派砍下来悬在海丰城头示众。彭士禄的妻子多年患风湿性心脏病，但为了支持丈夫的事业，她放弃了自己钟爱并已从事多年的教育事业，来到常年潮湿的山沟，参与核动力试验。

陆上模式堆满功率运行试验成功后，彭士禄立即带领数十名科技人员奔赴核潜艇造船厂，参加核动力装置的安装、调试工作。然而，就在核潜艇进行最后调试工作时，有一次，胃疼令他难以忍受，彭士禄全身都被汗水浸透了，医生诊断为急性胃穿孔，须立即手术。当医生切开他的胃时，发现他的胃部竟早已有一个穿孔，他多年来一直默默忍受着剧痛。这一次手术，彭士禄的胃被切除了四分之三。手术后，他只住院不到一个月，就又匆忙回到了工作岗位。有人劝他好好休息，等身体完全恢复了再工作，他却说："我喜欢这个工作，付出的一切都是值得的，就是死了也是值得的！核潜艇的研制，可是一天都不能耽误啊！"那一年，彭士禄才49岁！

不居功、不求名、不逐利，彭士禄将毕生智慧都倾注于科技报国上；奋斗不息、躬耕不止的精神，无时无刻不澎湃着信仰的力量。

"也许因为是属牛的吧，我非常敬仰'孺子牛'的犟劲精神，不做则已，一做到底。活着能热爱祖国，忠于祖国，为祖国的富强而献身，足矣！"彭士禄这样说。深海中的中国核潜艇，无声却有无穷的力量，在惊涛骇浪中，彭士禄书写下对国家和事业的忠诚。

1970年12月26日，就在毛泽东主席77周岁生日这天，他老人家的愿望终于实现——中国第一艘核潜艇成功下水！

1971年8月，中国第一艘核潜艇开始进行航行试验。临行前，彭士禄对妻子说："放心，这次一定能成功，我有信心！万一我喂了王八，你也别哭。"

1974年8月1日，在雄壮的军乐声中，中国第一艘核潜艇"长征一号"正式编入人民海军的战斗序列。庞大的钢铁身躯亮相蓝天之下，缓缓驶向碧波深处。彭士禄和战友们挺立码头，眺望大海，尽情欢呼。中国成为继美国、苏联、英国、法国之后，全球第五个能够自主设计建造核潜艇的国家，在中国的第一艘核潜艇上，没有用外国的一颗螺丝钉，艇上4.6万个零部件全部实现自主研制，兑现了"核潜艇，一万年也要搞出来"的誓言。新中国第一次有了当仁不让的战略威慑力量和核打击报复能力。所有对新中国的核讹诈、核封锁，统统落空。

中国研制核潜艇的过程，经历了几代人难以想象的艰苦卓绝的奋斗历程。在那个激情燃烧的岁月里，彭士禄和他的战友们，在中国研制核潜艇工程第二次上马后，在祖国大西南的山沟里只用了6年时间，在缺乏技术资料，没有用一件外国材料和设备的情况下，以只争朝夕的拼搏精神，自力更生，设计制造出了优于世界同类水平的核潜艇，把中国的核潜艇之梦变成了现实。彭士禄他们用6年时间和智慧铸就了一个成功的事实，创造了一个伟大的奇迹。这项伟大的核动力创新，使彭士禄在1979年被国防科委和国防工办联合任命为中国核潜艇第一任总设计师。

研制第一代核潜艇的四位总设计师（左起：赵仁恺、彭士禄、黄纬禄、黄旭华）

1985年，国际公认的"美国核潜艇之父"、世界第一艘核潜艇"鹦鹉螺"号总设计师里科弗来中国访问。他会见了我国著名的核动力专家、工程技术人员等有关方面的许多人物，但临上回国的飞机时，他不无遗憾地说："就像两颗彗星不相遇，你们的'真神'没出来……"

里科弗想要见的"真神"，就是中国核潜艇第一任总设计师彭士禄。但里科弗得到的答复是，彭士禄外出了。一年后，里科弗患脑出血溘然长逝，留下了千古遗憾。

彭士禄被里科弗称为"真神"，被外国报刊赞誉为"中国核潜艇之父""中国的里科弗"，但彭士禄坚决不同意"之父"的说法。

他说:"核潜艇工程是个庞大的系统工程,不是我个人的创造。虽然大家把我抬到了核潜艇第一任总设计师的位置,说我是'中国核潜艇之父',可与'美国核潜艇之父'比肩,但我不敢当,对我来说这是贪天之功,我不接受!因为,我若为'之父',那么周恩来总理、聂荣臻元帅是什么呢?成百上千做出卓越贡献的核潜艇设计者、建造者又是什么呢?"他在自述中说:"我有幸在'文革'中开始参加中国核潜艇研制的全过程。那时'老虎'都被赶下山了,只好让'猴子'称王,所以,我也被抬上'总设计师'的宝座。中国核潜艇研制成功绝不是一两个人的功劳,它是集体智慧的结晶,没什么'之父'一说。我充其量就是核潜艇上的一枚螺丝钉!"

谁说无人知晓,青史早已留名。从烈士的遗孤,到中国核动力事业的"拓荒牛",彭士禄走完了为祖国"深潜"的一生。一辈子太短,短到他只为祖国做成了两件大事;一辈子又太长,长到他把生命熔铸进新中国核事业基座上的磐石。在纪念周恩来诞辰120周年之际,彭士禄亲笔写下了一段感言:"周恩来总理直接领导、组织、指挥、决策核潜艇研制的每一个关键步骤和重大关键问题,他才是真正的中国核潜艇工程总设计师、总指挥。"

中国核电事业的开拓者和奠基人

核电是一种经济、安全、可靠、清洁的新能源。在我国第一颗原子弹、氢弹爆炸成功,潜艇核动力装置即将启动之时,我国研制核电站的设想也被提上议事日程。

1970年前后,我国能源短缺严重,电力供给不足,极大地影响了企业生产经营。同年2月春节前夕,周恩来总理在听取上海市工作汇报时指出:"我们不能光有'弹'而没有'电',从长远来看,要解决上海和华东地区用电问题，得靠核电！"

1970年2月8日，上海市传达了周总理关于发展核电的指示精神并研究了落实措施。为纪念这个特殊的日子，我国第一座核电站工程因而得名"七二八工程"。

核潜艇成功了，跟核动力打了大半辈子交道的彭士禄又有了新的使命。这一次国家交给他的，又是一个极为艰难的开拓垦荒任务。彭士禄凭其行业翘楚、领域扛鼎的威望及其高尚的人格魅力，相继从核能研究所、"两弹"试验场、核潜艇基地以及大型发电厂感召140名工程师，组成担当中国"核电起步"重任的"国家队"，开山填海，为中国核电事业的开拓奠基和发展做出了杰出贡献。

中国发展核电，究竟该走哪种技术路线？20世纪70年代，熔盐堆方案和压水堆方案如何取舍，一时成为争论的焦点。经过科学论证和调研，彭士禄力排众议，提出我国建造的核电站应采用国际上技术成熟的压水堆路线，并充分利用我国刚建成的核潜艇陆上模式堆技术经验及其工业配套设施，容量可暂定为30万千瓦。这一方案也为我国核电走"以压水堆为主的技术路线"起到了关键作用。

1971年底，核工业部所属核二院总工程师欧阳予奉命到上海主持"七二八工程"的技术工作。时值"文革"期间，该工程由"工宣队"主管。当时有两种技术方案：一是12.5万千瓦熔盐堆方案，二是以欧阳予为总代表的压水堆方案。其中，熔盐堆方案得到了"工宣队"的支持。

1972年夏天，六机部七院719所副所长兼武汉分部负责人彭士禄出差到上海处理核潜艇设备的后续问题。上海"七二八工程"筹建处负责人找到彭士禄，请他听取"七二八工程"方案汇报，彭士禄答应前往，并于次日上午来到上海"七二八工程"研究设计院（728院）。728院介绍的方案是熔盐堆方案，功率为12.5万千瓦。

彭士禄当场发表看法，认为该方案的优点是载热体熔盐温度高达450℃以上，电站热效率也高，可达40%以上，看起来很先进、很有气魄，但从实际出发则不可行，因熔盐熔点高，在常温下是固态，反应堆启动、停堆、在役检查、维修、设备更换都极为困难。他认为熔盐堆方案不可取，应予以否定，并建议改为压水堆方案，容量可暂定为30万千瓦，因当时国内火电厂单机容量最大为30万千瓦。会上，大家听了彭士禄的意见后热烈鼓掌，表示赞成改为压水堆方案。

正巧，1974年，美国宣布熔盐堆下马。

1974年3月，秦山30万千瓦核电站方案被批准，但由于各种原因，直到1985年3月才开工建设，1991年12月投产运行，至今已安全运行30多个年头。目前，全国已建、在建、筹建的核电站，绝大部分都采用压水堆方案。彭士禄院士为秦山一期核电站的堆型选择、选址等确定起了关键性的作用。

秦山核电站建成之后，广东省也提出了发展核电的构想。他们欲借外方之力合资开发核能源，于是找到了合资伙伴香港核电投资有限公司。双方有了合资意向之后，广东方面便向国务院打了报告。当时的国务院主要领导表示支持，但觉得没有经验和把握。于是，广东方面又提出找一位核专家来把关指导，国务院便"钦定"了彭士禄。

1983年，年近花甲的彭士禄被任命为广东大亚湾核电站建设总指挥、水利部副部长、国务院核电领导小组成员，负责我国第一座百万千瓦级核电站的引进、总体设计和前期工作。彭士禄再一次踏上了共和国核电事业的拓荒之路。

当时的大亚湾核电工程，既没有足够的建设资金，也缺乏足够的人才和技术，要在这样的条件下实现核电领域的"高精尖"，无异于建"空中楼阁"。彭士禄踌躇满志又心急如焚。

那一年，我国外汇储备仅仅只有1.67亿美元，而大亚湾核电站的总投资额高达40亿美元。筹集资金、商业谈判、合同细则都急需彭士禄亲自推进解决。谈判桌上双方交锋在即，可第一个关卡就让大家无从下手：不会写投标书，商业谈判工作根本无法启动。

面对这样一场代表国家的"商业博弈"，彭士禄主动向国务院提出：寻求法国电力公司提供前期技术服务，协助中方完成招标书等工作。为了保障国家利益不受损失，彭士禄又提出"货比三家"的解决方案——引入美国、瑞士的顾问公司一起参与标书编写工作。经过一百多天的努力，最终完成整个大亚湾核电站的招标书。彭士禄开创性的想法帮助我国技术人员弥补了在核电领域的空白，也为大亚湾核电站快速开展建设工作奠定了坚实基础。

1983年2月，彭士禄带领参加过核潜艇工程的10名技术骨干来到广东，从一片空白开始筹建核电站。这10个人跟着彭士禄大展拳脚，成为中国核电事业的风云人物，号称"十大金刚"。

彭士禄在大亚湾工地现场讨论

初到广东，因当时条件所限，不能带家属，彭士禄便诙谐地对大家说："希望大家好自为之，不要犯政治错误、经济错误和生活错误呵。"彭士禄的这"彭三条"，一直鞭策着他的"将士们"敬业爱业，任劳任怨。事实证明，"彭三条"让他们在广东核电站建设初期做到了"一心为公，一心为民"。

"天将降大任于是人也，必先苦其心志，劳其筋骨，饿其体肤，空乏其身，行拂乱其所为，所以动心忍性，曾益其所不能。"古代先贤孟子说过的这段话，对彭士禄率领的大亚湾核电站筹建者来说，是再合适不过了。艰苦的工作条件和生活条件，更激励他们拿出科技成果来。因为他们知道，为改变国家的落后面貌，新时代核能的开发和利用，这个划时代的历史任务，已经落在了他们的肩上。

就在这极其艰苦的条件下，彭士禄带领以"十大金刚"为首的从事过核潜艇研制与"七二八工程"核电设计和管理的骨干们，对大亚湾核电站做出了多项十分重要的决策。这些决策在大亚湾核电站建设中起到了关键的奠基作用，并使大亚湾核电工程于1987年顺利开工。

广东大亚湾核电站是中国内地首座引入国外技术和资金建设的核电站。在筹建时期，彭士禄不仅钻研技术，还自学经济与管理。彭士禄通过计算发现大亚湾工期耽误一天将损失100万美元，因此，当时他讲得最多的是"核电站筹建阶段不能等不能慢，要快马加鞭、大干快上！""一天100万美元利息，早建成一天就能节省100万美元。推迟一天将损失100万美元。"这与蛇口口号"时间就是金钱，效率就是生命"有着异曲同工之妙，折射出"发展是硬道理"和"效率优先"这两个核心理念。

为了争取时间，彭士禄未等国家计委批准，就决定破土动工，他带领"将士们"仅用一年多的时间就高效率、超常规地完成了大亚湾核电站建设前期繁重、繁多、繁杂的"四通一平"（道路、水、电、通信"四通"，场地平整）。为此，他受到了批评。但他不在乎，他常说："只要是为了人民，为了工作，我就问心无愧！"

彼时，内地和香港合作的合营公司尚未成立，核电站的核岛、常规岛、辅助岛三大合同正在谈判之中。这种先干后批、抢时间、争速度的核电站建设前期施工模式，应了一句军事术语：战术上的抢占，势必造成战略上的制胜。现在，全国已建、在建、筹建的核电站前期工程几乎都是采用这种模式。这貌似平淡无奇，实则步步新异；看似顺理成章，实则石破天惊，其开拓者就是彭士禄院士！

彭士禄是中国建设核电站相关公司尚未成立、相关合同没有签署前，大干快上"四通一平"的第一人。由此可窥见彭士禄的胆识、勇气与才干。直到现在还有人说："如果不是当年前期工程上得快，建设工地已经铺平，后来反核声音那么强烈，可能就没有现在的广东大亚湾核电站了……"

在广东大亚湾核电站建设过程中，彭士禄提出了核电站建设中的三大控制——投资控制、进度控制、质量控制，这套管理思路在中国核电站建设中得到了广泛应用。

在与外商谈判时，彭士禄坚持从原则出发，每逢遇到意见分歧，他就上台列出公式，画出曲线，用清晰的数据说明和论证价格、付款方式等重要问题，令在场的外商们惊叹不已："没想到中国的核动力专家也精于经济之道啊！"后来，外商们说："与中国谈判最难的对手就是彭士禄，因为他既懂技术又懂经济，他太强了！"

在这之前，广东省电力局做了初步的选址工作，勘察了4个地点，但难以敲定。彭士禄对4个地点考察权衡后，首先把核电站地点选定在了大亚湾。他说，大亚湾在香港50公里以外，离深圳也有40公里左右，且附近的海水平静，冷却水源充足，淡水源丰富，山坡矮小便于施工，又只有一个小村庄几十户人家的移民安置任务，更重要的是这里的地质构造好，没有发生过地震……在大亚湾，彭士禄把握了核电的发展前景，在总体设计上颇有前瞻性。在当时的国际形势下，法国愿意向我们出让核电技术，彭士禄就同法国核电专家进行谈判，让他们做了4台机组的总图设计。但香港投资方有顾虑，他们还没有看到核电的潜在效益，只同意建设2台。不过彭士禄心中有数，没有因他们的顾虑而改变自己的决定，他坚持按总图征集了土地。

彭士禄以敢作敢为的工作魄力，在资金、人手、施工单位和办公、生活条件等方面，想尽办法解决诸多困难，处理诸多棘手问题。为此，他积极主动履行总指挥职责，拍板下令，敢于决策，亲力亲为，苦干、实干、巧干。他根据相关数据对选定大亚湾大坑村这个厂址的地震烈度定为7度后，继续对该地的水文、气候、地质等进行深入详探。接着，花3个月时间搞出总体设计。之后，征地与修路一齐上。197公顷土地，先用后征，即先行进场施工，后办理相关手续，并且先用后付钱。征地工作量大，必须一棵棵树、一个个坟头都要数清并计算赔偿。要协调搬迁地点和房屋的设计样式，做到使搬迁户比较满意。同时，还要修筑通往工地的长约28公里的三级沿海公路，在现场附近破土建设库容为120万立方米的解决施工与生活用水的大坑水库，并以招投标方式选定施工单位，热火朝天地开山填海、平整土地等。

紧接着，彭士禄开始与法国人进行技术谈判。他找来法国核电站的相关资料做参考，了解了法国核电站的技术情况、设备价格等。为了加快与香港中电集团及法国、英国的谈判，他集中了一批精兵强将，组织了强有力的谈判班子，做了艰苦且细致的工作。经过努力，与香港中电集团谈妥了出资比例、电量分配比例，只剩下电价和输配电分工与接口还未商定；与法国谈判确定了参考电站和M310技术，剩下供货范围、选项和价格待定；与英国的谈判，由于 GEC 生产过 60 万千瓦和 120 万千瓦汽轮发电机组，但未生产过 90 万千瓦机组，还要摸清 GEC 的技术底细。

彭士禄认为：广东核电走的引进、消化、吸收再创新之路是正确的，对我国核电的发展起了积极的作用。我们提倡自力更生、自主创新建设我国的核电，自主创新有两方面的含义：一种是原始创新，完全自主发明；另一种是引进、消化、吸收再创新，这也是一种创新。我国的核电站应该走出一条原始创新的道路，同时，引进、消化、吸收再创新也是可取的，它可以缩短探索的过程……

2006 年，彭士禄再到大亚湾考察时，电站的朋友们说，彭院士真有眼光、有气魄，在当时国家还没有立项的情况下，他就决定征地并搞了"四通一平"工程，而且没有遗留任何问题，他们现在都是接续彭院士的办法干的。

彭士禄的心始终牵挂着大亚湾。1986 年，受切尔诺贝利核电站泄漏事件影响，香港百万人签名并游行，反对建核电站。彭士禄因公赴港时，大批记者包围他并提问："核电站会不会爆炸？"彭士禄用了一个绝妙的比喻来回复："原子弹里的铀含量高达 90% 以上，好比酒精；核电站里的铀含量约为 3%，好比啤酒。酒精用火一点就燃，而啤酒是点不燃的。"1970 年陆上模式堆启堆前，他被军管会从试验场紧急召回，回答人们"模式堆出事的话会不会爆炸"的质疑。好酒的他突然福至心灵，想出了这个妙喻。

这个比喻在不同场合中被多次引用，此后香港媒体的报道倾向开始转变，反核风波最终平息。这场普核活动成为教科书级别的危机公关案例。

1986 年，国家核电主管部门从水电部转移到核工业部，彭士禄也从水电部副部长调任核工业部总工程师，负责秦山二期的筹建工作。1987 年，大亚湾核电工程顺利开工，彭士禄又被国家委以重任，担任秦山二期核电站董事长，负责建设中国第一座自行设计、建造的大型商用核电站，那一年，彭士禄62岁。有了在大亚湾"摸着石头过河"的经历，彭士禄对打赢这场硬仗多了几分底气，使秦山二期核电站成功实现了我国核电由原型堆到商用堆的重大跨越。

秦山二期核电站最初是决定引进外国的核电技术，但与日本、德国谈了一年多仍没有结果。彭士禄觉得光靠外国不是办法，就写信给国务院领导，提出"以我为主，中外合作"建设核电站的方针，被中央采纳，成为以后指导中国核电发展的主导方针。彭士禄还提出，以当时的国力，只能搞60万千瓦级，还不能搞100万千瓦级。后经国务院同意，确定了自力更生、以我为主来设计建设60万千瓦的秦山二期核电站。

彭士禄对秦山二期核电站的成功建设做出了三大贡献：一是选点，确定在杨柳山建秦山核电站；二是提出股份制，建立了董事会制度；三是进行初步设计，计算了核电站主参数、编制计划与投资。

经选址定点之后，项目上马。彭士禄坚持首先要建立董事会制度，参考大亚湾的运作模式运行。秦山二期两台60万千瓦机组需148亿元人民币投资。当时的中国核工业总公司刚刚军转民，经济实力薄弱，要投资就得靠国家支持。而国家明确告知，没那么多钱，需要自筹资金。为了募集资金，彭士禄带领着一班人，一个星期内马不停蹄地跑了安徽省、浙江省、江苏省和上海市，请这三省一市一起投资。后来，中国核工业总公司、华北电力公司与三省一市共同出资成立了核电秦山联营有限公司，中国核工业总公司党组任命彭士禄为秦山二期的董事长。彭士禄仔细计算了60万千瓦核电站的主要参数以及技术、经济数据，所编制的"一级进度表"得到了美国专家的极大赞赏。彭士禄计算出的秦山二期一级主参数有100多个，同时还列出了设计、设备订货制造、土建、安装、调试等一级进度计划表……有人说，他是董事长干了总工程师的活。100多个主参数的计算他只用了1个星期，而且全都是利用晚上的时间完成的。

彭士禄还首次把招投标制引入核电工程建设。那时公司法还没出台，但彭士禄率先引入工程"三制"，即业主负责制、招投标制和工程监理制，得到了中央的认可和支持。对于设计和制造，他坚决主张实行招投标制。这在当时遇到了很大的阻力。一些同志仍按计划经济时期的做法主张设备要定点生产，并为此争论得很厉害。最后，还是彭士禄拍板：坚持设备、订货实行招投标制，设计由谁来做也全部实行招投标制。因为招投标制杜绝了靠拉关系争项目的不良现象，充分发挥了各个参建单位的特长。当时的核二院就是通过投标争得了总包院的地位。实践证明，这一做法是完全正确的。然而在当时实行招投标制，也得罪了一些人，但彭士禄是个急性子，看准的事就坚持到底，得罪人他并不在意。结果，秦山二期概算资金没有超，工程建设进度提前，特别是秦山二期3号机组，提前了5个月发电。

第一座核潜艇陆上模式堆、第一艘核潜艇（"长征一号"核潜艇）、第一座核电站的技术路线（秦山一期核电站）、第一座百万千瓦级核电站（大亚湾核电站）、第一座自主大型商用核电站（秦山二期核电站），彭士禄，这位功勋卓著的科学家，开创了中国5个"第一"。每一个"第一"都是他带着科研人员"摸着石头过河"，遇到重大问题很难决断时，是他敢拿主意，勇于担当。于是，"彭大胆""彭拍板"的外号逐渐被叫响。当然，"彭大胆"并非有勇无谋，一个个重大工程背后的运作机理被他掰开了、揉碎了、穷尽了，自然有底气拍板。

彭士禄在核电筹备建设时期使用的工作笔记本被大家尊称为"天书"。一个百万千瓦级的核电站，彭士禄从反应堆到关键设备，从工程进度到成本造价，都能做到心中有数。小到汇率、公式，大到核电站参数、工程进度，彭士禄可以说是算无遗策。没有计算机的年代，他的笔记本上字迹清秀、整齐，核电站数以万计的数据、信息都一一记录其中。他笔记本上写就的几页纸，往往是他起草了十多页草稿浓缩的产物。

从引进消化吸收国际先进技术到自主研发核心技术，几十年的时间里，彭士禄带队打赢了一场又一场核电领域的拓荒之战。回顾这些核电发展历程中的重大项目，有人问彭士禄，难吗？他总会回答："靠大家，就不难！"

彭士禄最大的愿望，是在中国土地上建造的核电站，要充分展示中国发明的核电核心技术的巨大威力，逐步将国外昂贵的设备挤出国门。

核动力事业的"拓荒牛"

从核潜艇到核电站，彭士禄从事的工作都是拓荒。他属牛，他的性格也确实像一头牛。他非常敬仰"孺子牛"的犟劲，不做则已，一做到底。他那坚强的毅力和耐力使他能克服重重难关，直到最后胜利。

彭士禄的夫人马淑英（留学苏联时期，彭士禄为她取了一个美丽的俄文名字——玛莎）曾讲过他好多年前的一个故事。一天早晨，彭士禄坐在床上发愣，夫人问他："你在想什么？"彭士禄说："想我的第一夫人。"夫人说："哦，想我呀……"彭士禄马上说："不，我的第一夫人是核动力。"夫人说："好，为这个我让。第二夫人该是我了吧？"彭士禄说："第二夫人是烟酒茶，第三夫人才是你。"夫人不高兴地说："我是第三夫人？不干，太不公平了！"彭士禄马上说:"好好好,小玛莎升为第二夫人!你对我的事业没说的……"

夫人知道,尽管几十年风雨相伴,事业总是丈夫的第一生命,爱情是无法与之竞争的。

彭士禄在事业上取得的杰出成就,离不开妻子的理解、支持与陪伴。当年在北京化工学院当老师时,马淑英讲课出色,在学校是出了名的,因此深受校领导的赏识、学生们的喜爱和尊敬。美丽善良的马淑英,为了支持丈夫的事业,毅然放弃了自己深爱着的教育事业,跟着丈夫举家迁入西南大山沟里,从事全新的专业。马淑英参与并见证了中国第一代核潜艇动力装置反应堆启动和达到满功率的全过程,她是彭士禄身后的无名英雄。从上文她与彭士禄的那段对话中,我们可以感受到,相携走过一生的老夫妻之间,是怎样的一种相濡以沫、相依相伴的纯朴感情,真是羡煞世人。

1984年,马淑英到大亚湾探亲,一些老同志找她谈话,希望她劝说彭士禄做事不要太急。当马淑英正式向彭士禄转达同志们的意见时,他却与夫人展开了辩论。他说:"时间就是金钱,要大干快上,'快'了效率才能出来,耽误一天要损失100万美元啊。"马淑英有些接受不了地说:"光强调快而保证不了质量,万一出了问题怎么办?"彭士禄说:"你什么事都不干怎么行?我干了100件事,错了5件,我还有95%的成功率,最终干成了95件,而你不干就一件也没有。"彭士禄永远属于敢干敢冲型的,鼓励争论,绝不盲从,强调效率。他常说:"不怕别人怎么说,在别人的议论中走自己认为正确的路。"后来很多事情证明他是正确的。

中国制造核潜艇时,正处在被封闭和十年动乱中,20世纪60年代初期苏联政府撤走全部援华专家,那么,中国能够制服反应堆这个"核魔"吗?当时,不要说外国人,就是国内也有相当一些人持怀疑态度,但彭士禄却充满信心,他说,征服"核魔"必须解决两个关键问题：一是推导各种主参数的计算公式，二是核燃料采取什么组件形式。

彭士禄做事喜欢删繁就简：凡事越简单越好，做事要做"减法"。他是急性子，直脾气，遇事不愿意在烦琐复杂中去纠缠。他习惯于在千头万绪、错综复杂的情况下，抓住主要矛盾，解决主要问题，那样其他问题也就迎刃而解了。

彭士禄很喜欢培养年轻人，他说："凡事是你听过会忘记，见过会记得，做过会明白。不放手让年轻人去做，优秀的人才就难以涌现。老者要为年轻人让路，让舞台，大胆地让年轻人去创新，错了也不要责难和批评，要引导和鼓励，并勇于承担责任。"

彭士禄心里揣着两笔账，一笔是公事的"明白账"，另一笔则是私事的"糊涂账"。他说："做一个明白人谈何容易？要有超前意识，对问题有新思路、新见解；对工程技术能亲自计算主要数据；对工程进度能说出某年某月应办哪几件关键事；对技术攻关能亲自挂帅出征，出主意，给点子……但当一个糊涂人则更难，凡对私事，诸如名利、晋升、提级、涨工资、受奖等，越糊涂越好。"他不知道自己拿多少钱，也不知道上下班坐的是什么牌子的车，更不知道住的房子有多少平方米……然而，凡是工程技术大事他却都搞得清清楚楚、明明白白。

彭士禄院士就是这样一位开拓我国核动力和核电事业的"拓荒牛"。

1978 年，彭士禄获全国科学大会奖；1985 年，作为我国第一代核潜艇研究设计第一完成人，获国家科学技术进步奖特等奖；1988 年，作为核潜艇总设计师，获国防科工委为表彰全军优秀总设计师颁发的"为国防科技事业做出突出贡献的荣誉奖"；1996 年，获何梁何利基金科学与技术进步奖……

2017 年 8 月 29 日，彭士禄院士以全体评委全票通过的罕见成绩，荣获2017年度何梁何利基金最高奖——科学与技术成就奖。获得100万港元奖金。当女儿问他100万港元该如何处理时，他立马说了两个"不要"：一是不要奖金，要把它捐给组织，设立人才基金；二是不要以他的名字命名奖励基金。

他说："此项荣誉和成绩不仅属于我个人，它更属于核潜艇人，属于核电人，属于核事业人。特别是核潜艇的研制成功，是全体参研人员共同奋斗、艰苦拼搏、无私奉献的结果，是集体智慧的结晶。这个群体才是'干惊天动地事，做隐姓埋名人'的民族英雄，是共和国的脊梁！所以，这笔奖金应该奖励那些为核动力事业做出重要贡献的高精尖人才……"

为了继承和发扬彭士禄院士不断开拓创新、勇于攀登科技高峰的爱国主义精神，中国核工业集团公司设立了"彭士禄核动力创新奖"，奖励广大年轻的核科技工作者为核动力创新进步多做贡献，激励他们成长为中国新一代的核动力拓荒牛。

办完奖金捐献手续，女儿和他开玩笑："你得了这么多的奖金，给我点多好啊！"没想到彭士禄认真了："这个钱不是我的，是国家的。"女儿说，自己本来是和父亲开玩笑，听到这一席话，立刻被感动了："他和爷爷一样，心里装的是全天下劳苦大众。因为他从小感受到的是一种爱，亲身感受到贫苦农民百姓给予的养育之恩，所以有了一种更大的胸怀，就是要回报祖国，回报党和人民对他的养育之恩。"

2020年11月9日，彭士禄荣获第13届光华工程科技成就奖。该奖项自1996年设立以来，仅有张光斗、师昌绪、朱光亚、潘家铮、钱正英、钟南山、徐匡迪7位科学大家获此殊荣。彭士禄成为第8位获得该奖的科学家，他再次将全部奖金捐给家乡广东省汕尾市海丰县，助力家乡发展。

彭士禄院士捐献巨额奖金的高风亮节与他的父亲彭湃以"愿消

天下苍生苦""千家兴、万家好"为精神依归，是多么相似啊！

"繁霜尽是心头血，洒向千峰秋叶丹。"语出戚继光《望阙台》，这也许是对彭士禄院士一生最真实的写照。

彭士禄院士，他一生淡泊名利，而面对纯朴善良的老百姓却始终深深地抱有一种难以割舍的独特情怀。每当回忆起自己艰辛坎坷的童年经历，他总是眼含热泪，无限感慨地说："我对人民永远感恩！无论我怎样努力，都感到不足以回报他们给予我的恩情。我就是工作一辈子、几辈子也还不完这个恩情……"

根植红色血脉的传承人

有一种使命，只为播撒世代传承的红色种子。忠于理想的两代人，淡泊名利、永葆初心、不改本色。

彭士禄令大家印象深刻的还有一件事情，就是他的好酒。彭士禄确实是好酒之人，但他的酒量不大，他的好酒不完全是个人爱好，也有工作需要的关系。对于喝酒，彭士禄有一个著名的"四项基本原则"："敬酒不劝酒，喝酒不起立，酒桌上说的话不算数，你们喝不了的我全包。"一直以来，大家都是把这四条当作玩笑话，充其量只是体现彭士禄个性的一个"段子"。但是，这个"段子"恰恰体现了彭士禄的人格品行，绝不仅仅是玩笑话。我们可从彭士禄的这"四项基本原则"中，感悟出深刻的人生哲理。

"敬酒不劝酒"，反映的是没有功利思想，完全把酒当作一种怡情的手段。中国酒席上的许多悲剧，很多是由于"劝酒"而引起的。为什么要劝酒？无非是两种目的：一是想让被敬者喝高兴，以此加深双方的感情；二是有事求于对方，以酒为媒介表达自己的需求。实际上，真正的友情或者亲情，哪里是靠酒来维系的！

"喝酒不起立"，反映的是一种平等观念，没有谁高谁低的问题，不需要向位高权重者以此表达某种不可言说的心理状态。

"酒桌上说的话不算数"，反映的是一种讲究说话场合适宜性的处世之道。本来嘛，喝得醉醺醺的，在这种情况下答应别人办什么事，岂不是"酒杯一端，一切好谈"的特权腐败思想吗？在这种情况下，往往会上演一出"轻诺则寡信"的闹剧。

"你们喝不了的我全包"，这句话表面上是喝多之后的吹牛皮，因为彭士禄虽然好酒却酒量不大，但深层次里是一种为他人着想的态度。我不劝你们，更不灌你们，大家想喝多少喝多少，不用为不能喝酒而有什么不必要的顾虑。这句话传达的另外一层意思就是，你们有什么困难，我能够办到的一定帮忙。

彭士禄在组织研制核潜艇最艰难的时期，不论在陆上模式堆现场，还是在核潜艇制造厂，生活条件和工作环境都非常恶劣，一线的科研人员和工人师傅们，不要说吃肉喝酒是一种奢望，就连吃饱穿暖都不是一件容易的事情。每当研制工作有进展，彭士禄就请大家吃顿饭、喝点酒，权当是对大家的一种慰劳。如果是在阴寒的冬天，晚上与大家一起喝点酒，也有暖身和解乏的功效。

在彭士禄看来，喝酒还有另外一种功能，那就是充当思想工作的一种媒介。曾经听与彭士禄一同奋战在核潜艇研制一线的同志们讲过，那时，如果哪位同事在工作或生活中出现了什么差错，他就请对方吃顿饭，喝点酒，把问题说清楚，指出改进的方法，事情也就过去了，从来不揪住对方的小辫子不放。彭士禄的做法，不仅体现出一种为人处世的大度，更是一种使人如沐春风的工作艺术。在他的晚年，由于身体的原因，长年卧床，连曾经带给他一点生活快乐的烟酒茶都戒掉了，生活有时候真是太不近人情了。

一个人的生活情趣也可以折射出他的品性"基因"。从彭士禄的身上，可以将这些特征概括为"红色基因"，包括个人的行为与对后代的要求这两个方面。

对于个人的行为，可以概括为"感恩、立志、报国、敬业、无私、奉献"12个字。

感恩。彭士禄永远深怀着一颗感恩的心，感谢老百姓的养育，感谢组织的培养。他经常说，他的生命是革命同志和老百姓用鲜血和生命换来的，"我对人民永远感激，无论我怎样努力，都感到不足以回报他们给予我的恩情。我就是工作一辈子、几辈子也还不完这个恩情……"。

立志。彭士禄14岁便独自出门寻找革命队伍，立志推翻这个不平等的社会，让人人过上好生活。在延安，彭士禄立志做一名好护士，做一名好医生，为战士服务，为革命服务。后来从事核潜艇的研制工作，彭士禄以只争朝夕的精神，克服了无数艰难险阻，终于使祖国拥有了可以劈波斩浪、护国保家的战略核反击能力。

报国。捧起书本的彭士禄懂得，"学知识同扛枪杆是一样重要的工作"，今天的努力学习，是为了明天更好地为国家、社会和人民服务。"模范生"彭士禄在延安受到的革命教育，奠定了他的人生观、世界观和价值观，并迈出了他报效祖国、实现民族振兴夙愿的第一步。他在苏联留学期间学的专业是化工，当祖国需要他改行学习原子能专业时，他坚定地表示："我当然愿意，只要祖国需要。"他以坚韧不拔的毅力出色地完成了学业，在以后的岁月中，他把自己的一切都献给了祖国的核动力事业，这是他能够报答祖国母亲的最好礼物。1985年，彭士禄荣获国家科学技术进步奖特等奖，这是国务院设立的国家科学技术奖五大奖项之一，获奖证书号的尾号数字是"006-1"，其中的这个"1"，表示在我国第一代核潜艇的研究设计中，彭士禄是第一完成人。老一辈革命家蔡畅说他是"红二代"中唯一的院士，这是他的标签，更是他的荣耀。

敬业。彭士禄的一生,是忠实地诠释了干一行、爱一行、钻一行的典范。1944年春,彭士禄进入延安大学自然科学院化工系学习,他懂事、努力,得到周围老师、同学的认可,被评为模范护士、模范学生。彭士禄在回忆留苏期间那段难忘岁月时感慨万分,"我们从未在晚上12点以前就寝过,我们要学的东西太多了,一头扎进去,就像沙漠中的行人看见了湖泊那样。当时,那种奋进不息、为祖国夺取知识制高点的心情是难以用语言描述的","是我们的党和老百姓给了我战胜困难、接受任何考验的动力和勇气。没有党,没有老百姓,就没有我的一切,更没有我的今天"。他戏称自己一生最遗憾的事情是"夫人"太多,而第一"夫人"永远是核动力,哪怕下辈子也许还是如此。

无私。1958年,彭士禄从苏联回国,从事核反应堆的研制工作。后来,核潜艇的研制工作上马,在当时的历史背景下,这项事业需要绝对保密,而具有"红色基因"的彭士禄是最可靠的人选之一。在那个年代里,从来没有什么讨价还价,更不会有挑三拣四,国家的需要就是个人的志愿。在"文革"风暴尚未过去的时期,彭士禄在一次内部会议上大声疾呼:"研制核潜艇是我们现在最大的政治!"在那种政治环境中他能够说出那样的话,显示了他无私无畏的政治品格。核潜艇研制成功之后,他又带领一些科研人员承担起中国"核电起步"的重任。在涉及采取什么技术方案的重大问题上,他以坚实的专业功底、敏锐的战略眼光和坚定的政治素质,坚持采取国际上通行的压水堆技术路线。后来被誉为"国之光荣"的秦山一期核电站,其建成固然是许多因素促成的,但技术路线选取正确,是所有成功要素中最为重要的,选择走这一步棋的关键人物就是彭士禄。后来的广东大亚湾核电项目和秦山二期核电项目,彭士禄都是"挖第一锹土"的人,要说他是这些项目的开拓者和奠基人,一点也不为过。心底无私天地宽,正是由于彭士禄没有私心,坦荡实在，在碰到许多技术难题时，他才能做到敢于拍板，勇于负责。

奉献。我国核潜艇的第一座陆上模式堆建在大西南的一个峡谷之中，工作人员住的是用河泥和一块一块的鹅卵石垒起来的干打垒，吃的是从山上采摘的野菜、蘑菇，睡的是铺着几条草袋子的木板房，烧饭用的是陶土做成的坛坛罐罐，走的是多雨山区的泥泞路。生活上吃的是极大的苦，工作上干的是极重要的事。那个时候，彭士禄夫妇把整个身心都扑在模式堆上，将家中只有10岁的儿子和8岁的女儿托邻里照管。有一天，彭士禄的女儿彭洁突患急性肝炎住进医院，被隔离在一个简陋的木板房间里，每天夜里只能孤独地与从木板缝里漏进来的月光对话。就在同一时间，儿子彭浩被玻璃扎破脚底，也被邻居和小伙伴送进医院，缝了11针。兄妹二人住在同一家医院里，一个在一楼，一个在二楼。他们没有父母的陪伴，只能独自与疾病做斗争。

彭士禄夫妇对于后代的要求，可以概括为"老实做人，踏实干事，平淡生活"12个字。其实，他们在世时，何尝不是这样要求自己的，何尝不是这样的人！有人为彭士禄撰写了一副挽联，就是他这种人生态度的写照："前期造船，后期发电，二者都由核动力；逆境舍命，顺境安心，一生只做普通人。"彭士禄的这12字箴言，虽然是说给自己的儿女听的，但不也是说给所有中国人听的吗？我在与彭士禄子女的多年接触和交往中，真切地感受到他们忠实地践行了彭士禄对他们的这12字告诫，时时处处把自己置于普通人的行列，踏踏实实工作，平平淡淡生活。

从彭湃到彭士禄，再到彭洁、彭浩，以至到他们的后代……一门代代好家风，让我们看到了"承父业立德树人续家风"的优秀品质。

100多年前彭湃脱下长衫与洋装，换上破旧的农民服，深入到海陆丰贫苦农民群众之中，发动和组织农民进行革命，建立起中国第一个苏维埃政权。彭士禄从烈士遗孤成长为杰出的中国核动力科学家，历经风霜雨雪的锤炼，坚韧不拔……一对杰出的父子，中国人民的优秀儿子，用他们的实际行动完美地诠释了什么叫"不忘初心"！

孔子曰，"芝兰生于深林，不以无人而不芳"。甘于静寂，与世无争，在自怜中显高贵，以示素洁高雅之品格。习近平总书记在十九届中共中央政治局常委同中外记者见面时的讲话中曾以诗言志："不要人夸颜色好，只留清气满乾坤。"这句赞颂墨梅不慕虚名、绽放清芬品格的诗，彰显的不也正是彭湃、彭士禄这对杰出父子无私奉献的精神品德吗？

如今，彭士禄院士永远地离开了我们。但是，作为一名老党员，他的心和情始终与他最钟爱的核事业联系在一起。

他说，他有3个心愿——

一是盼望祖国早日拥有更加强大的核潜艇力量。

二是盼望祖国早日成为核电强国。

三是盼望祖国早日实现中华民族伟大复兴，早日圆了老百姓全都过上幸福生活的中国梦！

今天，彭士禄的这3个心愿正在逐步实现，他参与建造的核潜艇每日巡游在祖国广阔的海疆，为中华民族伟大复兴的新征程保驾护航。几十年来，我国核工业从无到有、由弱变强。从自主成功研制原子弹、氢弹、核潜艇，到建设秦山、大亚湾等一批先进核电站，再到自主研发三代核电机组"华龙一号"……以彭士禄为代表的核工业人，用自己的韶华与汗水，赋予国家自立、民族自强以无穷的力量。

彭士禄

我们是共和国的撒手锏，肩负着深海使命，从大洋深处发出雷霆，惊涛骇浪写忠诚……

2021年3月30日，伴随着激昂的《英雄核潜艇》之歌，轮船向西南方向行驶，到达指定海域，彭士禄最后的心愿得以实现：骨灰撒向大海，和夫人一起永远与大海相伴，永远守望祖国的海洋。

我们深知，大海有彭士禄院士永远割舍不下的深厚的核动力情怀！

哀思如潮，长歌当哭。冰魂雪魄的彭士禄夫妇灵骨将化为碧海之水，在大海中永生。

深海，游弋着中国核潜艇，也深藏着彭士禄的功与名。

这一天，曾经与彭士禄一同奋战在核潜艇研制一线的"老战友""老部下""老朋友"，都自发地纷纷来到码头，送他最后一程。

"彭老总心肠特别软，看不得人受苦，一点都没有大领导的架子，常跟我们打成一片，跟我们唠嗑拉家常，有时还跟我们掰手腕……"

"那时，我们要是遇到解决不了的问题，就希望彭老总来；只要他来了，我们就知道问题肯定能解决……"

"彭老总研究问题，不仅在会议室，更多的是在一线，广泛倾听老工人、老技术员的意见，在艇上那么狭窄的空间里钻来钻去，实地察看，然后综合分析。如果没有彭老总的科学决策、果断拍板，我国第一代核潜艇就不会有如此快的建造进度，就不会有核潜艇从无到有的成果，就不会有设计、技术、工艺和生产的厚积薄发的基础……"

当年意气风发的小伙子们，如今已是满头白发。他们回忆起彭士禄的故事，仿佛一下子回到四十多年前，如数家珍，眼泪早已湿润了眼眶。

"我们活在你的事业里，你活在我们的记忆里。"有人在缅怀这位可亲可敬又可爱的老人时这么写道。

"他主持设计、建造了我国第一座核潜艇陆上模式堆，参与成功研制第一艘核潜艇，引进第一座百万千瓦级核电站大亚湾核电站，组织自主设计、建造第一座大型商用核电站秦山二期核电站，为中国核动力的研究、设计、建造做了开创性的工作……彭士禄同志为祖国、为人民奉献一生。他从不计较个人利益得失，从未向组织提出任何个人要求。他始终以国家的利益为先，勇挑重担，身先士卒，忘我工作，淡泊名利，把自己毕生的精力奉献给祖国的核动力事业。"中核集团党组成员、副总经理马文军在送别仪式上述及彭士禄生平时说。

彭老之风，山高水长。

彭士禄的一生，是真真切切为祖国和人民奉献的一生。作为中国核动力领域的开拓者和奠基者之一，彭士禄名副其实、受之无愧。可他生前却说："这些成绩与荣誉不仅属于我个人，它更属于核潜艇人，属于核电人，属于核事业人。"

彭士禄生前曾表示，一生离不开核事业。他去世后骨灰撒向大海，在这里，他将继续守望我国核潜艇事业，他的事迹也将激励后来者尽心铸牢共和国和平之盾，将祖国建设得越来越强大。

他曾说："我属牛，永远是一头核动力领域的拓荒牛。""活着能热爱祖国、忠于祖国、为祖国的富强而献身，足矣！"如今，我们永远地失去了这位让人敬仰、功绩卓著的"孺子牛"，但他的奋斗精神、工作作风、高尚情怀永远激励着千千万万的中华儿女。此刻，他或许是那一朵翻腾的浪花，正同他最爱的核潜艇一起深潜，一路远航，伴随着中华民族伟大复兴的征程，滚滚向前，澎湃不息！

父烧田契唤工农，子献丹心济世穷。
两代忠魂溶碧海，一生伟业铸红宫。
行藏天地无痕迹，褒贬春秋有管彤。
核艇神威能斩浪，中华从此敢争雄。